MARTINA SAHLER UND HEIKO WOLZ
Die Zuckerbaronin

AF178391

Weitere Titel der Autor:innen:

Die Zuckerbaronin (Band 1) – Marthas Geheimnis

Martina Sahler
Heiko Wolz

DIE
ZUCKER
BARONIN

Gwendolyns Hoffnung

Historischer Roman

LÜBBE

MIX
Papier | Fördert
gute Waldnutzung
FSC
www.fsc.org   FSC® C014496

Originalausgabe

Copyright © by Martina Sahler und Heiko Wolz

Copyright deutsche Originalausgabe © 2023 by
Bastei Lübbe AG, Schanzenstraße 6 – 20, 51063 Köln

Dieses Werk wurde vermittelt durch die
Michael Meller Literary Agency GmbH, München

Textredaktion: Anna Hahn, Trier
Umschlaggestaltung: Guter Punkt, München | www.guter-punkt.de
unter Verwendung eines Coverkonzepts von © Johannes Wiebel |
punchdesign, München
Einband-/Umschlagmotiv: © Adobestock: Kathy | TTstudio; © iStock/
Getty Images Plus: cundra | ke77kz | Uwe Moser | standret
Satz: hanseatenSatz-bremen, Bremen
Gesetzt aus der Adobe Garamond Pro
Druck und Verarbeitung: GGP Media GmbH, Pößneck

Printed in Germany
ISBN 978-3-7857-2305-0

5   4   3   2   1

Sie finden uns im Internet unter luebbe.de
Bitte beachten Sie auch: lesejury.de

Figurenverzeichnis:

(Hauptfiguren sind fett gesetzt,
reale Figuren und Orte mit * gekennzeichnet)

In Ornbach

Gwendolyn Wallendorf, geb. Schinder 1891, nach der Heirat mit Alexander Wallendorf von allen nur »Zuckerbaronin« genannt

Alexander Wallendorf, geb. 1887, Juniorchef der *Donau Zucker AG* und Gwendolyns Ehemann

Annegret Wallendorf, geb. 1853, Alexanders Mutter

Leopold Wallendorf, geb. 1850, Alexanders Vater und todkranker Gründer der Zuckerfabrik

Micha, geb. 1894, Stallbursche auf Gut Theresienberg

Christian Lambert, geb. 1887, Vorarbeiter in der *Donau Zucker AG* und dortiger Vertrauter Gwendolyns

Jiri Dvorak, geb. 1866, Techniker, und seine Frau Tereza, geb. 1869, Krankenpflegerin, mit ihren Kindern Johann, Wolfgang und Irma

Florian Köhler, geb. 1886, Schreinermeister und einer der besten Freunde von Alexander

Gerhard und Brigitte Köhler, geb. 1860 und 1863, Florians Eltern

Marianne Köhler, geb. 1840, Florians Großmutter

Vinzenz Winkler, geb. 1887, Bauer, verheiratet mit Kathi, gehört zu Alexanders Freundeskreis

In Polderfeld

Martha Meininger, geb. Schinder 1880, Gwendolyns älteste Schwester und besessene Saccharin-Schmugglerin

Benno Meininger, geb. 1884, Marthas Mann mit eigenen Zukunftsplänen

Helena Schinder, geb. 1894, Gwendolyns jüngste Schwester

Max Arenburg, geb. 1850, Nenn-Onkel der Schinderschwestern und als Sozialdemokrat im Deutschen Reichstag

Cilly Meininger, geb. 1894, Bennos Schwester und Helenas beste Freundin

In Englingen (auf deutschem Gebiet nahe der schweizerischen Grenze)

Rupert Vogel, geb. 1849, Zöllner mit dem Lebenssinn, den Saccharin-Schmuggel zu unterbinden

In Buchel (auf schweizerischem Gebiet nahe der deutschen Grenze)

Andrin Brunner, geb. 1889, undurchsichtiger Lieferant für Saccharin nach Deutschland

Loris Brunner, geb. 1888, Andrins Bruder, verlobt mit der Müllerstochter Bernadette

Beat Brunner, geb. 1860, Onkel der Brüder, Gemischtwarenhändler

In Leipzig

Lisa Bergner, geb. 1890, Schankmagd im Auerbachs Keller und ehemalige Geliebte von Alexander Wallendorf

Matti Bergner, geb. 1909, Lisas Sohn

Gertrud Wimmer, geb. 1848, Lisas Kollegin

Hannes Dankwerts, geb. 1844, Wirt im Auerbachs Keller

Ludwig Ehrenfeld, geb. 1859, Stadtrat, der mit Lisa aneinandergerät

In Salbke (Magdeburg)

August Klages*, geb. 1871, Chemiker und Nachfolger des verstorbenen Saccharin-Erfinders Constantin Fahlberg* in der Saccharin-Fabrik

Moritz List*, geb. 1861, Mitbegründer der Saccharin-Fabrik

Cornelia Raimund, geb. 1885, Journalistin beim *Leipziger Tageblatt*

In den USA

William H. Taft*, geb. 1857, 27. US-Präsident

Harvey W. Wiley*, geb. 1844, Leiter des *Bureau of Chemistry* im amerikanischen Landwirtschaftsministerium und heftiger Gegner von Saccharin

Ira Remsen*, geb. 1846, Präsident der Johns-Hopkins-Universität in Baltimore

Teil 1

September und Oktober 1911
Bayerischer Wald bei Deggendorf, Schweiz und Leipzig

Neue Wege

1

Mitte September 1911, Ornbach, Gut Theresienberg

Gwendolyn öffnete das Schlafzimmerfenster und nahm einen tiefen Atemzug. Ihr Blick glitt zu den Wiesen und Weiden von Ornbach bis zu den angrenzenden Dörfern. Im Tal lag ein fein gewobenes Tuch aus Nebel über der Donau, doch der Himmel war klar. Noch vor Mittag würde der Fluss sich als funkelndes Band durch den Bayerischen Wald schlängeln.

Der Tag versprach, blau und hell zu werden. Ein schöner Ausgleich nach dem nassen Sommer. Die Bäume standen noch in sattem Grün, auf den Weizenfeldern wogten die Halme. Die Rübenäcker zogen sich durch die Landschaft, braun und gelb vom Blattwerk, das nach der Ernte als Dünger diente. Die Luft war erfüllt von dem Duft nach Muttererde und Moos, der sich mit den süßlichen Röstaromen aus der Zuckerfabrik mischte. Gwendolyn hatte sich an diesen Geruch gewöhnt. Er gehörte zu Gut Theresienberg wie das Schnauben der Pferde auf der Weide, die lang gezogenen Schreie der Greifvögel über den Baumwipfeln, das ununterbrochene Rattern und Zischen der Maschinen in der Firma, sobald die Zuckerkampagne im September begann.

Gwendolyn fröstelte in ihrem leichten Hemd, die Härchen an ihren Unterarmen richteten sich auf. Sie hielt das Gefühl aus, bis die Kühle den letzten Rest Verschlafenheit vertrieben hatte.

Seit Wochen fiel es ihr schwer, nachts Ruhe zu finden. Ihre Schwiegermutter Annegret hatte ihr Baldriantee und ein Kirschkernkissen besorgt, nachdem ihr beim Frühstück die dunklen Ringe unter Gwendolyns Augen aufgefallen waren. Geholfen hatte keins von beiden. Es gab Gedanken, die kein Tee und keine Wärme besänftigen konnten.

Drüben an der Kreuzung von der Hauptstraße zum Gut erklang das dumpfe Knattern eines Lastwagens. Das Gefährt nahm den Weg hinauf zur Fabrik hinter dem Hof. Der Fahrer hielt an, stieg aus und sah sich suchend um, offenkundig überfordert vom Anblick der vielen Hallen, Türme und Silos. Bauer Gaißberger aus Fellenau lieferte zum ersten Mal seine Ernte an. Vor einigen Monaten hatte Gwendolyn ihn wie zahlreiche andere Landwirte aus der Gegend davon überzeugt, dass Zuckerrüben lukrativer für ihn wären als Kartoffeln oder Mais. Dem Vertrag über fünfzehn Jahre hatte er nicht widerstehen können, versprach er ihm doch, fünfmal die Rübenernte in der *Donau Zucker AG* versilbern zu können. Etwa alle drei Jahre konnte ein Landwirt Rüben anpflanzen, dazwischen galten Winterweizen und Gerste als optimale Fruchtfolge, um den Boden zu schonen. Gwendolyn hatte sich eingehend mit der Lage der Bauern beschäftigt, beriet sie nicht nur beim Anbau, sondern sorgte auch für das Saatgut. Damit stellte die *Donau Zucker* sicher, dass nur die beste Qualität für die spätere Produktion heranwuchs. Eine Situation, die für beide Parteien von Vorteil war: Die niederbayerischen Bauern sicherten die Zukunft ihrer Familien, die Firma bekam weitere Ware direkt aus der Region, preisgünstig, weil sie nicht quer durch Deutschland transportiert werden musste.

Den anstehenden Gewinn schien Gaißberger bereits in den Kauf des Lastkraftwagens investiert zu haben. *Benz-Mannheim* prangte in weißer Schrift auf der grünen Ladebordwand. Einige Bauern hatten sich solche Fahrzeuge angeschafft, der Fortschritt machte vor Niederbayern nicht Halt und würde bald auch jene überzeugen, die ihre Ernte wie eh und je mit Pferdefuhrwerken brachten. Es war ein Kommen und Gehen in diesen Wochen. Die Firma hatte auf den Wegen rund um das Gut Hinweisschilder aufgestellt, allein um sich abzusichern, sollte es aufgrund des hohen Verkehrsaufkommens oder verschmutzter Straßen Unfälle geben. *Achtung, Rübenkampagne!*

Gwendolyn schloss das Fenster und schlüpfte aus ihrem Seidenhemd. Ihr Blick fiel auf das Bett, die Laken waren von der Nacht zerwühlt. Alexander lag seitlich auf einem Arm, nur bis zu den Hüften zugedeckt. Sie mochte es, dass er mit freiem Oberkörper schlief. Wäre sie Künstlerin, würde sie ihn malen mit seiner glatten Haut, den muskulösen Armen, den zerzausten Haaren. Sein Mund stand leicht offen. Es war nicht alles rosig in ihrer Ehe, bestimmt nicht. Aber seit ihrer Hochzeit im April letzten Jahres empfand sie noch immer das Gefühl grenzenloser Liebe, wenn sie ihn betrachtete. Mit einem Kribbeln im Nacken erinnerte sie sich an den vergangenen Abend, als er ihr bewiesen hatte, wie sehr er sie begehrte.

Sie wandte sich von seinem Anblick ab, unterzog sich einer Katzenwäsche am Becken, das zu ihrem Schlafzimmer gehörte. Im Jahr zuvor hatte es einige Renovierungen auf Gut Theresienberg gegeben. Die Fabrik war auf dem neuesten technischen Stand mit den hochmodernen Kesseln, der Elektrik, den Wasserrohren, in denen die Rübenschnitzel transportiert wurden. Im Wohnhaus hatte man sich noch bis vor wenigen Monaten mit einer bescheideneren Ausstattung zufriedengegeben. Doch Gwendolyns Einzug schien die Bewohner wachgerüttelt zu haben, obwohl sie selbst nicht aus luxuriösen Verhältnissen stammte. Auf dem Schinderhof, ihrem Elternhaus, wuschen sich nach wie vor alle am Brunnen im Hof. Alexander hatte enormen Ehrgeiz darauf verwandt, in sämtliche Zimmer im Gut Stromleitungen zu verlegen. Es gab fließendes Wasser, sowohl in der oberen Etage, die Gwendolyn mit ihm bewohnte, als auch im Parterre, wo ihre Schwiegereltern lebten. Sogar im Anbau für das Personal hatten die Handwerker tagelang Strippen gezogen und Sicherungen installiert. Gwendolyn war Alexander dankbar, dass er sich darum gekümmert hatte. Aber noch lieber wäre es ihr gewesen, er hätte seine Energie in die Firma gesteckt. Dazu gehörte auch, sich um verwirrte Bauern zu kümmern, die nicht wussten, wohin mit sich und ihrer Ware.

Abends verbrachte sie gern ausgiebig Zeit im luxuriösen Badezimmer mit der auf Löwenfüßen stehenden Keramikwanne, jetzt musste es schnell gehen. Sie öffnete ihren Schrank, sah die auf Bügeln hängenden Kleider der Reihe nach durch und entschied sich für das dunkelblaue mit der Stickerei am Stehkragen, dem spitzen Ausschnitt und den Hirschhornknöpfen bis zur Taille. Es war edel genug, dass es der Ornbacher Zuckerbaronin, wie die Leute sie mittlerweile nannten, würdig war. Andererseits bot es mit dem in Falten gelegten wadenlangen Rock und den weiten Ärmeln ausreichend Bewegungsfreiheit. So elegant Gwendolyn sich präsentierte, sie packte nach wie vor mit an, wenn es nötig war.

Wie rasch sie sich an diese Auswahl an Garderobe gewöhnt hatte. Auf dem Schinderhof hatte sie zwei gute Kleider für Sonn- und Feiertage besessen, daneben nur schlichte Arbeitskleidung aus dickem, graublauem Stoff.

Die Gedanken an den Hof legten einen Schatten auf ihr Gemüt. Sie dachte an den Tod des Vaters im Frühjahr vergangenen Jahres genau an ihrem Hochzeitstag, seine Beerdigung auf dem Polderfelder Friedhof. Pfarrer Lindemanns bewegende Worte für *den guten Mann, der so viel für das Dorf getan hatte,* die ihr zugetragen worden waren. Noch immer schmerzte es sie, dass sie erst nach der Zeremonie, als alle schon gegangen waren, an sein Grab hatte treten und sich unter Tränen von ihm verabschieden können. Sie hatte sich von ihrer Familie losgesagt – lossagen *müssen*, um den Segen der Wallendorfs für die Hochzeit mit Alexander zu erhalten. Das hatte Leopold Wallendorf so verfügt, also hatte sie auch nichts am Sarg ihres Vaters zu suchen! Alle wussten, dass die glorreichen Taten, von denen Lindemann gesprochen hatte, den Schleichhandel mit Saccharin betrafen. Zu Lebzeiten hatte Gwendolyns Vater als der Schmugglerkönig von Bayern gegolten, nach seinem Tod war er für viele zum Märtyrer emporgestiegen. Gwendolyn konnte sich ausmalen, wie in den ersten Wochen in den Gasthöfen über die genaueren Umstände des *Unfalls* an der Grenze zu Böhmen spekuliert worden war. Der Polizist Alfons Hartler war ebenfalls in den Abgrund gestürzt. Die beiden Männerleichen fand man, zum Teil mit Saccharintüten bedeckt, am kiesigen Ufer eines Flusstales, vom Sturz aus fünf Metern Höhe mit gebrochenen Gliedmaßen und Schädelfrakturen. Sie schüttelte sich bei der Vorstellung und kämpfte die Tränen nieder. Keiner wusste, ob ihr Vater den Polizisten zu einem Geschäft hatte überreden wollen oder ob der Gesetzesmann ihm bei einem Schmuggel auf den Fersen gewesen war, bevor das Unglück passierte. Gwendolyn fand beides unwürdig und traurig zugleich.

Zu ihren Schwestern war die Beziehung angespannt, seit sie Alexander Wallendorf geheiratet hatte. Mit der jüngsten, Helena, traf sie sich gelegentlich, ohne dass die ältere, Martha, darüber Bescheid wusste. Sie hätte sich eher die Hand abgehackt, als sie Gwendolyn zur Versöhnung zu reichen. Die Verstimmung drückte ihr auf die Seele, aber eine Annäherung hätte ohnehin nur heimlich vonstattengehen können.

Manchmal glaubte Gwendolyn, sie hätte sich gut mit alldem arrangiert, ihre Liebe zu Alexander würde jeden Anklang von Schwermut überdecken. Aber in letzter Zeit quälte sie zunehmend der Schmerz des Verlusts, der in ihrem Leib rumorte. Doch genug der trüben Gedanken! Der Tag war jung, der Tag war schön, es gab viel zu tun! Noch bevor sie sich das Kleid über den Kopf ziehen konnte, vernahm sie Alexanders Stimme hinter sich. »Sei nicht ungemütlich, Gwendolyn. Komm wieder ins Bett, hier ist es kuscheliger.«

Sie wandte sich um. Einladend hob er die Decke, und ein paar Sekunden lang war sie in Versuchung, sich an seinen warmen Körper zu schmiegen, sich streicheln zu lassen, jeden Zentimeter seiner Haut zu küssen, bis sie beide mehr wollten. Aber nein, später. Sie wurde draußen gebraucht. Mit drei Schritten war sie bei ihm, beugte sich hinab, küsste ihn. Er hielt sie, zog sie an sich, doch sie befreite sich lachend. »Raus aus den Federn mit dir!«

Statt einer Antwort warf sich Alexander auf die andere Seite und wandte ihr den Rücken zu. Mit gespieltem Schnarchen demonstrierte er, was er von ihrem Vorschlag hielt.

Gwendolyn lachte und war kurz darauf angezogen. Sie wählte ihre Schnürstiefel, die bis zu den Waden reichten. Am frühen Morgen waren die Wege trotz des herrlichen Spätsommerwetters matschig von der nächtlichen Feuchtigkeit.

Sie schaute zurück, bevor sie die Tür öffnete. Alexander beobachtete sie mit hinter dem Kopf verschränkten Armen. Sie warf ihm eine Kusshand zu und verließ das Schlafzimmer. Der Teppich auf der Treppe dämpfte ihre Schritte, aus der Küche vernahm sie das Klappern von Töpfen und Besteck. Der Duft nach frisch aufgebrühtem Mokka stieg ihr in die Nase. Sie freute sich auf das Frühstück, das sie seit vier Wochen nur zu dritt einnahmen: Alexander, seine Mutter Annegret und sie. Ihr Schwiegervater verließ das Bett nicht mehr.

Sie strebte auf das mächtige Portal zu und passierte sein Schlafzimmer. Annegret war vor einigen Wochen dort ausgezogen. Das Röcheln, Husten und Würgen hatten ihr den Schlaf geraubt. Sie hatte sich im Gästezimmer am anderen Ende des Flurs gegenüber der Küche wohnlich eingerichtet, sah aber oft nach ihrem Mann und vergewisserte sich, dass es ihm an nichts fehlte. Leopold kränkelte schon seit vergangenem Jahr, hatte die letzte Rübenkampagne jedoch zu Gwendolyns Erstaunen dennoch größtenteils in Eigenregie bewältigt. Obwohl er seinen Sohn zu seinem Nachfolger erklärt hatte, ließ er ihn kaum zum Zuge kommen. Gwendolyn wartete darauf, dass Alexander dem alten Herrn endlich die Stirn bot und sich in die Firma einbrachte, wie man es von einem Juniorchef erwarten durfte. Aber es schien, als ob er sich umso passiver verhielt, je engagierter sich sein Vater gab. Am Morgen noch lange nach ihr im Bett liegen zu bleiben gehörte zu den Freiheiten, die er sich mit Selbstverständlichkeit nahm. Gwendolyn hingegen war es vom Schinderhof gewohnt, mit den Hühnern aufzustehen und das Tagwerk anzupacken.

Annegret Wallendorf verließ soeben das Schlafzimmer und schloss die Tür, die Klinke mit beiden Händen umfassend, leise hinter sich. Die Frauen begrüßten sich mit einem Wangenkuss.

»Wie geht es ihm, Mutter?«, erkundigte sich Gwendolyn. Annegret hatte ihr die vertraute Anrede angeboten. Sie fühlte sich geehrt, obwohl ihre wahre Mutter immer Barbara Schinder bleiben würde, die auf einem Felsen im selben Bach ihr Ende gefunden hatte wie der Vater. Gwendolyn schlang die Arme um sich, doch diesmal war es kein Luftzug, der sie frösteln ließ. Hatte sie sich für heute nicht von den trüben Gedanken verabschieden wollen?

Annegrets Augen wirkten verhangen, die Stirn gefurcht, als sie auf Gwendolyns Frage antwortete: »Er schläft noch und hustet zwischendurch. Ich habe sein Gesicht mit einem Lappen gekühlt und ihm Wasser gebracht. Seine Haut hat einen ungesunden Glanz, ich mache mir Sorgen.« Sie tupfte sich mit einem Finger die Augenwinkel.

Gwendolyn zog sie an sich. »Du gibst ihm die beste Pflege, die er bekommen kann. Er spürt, dass du bei ihm bist, da bin ich mir sicher. Kommt Tereza heute?« Die Frau des für die *Donau Zucker AG* tätigen Technikers Jiri Dvorak war vor zwei Jahren mit ihren drei jugendlichen Kindern den kärglichen Verhältnissen in Pilsen entflohen, um bei ihrem Mann in Bayern ein neues Zuhause zu finden. Jiri war schon einige Monate zuvor ins *Zuckerquartier* gezogen. Die in der Nähe der Fabrik aus dem Boden gestampfte Werkssiedlung galt über die Landesgrenzen hinaus als ein hervorragender Ort zum Leben für Arbeiterfamilien und wartete mit sozialen Einrichtungen wie einem Kindergarten, einer Krankenstation und vielen anderen Annehmlichkeiten auf. Tereza, die gelernte Krankenschwester war, verdiente durch ihre Tätigkeit als Pflegerin des alten Leopold ein Zubrot für ihre Familie. Ihre beiden Söhne fuhren jeden Tag mit dem Bus nach Deggendorf und besuchten das dortige Gymnasium. Die Tochter Irmi ging noch zur Grundschule in Ornbach. Nachmittags brachte Tereza sie manchmal mit. Dann kauerte sie mit angewinkelten Beinen auf einem Ohrensessel in der Bibliothek, die Nase in ein Buch gesteckt.

Annegret nickte. »Gegen zehn Uhr. Ich bin froh, dass wir sie haben.« Gwendolyns Schwiegermutter war zwar hochgewachsen, aber ihr Knochenbau war zart, ihr Rücken gebeugt, obwohl sie die sechzig noch nicht erreicht hatte. Sie wäre schnell überfordert damit, den alten Mann allein zu waschen oder umzukleiden. Tereza hingegen war stark wie eine Bärin, sie scheute sich vor nichts.

»Die Familie Dvorak ist ein Glücksgriff«, bestätigte Gwendolyn und strebte weiter zur Tür.

»Kommst du nicht zum Frühstück?«, erkundigte sich Annegret. »Was ist mit Alexander?«

»Fang ruhig ohne uns an. Alexander … Er braucht noch ein paar Minuten. In der Zeit sehe ich nach dem Bauern Gaißberger. Ich fürchte, er weiß nicht, wohin mit den Rüben.«

»Das kann doch Joseph oder ein anderer Angestellter übernehmen!«, rief Annegret ihr hinterher, aber Gwendolyn war schon draußen, lief über den Hof auf die Straße, die der Landwirt mit seinem Benz inzwischen hinaufgefahren war. In Höhe der Pferdeställe hielt er erneut an und stieg aus, stemmte die Hände in die Hüften und runzelte die Stirn, während er sich umschaute.

»Grüß Gott, Herr Gaißberger!« Sie packte die Seiten des Rocks und eilte auf ihn zu.

Der Bauer zog die Mütze von den grauen Stoppelhaaren. Mit einem Grinsen, das eine breite Lücke zwischen seinen Schneidezähnen offenbarte, sah er ihr entgegen. Seine Augen blitzten, als er sie wohlwollend vom Scheitel bis zur Schuhspitze betrachtete. Gwendolyn kannte solche Blicke. Noch vor zwei Jahren hatte sie sich gefragt, wie andere Frauen es anstellten, dass Männer sie auf diese Art ansahen. Sie hatte sich minderwertig gefühlt, vor allem im Vergleich mit der älteren Schwester Martha. Seitdem war etwas passiert, ohne dass sie den Finger darauflegen konnte. Vielleicht hatte Alexanders Liebe sie verändert?

»Ich hoffe, ich habe Sie nicht geweckt mit meiner Knattermaschine, gnädige Frau!« Trotz seiner saloppen Bemerkung war er unverkennbar stolz auf den mit goldfarbenem Kühler und Lampen ausgestatteten Lastkraftwagen.

»Ach, woher denn!« Gwendolyn lachte ihn an, bevor ihr

Blick zur Ladefläche ging. Unter der weißen Plane zeichnete sich ein Berg von Zuckerrüben ab. »Ich bin immer früh auf den Beinen. Und ich hätte Ihnen sagen müssen, dass Sie den Weg hinter Ornbach herauf nehmen sollen. Der führt direkt zum Lager. Aber von hier aus geht es auch. Lassen Sie uns einsteigen, ich zeige es Ihnen.«

Kurz darauf saß sie auf dem Beifahrersitz und dirigierte den Mann mit Handzeichen um Gut Theresienberg herum, vorbei an den Produktionshallen bis zur Lastenwaage. Auf diese fuhr der Bauer mitsamt seinem Wagen, das Gewicht des Fahrzeugs wurde abgezogen sowie ein Prozentsatz für mit aufgeladene Ackersteine, sodass er gleich den Betrag ausgehändigt bekam, den ihm die Fuhre einbrachte. Mit zufriedenem Gesichtsausdruck nahm er die Scheine entgegen.

Drei Männer kamen aus der Fabrik, alle in kurzen Hosen und Unterhemden, die Haare verschwitzt, die Gesichter verdreckt. Die Temperatur in der Halle war zum Teil unerträglich, besonders in der Nähe der Kessel. Die Erschöpfung war den Zuckerkochern anzusehen. Nach der zwölfstündigen Nachtschicht warteten sie auf die Ablösung. Auch Christian Lambert war dabei, ein aus Bamberg stammender Mann von vierundzwanzig Jahren, der im letzten Herbst nach wenigen Wochen von seiner Tätigkeit vom Lageristen zum Vorarbeiter aufgestiegen war. Leopold Wallendorf hatte sein Potenzial schnell erkannt. Christian behielt nicht nur in brenzligen Situationen den Überblick, er hatte auch ein Händchen dafür, die ihm unterstellten Männer anzuleiten. Solange es Fachkräfte waren. Mit ungelernten Arbeitern und dem einzigen Lehrling, den sie zurzeit hatten, gab er sich barsch. Ein Perfektionist, dem mangelndes Fachwissen und fehlende Erfahrung gegen den Strich gingen. Seine direkte Art stieß manchen auf, Gwendolyn hingegen schätzte sie. Wie es sich für seine gehobene Stellung gehörte, trug er ein graues Hemd und lange Hosen. Er schob sich die Kappe in den Nacken, eine Locke seiner dichten schwarzen Haare fiel ihm in die Stirn. Etwas skeptisch beobachtete er, wie Gaißberger den Wagen einige Male umrangierte, bis er so stand, dass die Männer die Rüben neben den bereits angehäuften gigantischen Haufen herunterschaufeln konnten. Von hier aus liefen die Knollen über ein Förderband zu einer Waschanlage, in der sie von Dreck, Steinen und Gräsern befreit wurden. Lambert winkte Gwendolyn zu, als sie vom Beifahrersitz sprang und sich gedankenverloren die Hände am Rock abwischte. »Holst du unsere Goldschätze jetzt schon persönlich ab?«

Bevor Gwendolyn antworten konnte, stürmte ein hagerer junger Mann mit roten Segelohren heran. In knappen Worten berichtete er von merkwürdigen Geräuschen in einer der Maschinen. Lambert runzelte die Stirn, offenbar ungehalten über die kindliche Aufregung, und wies auf eine der Hallen. »Der Schlosser soll sich das ansehen.«

Der Junge flitzte davon.

Gwendolyn reichte dem Vorarbeiter die Hand. Er war einer der wenigen, dem sie das Du angeboten hatte. »Ich habe Gaißberger nur den Weg gezeigt, Christian.«

»Mhm. Die Schneidemaschine macht schon wieder Zicken. Dein Mann wollte sich längst darum kümmern, dass sie ausgetauscht wird.«

Hatte Gwendolyn gerade gedacht, dass sie ihn für seine offenen Worte schätzte? Jetzt fühlte sie sich ertappt. Als wäre es ihre Schuld, dass noch nichts geschehen war. »Sicher hat er schon etwas organisiert, und es verzögert sich nur.« Die Schneidemaschine zerteilte die gewaschenen Rüben mit geschliffenen Messern in Schnitzel, aus denen in den Kesseln der Zuckersaft gewonnen wurde. Dieser wurde so lange geköchelt, bis sich eine dickflüssige, hochkonzentrierte Flüssigkeit bildete, aus der der Zucker herauskristallisiert werden konnte. Die Prozesse in der Fabrik liefen wie in einem Uhrwerk. Fiel eine Komponente aus, brach die gesamte Produktion zusammen.

Christian kniff ein Auge zu, den Unglauben verbarg er nicht. »Jiri gibt dem Ding keine Woche mehr. Wenn die mitten in der Kampagne ausfällt, haben wir ein Problem, das weißt du. Aber gut, es ist nicht mein Geld, das dann verloren geht.« Er griff in seine Brusttasche und klopfte sich eine Zigarette aus einem Päckchen. »Wenn der gnädige Herr meint, es sich leisten zu können. Solange mein Arbeitsplatz erhalten bleibt ...«

Gwendolyn wusste, dass Christian nicht viel von Alexander hielt. Sie überging seine Bemerkung, legte ihm beruhigend die Hand auf den Unterarm. Eine Geste, die er mit einem einnehmenden Lächeln quittierte, sodass sie ihm die Kritik an ihrem Mann verzieh. »Ich kümmere mich darum, versprochen. Morgen gebe ich dir Bescheid.«

Bei ihrem Kennenlernen hatte Alexander darauf gebrannt, sich auf seine Weise in der *Donau Zucker* zu engagieren. Und nun? Sein Interesse ließ mit jedem Monat mehr nach. Vielleicht hatte ihn der unermüdliche Eifer seines alten Herrn abgeschreckt, vielleicht fand er, dass Gwendolyn genug Tatkraft für sie beide investierte. Sie hatte vom ersten Tag an ihren Platz im Unternehmen gesucht, anfangs im Schatten des Seniors und jetzt, da er krank im Bett lag, an vorderster Front. Sie kannte jeden Mitarbeiter beim Namen, die Stärken und Schwächen, die familiären Verhältnisse und die Einstellung zur Firma. Sie wusste, wer welche Aufgabe hatte und wen sie bei welchen Angelegenheiten fragen musste. Sich in die Buchhaltung mit all den Tabellen von Einnahmen und Ausgaben, den Kosten und Gewinnen einzuarbeiten, war ihr besonders leichtgefallen. Sie hatte ein Faible für Zahlen und schon bei den Schmuggelgeschäften ihres Vaters die Finanzen geklärt – mit einem unguten Gefühl im Magen. Im Schinderhaus hatte sie kreativ werden müssen, um die Erträge durch den Schleichhandel zu verschleiern. Bei der *Donau Zucker* ging alles rechtens zu, auch wenn ihre Schwester Martha stets von *Ausbeutung* gesprochen hatte, sobald sie auf die Industrie im Allgemeinen und die Fabrik der Wallendorfs im Speziellen zu sprechen gekommen waren. Schimpfreden, die sie vom Vater übernommen hatte. Seit seinem Tod polterte sie nur noch lauter über die Ungerechtigkeiten, wie Gwendolyn von Helena erfuhr.

Sicher, die Löhne für die Angestellten waren gering. Leopold war immer schon ein Pfennigfuchser gewesen. Aber das würde sich ändern, sobald Alexander endgültig seine Nachfolge antrat, dafür würde Gwendolyn sorgen. Die Leute sollten gern für sie arbeiten.

»Ich nehme Sie mit zurück«, bot Bauer Gaißberger wenige Minuten später an, nachdem er und die Männer alles abgeladen hatten und Christian sich mit seinen Kollegen verabschiedete.

Gwendolyn schüttelte den Kopf, hielt das Gesicht in die Morgensonne. »Fahren Sie ruhig ohne mich. Ich laufe gern ein Stück.« Sie machte sich auf den Weg, vorbei an der Fabrik und hinüber zum Gutshof. Sie passierte den kleinen Teich, die Weide für die Pferde. Schade, dass Kutscher Joseph und sein Stallbursche Micha die Stute Mondschein nicht nach draußen gebracht hatten. Sie hätte sie gern begrüßt. Sie hoffte, dass Alexander und sie bald wieder einige freie Stunden finden würden, um gemeinsam auszureiten. Sonst vergaß das Pferd sie am Ende noch! Weiter ging es am Rosengarten vorbei, in dem vereinzelte altrosa Blüten standen. Kurz darauf nahm Gwendolyn einen Nebeneingang in den Hof und steuerte das Haupthaus an. Wenig später saß sie mit Annegret beim Frühstück. Allein. Offenbar lag Alexander immer noch im Bett. Heute kam ihr das gelegen. Sie erschrak, als sie zur Uhr über dem Buffetschrank schaute. Schon nach acht! Sie musste sich beeilen. Der Termin in Deggendorf war wichtig. An die Schneidemaschine würde sie Alexander nach ihrer Rückkehr am Nachmittag erinnern.

»Du hast es eilig?« Annegret bestrich sich ein Scheibe Brot mit Honig.

Gwendolyn zuckte zusammen und setzte die Kaffeetasse ab. Merkte man ihr die Ungeduld so deutlich an?

»Ich habe ein Treffen in der Stadt, zu dem ich nicht zu spät kommen will.«

Annegret musterte sie mit hochgezogenen Brauen, die Frage war offensichtlich. Aber nein, sie würde nicht mehr preisgeben. Dieser Termin betraf nur sie und Alexander, selbst wenn der nichts davon wusste. Auch darüber würde sie später mit ihm sprechen, sofern sich die Gelegenheit ergab.

»Mutest du dir nicht zu viel zu, Gwendolyn? Du weißt, dass es dem Kinderwunsch nicht förderlich ist, wenn die Frau sich zu heftigen Strapazen aussetzt.«

»Ich bin nicht überfordert, die Arbeit macht mir Freude«, antwortete Gwendolyn schnell. Zu schnell. Zum zweiten Mal am heutigen Morgen fühlte sie sich unangenehm ertappt. »Ein Kind kommt, wann es kommen möchte. Wir haben keine Eile.«

»Nun, es wäre schön, wenn Leopold es noch miterleben könnte, Großvater zu werden. Vielleicht würde das sogar zu seiner Genesung beitragen.«

Eine bleischwere Last legte sich auf ihre Schultern. Nicht zum ersten Mal fiel ein solcher Kommentar. Annegret meinte es nicht böse, Gwendolyns eigene Mutter Barbara hätte ebenso nachgefühlt, wann das Ehepaar denn Nachwuchs plante. Dennoch … Natürlich wollte sie eine Familie gründen. Aber man konnte es nicht erzwingen, oder? An diesem Tag würde sie zumindest erfahren, ob es irgendetwas gab, das in ihrer Macht lag, um die Sache zu beschleunigen.

»Ich nehme den Ford«, wich sie aus. »Alexander scheint ihn heute Vormittag nicht zu benötigen.« Das Auto war sein ganzer Stolz, aber seit er Gwendolyn das Fahren beigebracht hatte, nutzte auch sie es bei jeder Gelegenheit.

»Gut. Ich schaue mir die Personalsituation an. Möglicherweise müssen wir ein paar zusätzliche Leute für die Kampagne einstellen«, erklärte Annegret. Ihre Aufgabe lag darin, sich um die Mitarbeiter zu kümmern. Sie koordinierte die Wohnungsvergabe in der Siedlung, bestimmte die Mietpreise und beurteilte neue Bewerber.

Ohne sie stünde es schlecht um die Firma, überlegte Gwendolyn auf der Fahrt nach Deggendorf, als sie mit dem Ford an der Donau entlangbrauste. Im Grunde hielten sie beide den Betrieb am Laufen. Zwei Frauen an der Spitze der mächtigen *Donau Zucker AG*. Wer hätte das gedacht?

Sie verdrängte sämtliche Gedanken an die Fabrik und stellte den Wagen vor der Praxis von Dr. Beisenwild ab. Drinnen musste sie nicht lange warten, bis sie im Untersuchungsstuhl lag und den Atem anhielt, während der Arzt sie abtastete. Als sie sich eine Viertelstunde später hinter dem Paravent ankleidete, hörte sie am Wasserplätschern, dass Beisenwild sich über dem Keramikbecken die Hände wusch. »Es gibt nicht den geringsten Grund zur Sorge, liebe Frau Wallendorf«, sagte er im Plauderton. »Sie sind kerngesund, einer Schwangerschaft steht nichts im Wege.«

Gwendolyn spürte Erleichterung und Verzweiflung zugleich. Wie beruhigend, dass ihr nichts fehlte. Aber wie viel hätte sie darum gegeben, wenn der Arzt irgendetwas gefunden hätte, das man beheben konnte! Denn wenn alles in Ordnung war, woran scheiterte es dann? An mangelnder Liebe zwischen ihr und Alexander bestimmt nicht! Die Anziehungskraft zwischen ihnen war nach wie vor magisch, sie liebten sich fast jede Nacht. Und doch wollte sich kein Nachwuchs ankündigen. Was stimmte hier nicht?

Gwendolyn selbst spürte den Wunsch nach einem Kind als schwaches Leuchten in sich, nicht größer als ein Glühwürmchen. Viel stärker war der Wille, niemanden zu enttäuschen. Sie hatte es von Anfang an nicht leicht gehabt mit diesen Schwiegereltern, für die sie die Tochter des Erzfeindes war. Mit einem Kind, einem jungen Wallendorf, konnte sie beweisen, dass Alexander mit ihr die richtige Wahl getroffen hatte.

»Was kann ich tun, damit es endlich klappt?«, fragte sie, nachdem sie auf dem Besucherstuhl vor dem Schreibtisch des Gynäkologen Platz genommen hatte. Sie knetete ihre Finger, spürte die Anspannung wie Eisendrähte in ihren Muskeln und Sehnen.

Der Arzt musterte sie mitfühlend. »Nun, ich kann Ihnen einen Tee mit Frauenmantel, Mönchspfeffer und Himbeerblättern aufschreiben. Manche schwören darauf.« Seine Miene brachte zum Ausdruck, was er von solch pflanzlichen Mitteln hielt. »Aber der bessere Rat wäre zweifellos, dass Sie Ihren Mann zur Untersuchung zu einem Kollegen schicken. Nicht selten liegt es an schlechter Qualität der Spermien, wenn sich kein Nachwuchs einstellt.«

»Ich … ich … Mönchspfeffer und Himbeeren, sagten Sie?«

»Blätter.« Dr. Beisenwild richtete seine Brille. »Himbeerblätter. Und Frauenmantel.« Er zog sich den Rezeptblock heran und beugte sich darüber.

Gwendolyn lief es kalt den Rücken herunter bei der Vorstellung, Alexander darum zu bitten, bei einem Urologen eine

Probe seines Samens abzugeben. Sie kannte ihn inzwischen gut genug. Wie leicht war er aus der Balance zu bringen! Ein Zweifel an seiner Zeugungskraft würde ihm zusetzen, vor allem in der aktuellen Situation, wo ihm der Zustand seines alten Herrn überraschend naheging. Nach all den Jahren, in denen sein Sohn nie gut genug für ihn gewesen war, war das ein Wunder. Nein, sie würde ihn nicht zusätzlich mit dieser Angelegenheit belasten, nicht in dieser Zeit. Fürs Erste musste der Tee reichen, auch wenn der Arzt nicht überzeugt klang.

Kurz darauf verließ sie mit dem Rezept die Praxis. Die Apotheke lag zwei Häuser weiter, die Angestellte in ihrem weißen Kittel nahm den Zettel entgegen und mischte in den hinteren Räumen alles entsprechend den Angaben. Der Geruch nach Pfeffer und Honig wehte Gwendolyn in die Nase. Mit dem Päckchen, das die Apothekerin ihr in eine Papiertasche steckte, trat sie zurück auf die Straße, schlug gedankenversunken den Weg zu ihrem Automobil ein.

»Gwendolyn!«

Sie schrak zusammen. Helena! Ihre jüngere Schwester flitzte schon auf sie zu und fiel ihr um den Hals. Wie gut es tat, nach dem ernüchternden Besuch beim Arzt ihren Duft nach Vanille und Wiesenblumen einzuatmen, sie zu spüren. Sie war mit ihren siebzehn Jahren inzwischen ein Stück größer als Gwendolyn, schlank mit feinen Gliedern und einer sommerblonden Mähne, zu einem Knoten geschlungen. Früher hatte sie sich jeden Tag Blumenkränze in die Haare gesteckt, heute tat sie das nur noch bei besonderen Anlässen. Ein Schmuckkamm mit drei Margeriten aus Stoff erinnerte an ihre Kindheit. Sie trug eine moosgrüne Tracht mit weißer Bluse, ihre beste Garderobe, wie Gwendolyn wusste. Sie hatte sich fein gemacht für den Besuch in der Stadt.

»Du bist zur Bank unterwegs?« Helena hatte die Buchhaltung auf dem Schinderhof übernommen, nachdem Gwendolyn ihr alles beigebracht hatte.

»Da war ich schon. Ich wollte gleich mit dem Omnibus nach Hause zurück.«

»Nichts da, ich nehme dich natürlich mit.« Der Bus, der neuerdings zwischen Deggendorf und Vilshofen verkehrte, hielt nur an einer Abzweigung, Helena musste die letzten Kilometer durch den Auwald hinauf und an der Isar entlang nach Polderfeld laufen. »Aber wenn du etwas Zeit hast, lass uns doch vorher an die Donau spazieren.«

Helena biss sich auf die Unterlippe. »Ich habe Martha versprochen, gleich wieder heimzukehren. Wir wollten die nächste Tour besprechen.«

Die nächste Tour, natürlich. Für Martha drehte sich immer alles um eine weitere Gelegenheit, der Zuckerindustrie eins auszuwischen. Gwendolyn seufzte – und grinste in der Sekunde darauf. »Ach komm«, neckte sie die jüngere Schwester, »sie wird dir schon nicht den Kopf abreißen.«

Lachend ließ sich Helena mitziehen. Ein Bündel Lebensenergie, irgendwo zwischen Mädchen und Frau, wenngleich es nur eines Wimpernschlags bedurfte, bis das Kindliche ganz verschwunden sein konnte. »Du weißt, dass sie genau das tun würde.« Ein Blitzen trat in ihre Augen. »Und dass *du* mich aufgehalten hast, macht es nicht besser. Aber gut, ich kann mich wehren, wenn es darauf ankommt.«

Mit Helena an der Hand lief Gwendolyn los in Richtung des Flusses. Sie kannte eine Stelle, an der jahrzehntealte Weiden, Linden und Pappeln ihr Blattwerk in den Himmel streckten und ein Teilstück vom Strand beschatteten. Die Sonne malte durch das Geäst Muster aus Licht und Schatten auf die Flusssteine und den Sand. Die Schwestern fanden einen gefällten Baumstamm mit morscher Rinde, auf den sie sich nebeneinandersetzten. Gwendolyn hakte sich bei Helena unter, während sie die Wellen beobachtete, die ans Ufer plätscherten und Kiesel und Flusspflanzen zurückließen. Für einen Moment tauchte das Bild ihrer Mutter vor ihrem inneren Auge auf, leblos im Bach liegend. Ihre schmerzhafteste Erfahrung. Hätte sie damals nur nicht hinabgeschaut! Der Anblick des gebrochenen Blicks und des sich unter dem Schädel ausbreitenden Blutes hatte sich in ihrem Gedächtnis eingebrannt und überdeckte all die schönen Erinnerungen.

Helena drückte ihre Hand. »Du denkst an sie?«

Der Schmerz um den Verlust der Eltern war die größte Verbindung zwischen den Schwestern. Vor allem der jüngeren fühlte Gwendolyn sich in der Trauer nah. Bei Martha äußerte sie sich in Wut. »Weißt du noch, wie Papa sie immer Donaunixe genannt hat?«, fragte Gwendolyn flüsternd.

Eine Weile schwiegen sie einträchtig, versunken in ihre Erinnerungen an eine Vergangenheit, in der nicht alles heil gewesen war, aber vieles leichter. Weil man keine eigenen Entscheidungen treffen musste, sondern sich darauf verließ, dass die Eltern dies für einen übernahmen. Schließlich gab Gwendolyn sich einen Ruck. Die Zeit mit Helena war zu kostbar, um sie mit Trauern zu verbringen. »Erzähl, wie geht es euch? Alle gesund?«

»Gesund schon …« Helena sackte ein Stück in sich zusammen. »Aber an manchen Tagen ist kein Auskommen mit Martha. Ich bewundere Benno für seine Geduld, frage mich allerdings, wie lange ein Mann das aushält.«

»Es kriselt in ihrer Ehe?« Die beiden hatten ein halbes Jahr nach Gwendolyn und Alexander geheiratet. Sie war nicht eingeladen gewesen, hätte aber ohnehin nicht kommen können, nachdem sie den Wallendorfs zugesichert hatte, den Kontakt abzubrechen. Wie unfassbar traurig, dass sie und ihre Schwestern diese wichtigen Tage in ihrem Leben nicht miteinander geteilt hatten. Sie hatten viel gemeinsam erlebt, Freude und Sorge, und dann war auf einmal alles für immer vorbei gewesen. Es schnürte Gwendolyn die Kehle zu.

Helena drückte den Rücken durch, richtete sich auf und zuckte die Schultern. »Krise? Ich weiß nicht. Auf jeden Fall lasse *ich* mir ihren Ton nicht gefallen. Aber du kennst ja Benno. Der ist geduldig wie ein Maultier und liebt Martha bis zum Himmel und zurück. Der lässt ihr vieles durchgehen.«

Die Veränderung ihrer älteren Schwester setzte Gwendolyn zu. Sie war vor zwei Jahren noch eine vor Lebenslust sprühende junge Frau gewesen. Das hatte sich, wie es schien, mit dem Tag geändert, als Gwendolyn und Alexander geheiratet hatten. Gwendolyn hatte sie seit ihrem Weggang aus Polderfeld nicht mehr getroffen, aber aus Helenas Erzählungen wusste sie, dass sie das ehrliche Lachen verlernt zu haben schien. Immer war etwas Gezwungenes dabei, etwas Getriebenes. Was für eine schlimme Entwicklung.

»Es ist richtig, dass du dir nichts gefallen lässt.« Sie rückte etwas von Helena ab, um ihr besser in die Augen sehen zu können. »Und du weißt auch, dass du bei den Schmuggelgeschäften nicht mehr mitmachen musst. Es liegt in deiner eigenen Verantwortung, du bist niemandem etwas schuldig.«

Sofort verschloss sich Helenas Gesicht. Sie verschränkte die Arme vor der Brust, um ihre Nase bildete sich ein blasser Hof. »Papa hat es so für uns gewollt.«

»Papa war am Ende nicht weniger verbissen als Martha jetzt.« Gwendolyn ärgerte sich über die Härte in ihrer Stimme. Damit brachte sie Helena gewiss nicht zur Besinnung. »Der Schmuggel wird immer gefährlicher«, fügte sie sanfter, aber drängend hinzu. »Er kann euch ins Verderben stürzen. Und ist es wirklich noch nötig? Unsere Familie hat gutes Geld mit dem

Schleichhandel verdient.« Sie nahm Helenas Hände in ihre. »Mit deinem Wissen um die Buchhaltung findest du inzwischen überall eine andere Arbeit. Und stell dir vor, wie schwer es für dich wird, irgendwann mal einen Mann kennenzulernen. Du wirst ihm nicht ewig verschweigen können, wovon deine Familie lebt. Willst du dein eigenes Glück vom Schmuggel abhängig machen?«

Helena entzog sich ihr. »Behandele mich nicht wie ein Kind. Das bin ich nicht mehr. Ich treffe meine eigenen Entscheidungen. Genau, wie du das getan hast. Ich halte mich an das, was Papa für uns vorgesehen hat. Er wusste immer, was richtig und was falsch ist.«

Helena war diejenige unter den drei Schwestern, die am meisten am Vater gehangen hatte. Ihr hatte er auch ein Übermaß an Liebe und Zuwendung geschenkt, vermutlich, weil sie ihn an seine geliebte Frau erinnert hatte, sie war ihr sehr ähnlich. Gegen einen lebenden Menschen anzukämpfen konnte schwierig sein, gegen einen Toten hatte Gwendolyn keine Chance. In ihrer Trauer verherrlichte Helena den Vater, niemand sollte sich mit ihm messen.

»Ihr plant bereits die nächste Aktion?«

»Wir haben verschiedene Touren vor uns, um das Saccharin unter die Leute zu bringen. Die Scheune ist voll davon. Und demnächst reisen wir in die Schweiz.«

»Du fährst mit, wenn sie das Zeug besorgen?« In der Alpenrepublik wohnten die Brüder Brunner, ihre Hauptlieferanten. Manchmal brachten sie den Süßstoff über die Grenze nach Deutschland und trugen das Risiko, erwischt zu werden. Zöllner Rupert Vogel war erpicht darauf, den Schmugglern das Handwerk zu legen. Obwohl er bislang gegen die Schläue und Verschlagenheit der Brunners den Kürzeren gezogen hatte, war er nicht zu unterschätzen. Manchmal fuhren aber auch die

31

Schinders über die Grenze und ließen sich in der Schweiz den Armeleutezucker in ausgehöhlten Baumstämmen oder Möbeln verstauen, die sie dann in einem Nervenkrieg zurückbringen mussten. Martha liebte diesen Kitzel, das wusste Gwendolyn. Aber mussten sie nun auch die Jüngste einspannen?

»Ich bitte dich, Helena, lass dich nicht darauf ein. Martha und Benno schaffen das allein. Sie bringen dich nur unnötig in Gefahr.«

Ihrer älteren Schwester war ohnehin nicht mehr zu helfen. Doch Gwendolyn gäbe viel darum, wenn sie wenigstens Helena zum Nachdenken anregte. Die aber stieß ein Lachen aus, das sie aufhorchen ließ. Zum ersten Mal klang eine Spur von Spott mit. Alles Kindliche schien verflogen. »Wir sind diesmal nicht *dienstlich* unterwegs, Gwendolyn. Loris Brunner hat uns zu seiner Hochzeit eingeladen. Wir bleiben ein paar Tage.«

»Martha will den Kontakt festigen«, vermutete Gwendolyn. Nach dem Tod des Vaters drängten andere, den Posten des Schmugglerkönigs einzunehmen. Die Schinders waren auf die Brunners angewiesen. Umgekehrt galt das nicht. Gwendolyn kannte die Schweizer Brüder nicht, hielt aber nach allem, was sie über sie gehört hatte, wenig von ihnen. Sie betrogen ihren Onkel, um sich illegal Saccharin zu beschaffen, das sie nach Deutschland verscherbelten. Wer sagte, dass sie im Falle eines besseren Angebots nicht auch die Schinders hintergingen?

»Es ist wichtig, dass unsere Quelle nicht versiegt«, bestätigte Helena. »Aber ich freue mich auch darauf, mal rauszukommen und Neues zu sehen. Etwas zu erleben.« Sie sprang auf, plötzlich wieder eine fröhliche junge Dame, und wischte sich über den verlängerten Rücken, um ihren Rock zu glätten und die Stücke von der Baumrinde abzustreifen. »Jetzt muss ich los, damit ich den Bus nicht verpasse.«

Gwendolyn erhob sich ebenfalls. »Ich habe doch versprochen, dich zu fahren.«

Helena schüttelte den Kopf, die Lippen ein schmaler Strich. »Ich habe gesagt, dass ich mich wehren kann, wenn Martha mich auf dich anspricht. Provozieren will ich den Streit aber nicht, indem du mich bis vor die Tür chauffierst.«

»Ich könnte im Dorf halten und du …«

»Der Omnibus reicht mir völlig, Gwendolyn. Belassen wir es dabei.« Sie lief ein paar Schritte, wandte sich um, hob eine Hand. »Und mach dir keine Sorgen. Ich komme zurecht.« Sie wirbelte herum, der Rock flog beim Laufen um ihre Beine.

Das Herz schwer wie ein Felsbrocken schaute Gwendolyn ihr nach. Das Schicksal ihrer Familie lag nicht in ihrer Hand. Schon lange nicht mehr. Und eine eigene hatte sie noch nicht. Könnte sie wenigstens in einer dieser beiden Angelegenheiten mit stärkerer Zuversicht in die Zukunft blicken! Helena folgte Martha, die wild entschlossen war, den Schmuggel fortzuführen. Doch wann hatten Verbissenheit und Wagemut je zu etwas Gutem geführt?

2

Alexander hielt den Atem an, als der junge Habicht auf einem Ast der Rosskastanie vor seinem Fenster landete und den gefiederten Kopf in seine Richtung wandte. Der Greifvogel lugte ins Büro herein, die Knopfaugen unergründlich. Ein paar Sekunden blieb er regungslos sitzen. Alexander kämpfte gegen das irrationale Gefühl, dass das Tier ihn ausspähte. Im Auftrag seines Vaters? Als wollte er sich vergewissern, dass der Juniorchef der *Donau Zucker AG* seinen Pflichten nachging. Dann breitete der Vogel die Flügel aus und hob sich in die Lüfte, um über der niederbayerischen Region zu kreisen.

Falls er ihn wirklich beobachtet hatte, musste sein Urteil vernichtend ausgefallen sein. Alexander kämpfte seit einer geschlagenen Stunde darum, sich auf die Werbebroschüre zu konzentrieren, die ihm die Firma *Nagelmann & Söhne*, Großhändler für Industriemaschinen, zugeschickt hatte. Fast zwei Wochen lang rückte er sie auf seinem Schreibtisch bereits von hier nach dort, immer gab es anderes zu erledigen, als sich um diese verdammte Maschine zu kümmern, die angeblich bald den Dienst versagen würde. Christian Lambert veranstaltete mächtiges Gewese darum, ein junger Ehrgeizling, der beweisen wollte, wie wichtig er war. Wahrscheinlich übertrieb er maßlos. Am Ende hielt die Kiste noch etliche Jahre, und Alexander setzte sich umsonst dieser Strapaze aus und machte sich Gedanken über Kosten, die unnötig waren. Er sollte das Gerät in der richtigen Größe wählen, es telefonisch bestellen und baldmöglichst anliefern lassen. Alles Schritte, die ihm vorkamen, als müsste er einen schier unüberwindlichen Berg bezwingen. Diese alltäglichen Anforderungen schienen außerhalb seiner Möglichkeiten zu liegen. Alexander hatte selbst keine Erklärung dafür, denn je länger er die Dinge aufschob, desto schlimmer wären die Konsequenzen.

Mit einem Stöhnen warf er die Papiere auf die Seite. Wie sehr vermisste er die sorglosen Tage mit seinen Freunden! Aber selbst wenn die Firma ihn nicht gefangen nähme, die Treffen waren mit großem Aufwand verbunden. Im August war Vinzenz zum zweiten Mal Vater geworden, sein Hof verlangte ihm viel ab, und Florian stürzte sich nach einer unglückseligen Liebesgeschichte als Tischlermeister in die Firma seines Vaters. Er und der Senior waren ein Duo mit gemeinsamen Plänen. Für ausgelassene Männerabende war da kaum Platz.

Alexanders alter Herr und er waren das Gegenteil eines effektiven Gespanns. Im vergangenen Jahr hatte der Senior ihm gezeigt, dass er niemals loslassen würde. Tumbe Schreibtischarbeit hatte er ihm aufgetragen, die jeden zermürben würde, der sich einbringen wollte. Wozu also Ideen entwickeln, Visionen, wenn sie ohnehin keinen Anklang fanden? Manches Mal hatte Alexander sich sogar zurück nach Leipzig gesehnt, wo er, von den Eltern unbeobachtet, sein Handelsstudium absolviert hatte und wo das Leben schwerelos gewesen war. Hin und wieder hatte er an Lisa gedacht, die Schankmagd, mit der er sich die Zeit versüßt hatte, doch natürlich war das leichtfüßige Abenteuer von damals nicht vergleichbar mit dem, was er für Gwendolyn empfand. Sie war die Frau seines Lebens. Er bekam nie genug von ihr, liebte es, sie zu betrachten, wenn sie es nicht merkte, ihr Lächeln, ihre weichen Züge und diese Augen in der silbergrau schillernden Farbe von Flusssteinen. Sie war an manchen Tagen so offen, dass er ihre Gedanken in ihrer Miene ablesen konnte. In letzter Zeit allerdings schien sie etwas mit sich herumzutragen. Er hatte sie darauf ansprechen wollen, aber stets hatte es ihm an den passenden Worten gemangelt. Nun, sie würde sich ihm mitteilen, wenn sie es für richtig hielt. Gwendolyn war eine Frau mit vielen Facetten. Dafür liebte er sie.

Manchmal überlegte er, dass es besser gewesen wäre, mit ihr irgendwo ein neues Leben anzufangen. Weit weg von allen Hoffnungen und Erwartungen der Eltern, von dem Druck, den die Übernahme der Firma mit sich brachte, von all dem Traditionsschweren, das auf Gut Theresienberg lastete. Aber was spräche dagegen, tatsächlich ein paar Wochen wegzufahren? Wo sie mit dem Automobil auch landeten, mit leichtem Gepäck auf ihren Seelen und auf der Rückbank würden sie das Leben spüren und ihre Liebe feiern. Er schüttelte den Kopf. Er brauchte sich nichts vormachen. Gwendolyn würde ihn küssen und lächeln und ihm danken für die wunderbare Idee, doch niemals würde sie die Firma während der Kampagne im Stich lassen. Und sie hätte ja recht mit ihren Einwänden. Dennoch wünschte Alexander, die Dinge lägen anders. Sein Dasein fühlte sich in diesen Tagen an, als ruckelte der Motor und drohte jeden Moment komplett zu versagen.

Wie diese gottverfluchte Schneidemaschine!

Mit Widerwillen zog er die Broschüre heran, griff nach einem Stift, um sich die Details und den Preis zu markieren. Ein Klopfen ließ ihn innehalten. Froh über die Unterbrechung hob er den Blick. »Ja?«

Die Tür flog auf, und Tereza Dvorak stürmte herein. In ihrem breitflächigen Gesicht glänzten die Wangen feuerrot. »Gnädiger Herr, der gnädige Herr verlangt nach Ihnen! Wenn es möglich sein könnte, es einzurichten, dann bitte sofort!«

Alexander fuhr hoch. Tereza war oft ungeschickt in ihrer Wortwahl, aber die Brisanz war unverkennbar. »Ich komme.« Er drängte sich an ihr vorbei und sprang die Treppe ins Erdgeschoss hinab. Die Tür zum Schlafzimmer seines Vaters stand offen. Seine Mutter saß auf der Bettkante, die Wangen nass vom Weinen. Der Geruch nach saurem Schweiß überlagerte den Kernseifenduft der Bettwäsche. Das Geräusch von angestrengtem Röcheln erfüllte den Raum.

Seine Mutter zog sich einen Stuhl heran, ließ Alexander auf dem Bett Platz nehmen. Er starrte in das Gesicht seines Vaters, das kaum wiederzuerkennen war mit den hohlen Wangen, den herabhängenden Lidern. Die Altersflecken auf der Stirn und dem kahlen Kopf schienen sich in den letzten Stunden vervielfacht zu haben. Scharfkantig traten sie in der Blässe hervor.

»Lass dir von der kleinen Schinder den Schneid nicht abkaufen«, krächzte Leopold ohne Begrüßung. Er hob die knochige Hand, zeigte Alexander den gekrümmten Zeigefinger. »Sie ist unersättlich. Wie ihr verdammter Vater. Sie wird alles an sich reißen!«

Alexander schnappte nach Luft. Derart unverhohlen abwertend hatte er nie zuvor über Gwendolyn geurteilt. Es hatte sogar eine Zeit gegeben, in der Alexander geglaubt hatte, er könne sich mit seiner Schwiegertochter anfreunden. Was für ein Mensch war sein Vater, um für Gwendolyns Liebreiz unempfänglich zu sein? Alle in der Firma mochten und achteten sie, nur er wollte nicht einsehen, dass ihnen nichts Besseres hatte passieren können als eine Gwendolyn Schinder mit ihrer Tüchtigkeit und ihrem Verantwortungsbewusstsein. »Du tust ihr unrecht, Vater. Sie widmet sich mit all ihrer Kraft deinem Lebenswerk.«

»Das sollst *du* tun!« Leopolds Antwort ging in ein Husten über, das seinen ganzen Körper schüttelte. Annegret sprang auf, stützte ihn im Rücken, reichte ihm ein Tuch für den Schleim, bevor sie sein Kissen aufschüttelte und er sich mit einem Stöhnen ablegte. »Das Schlechte liegt dieser Familie im Blut!« Sein Röcheln wurde schlimmer, seine Stimme brach, seine Gesichtsfarbe nahm einen grünlichen Schimmer an, wie etwas Verdorbenes. Alexander wechselte einen Blick mit seiner Mutter, die kaum merklich den Kopf schüttelte. Gleichzeitig lag in ihren Augen der Schmerz darüber, dass die Stunden ihres Mannes gezählt waren.

»Trenne dich von ihr, such dir eine andere, bevor sie die Firma ins Verderben führt. Versprich es mir!« Die letzten Worte schrie er, so laut es ihm noch möglich war.

»Das kannst du nicht verlangen!« Alexander hatte seine Position schon damals deutlich gemacht, als Gwendolyn auf Gut Theresienberg angekommen war. »Ich liebe sie!«

»Du … du …« Mit jedem Ausatmen schien Leopold Wallendorf die Kraft zu verlassen. »Warum musst du mich immer enttäuschen? Mein ganzes Leben hab ich … ich …« Sein Atem glitt in einem langen Fluss über seine Lippen, dann lag der Brustkorb still, die Augen wurden starr, die Züge versteinerten.

Alexanders Mutter stieß einen Schrei aus. Sie erhob sich, beugte sich schluchzend über den Körper ihres Mannes und umarmte ihn. Alexander schluckte trocken. Das also war das Ende. Unversöhnlich.

Die Begegnung mit dem Tod zersetzte ihn innerlich. Er wollte schreien und weglaufen, vergessen, was sein Vater gerade gesagt hatte. Die Worte eines Sterbenden hatten Gewicht. Der Alte hatte es geschafft, ihm eine Wunde zuzufügen, die so schnell nicht heilen würde. Er würde damit fertigwerden müssen, dass er den Senior bis zu seinem letzten Atemzug nicht zufriedengestellt hatte. Und dann erst das, was er über Gwendolyn gesagt und was er von Alexander verlangt hatte! Niemals durfte seine Frau davon erfahren! »Wir behalten es für uns.« Seine Stimme klang fremd in seinen Ohren. Dennoch erreichten die Worte seine Mutter. Mit rot verquollenen Augen sah sie auf, und er nickte bestätigend. »Ich werde die Angestellten informieren, dass Vater verschieden ist. Aber seine letzten Worte werden diesen Raum nicht verlassen. Sind wir uns da einig?«

Seine Mutter schaute ihn an, als spräche er eine fremde Sprache. Dann klärte sich ihr Blick. »Du hast recht, Gwendolyn hat das nicht verdient.« Sanft strich sie dem Verstorbenen über die Wangen. Alexander erkannte darin die Liebe, die sie für seinen Vater empfunden hatte, aber auch das Rätsel, das er stets für sie geblieben war. »Lass mich kurz mit ihm allein. Dann rufe ich den Doktor an. Und den Bestatter Holzmann. Dort weiß man Bescheid.«

»Du hast bereits …?« Er räusperte sich ein paarmal, als klammerten sich die Worte in seiner Brust fest und wollten nicht heraus.

»Es war abzusehen, Alexander. Und dein Vater hatte genaue Vorstellungen, was nach seinem Tod geschehen soll. Der Bestatter ist instruiert.«

Natürlich, was sonst? Nicht einmal das hatte er Alexander zugetraut. Brüskiert stand er auf. Beim Hinausgehen drehte er sich ein letztes Mal um. Wie zerbrechlich sein Vater im Ehebett wirkte. Es würde Zeit brauchen, bis er dieses Bild mit dem des übermächtigen Mannes in Einklang brachte, der ihn als Kind gezüchtigt hatte, wenn es nicht nach seinem Willen gegangen war.

Auf dem Flur begegnete er Tereza und bat sie, seine Mutter zu unterstützen. Die stämmige Frau nickte, und Alexander fragte sich, wie viele Tode sie schon miterlebt hatte. Bewegte dieser sie noch oder warf er nur die Frage auf, wie es nun um ihre Anstellung stand?

Er überlegte, sich im Büro seine Jacke zu holen, etwas Feineres, das dem Anlass angemessen war, entschied sich dann aber dafür, es bei dem Hemd mit den aufgerollten Ärmeln zu belassen. Draußen atmete er die frische Septemberluft. Wie in Trance lief er über den Hof, registrierte die fragenden Blicke Josephs und einer Magd, die mit einem Korb Äpfel über das Pflaster schlenderte, sagte aber nichts. Innerlich rang er nach Worten, doch als er die Fabrik betrat und die Arbeiter, die abkömmlich waren, in die Eingangshalle bitten wollte, verstummte er. Etwas war anders. Es dauerte einen Moment, bis er begriff, dass es die Stille in den Gebäuden war. Weshalb ratterte und zischte es nicht, wie es sollte?

»Alexander!« Gwendolyn kniete Bein an Bein mit Christian Lambert und einem der Schlosser auf dem Boden. Gerade hatte sie noch den Kopf in eine Öffnung an einer Anlage gesteckt, ein Blechteil lehnte neben ihr an der Wand. Alexander sah Schläuche und Rohre, die zum Kamin führten, der die Abgase nach draußen leiten sollte, wenn die Maschine in Betrieb wäre.

Mit schnellen Schritten war Gwendolyn bei ihm, die Hände schwarz von Öl, genau wie Lamberts. Der Arbeiter schlenderte heran und reichte Gwendolyn ein Tuch, bevor er seine Finger selbst damit säuberte. Der Schlosser blieb mit dem Kopf in dem Gerät, hämmerte mit einem Rohrschlüssel gegen Metall, aber nichts kam in Bewegung.

»Die Schneidemaschine ist ausgefallen«, sagte Lambert kühl. »Wie Jiri und ich prophezeit haben.« Prophezeit. Alexander entging die für einen einfachen Arbeiter elegante Wortwahl nicht. Ebenso wenig der Vorwurf, der darin lag. Was machte das schon? Der Kerl hätte ihm erzählen können, dass der Reichstag abgebrannt war. Ein sicher bedeutsames Ereignis, aber nichts, das in diesem Augenblick wichtig für ihn war. Er öffnete den Mund, doch heraus kam nur ein Krächzen.

»Alexander, was ist mit dir?« Gwendolyns Gesicht schob sich in sein Blickfeld. Es verschwamm wässerig, und ihm wurde bewusst, dass nicht nur seine Mutter Tränen vergießen konnte.

»Vater ist … er ist …« In den Katakomben der Fabrik rumpelte es, als eine weitere Maschine stockte und ein Förderband ruckend zum Stehen kam.

»Verflucht«, entfuhr es Lambert. »Wenn wir nicht schnell handeln, müssen wir alles stoppen. Das wäre nicht passiert, wenn sich jemand früh genug um Ersatz gekümmert hätte.« Er wandte sich an einige Zuckerkocher, die mit hängenden Armen vor ihm standen. »Seht zu, dass ihr die Verdampfstation und die Kristallisation am Laufen haltet! Wenn die Anlage zum Stillstand kommt, karamellisiert der Saft. Himmel, wir brauchen sofort eine Ersatzmaschine!«

Wieder dieser Vorwurf. Diesmal reagierte Alexander darauf: »Mein Vater ist gerade gestorben.«

Gwendolyn schlug sich die Hände vor den Mund. Sofort schlang sie ihm die Arme um den Hals und zog ihn an sich. Der Druck in seinen Augen verstärkte sich, aber mit ihm auch das Gefühl, ihm nicht nachgeben zu wollen. Nicht hier, nicht vor den Angestellten, vor allem nicht vor Lambert mit seiner unverschämten Art.

»Es tut mir so leid.« Gwendolyns Atem war warm an seinem Ohr. Am liebsten hätte er eine Ewigkeit so mit ihr dagestanden, dem einzigen Menschen, der ihm wirklich Trost spenden konnte in dieser beißenden Leere. In seiner Kehle bildete sich ein Schrei, den er mit aller Gewalt zurückhalten musste. Als er sich von ihr löste, hatten die Arbeiter in der Nähe die Mützen abgenommen und die Köpfe gesenkt. Wahre Trauer erkannte Alexander in den wenigsten Gesichtern. Sein Vater war nie der Arbeitgeber gewesen, dem man alles Gute wünschte. In den Mienen stand die Frage geschrieben, wie es mit der Firma weitergehen würde.

Mit ihm als neuem Chef.

Ihm, wegen dem die Kampagne stockte.

»Was geht hier vor?«, hörte er eine Stimme hinter sich. Seine Mutter. Sie trat in den Kreis, gezeichnet von den Minuten am Sterbebett ihres Mannes, aber weit gefasster als Alexander. Im Gegensatz zu ihm fand sie ihre Sprache schnell wieder. Mit einem Blick von ihm zu Lambert und die zum Teil geöffnete Schneidemaschine erfasste sie die Situation. Ihre Augen weiteten sich. »Ich dachte, das wäre längst erledigt? Alexander, wie konntest du das vergessen! Das ist eine Katastrophe!«

In ihm tobte ein Orkan, doch er schwieg.

»Es gab viel zu tun«, sprang Gwendolyn ein, verschlimmerte damit das Rumoren in seinem Inneren nur noch. Es gab immer viel zu tun im Leben eines Unternehmers. Dass seine Frau das betonen musste, stellte ihn endgültig bloß.

Christian Lambert zog eine Packung Zigaretten aus der Hemdtasche. Er steckte sich eine Kippe in den Mund, zündete sie jedoch nicht an, schob sie nur hin und her. »Ich habe dir doch von einem Bekannten in der Südzucker erzählt, Gwendolyn.«

Seit wann duzten die beiden sich?

Gwendolyn bedeutete Lambert mit einer Geste, fortzufahren.

»Die haben vor der Kampagne ihre eigene Schneidemaschine ausgetauscht, obwohl die noch voll funktionsfähig ist. Gegen eine hochwertigere, wie es heißt. Die alte steht dort auf dem Betriebsgelände. Ich nehme an, die könnten wir für kleines Geld übernehmen. Und vermutlich gleich.«

»Worauf warten wir?«

»Sie passt eigentlich nicht für uns, sie hat Gebrauchsspuren und ist nicht mehr auf dem modernsten Stand. Wenn ich ein paar Änderungen vornehme, könnte es übergangsweise funktionieren. Ein wenig Schweißarbeit in einer Nachtschicht. Aber immer noch schneller, als auf eine vom Werk zu warten.«

»So machen wir es«, sagte Gwendolyn, dann schien ihr einzufallen, dass es nicht ihre Entscheidung war. »Oder, Alexander?«

»Natürlich«, brachte er mit zusammengebissenen Zähnen hervor.

Gwendolyn wandte sich an Lambert. »Setz dich mit dem Bauern Gaißberger in Verbindung. Sein Lastwagen ist groß genug, um die Maschine zu uns zu schaffen.«

»Gute Idee«, sagte Lambert. »Unsere eigenen Fahrzeuge haben dieses Fassungsvermögen nicht. Ich schicke den Lehrling, dass er ihn zu uns bestellt. Dann kann er sich wenigstens ein Mal nützlich machen! Ich kümmere mich darum, dass das Gerät heute noch angeschlossen und der Betrieb morgen wieder aufgenommen wird.«

Alexander kannte den Jungen, über den Lambert gern schimpfte, nur flüchtig. Trotzdem schätzte er ihn anders ein. Vielleicht *wollte* er ja arbeiten, aber Lambert war schwer zufriedenzustellen?

»Wunderbar, Christian«, hörte er Gwendolyn neben sich erleichtert. »Danke, dass du dich um alles kümmerst. Ich …«

Alexander blickte zwischen den beiden und seiner Mutter hin und her, bemühte sich, zu verstehen, was hier passierte. Sein Vater war tot, und sie sprachen von einer Maschine und Lastkraftwagen? Die Welt sollte stillstehen! Stattdessen schienen alle mit irgendwelchen banalen Angelegenheiten beschäftigt zu sein. »Wenn ihr mich jetzt entschuldigt«, brachte er hervor. Seine Stimme hatte, obwohl immer noch ein Sturm in ihm tobte, einen mechanischen Klang angenommen. Steif drehte er sich um und lief los. Nach wenigen Metern holte Gwendolyn ihn ein, aber er eilte weiter, dem Tor entgegen, aus Sorge, in der Werkshalle zu ersticken.

»Alexander, rede mit mir.«

»Worüber?«

»Dein Vater ist tot.« Ihr Atem ging schnell, sie musste sich anstrengen, mit ihm Schritt zu halten. »Du bist in Trauer. Trotzdem müssen wir aufpassen, dass wir die Kampagne nicht verlieren. Der Verlust könnte uns schwer treffen.«

Alexander ballte die Fäuste. Er wusste, dass ein Großteil seiner Wut ihm selbst gelten sollte. Lambert hatte mehrfach auf das baldige Versagen des Schneidegeräts hingewiesen, und er, Alexander, hatte die Neubestellung vor sich hergeschoben. Aber das unbeschwerte Glück, das er sich nach der Hochzeit erhofft hatte … Der Wunsch, mehr in der Firma zu bewirken, und gleichzeitig die Angst vor dieser Verantwortung … Die Erwartungen seiner Eltern, ihnen bald ein Enkelkind zu schenken … Die Tatsache, dass es trotz aller Anstrengungen nicht dazu kam … Jetzt der Tod …

All das war zu viel für ihn.

»Wie ich das sehe«, brachte er hervor und schritt nun schnell aus, sodass Gwendolyn zurückblieb, »kommt ihr im Augenblick wunderbar ohne mich zurecht.«

3

Helena Schinder presste die Wange an die Scheibe eines Fensters in der Gaststätte *Zum weißen Schwan*. Die eigentümlich schnarrende Musik, das Klappern des Bestecks, das Lachen, Gläserklingen und Poltern hinter ihr im Ballsaal flossen zu einem Geräuschbrei ineinander. Draußen erhob sich das Alpsteinmassiv grau in ihrem äußersten Sichtfeld, der Gipfel des Säntis zeichnete sich deutlich ab. Hatte der Himmel sich bei ihrer Ankunft vor zwei Tagen noch in gewittriger Stimmung gezeigt, präsentierte er sich am heutigen Sonntag dem Anlass entsprechend im tiefsten Blau. Einzelne wattige Bäusche hingen bewegungslos über dem Dorf.

Vor nicht allzu langer Zeit hätte Helena Tiere in den Wolkenformen gesucht. Inzwischen war sie diesem Alter entwachsen, wenngleich sich in der mittleren Wolke deutliche Anzeichen von Wastl zeigten. Der Gänserich, den sie frisch geschlüpft in ihrem Hühnerstall gefunden und aufgezogen hatte, vermisste sie bestimmt ebenso sehr wie sie ihn. Helena hatte diesen Ausflug in die Schweiz gespannt erwartet und genoss es, einmal etwas anderes zu sehen als die Donau, den Bayernwald, Polderfeld und den Schinderhof. Trotzdem freute sie sich schon auf ihr Zuhause. Morgen würden Benno, Martha und sie heimreisen.

Ein Stoß in den Rücken holte sie in die Gegenwart und den

Saal des Schwanen zurück. Es klirrte. Das Serviermädchen, das sie versehentlich angerempelt hatte, räumte die Dessertschalen ab. »Entschuldige, bitte.« Die junge Frau war kaum älter als Helena und hatte sich als Dorli vorgestellt. Lockiges Haar umrahmte ihr schmales Gesicht. Das dunkel gehaltene Dirndl, das sie gewählt hatte, hob die Blässe ihrer Haut unvorteilhaft hervor. Helena selbst hatte sich für ein schlichtes, aber hübsch geschnittenes Kleid aus blauem Leinen entschieden. Dazu die guten Schuhe. Die Haare hatte sie zum Kranz geflochten und mit einem Rund aus violetten Herbstastern geschmückt. Anders als Dorli besaß Helena ein natürliches Gespür dafür, was ihr stand und was nicht. Die junge Frau erinnerte sie an Cilly. Ihre beste Freundin fragte sie stets um Rat, wenn sie wissen wollte, ob ihre Augen mit dieser oder jener Frisur schöner zur Geltung kamen. Ob ein altes Kleid ihre breiten Hüften ausreichend kaschierte oder sie sich ein neues zulegen sollte. Welche Farbe am besten zu ihrem Teint passte. Dorli hätte sich ebenfalls jemanden suchen sollen.

Helena schob sich zwischen den Gästen, die sich nach dem Essen erhoben hatten, zu ihrem Platz am Ende der langen Tafel zurück. Sie sah Cilly viel zu selten. Bennos Schwester hatte wie sie die Schule beendet, war aber in Deggendorf geblieben, um sich zur Stenotypistin ausbilden zu lassen. Dafür wohnte sie nach wie vor bei einer Tante.

»Da bist du ja wieder!«, ertönte eine helle Stimme. Die vierjährige Isabel Schiffer huschte zwischen den Beinen der Erwachsenen auf Helena zu. Sie sprach genau wie die anderen hier im Schweizer Dialekt. Am Anfang hatte sie über die ungewohnten Laute und die beinahe niedlich klingenden Worte gestaunt, mit etwas Übung gelang es ihr aber, das meiste zu verstehen. Seit Beginn der Hochzeitsfeierlichkeiten in der Dorfkirche hatte die Kleine einen Narren an ihr gefressen. Die paar Minuten ohne sie am Fenster waren nur möglich gewesen, weil Isabels Mutter das Mädchen beim Nachtisch zu sich geholt hatte. Wie Helena erfahren hatte, litt die Kleine unter der Zuckerkrankheit. Gefahr von den süßen Speisen drohte ihr hier kaum, die Küche würzte mit Saccharin. Dennoch hatte die Mutter ein Auge auf sie haben wollen, damit sie es nicht übertrieb. Nun lief sie wieder frei herum. Rasch zog sie Helena zum Tisch und klaubte dort ein in buntes Papier gewickeltes Bonbon von einem Haufen. »Magst du einen Feuerstein?« Es war Tradition, hatte Helena erfahren, dass die Brautleute sich den Weg von der Kirche zur Gaststätte mit dieser Art von Süßigkeiten bei den Kindern freikauften. Auch Isabel hatte sich darauf gestürzt, obwohl sie Gift für sie waren. Jetzt wollte sie sich offenbar Helenas weitere Gesellschaft damit erkaufen. Helena beschäftigte sich gern mit der Kleinen, zumal es auf der Hochzeit kaum Mädchen oder junge Frauen in ihrem Alter gab. Von Männern ganz zu schweigen. Gut, einen gab es, der ihr bei der Ankunft vor zwei Tagen aufgefallen war. Still, der Blick unergründlich. Nicht auf offensichtliche Weise attraktiv, dennoch anziehend. Geheimnisvoll. Einer, der nicht plapperte, nur redete, wenn es wirklich etwas zu sagen gab. Helena verspürte Lust darauf, herauszufinden, was in ihm vorging. Aber nach der Kirche hatte sie ihn noch nicht in der Gaststube gesehen.

Auf dem Tisch lagen neben den bunten Süßigkeiten Stifte und Papier bereit. Ein Luxus inmitten dieser einfach gehaltenen Feier. Isabel führte ihren Buntstift mit schnellen Bewegungen über das Blatt und zauberte eine Zeichnung, die ähnlich viel Fantasie verlangte wie die Wolkengebilde draußen. Sie hielt Helena die graue Farbe hin. »Du darfst ihn jetzt ausmalen.«

»Wen?«

»Den Esel natürlich.« Isabel schaute so entrüstet, dass Helena lachen musste. Ein Esel war das Letzte, was sie in diesem

47

Gewirr aus Strichen und Kreisen gesehen hätte! Sie schraffierte aus, was sie für den Rumpf hielt. Neben ihr vertiefte sich Isabel in das nächste Gemälde.

Schon während der Sauerbraten, das Rotkraut, die Klöße und die dunkle Soße zum Hauptgang serviert worden waren, war es laut zugegangen, jetzt, nachdem der Apfelstrudel abgeräumt war, schwollen die Unterhaltungen an. Die Hitze der Feiernden staute sich im Saal, der Rauch von Zigarren und Zigaretten verdichtete sich zu einem grauen Schleier. Der Chardonnay, das Lagerbier und der Kräuterbitter lockerten die Zungen, hier und da wurden die Blumengestecke beiseitegeschoben, damit man sich zum Gegenüber beugen konnte. Immer wieder stieß man mit den rustikalen Steinkrügen an, dass der Bierschaum herausschwappte.

Wie viel feiner war es da auf Gwendolyns Hochzeit auf Gut Theresienberg zugegangen! Helena lief immer noch ein Kribbeln über den Rücken, wenn sie daran dachte, obwohl sie nicht wusste, ob Gwendolyn in dieser Ehe glücklich geworden war. Bei ihrem letzten zufälligen Treffen in Deggendorf hatte sich etwas in ihrem Gesicht abgezeichnet, das sie stutzig gemacht hatte.

Helena hatte die Erinnerungen an die Hochzeit der mittleren Schwester in eigens dafür geschaffenen Räumen in ihrem Kopf abgelegt. Eine Gabe, von der sie als Kind angenommen hatte, dass alle Menschen sie besaßen. Bewahrte man wichtige Erlebnisse und Erfahrungen nicht genau so auf? Aber sie hatte mit Cilly darüber gesprochen und nur verständnislose Blicke geerntet. Und Martha hatte sich an die Stirn getippt, als sie versucht hatte, es zu erklären. Ob sie vollkommen *plemplem* geworden wäre, hatte sie gefragt. Helena jedoch liebte es, zu jeder Tages- und Nachtzeit Türen zu ihren Fantasien aufzustoßen und nichts von dem zu verlieren, was sie einmal bewegt hatte. Dann erlebte sie die Minuten, in denen sie die Hochzeitsgesellschaft auf Gut Theresienberg mit Martha, Benno und Cilly heimlich beobachtet hatte, erneut oder arrangierte die Szenerie um. Mal fanden sich die Gäste nicht auf dem Gut ein, sondern inmitten des blühenden Obstgartens gleich neben der Polderfelder Kirche. Ein andermal spielten die Musiker ausgelassenere Stücke oder sie verstummten und nur das Zwitschern der Vögel am ersten Frühlingsmorgen begleitete den Tanz der Brautleute. Meist blieb Helena aber dicht beim Gesehenen. Dann fühlte es sich an, als wäre sie selbst dabei gewesen, hätte vom feinen Porzellan gegessen, aus den geschliffenen Gläsern getrunken und wäre tanzend über die freigeräumte Fläche in der Hofmitte gewirbelt. Zu gern hätte sie das getan, aber Martha hatte es ihr verboten.

Sie hob den Kopf, suchte den Gastraum mit den Augen ab – und grinste. Wieso fragte sie sich überhaupt, wo ihre Schwester abgeblieben war? Eine Musikgruppe mit Hackbrett und Kontrabass spielte auf, ein Dritter schlug die Maultrommel, dazu gesellten sich ein Bariton mit gewaltigem Bauch und eine Sängerin, die für die höchsten Töne auf die Zehenspitzen stieg. Keine zwei Meter vor der Gruppe war Martha mit ihrem Benno die Erste, die tanzte. Noch immer zog sie dabei Blicke auf sich, warf den dicken zimtbraunen Zopf herum. Doch die Fröhlichkeit von früher war einem unbändigen Ehrgeiz gewichen. Als wolle sie allen zeigen, was in ihr steckte. Weitere Paare ließen sich davon anstecken, strebten auf die Tanzfläche, hüpften von der einen auf die andere Seite. Jetzt kam auch das Brautpaar hinzu, tanzte, lachte. Das Stück endete, und ohne Pause stimmte die Kapelle die nächste flotte Melodie an. Martha schnappte sich Loris, der mit seiner Bernadette zufällig neben sie und Benno geraten war. Loris ließ sich lachend mitziehen, seine Braut blieb bei Benno. Der verbeugte sich gespielt vornehm und bot ihr den Arm an.

Helena wandte sich wieder dem Esel zu. Ihre Fähigkeit, einmal Gesehenes lebhaft wachrufen zu können, war Fluch und Segen zugleich. Die Tür, hinter der sich der Tod der Mutter verbarg, hielt sie stets geschlossen. Gleich daneben war mit dem Verlust des Vaters eine hinzugekommen, über die sie keine Gewalt hatte. In manchen Nächten öffnete sie sich ohne ihr Zutun. Vor dem, was sich im Zimmer dahinter befand, fürchtete sie sich. Sie hatte es nicht selbst befüllen können. Also wartete dort nur eine bodenlose Leere, die sie zu verschlucken drohte.

»Ist dir kalt?«

Die kleine Isabel schaute sie von der Seite an, die Stirn in Falten gelegt. Helena schüttelte den Kopf und überspielte das Zittern ihrer Finger, indem sie die letzten Reste Weiß aus dem Fell des Esels tilgte. »Nein, gar nicht. Ich habe nur an jemanden gedacht, den ich sehr vermisse.«

»An wen denn?«

Vom Vater wollte Helena sicher nicht erzählen, also flüchtete sie zum ersten Namen, der ihr einfiel. »An Wastl.«

Die Augen des Mädchens wurden groß. »Ist das dein Freund? Oder seid ihr schon verlobt?« Sie schielte auf Helenas Hand auf der Suche nach einem Ring, den ihr der Auserwählte angesteckt hatte. Isabels Aufregung vertrieb Helenas finstere Gedanken. Ein Lächeln stahl sich auf ihr Gesicht. Flüsternd beugte sie sich vor: »Na, das gäbe einen Aufstand, wenn ich den Wastl heirate, das kann ich dir sagen.« Sie kostete die Spannung aus, die sie Isabel mit dieser Andeutung bescherte. Schließlich brach das Lachen aus ihr heraus. »Wastl ist ein Gänserich! Ich habe ihn allein aufgezogen.«

Isabels Enttäuschung währte nur kurz, dann schien sie Gefallen daran zu finden, dass Helena eine Gänsemutter war, und grinste ebenfalls. Noch einmal senkte Helena die Stimme. »Jeder, der mein Freund oder Verlobter werden möchte, müsste erst an ihm vorbei. Und das ist keine leichte Aufgabe. Wastl passt auf mich auf wie ein Schießhund.«

Sie lachten wieder, Isabel wandte sich ihrem zweiten Gemälde zu, kniff kritisch die Augen zusammen und drehte das Blatt um. »Ich zeichne ihn dir. Dann musst du ihn nicht mehr vermissen.«

Helena streichelte ihr über den Kopf. Ihr Blick streifte durch den Raum. Martha hatte Loris seiner Braut übergeben und war zu Benno zurückgekehrt. Während Loris und Bernadette eng umschlungen zur getragenen Melodie tanzten, die die Musiker anstimmten, verzog Martha den Mund. Offensichtlich wünschte sie sich ein weiteres schnelles Stück. Benno gab sein Bestes, sie auch für diesen Tanz zu begeistern, doch Martha zog ihn an den Leuten vorbei Richtung Theke.

Eine sonderbare Ehe führte ihre Schwester da. Martha mochte Benno, da war Helena sich sicher. Die beiden waren befreundet, seitdem Bennos Eltern bei dem schrecklichen Gemeindehausbrand ums Leben gekommen waren und er die Schmugglerbande mit aufgebaut hatte. Aber hatte Martha wirklich aus Liebe einer Heirat zugestimmt, als Benno sie gefragt hatte? Wenige Monate nachdem Gwendolyn so prunkvoll gefeiert hatte?

»Hier!«, unterbrach Isabel den Gedankengang und präsentierte ihr einen Wastl, den der echte als Beleidigung aufgefasst hätte. Gwendolyn aber nickte anerkennend und griff nach dem gelben Stift. Bevor sie sich den Schnabel vornehmen konnte, traf ihr Blick den Mann, der ihr schon am ersten Tag aufgefallen war. Endlich hatte er sich der Hochzeitsgesellschaft angeschlossen! Andrin Brunner, der jüngere Bruder des Bräutigams und sein Trauzeuge, hatte in der Kirche neben ihm gesessen, hockte nun aber auf einem Stuhl bei den leeren Plätzen der frisch Vermählten und machte einen verlorenen Eindruck.

Verstohlen betrachtete Helena ihn. Die Ähnlichkeit der

Geschwister war unverkennbar. Das gleiche spitze Kinn, die ausgeprägten Wangenknochen, der hervortretende Adamsapfel. Im Unterschied zu Loris genoss er die Feier offensichtlich nicht. Eher schien er darauf zu hoffen, sich bald verdrücken zu können, obwohl er doch gerade erst gekommen war. Ein seltsamer Mann. Helena fand seine Verschlossenheit überraschend anziehend.

Als er sie plötzlich ansah, stieg ihr eine ungewohnte Hitze in die Wangen. Sie überlegte, ob sie die Hand heben und winken sollte? Oder besser so tun, als hätte sie ihn nicht bemerkt? Doch was sollte schon groß passieren? Vielleicht konnte sie ihn ermutigen, sie zum Tanz aufzufordern? Oder sich zumindest mit ihr zu unterhalten. Sie legte den Stift zur Seite und …

»Wollt ihr noch etwas?«, hörte Helena hinter sich und spürte erneut ihre Wangen brennen. Andrin hatte bestimmt zu Dorli gesehen, nicht zu ihr. Wahrscheinlich hatte das Serviermädchen mit ihrem Tablett voller Krüge und Gläser schon die ganze Zeit hinter ihr gestanden. Entweder war Andrin das Bier ausgegangen und er wartete darauf, dass sie zu ihm hinübersah, oder er fand ihre Blässe, anders als Helena, durchaus reizvoll.

Sie griff mit klammen Fingern nach dem Buntstift. Gott sei Dank hatte sie sich nicht blamiert! Schnell wies sie auf ihre Weinschorle. »Ich habe noch.«

Dorli zog ab, Helena wartete fünf Sekunden, dann hob sie vorsichtig den Kopf und schielte zum anderen Ende der langen Tafel. Andrins Platz war leer. Hatte sie es doch gewusst. Der jüngere Brunner hatte nur zufällig zu ihr geschaut. Jetzt war er wieder fort, weil er sowieso keine Lust auf die Feierlichkeit hatte. Und darauf, nette Menschen kennenzulernen. Sie zum Beispiel.

Neu war der Stich, den ihr dieser Gedanke tief im Herzen versetzte.

»Jetzt schau doch nicht so!« Sein Bruder klopfte ihm im Vorraum auf die Schulter. »Warum warst du nicht bei Tisch dabei?«

»Keinen Hunger.«

»Aber du bleibst doch noch, oder? Du gehörst dazu!«

Andrin brummte etwas, das Loris verstehen konnte, wie er wollte. Wahrscheinlich würde er eine Zustimmung heraushören. Sein Himmel hing ohnehin voller Geigen, seit Bernadette ihm das Jawort gegeben hatte. Jetzt sah er nur noch das Gute und Schöne. Wie es seinem Bruder dabei ging, interessierte ihn einen Dreck. Ein Grund mehr für Andrin, an der Miene festzuhalten, mit der er Loris und allen anderen zeigte, dass ihm nicht nach Feiern zumute war. Bei der Frage des Pfarrers, ob jemand etwas gegen die Vermählung einzuwenden habe, hatte er kurz gezuckt. Aber was hätte er vorbringen sollen außer diesem beklemmenden Gefühl, dass Loris ihn im Stich ließ?

Loris verbrachte schon seit letztem Herbst die meiste Zeit mit Bernadette. Die Müllerstochter war eine hübsche Frau, für Andrins Geschmack allerdings ein wenig zu drall. Aber er konnte verstehen, weshalb sein Bruder sich zu ihr hingezogen fühlte. Trotzdem war seine Verkündung, dass er Bernadette heiraten würde, für Andrin wie ein Schlag ins Gesicht gewesen. Sie hatten an jenem Abend wie immer zu dritt mit dem Onkel zusammen beim Abendbrot gesessen, als Loris mit der Neuigkeit herausgeplatzt war. Und wie ein weiterer Schlag hatte es sich angefühlt, als Loris hinzufügte: »Ich werde schon vorher zu ihr auf die Mühle ziehen. Der Vater sucht einen Nachfolger. Ich werde das Handwerk erlernen.«

Wie dumm von ihm, zu glauben, dass sich durch eine Heirat nur wenig änderte. Alles war anders seitdem! Seit Monaten saß er mit Onkel Beat allein zu Tisch und unterstützte ihn im Lebensmittelladen. Wie zwei Hunde, die einander nicht riechen konnten, umkreisten sie sich, vom Schicksal in denselben Zwinger gesperrt. Das Tier, das den offenen Konflikt bislang verhindert hatte, war ausgebrochen und hatte ein neues Zuhause gefunden. Nur die gemeinsamen Touren nach Zürich, wo sie neben den Waren fürs Geschäft auch am Onkel vorbei das Saccharin besorgten, ließ Loris sich nicht entgehen. Bisher.

»Ich dachte, du lädst Gunda ein?« Das Gesicht seines Bruders war gerötet vom Bier und der Freude, ein neckender Zug lag um seinen Mund.

Andrin war nicht nach Lachen zumute. Woher wusste Loris von ihr?

»Du bist mein Bruder, ich lese in dir wie in einem offenen Buch«, erklärte Loris, als hätte er seine Gedanken gehört. »Dass die Gunda dir gefällt, hast du nie gesagt. Aber es stimmt schon, oder?«

Ja.

Nein.

Die Tochter des Schlachters hatte ihm im vorletzten Frühjahr beim Aufstellen des Maibaums und dem anschließenden Umtrunk Blicke zugeworfen. Mit ihrer zarten Art hätte sie ihm schon zugesagt. Aber es hatte weitere Feierlichkeiten gebraucht, weitere Signale, und bis er sie im Sommer dieses Jahres angesprochen hatte, war es zu spät gewesen und sie hatte sich bereits einem anderen zugewandt. Was gut war, denn aus der Nähe betrachtet hatte der Reiz deutlich nachgelassen. Wer wollte schon jemanden, dem die Nase wie eine Knolle im Gesicht saß?

Loris schaute nach vorn, wo sich die Musiker mit den beiden Sängern absprachen. »Tu mir den Gefallen und vergnüg dich heute Abend, Andrin. Grummeln kannst du morgen wieder.« Er zog ihn mit sich zu seinem Platz im Ballsaal gleich neben dem eigenen Stuhl. »Such dir ein Mädchen zum Tanzen. Dann vergeht die Zeit wie im Flug.«

Loris wandte sich Bernadette zu, die in ein Gespräch mit ihrer Freundin Liesel vertieft war. Die junge Frau schaukelte mit angespannter Miene unaufhörlich die etwa sechs Monate alte Felina auf dem Arm, etwas, das Andrin schier verrückt machte. »Lass uns tanzen«, sagte Loris zu seiner frisch Angetrauten und nickte mit dem Kinn nach vorn, »bevor Martha und Benno uns die Schau stehlen.«

Auch Andrin sah zur Tanzfläche, wo die älteste der Schindertöchter mit ihrem Benno über das Parkett fegte. Dass die beiden inzwischen ein Paar waren, überraschte ihn nicht. Die gegenseitige Anziehungskraft zwischen ihnen war stets offensichtlich gewesen, und zumindest Benno hatte wohl schon lange mehr gewollt als eine Freundschaft. Was sich seit letztem Jahr bei Martha verändert hatte, wusste Andrin nicht. Es ging ihn auch nichts an. Er hatte genug mit seinen eigenen Problemen zu tun.

Inzwischen hatten Loris und Bernadette ihren Takt gefunden. Nichts auf der Welt schien die beiden trennen zu können. Andrin wandte sich ab. Ziellos glitt sein Blick durch den Saal – und blieb an Helena Schinder hängen, Marthas jüngster Schwester. Die mittlere, Gwendolyn, hatte der Familie und dem Schmuggel den Rücken gekehrt, wie man munkelte. Bei den Übergaben war sie ohnehin nie dabei gewesen. Wieso aber hatten Korbinian und später Martha Helena kein einziges Mal mitgenommen? Sie machte einen tüchtigen Eindruck. Davon abgesehen war sie mit ihren goldgelben Haaren und den ebenmäßigen Zügen eine wahre Schönheit. Und diese Hingabe im Spiel mit der kleinen Isabell – eine mütterliche Ader, die jeder Mann sich nur wünschen konnte, der an eine eigene Familie dachte. Wie alt sie sein mochte? Erwachsen genug jedenfalls, dass sie nicht nur Andrin auffiel. Drüben an der Theke stand Urs Ackermann, ein Cousin aus dem Kanton Basel, der an der

Eidgenössischen Technischen Hochschule in Zürich Ingenieurwesen studierte. Mit den wachen Augen hinter der Brille unter der pechschwarzen Lockenpracht wirkte er eher wie ein Künstler. Entsprechend war sein Schlag bei Frauen, hieß es. Helena hatte es ihm offenbar angetan, doch noch hatte sie von seinem Interesse keine Notiz genommen. Zu versunken war sie in der Beschäftigung mit dem Kind. Die zwei tuschelten miteinander. Dann warf Helena den Kopf in den Nacken und stieß ein helles Lachen aus, das ihr die Aufmerksamkeit des halben Saals sicherte, ohne dass sie selbst es bemerkte.

Andrin ertappte sich bei der Frage, wie ihre Haut zwischen Kehle und Ohr duften mochte.

Sie wandte sich um, ihr Blick verharrte auf der Tanzfläche bei ihrer Schwester und dem Schwager, dann glitt er weiter – und traf Andrins. Augenblicklich trat ihr die Röte in die Wangen. Er sah das schnelle Klopfen ihres Herzens an der Ader genau an der Stelle, die er gerade betrachtet hatte. Auch sein eigener Puls raste, ihm schoss erneut das Bild eines Hundes durch den Kopf, nur diesmal stand er einem scheuen Reh gegenüber, das unter seiner Aufmerksamkeit verharrte und sich bang fragte, was als Nächstes passieren würde. Etwas an dieser Vorstellung erregte ihn.

Dann schob sich Dorli, die tollpatschige Tochter des Wirts, hinter sie und zerstörte den Moment. Gleichzeitig bemerkte er aus den Augenwinkeln, wie sich Urs von der Theke abstieß. Die Richtung, die er einschlug, ließ keinen Zweifel daran, was er vorhatte. Andrin stand auf, drängelte sich an den plaudernden und tanzenden Gästen vorbei, während er Helena unauffällig beobachtete. Sie hob den Kopf, ihre Miene drückte Enttäuschung aus. Oder Unbehagen? Hatte sie Urs entdeckt? Es musste so sein. Ihre Reaktion zeigte deutlich, was sie von seinem Vorhaben hielt. Sie widmete sich ihrer Zeichnung. Urs strebte derweil weiter auf sie zu. Der Junge hatte vielleicht Ahnung von Maschinen, Menschen schien er weniger zu verstehen. Andrin schritt schneller aus, um genau in der richtigen Sekunde seinen Weg zu kreuzen. Er fasste ihn am Arm und zog ihn mit sich.

»Cousin«, gab er sich fröhlich, während er ihn durch die Menge aus dem Saal in den Durchgang zur Küche schob. Aus dem Inneren drangen Topfklappern und das Plätschern von Wasser. »Wie geht es dir? Was macht das Studium?«

»Gut, gut.« Urs war sichtlich verwirrt. Sein Blick glitt an Andrin vorbei in den Saal. »Hör mal, wir können gern nachher reden. Oder morgen. Ich besuche dich im Laden, was hältst du davon?«

»Nicht viel, um ehrlich zu sein.« Er hörte auf zu lächeln und richtete Urs den Aufschlag seines Hemds, drehte den Kopf, sodass sie gemeinsam durch die offene Tür schauten. »Siehst du Helena dort drüben?«

»Helena. So heißt sie also. Gerade wollte ich mich ihr vorstellen.«

Andrin schüttelte den Kopf. »Das lass mal lieber.«

Urs runzelte die Stirn. »Warum? Stimmt was nicht mit ihr?«

»Oh, ganz im Gegenteil«, sagte Andrin und strich letzte Flusen von Urs' Schulter. Dann sah er ihm direkt in die Augen. »Sie amüsiert sich. Und dabei soll es bleiben. Also tu mir den Gefallen und halte dich von ihr fern, ja?«

Urs war an der Hochschule sicherlich ein helles Köpfchen, aber in zwischenmenschlichen Dingen etwas begriffsstutzig. Andrin hatte keine Ahnung, wie er zu seinem Ruf bei Frauen gekommen sein konnte. Vielleicht gab es welche, die die Furchen auf seiner Stirn attraktiv fanden, wenn er nachdachte. Eine wie Helena gehörte sicher nicht dazu. »Warum?«, fragte der Cousin.

»Weil ich es dir sage.«

Urs hielt seinen Blick, dann schien er etwas darin zu lesen, das seine Meinung über den weiteren Verlauf des Abends schlagartig änderte. Er schluckte mehrmals, schob sich am Türrahmen entlang von Andrin fort. »Nichts für ungut. Ich wusste ja nicht, dass du … ihr … Ich besuche dich morgen, ja? Wenn noch Zeit ist.«

»Wie gesagt, das ist nicht nötig.«

Er ließ Urs ziehen, verfolgte aber aufmerksam, ob er auch wirklich in Richtung Theke abbog. Das tat er, und Andrin atmete auf. *Du. Ihr.* So weit hatte er nicht gedacht. Hatte der Blick, den sie ihm geschenkt hatte, etwa mehr zu bedeuten? Er spürte das Lächeln in seinem Gesicht. Er hatte geglaubt, diese Feier wäre das Ende von etwas. Dabei konnte sie ein Anfang sein! Er durfte sich nur nicht ungeschickt anstellen, nicht zu lange warten. Morgen schon wollten Martha und Benno abreisen. Und damit auch Helena. Es würde Monate dauern, bis sie wieder zur Grenze kamen. Außerdem wusste er nicht, ob Helena sie dann wieder begleiten würde. Sie hatten sie bisher vor ihm versteckt, wieso nicht erneut?

Nein, heute war der Abend, an dem er ausloten musste, ob die Röte in ihren Wangen und der rasende Herzschlag mit ihm zusammenhingen. Er wandte sich um – und erstarrte. Wo Helena vor wenigen Sekunden mit Isabel gesessen hatte, stand nun ein leerer Stuhl.

Urs!, schoss es Andrin gallig in den Sinn. Aber der Cousin stand an der Theke und trank ein Bier, wie Andrin beruhigt feststellte, nachdem er sich aus seiner Erstarrung gelöst hatte und Richtung Saal eilte. Wo war Helena dann abgeblieben? War sie aufs Hotelzimmer in der ersten Etage gegangen? Weil der Abend ihr zu fad war, vielleicht, weil Andrin nicht auf ihr verhaltenes Lächeln reagiert hatte? Und hatte sie bei der Ankunft nicht auffallend seine Nähe gesucht, fast, als verlange sie in der für sie fremden Umgebung nach seinem Schutz? Was für ein Idiot er war, dass er die Zeichen nicht gleich richtig gedeutet hatte!

»Andrin?« Die Stimme des Onkels fing ihn ein. Beat verließ gerade die Toilette, knöpfte sich den Latz zu und betrachtete seinen Neffen mit dem Blick, den er oft für ihn hatte. Als zweifelte er an seinem Verstand. Den Ärger darüber schluckte Andrin hinunter.

»Hast du die junge Schinder gesehen?«, fragte er geradeheraus. Es war ihm gleich, welche Schlüsse sein Onkel daraus zog.

»Helena? Nein. Wieso?«

Andrin stürzte an ihm vorbei in den Saal, suchte jeden Winkel ab. Da war Martha, die ältere Schwester. Sie würde sich bei ihr abgemeldet haben, wenn sie das Fest schon verlassen hatte. Andrin hielt auf sie zu – und blieb abermals stehen. An einem Fenster zeigte sich im Hinterhof ein goldblondes Leuchten. Helenas Haare, von der untergehenden Sonne beschienen. Wie ein Leuchtfeuer wiesen sie ihm den Weg. Er wirbelte herum, ließ seinen verdatterten Onkel hinter sich, stampfte über die knarzenden Dielen im Gang und war schon draußen. Auch hier standen einige Gäste zusammen, tranken, lachten, bewunderten die farbenprächtige Abendkulisse, die die Aussicht von der hoch gelegenen Gaststätte bot. Andrin hatte jetzt keinen Blick dafür. Und wenn der Säntis in Flammen stand! Er umrundete das Eck des Wirtshauses. Und prallte dort gegen Helena. Erschrocken trat sie einen Schritt zurück. Er streckte die Hand aus, berührte sie für einen Moment am Oberarm. Sein Atem flog, sein Herz polterte in seiner Brust. Erleichterung durchflutete ihn. Nur die verdammten Worte sprangen ihm wieder kreuz und quer durch den Verstand, sodass er sie nicht packen und in eine überzeugende Reihenfolge bringen konnte!

Sie war hochgewachsen, musste den Kopf kaum in den Nacken legen, um ihm in die Augen zu sehen und darin hoffentlich zu lesen, was er nicht auszudrücken vermochte.

»Hallo«, sagte sie.

»Auch hallo«, antwortete er und brachte sie damit zum Lächeln. Die Ader an ihrem Hals pulsierte. Andrin meinte, Veilchenduft wahrzunehmen. »Ich … du …«, versuchte er es, riss sich zusammen. »Ich hatte Sorge, dass du schon gegangen bist, bevor wir … wir uns unterhalten konnten.«

»Unterhalten, so.« Etwas Unsicheres schwang in ihrer Stimme mit, aber mehr noch, dass es keiner großen Worte bedurfte. Nicht zwischen ihnen.

Sie wich nicht zurück, als er mit dem Daumen über ihre Unterlippe strich, die weich wie ein reifer Pfirsich nachgab. Er spürte, dass sie zitterte. »Ich will dich kennenlernen, Helena.«

Sie schluckte, nickte. Eine solche Situation war für sie ebenso neu wie für ihn. Aber er würde sich keine Blöße geben. Von seiner Unerfahrenheit musste sie nichts wissen. Vor allem würde er kein zweites Mal warten, bis sein Liebesglück verloren und ein anderer schneller war. Eine Frau wie Helena fand er nicht wieder, da war er sicher. Er trat auf sie zu, und in der nächsten Sekunde berührte er mit seinem Mund ihre Lippen. Was für ein köstliches Gefühl! Ein wenig sperrte sie sich, versteifte sich, als seine Hände sich auf ihre Hüften legten, dann wurde sie weich, gab nach und erwiderte den Kuss unbeholfen. Etwas in ihm begann zu lodern. Noch war alles fremd und linkisch. Dabei konnte er es kaum erwarten, ihr seine Leidenschaft zu zeigen.

Martha leerte das Glas und stellte es auf der feucht glänzenden Theke ab. Der Chardonnay war ihr zu trocken, erfüllte aber seinen Zweck. In ihrem Kopf breitete sich eine schwebende

Leichtigkeit aus, die sie früher allein durch das Tanzen hatte herbeiführen können. Seit Gwendolyns Hochzeit und dem Tod des Vaters gelang ihr das nicht mehr.

Sie schüttelte den Kopf, die Erinnerungen an diese Tage sollten ihre Stimmung nicht trüben. Lieber dachte sie an die eigene Hochzeit, die viel größere Ähnlichkeit mit dieser gehabt hatte als das übertriebene Getue auf Gut Theresienberg. In die Kirche in Polderfeld hatten sich Menschenmassen gedrängelt, ehrliche Leute, die Benno und ihr das Glück gönnten und nicht bloß wegen geschäftlicher Verpflichtungen und in Erwartung eines Spektakels gekommen waren. Danach waren sie zum Schinderhof gezogen, hatten die Gäste dort bewirtet. Über offenem Feuer hatte ein Spanferkel gebraten, Bier und Wein waren in Strömen geflossen. Zu später Stunde war nur der engste Kreis aus der Bande sitzen geblieben, die Marthas Vater gegründet hatte und die sie nun anführte, inklusive dem Flickschuster Herbert und Quirin, dem Bäckersohn, der sich ihnen jüngst angeschlossen hatte. Martha hatte Gwendolyns Kindheitsfreund mit der von Pockenkratern übersäten Haut nicht viel zugetraut, aber bei den ersten Touren hatte er sich überraschend pfiffig angestellt.

»Schade, dass Cilly nicht dabei sein kann.« Benno hielt sich neben ihr an der Theke fest, hatte sich ebenfalls neu einschenken lassen. Martha nahm das gefüllte Weinglas, um mit einem jungen Mann mit Brille und schwarzem Lockenkopf anzustoßen, der mit nachdenklicher Miene zum Ausschank zurückgekehrt war.

Sie legte Benno die freie Hand auf den Unterarm. »Es wird andere Anlässe zum Feiern geben«, sagte sie – und biss sich auf die Zunge. Er würde es falsch verstehen, dachte vermutlich an die Feier, die bei vielen Paaren ein knappes Jahr nach der Heirat anstand: die Taufe des Erstgeborenen. Sie dagegen hatte die kommenden Hochzeiten im Sinn, doch Benno betrachtete seine Schwester Cilly noch immer wie eine Siebenjährige. Auch in Helena sah er nur das kleine Mädchen und nicht die Heranwachsende. Aber aus beiden waren junge Frauen geworden, die Männer blickten ihnen hinterher. Und hatte Helena dem Besuch in der Schweiz nicht entgegengefiebert wie selten etwas anderem zuletzt? Hatte sie nicht nur die hübschesten Kleider für die paar Tage eingepackt? Mit Sorgfalt hatte sie die Blumen für ihren heutigen Kranz ausgewählt und gepflückt. Sie hatte sich offenbar darauf gefreut, zum Tanz geholt zu werden und Bekanntschaften zu machen. Wie enttäuscht sie sein musste, dass nur ein Kind mit Zeichenstiften sich für sie interessierte.

»Wie geht es Cilly?«, fügte sie schnell an, damit Bennos Gedanken bei seiner Schwester blieben. »Sie hat neulich geschrieben, oder?«

Benno nahm einen Schluck von seinem Bier. »Sie fühlt sich nach wie vor wohl bei Tante Amalia. Trotzdem, ihr letzter Besuch zu Hause ist schon einen Monat her.« Er schaute in seinen Krug, schwenkte ihn, bevor er austrank. »Pfarrer Lindemann hat sein Angebot übrigens wiederholt.«

Der Geistliche hatte Benno unlängst darüber informiert, dass der Pfarrei endlich ein Mesner zugestanden worden war. Um die Stelle attraktiver zu gestalten, wollte der Kirchenmann den möglichen Kandidaten gleich eine passable Unterkunft präsentieren. In der Nähe des Gotteshauses, solide Substanz, sodass man sich dort einen längeren Aufenthalt vorstellen konnte. Das Haus der Meiningers war ideal, nachdem Benno inzwischen auf dem Schinderhof lebte.

»Ich habe mein Nein bekräftigt.«

Martha war unentschieden, was dieses Thema betraf. Ein Verkauf würde ein hübsches Sümmchen einbringen, und Bennos Beweggrund, das Haus zu halten, damit Cilly es nach ihrer Rückkehr bewohnen konnte, stand auf wackeligen Füßen. Er wusste es selbst: Seine Schwester hatte in Deggendorf eine zweite Heimat gefunden. Sie schlug dort immer tiefere Wurzeln. Außerdem wüsste Martha nicht, wo in Polderfeld eine Stenotypistin gebraucht werden sollte. Am ehesten würde Cilly eine Anstellung in der *Donau Zucker AG* finden, und die schied aus guten Gründen aus. Wirklich nötig hatten sie das Geld aus dem Hausverkauf allerdings nicht. Der Schmuggel war in den letzten zwei Jahren zwar gefährlicher geworden, ständig gab es Verhaftungen und Reibereien zwischen konkurrierenden Banden. Aber er blieb lukrativ, und ihnen war es bislang gut ergangen.

Glücklicherweise schien Benno an diesem frühen Nachmittag nicht weiter darüber reden zu wollen. Er ließ den Blick schweifen, Martha tat es ihm nach. Und stieß ihn neckend in die Seite, als sie bemerkte, wen er auffallend lang anschaute. »Die Trauzeugin der Braut ist eine Augenweide. Liesel, oder?«

Benno setzte an, es abzustreiten, dann erhellte ein Lächeln seine Züge, als er wohl erkannte, dass sie ihn nur aufzog. Die Vorzüge einer stillenden Mutter waren wahrlich schwer zu übersehen, sie nahm es ihm nicht übel, dass er einen Moment gestarrt hatte. Jetzt wurde er ernst. »Anderen gefällt sie bestimmt. Aber für mich wird es immer nur dich geben, Martha.«

Die schummerige Leichtigkeit verflog, auf Marthas Gemüt legte sich ein Gefühl der Schwere. Sie liebte Benno und hatte ihn aus triftigen Gründen geheiratet. Aber mussten es denn immer die Schwüre für die Ewigkeit sein? Konnte man es nicht einfach dabei belassen, dass man sich ergänzte und prima im Alltag miteinander auskam? Sie zwang sich zu einem Lächeln, beugte sich schnell vor, da sich ein Zweifel in Bennos

Gesicht zeigte, und bewies ihm ihre Zuneigung mit einem innigen Kuss. Sie schmeckte das Bier auf seinen Lippen, dann ihn, wollte sich fallen lassen, als er sie umfasste und an sich zog. Sie wusste selbst nicht, was sie davon abhielt, und verwandelte den Kuss in kürzere, neckende, schmatzte ihm am Ende auf die Wange. Die Anspannung verflog. Zumal die Kapelle den Gästen wieder mit heiteren Stücken einheizte.

»Komm!« Hand in Hand schoben sie sich an den Tanzenden vorbei, stießen mit anderen Paaren zusammen und sprangen hin und her. Martha spürte das Kleid um ihre Waden schwingen, den Schweiß ihren Rücken hinunterlaufen. Sie musste nur schneller tanzen, länger, ohne anzuhalten, dann würde sich irgendwann dieses Gefühl von Freiheit einstellen.

»Hoppla!«

Martha entschuldigte sich bei Bernadette, die sie versehentlich angerempelt hatte. Die Braut fächerte sich mit der Hand Luft zu, glücklich strahlend, aber offensichtlich überfordert von einem weiteren Tanz. Sie sah Loris an, der sofort verstand und sie zurück zum Tisch führen wollte.

»Darf ich bitten?« Martha nutzte die Gelegenheit und schob Benno zu Bernadette, während sie sich selbst bei Loris einhakte. »Wir haben ohnehin noch etwas zu besprechen.«

Bennos Gesichtsausdruck sprach Bände. Allerdings war er klug genug, nicht in der Öffentlichkeit mit ihr zu diskutieren. Andere Frauen mochten sich ihrem Mann unterordnen, einer Martha Schinder sagte keiner, was sie zu tun und zu lassen hatte. Und wie man sich auf einer Hochzeit verhielt. Wieso umständliche Briefe schreiben, um ein Datum für die nächste Übergabe zu vereinbaren, wenn man sich gleich hier darüber unterhalten konnte?

Loris führte Martha etwas abseits, tanzte zwar mit ihr, aber mehr als ein Hin- und Herschaukeln war es nicht. »Ich nehme an, es geht um Saccharin?«, kam er direkt zur Sache. Im Deutschen Reich hätte er dafür die Stimme senken müssen. Hier in der Schweiz war das nicht nötig. Allein die Tatsache, dass er und sein Bruder Andrin die Schleichhändler mit der Ware versorgten, behielten sie besser für sich.

»Unsere Lager werden in wenigen Wochen leer sein«, erklärte Martha. »Steht die Übergabe?« Etwas an Loris' Reaktion ließ sie im Schritt innehalten. »Gibt es ein Problem?«

Loris nickte. »Die Mühle muss über den Winter gerichtet werden. Ich bin zu stark eingebunden in die Arbeit, um Andrin nach Zürich zu begleiten.«

»Und?« Andrin war ein kräftiger Mann. Mehr als einmal hatte Martha ihn Holzstämme umwuchten sehen, wenn er ihnen beim Verstecken des Süßstoffs geholfen hatte.

Loris wies mit dem Kinn zum Tisch. Dabei geriet etwas anderes in ihr Blickfeld. Helena und Andrin. Die beiden steuerten mit unsicheren Schritten aufs Parkett zu. Martha verlor sie aus den Augen, hörte über die Musik hinweg nur Helenas helles Lachen. Wie schön, dass die Jüngste endlich ihren Spaß hatte. Dann richtete sie ihre Aufmerksamkeit auf Loris' Onkel.

»Beat wird mitfahren. Wir haben versucht, es ihm auszureden, aber er meint, er hat die Großhändler schon zu lange nicht mehr gesehen, es wäre sinnvoll, sich wieder einmal bei ihnen blicken zu lassen.«

»Und es gibt keine Möglichkeit, dass Andrin den Süßstoff trotzdem verstaut? Du hast doch sonst die verrücktesten Einfälle.« Ihre Stimme klang sogar für sie eine Spur zu drängend. Aber war es nicht Loris gewesen, der auf die Idee gekommen war, Saccharin in einem Sarg an den Grenzern vorbeizuschleusen? Ein andermal hatte er eine Hochzeitsgesellschaft wie die jetzige beschwatzt, etliche Pfund unter den Kleidern zu verstecken. Eine derart süße Braut hatte es in der Alpenrepublik wohl noch nie gegeben, hatte er am vereinbarten Treffpunkt gescherzt. Nun sollte ihn dieses unbedeutende Hindernis aufhalten? Wurden die Männer denn alle zu Schlappschwänzen, sobald sie verheiratet waren?

»Der Alte wird ihm genau auf die Finger schauen. Wenn jemand dabei wäre, der ihn ablenken könnte, dann vielleicht. Aber so … So leid es mir tut, Martha Meininger, Schmugglerprinzessin aus dem Bayernwald, dieses Mal sehe ich keine … Martha? Was ist?«

Im Gegensatz zu ihm hatte Martha einen Einfall. »Du brauchst jemanden, der deinen Onkel ablenkt? Voilà!«

Loris folgte ihrem Blick. »Deine Schwester? Die Reise wäre erst in einer Woche. Ihr würdet bis dahin bleiben?«

»Wieso *wir*?« Martha bahnte sich bereits einen Weg durch die tanzende Hochzeitsgesellschaft. Mit jedem Schritt nahm der Gedanke weiter Gestalt an. »Helena allein reicht doch vollkommen.«

Eine halbe Stunde später hatte sich die Sitzordnung aufgelöst. Tische wurden auseinandergeschoben, um mehr Platz auf der Tanzfläche zu schaffen, Freunde und Verwandte fanden sich in neuen Gruppierungen zusammen. Benno und Martha, Helena und Andrin zogen sich Stühle heran, um beim Brautpaar zu sitzen, gleich neben der Trauzeugin Liesel mit ihrem Mann Martin, beide in der Betrachtung ihrer in einem Weidenkorb schlafenden Tochter versunken. Auch Benno fiel es schwer, sich von dem Anblick des Kindes zu lösen. Martha mochte annehmen, dass Liesels Busen seine Aufmerksamkeit auf sich gezogen hatte, in Wahrheit war es diese Einheit einer Familie, die ihn berührte. Martha sprach nie gern übers Kinderkriegen, aber am Ende würde sie es hinnehmen, wenn sie eines Tages schwanger wurde. Benno war zuversichtlich, dass sie eine liebevolle Mutter werden, dass sie ihre Weichheit und Fürsorglichkeit wieder entdecken würde, die in letzter Zeit oft unter einer kratzigen Decke aus Starrsinn und Kampfeslust verborgen waren.

»… findet auch, dass es eine vortreffliche Idee ist, nicht wahr, Benno?«

Er schrak aus seinen Gedanken hoch, sammelte sich, alle Augen waren auf ihn gerichtet: Loris' skeptische Miene, Andrins Starren, Helenas Flehen. Er fragte nicht nach, antwortete aus seiner Vermutung heraus. »Ja, wenn Helena hierbleiben möchte, warum nicht? Ich gebe allerdings zu bedenken, dass ein Zimmer im Schwanen nicht billig sein wird.«

»Sie wohnt natürlich bei uns«, stieß Andrin hervor und erntete entrüstetes Gemurmel. »Was? Warum denn nicht? Wir haben genug Platz, und die Küchenmagd hat auch eine Kammer im Anbau. Onkel Beat hätte bestimmt nichts dagegen!«

»Es wäre nicht rechtens«, wandte Loris ein und musterte seinen Bruder. »Es gehört sich nicht.«

»Es steht nicht zur Diskussion, das ist wahr«, erklärte Benno mit Bestimmtheit.

»Warum überlassen wir nicht ihr die Entscheidung?« Martha nickte Helena aufmunternd zu.

Bevor Helena antwortete, ergriff Liesel das Wort. »Sie braucht weder ein Zimmer im Gasthaus noch eine Stube bei den Brunners.« Sie wechselte einen einvernehmlichen Blick mit ihrem Mann, mit dem sie zuvor getuschelt hatte. »Uns ist aufgefallen, wie liebevoll du mit Isabel umgegangen bist, Helena. Die Kleine wollte sich gar nicht von dir trennen, als sie mit ihren Eltern nach Hause gegangen ist. Du kannst gerne in unserem Gästezimmer wohnen, wenn du uns im Gegenzug mit Felina aushilfst. Mit ihr spazieren fährst, sie wiegst und schaukelst, sie fütterst, sobald sie nicht mehr meine Milch bekommt. Was meinst du, würde dir das gefallen?«

»Ein fähiges Kindermädchen ist schwer zu finden«, fügte ihr Mann hinzu.

»Und die Idee ist, dass ich dann nächste Woche beim Großeinkauf helfe?«, erkundigte sich Helena.

In Benno rumorte es. Sie würden Helena in einer stillen Stunde abseits der Gesellschaft darüber aufklären, dass es ihr zufallen würde, den alten Onkel Beat abzulenken, damit Andrin ungehindert Saccharin aufladen konnte. Er wusste, sie würde diese Aufgabe gern übernehmen. In Sachen Abenteuerlust stand sie Martha in nichts nach. Aber war es richtig?

Martha war kein Unbehagen anzumerken, sie strahlte die jüngere Schwester an. »Das steht! Wir sprechen noch darüber.«

»Und was ist mit Wastl?«

In dem Moment, als Helena den Namen aussprach, griff Andrin nach ihrer Rechten. Zu fest, Helena verzog das Gesicht. Andrin ließ locker, behielt ihre Hand jedoch in seiner, zog sie gar in seinen Schoß. Etwas daran störte Benno. Er warf Martha einen fragenden Blick zu, aber offenbar war es ihr entgangen. »Um deinen Gänserich mach dir keine Sorgen«, sagte sie bestens gelaunt. Die Sache schien sich ganz in ihrem Sinn zu entwickeln. »Ich werde ihn mit frischem Brunnenwasser und Apfelschnitzen verwöhnen wie ein Kleinkind. Dem wird es an nichts fehlen.« Seit Wastl zu Helena gehörte, hatte es auf dem Schinderhof weder zu St. Martin noch zu Weihnachten Gänsebraten gegeben. Helena hätte es nicht verkraftet, obwohl sie stillschweigend duldete, dass die Gänse stattdessen für gutes Geld an den entsprechenden Feiertagen an Nachbarn verkauft wurden. Nur Wastl bekam niemand. Helena hoffte wohl, dass er noch an ihrer Seite watscheln würde, bis sie selbst Mutter geworden war.

Bennos junge Schwägerin blickte zu Liesel, die auf Antwort wartete. »Wenn ich bei euch bleiben und mich um Felina kümmern darf … Ich wäre sehr glücklich. Mir gefällt es gut in der

Schweiz.« Sie senkte den Kopf und lugte unter der Stirn zu Andrin auf. Es war nicht zu übersehen, dass sie nicht nur von dem Alpenpanorama sprach.

Eine halbe Stunde später zog es Martha und Benno in ihr Pensionszimmer. Die meisten Gäste waren inzwischen gegangen, die Musiker packten ihre Instrumente ein. Eine Gruppe junger Leute alberte an der Theke herum und gab einen Trinkspruch nach dem anderen zum Besten, weil sie die bierselige Stimmung gern erhalten und noch nicht nach Hause gehen wollten. Benno beobachtete verstohlen, wie sich Helena von Andrin verabschiedete. Er hielt erneut ihre Hände, presste ihr einen Kuss auf die Wange, und hörte nicht auf, sie anzustarren wie ein Weltwunder. In seinen Blicken lag eine große Verliebtheit, sicher, doch Benno kroch ein Frösteln über den Rücken. Gut, jeder Mann verhielt sich gegenüber seiner Herzensdame anders. Dass Helena für Andrin die Auserwählte war, drückte er mit seiner ganzen Haltung aus.

Zu dritt stiegen sie schließlich die Treppe zu den Gästezimmern hinauf. Helena bewohnte ein einzelnes gleich neben ihrem geräumigen Doppelzimmer. Martha hakte sich bei ihr ein, schmiegte sich an sie. »Mein süßes verliebtes Schwesterchen«, neckte sie.

An Helenas Dekolleté bildeten sich Flecken. »So ein Quatsch!« Sie senkte den Blick. »Na, ein bisschen vielleicht. Ich kenne ihn ja kaum.«

»Mir brauchst du nichts erzählen. Du bist Hals über Kopf in ihn verschossen!«

Helena sah sie von der Seite an. »Meinst du?«

»Aber sicher doch! Ich spüre, das wird etwas Bedeutendes zwischen euch.«

Die Schwestern verabschiedeten sich mit Küsschen, Benno nahm Helena einen Moment in die Arme. »Schlaf gut, Kleine.«

»Träum von deinem Liebsten«, flötete Martha, hob dann den Zeigefinger. »Und vergiss nicht, ein bisschen Appetit holen darf er sich, aber nur, damit es ihn drängt, dir bald einen Antrag zu machen. Vorher hältst du dich fein zurück, verstanden?« Helenas Gesicht lief rot wie Klatschmohn an. »Martha! Über so etwas denke ich überhaupt nicht nach.«

Martha lachte unbekümmert. »Die Gedanken kommen schneller, als du schauen kannst. Glaub mir.«

Kurz darauf waren Benno und Martha allein in dem gemütlichen Zimmer mit Betten in hölzernen Rahmen und mit karierter Wäsche. Vom Fenster aus sah man die Sterne über den Bergen glitzern, der Mond beschien die Spitzen wie einen Scherenschnitt. Benno stellte sich hinter Martha, als sie auf den winzigen Balkon trat und hinausblickte. Er umarmte ihre Taille, legte das Kinn auf ihre Schulter. »Ich weiß nicht, ob es richtig ist, Helena hierzulassen«, murmelte er gedankenversunken, während er gleichzeitig die Weichheit ihres Körpers genoss und den Duft nach Orangen, der aus ihren Haaren stieg. »Sie ist zu jung.«

Sie drehte sich in seinen Armen. »Ach was. Ich habe gesehen, wie sie Andrin Brunner angeschmachtet hat. Und sag selbst, was kann uns Besseres passieren, als dass die beiden ein Paar werden? Unsere Saccharin-Vorräte wären auf Lebenszeit gesichert.«

Er löste sich von ihr, plötzlich aus der romantischen Stimmung gerissen. »So denkst du also.«

Sie schnalzte. »Nicht nur so. Ich freue mich, wenn Helena glücklich ist. Aber was kann es schaden, wenn unser Unternehmen zusätzlich seinen Vorteil davon hat?«

Unser Unternehmen … Benno trat ins Zimmer zurück und zog sich aus. Dann schlüpfte er nur in Unterhose und Unterhemd unter das kühle Federbett, das sich anfühlte wie eine mächtige Wolke mit blau-roten Karos. Es würde eine Weile dauern, bis er es mit seinem Körper gemütlich aufgewärmt hatte. Schneller ginge es mit Martha, aber die stand immer noch auf dem Balkon und betrachtete die Sterne. Wenn sie von *unserem Unternehmen* sprach, meinte sie nur den Schmuggel. Es gab keine Martha, die nicht über den nächsten Einsatz spekulierte, sich nicht über die kreuzdummen Zöllner und die genarrten Zuckerbarone ins Fäustchen lachte. Ob er es jemals schaffen würde, sie für eine andere Art der Arbeit zu begeistern und ihr gemeinsames Leben in eine rechtschaffene Richtung zu lenken? Der Gedanke daran geisterte ihm schon länger durch den Kopf. Auch er war mit dem Schleichhandel groß geworden. Aber ihm bis an sein Lebensende nachgehen oder in ihm sogar den Tod finden wie Korbinian? Vielleicht würde ihnen beiden die Entscheidung abgenommen, wenn Martha wirklich Mutter werden würde. Die Vorstellung, dass sie als junge Familie mit unschuldigen Kindern noch schmuggeln würden, verursachte ihm Magenschmerzen.

Martha kehrte ins Zimmer zurück, schloss die Balkontür und knöpfte ihr Kleid auf. Wie ein Wasserfall glitt es zu ihren Füßen, ihr Unterkleid, Wäsche und Strümpfe hinterher. Wie anbetungswürdig schön sie war mit ihrer Haut wie Porzellan und den sanft geschwungenen Rundungen. Mit zwei Schritten war sie am Bett, kroch zu ihm unter die Decke, schlang ein Bein um seine Hüfte.

Sie küsste ihn, die kurze Missstimmung war verflogen. »Gefalle ich dir überhaupt mit meiner Figur?«, fragte sie neckend. »Ich meine, wenn du junge Mütter mit den Augen verschlingst…« Sie lachte dicht an seinem Mund.

Er verschloss ihre Lippen mit einem weiteren langen Kuss. »Keine gefällt mir besser als du, Martha, das weißt du. Und Liesel habe ich nicht wegen ihres Busens angeschaut, sondern weil es mich berührt, wie sie mit ihrer kleinen Tochter umgeht. Ein friedliches Bild, bei dem es mir warm ums Herz wird.«

Ihre Anschmiegsamkeit wich einer Starrheit, ihr Körper schien sich zu verkrampfen. Sie drückte ihm einen abschließenden Kuss auf den Mund und drehte sich in seinen Armen. »Es war ein langer Tag. Ich bin müde, Benno.«

Enttäuscht wandte er sich ab, legte sich auf den Rücken, starrte an die Decke. Er hatte sich den Abschluss der Feier anders gewünscht. Nicht nur, weil sie mit Leichtigkeit seine Lust entfachte, sondern auch, weil die Wahrscheinlichkeit größer wurde, dass sich endlich Nachwuchs einstellte, je öfter sie miteinander schliefen. Gut, wenn Helena bis zur nächsten Saccharin-Übergabe hier in der Schweiz blieb, wären sie eine ganze Weile allein auf dem Schinderhof. Auf niemanden mussten sie Rücksicht nehmen. Wenn die Leidenschaft sie überkam, konnten sie sich ihr hingeben, egal wann, egal wo. Ein versöhnlicher Gedanke, den er mit in den Schlaf nahm.

4

Anfang Oktober, Gut Theresienberg

»Hast du geklärt, wie viele Bauern heute ihre Ernte bringen? Die Mieten sind fast abgebaut.« Annegret hielt dem Hausmädchen Klara die Tasse hin, damit sie Kaffee nachfüllte. Sie brauchte Gwendolyn gegenüber schon lange nicht mehr auf die Fachsprache zu verzichten. Es fühlte sich an, als wäre ihre Schwiegertochter mit der Zuckerproduktion aufgewachsen. Daher wusste sie, dass die Zwischenstation der Rüben als *Mieten* bezeichnet wurden, Berge von gelben Früchten, die darauf warteten, in die Waschanlage weitertransportiert zu werden.

»Ein halbes Dutzend bis zum Mittag«, antwortete Gwendolyn. »Sind die neuen Kollegen schon eingearbeitet?«

Im Eilverfahren hatten sie weitere Mitarbeiter eingestellt, als sich abzeichnete, dass die Ernte diesmal besonders ertragreich werden würde. »Zwölf Männer mit ihren Familien«, setzte Annegret ihre Schwiegertochter über den genauen Umfang in Kenntnis. »Einige aus Böhmen, viele aus Baden-Württemberg und Hessen. Sie machen alle den Eindruck, als scheuten sie sich nicht, kräftig zuzupacken. Wir brauchen tüchtige Leute beim Abladen der Rüben und später in den Lagerhallen. Mit den zwölf ist die Werkssiedlung bis auf das letzte Zimmerchen ausgebucht. Sollten wir weiter expandieren, müssten wir über eine Erweiterung der Kolonie nachdenken.« Sie warf einen Blick zu Alexander, der appetitlos in einer Portion von Rühreiern mit

Schinken herumstocherte. Wie jedes Mal, wenn er denn überhaupt am Frühstück teilnahm, hielt er sich aus dem Gespräch heraus. »Was würdest du davon halten?«, fragte sie ihn. »Hm?« Er sah auf. »Die Siedlung vergrößern? Das ist zu aufwendig, nein, lasst uns lieber zusehen, dass wir Leute aus der Region anwerben.«

»Das haben wir schon im letzten Jahr versucht«, sagte Gwendolyn. »Die Löhne sind zu gering, die Menschen reißen sich nicht gerade um eine Anstellung bei uns. Auch weil die Firma ... nicht zu jeder Zeit den besten Ruf hatte.« Sie stockte, wirkte verunsichert. Dabei brauchte sie sich nicht zu schämen. Annegret wusste selbst, dass unter ihrem Mann viele Arbeiter gelitten hatten und in den Gasthäusern über den alten Wallendorf und seinen sprichwörtlichen Geiz hergezogen waren. In der vergangenen Woche hatten sie ihn zu Grabe getragen. Es waren mehr Menschen gekommen als angenommen, eine lange Reihe von Gästen, alle in Schwarz wie Krähen, war dem Sarg gefolgt. Annegret hatte dennoch gespürt, dass es eher Neugier als Anteilnahme war, welche die Leute dazu trieb, ihm das letzte Geleit zu geben. Leopold hatte kaum Freunde in seinem Leben gewonnen. Für Annegret fühlte sich der Verlust noch nicht real an. Morgens ging sie als Erstes zu seinem Schlafzimmer, das Tereza penibel gereinigt hatte, nur um dann zu merken, dass es nicht mehr nötig war. Tereza hatte sie beim Abschied mit Tränen in den Augen angesehen. Annegret wusste, wie wichtig es der Familie war, dass sie etwas dazuverdiente. Aber nun wurde sie nicht länger gebraucht, mit der Köchin und dem Haushaltsmädchen hatten sie genug Personal im Haus. Sie hatte Tereza Hoffnung gemacht, dass vielleicht bald eine neue Anstellung zu vergeben sein würde. Damit war das Lächeln in das runde Gesicht zurückgekehrt.

Gwendolyn hatte sich gefangen und fuhr fort: »Mit der

Werkssiedlung locken wir die Leute aus ärmlichen Verhältnissen an, die sich hier bessere Lebensbedingungen erhoffen.«

Ohne Vorwarnung warf Alexander die Gabel klirrend auf den Teller. »Dann macht doch, was ihr wollt. Mir ist das egal.« Gwendolyn wurde blass, Annegret sog stark die Luft ein.

»Reiß dich zusammen, Alexander! Wir müssen jetzt an einem Strang ziehen, wenn wir die Firma am Laufen halten wollen.«

»So?« Seine Augen schossen Blitze in ihre Richtung. »Und wen genau meinst du mit *wir*?«

Annegret zuckte zusammen. »Wir Wallendorfs und alle, die sich für die *Donau Zucker* verantwortlich fühlen.«

»Wie zum Beispiel der hochgeschätzte Christian Lambert, der sich seit Vaters Tod aufspielt, als habe er das Sagen?« Seine Stimme troff vor Bitterkeit.

»Du tust ihm unrecht«, widersprach Gwendolyn, ging allerdings nicht auf seinen hitzigen Ton ein. Sie streichelte seinen Arm. »Ohne ihn hätten wir die Kampagne für mehrere Tage, wenn nicht gar Wochen stoppen müssen. Er hat unfassbar umsichtig reagiert. Und er hat weit über seine Arbeitszeit hinaus die neue Maschine angeschlossen. Nur deswegen konnten wir ohne größere Verzögerungen mit der Produktion fortfahren.«

Annegret bewunderte, mit welcher Überzeugung Gwendolyn sprach. Alles an ihr drückte Selbstbewusstsein und Stärke aus, während ihr Sohn sich aufspielte wie ein launischer Junge.

»Ja, das habt ihr klasse hinbekommen. Aber meinst du, er hat das alles zum Wohl der Firma arrangiert? Für *dich* setzt er sich ein, Gwendolyn, nicht für *uns*. Bist du wirklich so naiv, dass du das nicht merkst?«

Gwendolyn hob den Kopf. »Es schadet nichts, wenn die Mitarbeiter uns schätzen. Es liegt in unserer Hand, wo wir die Grenzen ziehen«, gab sie zurück. Sie hielt sich tapfer, aber Annegret bemerkte den Schmerz in ihren Augen, den seine Worte

75

auslösten. Von Anfang an hatte Gwendolyn auf Gut Theresienberg versucht, die Harmonie zu wahren. Es war nicht leicht, wenn Alexander einen Streit dermaßen herausforderte. Und überhaupt, was erzählte er da von Lambert und Gwendolyn? Als würde seine junge Frau sich für andere Männer interessieren! Jeder sah auf den ersten Blick, dass sie nur Augen für ihn hatte. Außer er selbst. »Lass uns gleich in der Firma nach dem Rechten sehen«, fuhr Gwendolyn fort. »Es wollte auch ein Bauer vorbeikommen, der die ausgewaschenen Rübenschnitzel abholt. Wenn wir die als Viehfutter verkaufen können, erhöht sich unser Verdienst. Und einer interessierte sich für die Steine, die bei der Rübenwäsche abfallen. Er wollte sie abtransportieren und damit seinen Hof pflastern. Das ist doch perfekt, oder?« Gwendolyn strahlte Alexander an, versuchte, ihn mit ihrer Begeisterung anzustecken, aber seine Miene blieb finster.

Annegret warf Gwendolyn einen dankbaren Blick zu. Mit ihr war ein neuer Geist auf Gut Theresienberg eingezogen. Sie wünschte, ihr Sohn würde mit seiner mürrischen Art nicht alles verderben. Annegret kam es so vor, als ob Gwendolyn sich umso mehr einbrachte, je weiter sich Alexander zurückzog. Aber irgendwann musste es auch ihr zu viel werden.

»Sicher ist Lambert an deiner Seite, wenn du solche Nebengeschäfte einfädelst«, murmelte Alexander. »Auf seine *unfassbar umsichtige* Art.«

»Alexander, ich dulde diesen Ton nicht in unserem Haus!« Annegret hatte die Stimme erhoben. Etwas, das zu Leopolds Lebzeiten zu selten vorgekommen war, wie sie wusste. Sie hatte ihn in seinen Erziehungsmethoden walten lassen und warf sich das selbst am meisten vor. Dass sie ihrem erwachsenen Sohn gegenüber jetzt beinahe so streng auftreten musste wie früher ihr Mann, missfiel ihr. Sie würde sich aber nicht aus der Verantwortung ziehen, ihn zu rügen, wenn er sich töricht verhielt.

Tatsächlich sackten Alexanders Schultern nach vorn, er wischte sich über die Augen und stieß ein Seufzen aus. Dann griff er nach Gwendolyns Hand und hauchte einen Kuss darauf. »Verzeiht, ich weiß selbst nicht, was heute mit mir los ist. Ich habe schlecht geschlafen, und gleich muss ich zu einem Treffen bei der Bank in Deggendorf. Georg von Basnitz will mir eine neue Art der Wertanlage vorstellen.« Er beugte sich vor, küsste Gwendolyn auf die Wange. »Ich habe es nicht so gemeint, Liebling. Ich weiß, dass Lambert wichtig ist. Gut, dass er der *Donau Zucker* gegenüber loyal ist. Du schaffst das heute mit ihm, du wirst mich kaum vermissen. Ich muss jetzt los.«

Annegret konnte nur bewundern, wie sehr Gwendolyn gleich wieder auf ihn einging. Anstatt ihn spüren zu lassen, dass er sie verletzt hatte, nahm sie sein Friedensangebot an. Sie stand gleichzeitig mit ihm auf, schlang die Arme um seinen Hals und küsste ihn auf den Mund. Allerdings war auch Annegret in ihrer Ehe mit Leopold stets die Nachgiebige gewesen. Letzten Endes hatte diese Wesensart dazu beigetragen, dass sie all die Jahre zusammengeblieben waren. Aus heutiger Perspektive fragte sie sich aber, ob sie sich selbst damit nicht zu wenig wichtig genommen hatte. Wann hatte Leopold ihr die Opferbereitschaft und Anpassungsfähigkeit je vergolten? Und würde Alexander die Fehler seines Vaters wiederholen?

Gwendolyn war der Appetit vergangen. Sie bat Klara noch um eine Tasse Tee. Einmal hatte sie das Gebräu getrunken, das der Arzt ihr empfohlen hatte. Himbeerblätter und Mönchspfeffer. Sie fand es ungenießbar und glaubte nicht im Geringsten daran, dass dieses Kraut irgendetwas an ihrer Fruchtbarkeit verbesserte. So war sie schnell wieder zu ihrem Darjeeling zurückgekehrt, den ihr zwar niemand verordnet hatte, der sie aber von innen heraus mit seinem köstlichen Aroma wärmte. Sie lauschte dem sich entfernenden Brummen des Motors draußen nach. Alexander nahm den Ford für seinen Besuch in der Bank. Gwendolyn würde ihn wohl erst am Abend wiedersehen. In den letzten Tagen kam es häufiger vor, dass er zu geschäftlichen Verabredungen aufbrach, die nach einer Stunde beendet sein sollten, von denen er aber erst viel später heimkehrte. Sie wollte nicht der Grund dafür sein, dass er seinem Elternhaus entfloh. Auch an diesem Morgen hatte sie seine Spitzen abprallen lassen und ihm damit hoffentlich gezeigt, wie sehr sie ihn liebte. Dass es ihr diesmal schwerer gefallen war als sonst, hatte sie nach Kräften verborgen.

Gedankenverloren rührte sie einen Löffel Zucker in ihren Kaffee. Sie sollte aufhören, sich um Alexander zu sorgen. Heute lagen viele Aufgaben vor ihr, die ihre volle Konzentration erforderten.

»Das wird schon wieder.« Annegret nickte ihr mitfühlend zu. »Männer sind manchmal seltsam. Du verhältst dich sehr diplomatisch.«

»Ich hasse es, wenn wir streiten. Ich mag es nicht, im Unfrieden auseinanderzugehen. Das Gefühl liegt dann den ganzen Tag auf meinen Schultern wie ein nasser Sack.«

»Das kenne ich, Liebes. Aber achte du auch darauf, dass es dir selbst gut geht! Die Männer müssen spüren, ... dass sie uns nicht behandeln können, wie es ihnen beliebt.«

Solche Worte aus Annegrets Mund? Gwendolyn sah die Schwiegermutter überrascht an. Konnte sie aussprechen, was sie schon länger bedrückte? »Ich wünschte, Alexander würde sich mehr um die Firma kümmern. Er hat seine Termine, ja. Aber aus dem Alltagsgeschäft hält er sich raus, und ich weiß nicht, wie wir beide, du und ich, das auf Dauer ohne ihn schaffen sollen.«

»Er wird seinen Platz in der Firma finden, Gwendolyn. Bis

dahin darf eure Ehe nicht darunter leiden! Irgendwann wirst du dich sowieso zurückziehen, schon bald vielleicht.« Sie schmunzelte. »Am Anfang wirst du dich selbst um das Kleine kümmern wollen. Und danach ist dann das Kindermädchen da. Ich habe mich um alles gekümmert.«

»Du hast ... was? Ein Kindermädchen?«

Annegret hielt an ihrem Lächeln fest. »Aber ja doch! Tereza Dvorak kennt sich in unserem Haushalt aus, sie ist eine gute Seele, mag Kinder, sie würde das gern übernehmen! Sie freut sich schon darauf!«

Gwendolyn schüttelte den Kopf. »Mutter, mir ist das ... gerade alles ein bisschen zu viel. Es sieht nicht danach aus, als würde ich bald schwanger werden. Es tut mir leid, wenn ich dich damit enttäusche, aber ich kann es nicht ändern, ich ...«

»Pst, Liebes, mach dich nicht verrückt. Es renkt sich alles ein.«

Annegrets warmherzige Art trieb Gwendolyn die Tränen in die Augen. Aber sie wollte jetzt keine Gefühlsduselei, sondern sich auf ihr Tagwerk vorbereiten.

»Ihr liebt euch«, fuhr Annegret derweil fort, ohne Gwendolyns Abneigung gegen das Thema wahrzunehmen. »Das sieht man. Also wird es irgendwann mit dem Nachwuchs klappen. Leopold und ich haben auch lange warten müssen, bis sich Alexander angekündigt hat ...« Sie unterbrach sich, starrte auf das Blumenmuster der Tischdecke, fuhr die Ranken mit einem Finger nach. »Wir hatten es damals ziemlich schwer mit unseren Familien. Leopolds Vater Ignatz hatte den Verstand verloren und geisterte auf dem Gut herum wie eine Spukgestalt. Ich habe ihn ständig suchen und einfangen, ihn pflegen müssen, und als mein Vater starb, haben wir meine Mutter zu uns geholt. Das war keine leichte Zeit.«

Gwendolyn mochte Annegret. Dass sie sich ihr gegenüber

öffnete, verstärkte das Gefühl von Zuneigung. Trotzdem widerstrebte es ihr, sie in die Geheimnisse ihrer Ehe einzuweihen. Schließlich war sie Alexanders Mutter und würde daher immer auf seiner Seite stehen. Nein, Gwendolyn musste erst mit ihm allein klären, wie wichtig ihm Kinder waren. Sie hatten darüber geredet, seichtes Geplauder, das mit Küssen und Neckereien geendet hatte. Nach dem Arztbesuch und vor allem jetzt, da Annegret es ansprach, klang die Angelegenheit ungewohnt ernst. Als hinge Gwendolyns weiteres Schicksal davon ab, ob sie schwanger wurde oder nicht.

»Es kann schwierig werden, wenn man nicht im Reinen mit sich und seiner Familie lebt.« Annegret räusperte sich in die Faust und schien einen Moment zu brauchen, um sich zu sammeln. Dann sah sie Gwendolyn in die Augen. »Ich weiß, dass du dich mit deiner jüngeren Schwester triffst.«

Gwendolyn zuckte zusammen. Aber wieso sollte sie es abstreiten, wenn ihre Schwiegermutter es ohnehin schon wusste? »Helena sucht den Kontakt zu mir«, bestätigte sie. »Ich bin ihr wichtig. Ich will ihr das nicht verwehren.«

»Ich war nie dagegen, dass du Verbindung zu deinen Leuten in Polderfeld hältst. Ich habe diesen großen Streit zwischen meinem Mann und deinem Vater nie verstanden. Zwei Sturköpfe, die sich das Leben gegenseitig zur Hölle gemacht haben und die eigenen Kinder so verbiegen wollten, wie es ihnen passte.«

Etwas Wohliges kroch unter Gwendolyns Brust. »Das heißt, du bist damit einverstanden, wenn Helena mich besucht?«

Annegrets Lächeln verschönerte ihre herben Züge. »Nicht nur das. Von mir aus nimm gerne wieder Kontakt zu deiner anderen Schwester auf. Bring beide her, mach uns miteinander bekannt. Der Rückhalt ist in diesen Zeiten wichtiger denn je, und die Streithähne weilen nicht mehr unter uns. Wir sollten den Zwist genauso begraben wie die Männer, die ihn ausgelöst haben. Er hat viel Unglück über uns alle gebracht, damit muss jetzt Schluss sein, findest du nicht?«

Die Wärme rauschte durch Gwendolyns Adern. War es wirklich wahr? Bot Annegret ihr nach dem Tod ihres Mannes die Hand, damit sich die Familien miteinander aussöhnen konnten? Was für eine unvorhersehbare Entwicklung! Was für eine Erleichterung, sich nicht mehr nur heimlich treffen zu können! Was für eine überwältigende Vorstellung, Martha in die Arme zu nehmen und ihr zu sagen, dass sich alles wieder einrenken würde! Es hielt sie nicht länger auf dem Stuhl, sie sprang auf, eilte um den Tisch herum. Annegret erhob sich schon lachend, Gwendolyn fiel ihr um den Hals, roch den Duft nach Rosenseife und fühlte ihre Fingerknochen, als sie ihr über den Rücken strich. »Bring es ins Reine, Gwendolyn.«

»Ich könnte bis zur Decke springen vor Freude.« Gwendolyn hielt die Schwiegermutter an den Schultern und schaute ihr strahlend ins Gesicht.

Annegret streichelte ihre Wangen. »Du wirst sehen, deine Unbeschwertheit ist die beste Voraussetzung für die weitere Familienplanung. Ich kann es kaum erwarten, Großmutter zu werden.«

Ob sich tatsächlich eine Schwangerschaft einstellen würde, wenn sie sich mit ihrer Polderfelder Familie aussöhnte? Gwendolyn würde es auf sich zukommen lassen. Aber allein der Gedanke, dass die Schinders und die Wallendorfs bald nicht mehr als Erzfeinde leben mussten, beflügelte sie, als sie an diesem Vormittag auf ihrem Inspektionsgang durch die Fabrik schritt. Von allen Seiten begrüßten sie die Schlosser und Maschinenbauer, die Zuckerkocher und Lagerarbeiter, zogen die Hüte, grinsten, winkten. Heute wirkten sie bei Gwendolyns Anblick besonders fröhlich. Wahrscheinlich war ihre überschäumende Stimmung ansteckend.

Sie fand Christian Lambert in der Leitzentrale. Dort liefen alle Fäden zusammen. Mehrere Männer saßen an Schreibtischen, schrieben Rechnungen, dokumentierten den Zuckergehalt der neuesten Produktion und hakten Listen ab. Von den Kollegen vor Ort ließen sie sich über jeden Schritt in der Herstellung informieren. Der Vorarbeiter berichtete Gwendolyn, dass bereits zwei Bauern den Rübenschnitzel-Abfall abtransportiert hätten, ein anderer würde am Nachmittag die Steine aufladen kommen. »Außerdem haben wir die Anfrage von einem Limonadenhersteller, der sich auf der gegenüberliegenden Seite von Deggendorf niederlässt. Sie würden gerne mit uns zusammenarbeiten.«

Gwendolyn stieß einen Ruf der Begeisterung aus. Sie selbst hatte vor einigen Wochen bei der Getränkefabrik nachgefragt, die Antwort hatte noch ausgestanden. Nun sah es nach einem prächtigen Geschäft aus. »Ich sag dir, Christian, darin liegt die Zukunft: Nicht die Haushaltsportionen in die Läden bringen, sondern säckeweise große Firmen beliefern! Darauf sollten wir setzen.«

Er stimmte ihr mit einem Lächeln zu. Sie mochte es, wie seine meergrünen Augen dabei blitzten. Ein faszinierender Kontrast zu seinen schwarzen Locken. Aber versuchte er, ihren Blick eine Spur zu lange zu halten? Sie wandte sich ab. Sie war die Frau des Firmendirektors, sie war die Zuckerbaronin, sie sollte unantastbar sein, und das hatte auch ein Christian Lambert zu akzeptieren. Seine Aufmerksamkeit schmeichelte ihr, aber Alexander sollte kein weiteres Mal die Befürchtung haben, es könnte sich etwas zwischen ihr und einem der Angestellten entwickeln. Es würde ein Balanceakt sein, dem Vorarbeiter das klar zu vermitteln und ihn gleichzeitig nicht zu verstimmen.

Männer wie er waren selten. Jede Firma konnte sich glücklich schätzen, einen derart fleißigen, loyalen und findigen Mitarbeiter in ihren Reihen zu haben.

Ach, könnte sie sich doch gemeinsam mit Alexander über das Angebot des Limonadenherstellers freuen! In Momenten wie diesen vermisste sie ihn schmerzlich. Gleich am Abend würde sie ihm davon erzählen. Und davon, dass sie den Streit zwischen ihren Familien beilegen würden. Dann würde sie ihn küssen und verführen, bis er wusste, dass sie niemanden liebte wie ihn und es keine Sekunde bereute, seine Frau geworden zu sein.

Am frühen Nachmittag hatte Gwendolyn ihren Rundgang beendet und wollte mit der Pferdekutsche nach Polderfeld fahren. Auf dem Weg dorthin würde sie sich die Worte zurechtlegen, mit denen sie Martha, Benno und Helena die neue Situation schildern würde. Sie wollte gerade den Stallburschen Micha anweisen, den Landauer vorzubereiten, da erklang Motorenbrummen. Mit Schwung brauste Alexander im Ford durch den hohen Torbogen in den Hof. Kribbelige Freude durchfuhr Gwendolyn. War er also doch nicht bis abends unterwegs! Vielleicht wollte er in der Fabrik nach dem Rechten sehen und sich von ihr und Christian aufs Laufende bringen lassen?

Schwankend stieg Alexander aus, eine Haarsträhne hing ihm in die Stirn, er strich sie zurück und lachte, als er Gwendolyn entdeckte. Er hob den Schlüssel und klimperte damit. »Der Ford für die hübsche Dame? Der ist einer Zuckerbaronin würdiger als eine Pferdekutsche, oder etwa nicht?« Sie lauschte dem Klang seiner Worte. Hörte sie etwas Zynisches? Aber sein Lächeln war einnehmend, sie ging auf ihn zu und er zog sie an sich. Sie roch Wein in seinem Atem. Offenbar hatte es mit dem Banker Grund zum Feiern gegeben!

»Mir wäre die Kutsche recht«, sagte sie, »aber der Ford ist

natürlich das reinste Vergnügen.« Sie bot ihm die Lippen zum Kuss und fühlte seinen Mund hart auf ihrem. »Ich muss nach Polderfeld und bin gegen Abend zurück. Und dann reden wir, ja?« Es war wichtig, dass sie miteinander sprachen. Dass sie keine Geheimnisse voreinander hatten und sich gegenseitig vertrauten. Doch dazu brauchte sie nicht diesen vom Wein leicht torkelnden Mann, der vor den Angestellten eine übermütige Rolle spielte. Sie wollte den Alexander, in dessen Armen sie vor Liebe und Begehren das Denken vergaß.

Er zog einen imaginären Hut, taumelte bei der angedeuteten Verbeugung. »Ich kann es kaum erwarten, gnädige Frau.«

Marthas Stöhnen ging erst in ein lang gezogenes Seufzen, dann in ein Kichern über, als Benno ihre Hüften umfasste und sich mit ihr zusammen im Bett drehte, sodass er auf ihr zu liegen kam. Sie waren beide nackt und verschwitzt vom Liebesspiel, das in der Küche begonnen und im Schlafzimmer geendet hatte. Oh, wie herrlich es war, jederzeit an jedem Ort im Haus übereinander herfallen zu können! Sie hatten den Schinderhof für sich allein und mussten keine Rücksicht auf Helena nehmen. Die war in Buchel bestens aufgehoben und erlebte mit Andrin Brunner die erste Liebe, die nach Marthas Willen gern die letzte sein durfte. Sie war gespannt, was die Schwester erzählen würde, wenn sie sie demnächst in der Nähe der Grenze wiedertreffen würden. In acht Tagen sollte die Reise quer durch Deutschlands Süden bis hinter den Bodensee beginnen. Eine knappe Woche brauchten sie mit dem Pferdefuhrwerk dafür. Aber jetzt zählten erst einmal nur Benno und sie und wie leidenschaftlich er sie begehrte. Manchmal näherte er sich ihr voller Zärtlichkeit und Ruhe, Martha schaffte es jedoch jedes Mal, ihn wild zu machen. Sie liebte es, wenn sie ins Schwitzen kamen und die Welt um sich herum vergaßen.

Jetzt küssten sie sich übermütig, wälzten sich auf dem Bett hin und … Ein Klopfen an der Tür ließ sie innehalten, nicht laut, aber kraftvoll. Dreimal kurz hintereinander. Benno und Martha sahen sich an. Es war Nachmittag, die Post war am Morgen gebracht worden, eine Verabredung mit einem Nachbarn gab es nicht. »Gehst du?«, fragte Benno mit einem Grinsen.

Martha sprang aus dem Bett, huschte in die Küche und warf sich dort das Unterkleid über, das sie achtlos auf den Boden fallen gelassen hatte. Sollte derjenige, der es wagte, an einem so sinnlichen Nachmittag bei ihnen anzuklopfen, gerne sehen, dass er störte. Das Leibchen musste reichen, und ihre völlig zerzausten Haare würde sie sich auch nicht richten. Mit Schwung riss sie die Tür auf, bereit, einen entsetzten Blick zu ernten, aber dann war der Schrecken doch auf ihrer Seite.

»Gwendolyn!«, stieß sie hervor. Sie brauchte einen Moment, um sich zu fangen, richtete in einer instinktiven Geste ihre Frisur, bedeckte mit einer Hand den sich unter dem dünnen Stoff abzeichnenden Busen. Dann aber ließ sie beide Arme sinken und drückte das Rückgrat durch. Von ihrer Schwester würde sie sich nicht verunsichern lassen.

»Guten Tag, Martha. Soll ich lieber ein anderes Mal wiederkommen?« Gwendolyns Stimme klang fest, um ihre Mundwinkel spielte ein Lächeln.

Marthas Blick glitt in Sekundenschnelle an ihr auf und ab. Sie trug ein tailliertes Kostüm mit einem weit schwingenden Rock in einem warmen Violettton. Es glänzte, als wäre es aus reiner Seide. Dazu eine cremefarbene Bluse mit spitzem Dekolleté und einen eleganten Hut, der ihre Haare größtenteils bedeckte. An den Schläfen kringelten sich ein paar Locken. Martha warf einen Blick an ihr vorbei. Im Hof stand der chromglänzende Ford, mit dem sie gern durch die Gegend brauste wie eine Adelige, der ganz Bayern gehörte. Der Gänserich Wastl watschelte heran, um das Ungetüm zu begutachten. Ihm flatterten einige aufgebrachte Hennen hinterher, aus dem Stall erklang das Wiehern eines Kutschpferds. Deine Welt, meine Welt, kam es Martha in den Sinn.

Sie öffnete die Tür weit, machte eine einladende Geste. »Aber bitte doch. Hast du auch darauf geachtet, dass keiner bemerkt, wo du hinfährst?«

»Genau deswegen bin ich hier.« Gwendolyn streifte den Hut ab und legte ihn auf den Küchentisch. Sie knöpfte sich die Jacke auf, setzte sich, und kurz sah es aus, als wäre sie nie weg gewesen. Als käme sie von ihren Aufgaben draußen wie früher und würde gleich mit der Familie zusammen zu Abend essen. Nur der glänzende Kleiderstoff passte nicht ins Bild.

Und noch etwas hatte sich verändert. Gwendolyn war nicht mehr das verunsicherte junge Mädchen, das sich bei Martha ausweinte, weil die Männer es nicht beachteten. Sie war vom hässlichen Entlein, als das sie sich gefühlt hatte, zu einem Schwan herangereift, eine Frau mit Stil und Klasse, die alle nur ehrfürchtig die Zuckerbaronin nannten. Was für ein seltsames Gefühl, dass Martha selbst an ihrer Stelle hätte sein können, wenn die Dinge anders gelaufen wären. Alexander Wallendorf und sie hatte eine heftige Liebschaft miteinander verbunden, bis sie herausgefunden hatten, dass sich zwischen ihnen ein Abgrund auftat: Er stand hinter dem Zuckerimperium, das er eines Tages erben sollte, sie würde mit wilder Leidenschaft, Lust am Abenteuer und um allen Obrigkeiten und Firmenbossen eins auszuwischen, in die Fußstapfen ihres Vaters treten, dem berühmt-berüchtigten Schmugglerkönig. Es gab nichts, was diese beiden Gegensätze überbrücken konnte. Gwendolyn hingegen passte in dieses Leben, obwohl sie derselben rebellischen Familie wie sie entstammte. Sie hatte von jeher die *Geschäfte* der Schinders nicht nur hinterfragt, sondern entschieden missbilligt. Natürlich hatte sie die Gelegenheit genutzt, dem zu entfliehen, als Alexander sich in sie verliebt hatte.

Martha musste sich eingestehen, dass ihre Schwester umwerfend gut aussah. Dennoch brauchte sie sich nicht einzubilden, sie sei etwas Besseres. Der Reichtum war ihr in den Schoß gefallen. Sie, Martha, würde unter Einsatz ihres Lebens darum kämpfen, dass der Schleichhandel nicht abriss. Ja, sie verdiente dadurch prächtig, aber mehr noch war es eine Genugtuung, all den arroganten Industriellen, die aus Raffgier die Süßstoffgesetze im Reichstag durchgeboxt hatten, ein Schnippchen zu schlagen. Saccharin zu verbieten, nur weil es den eigenen Gewinn schmälerte – so tickten sie, die Großkopferten.

Aus dem Schlafzimmer schlenderte Benno heran, komplett mit Leinenhose, Hemd mit aufgekrempelten Ärmeln und Hosenträgern bekleidet. Sogar die Haare hatte er sich offenbar vor dem Spiegel an der Tür gerichtet. Sie fielen glatt und glänzend gescheitelt zur Seite. Er reichte Martha ihren Morgenmantel, den sie sich überstreifte und locker mit dem Gürtel in der Taille befestigte.

»Gwendolyn, wie schön«, sagte er, ein ehrliches Lächeln auf dem Gesicht.

Sie erhob sich, ließ sich von ihm in den Arm nehmen, küsste ihn links und rechts an den Wangen vorbei.

»Du warst lange nicht da«, bemerkte Martha.

»Ja, es war schwierig, das weißt du.«

»Möchtest du Apfelsaft? Die Ernte dieses Jahr war einmalig, der Saft ist zuckersüß!« Benno griff in das Regal, in dem die Flaschen lagerten. Er kümmerte sich um alles, was Küche und Kochen betraf.

»Sehr gern.« Gwendolyn nahm das Glas entgegen, roch daran und trank in kleinen Schlucken. »Köstlich, wie nicht anders erwartet.«

Martha stemmte die Hände in die Hüften. War ihre Schwester gekommen, um sich bei Benno einzuschmeicheln? »Also, was führt dich her?«

»Ihr wisst sicher, dass Leopold Wallendorf gestorben ist.«

Martha schnaubte verächtlich. »Wie hätte das einem einzigen Menschen in Niederbayern entgehen sollen? Die Zeitungen waren voll von Nachrufen, die Beerdigung pompös wie ein Staatsbegräbnis, erzählt man sich.«

»Ich bin nicht gekommen, um mit dir über ihn herzuziehen. Ja, er war ein schwieriger Mann, und er hatte seine Bedingungen, bevor Alexander und ich heiraten durften. Wir haben uns danach gerichtet, aber ich habe es nie verkraftet, die Verbindung zu euch abzubrechen.« Ihre Stimme bekam einen warmherzigen Klang. »Ich habe dich oft vermisst, mir gewünscht, die Väter würden sich vertragen. Nun liegen beide unter der Erde.«

Martha fühlte sich, als bräche in ihr etwas auf, ein Geschwür, das zu bluten begann. Gwendolyn sollte nicht vom Tod des Vaters reden, nein, das sollte sie nicht! Aber die Schwester fuhr schon fort, sie schien von dem Aufruhr in Marthas Herzen nichts mitzubekommen: »Meine Schwiegermutter hat mir angeboten, den Frieden zwischen unseren Familien wiederherzustellen.« Ihr Gesicht leuchtete, als fiele ein Sonnenstrahl darauf. »Ich habe mich sehr über ihre Worte gefreut. Hörst du, Martha, wir können das Vergangene vergessen und wieder gut miteinander sein, wie es sich für Schwestern gehört!« Ihre Augen schwammen in Tränen, ein bemerkenswerter Kontrast zu ihrem Lächeln.

Martha warf einen Blick zu Benno, der sich Gwendolyn gegenübergesetzt hatte und nach ihren Händen griff, um sie zu drücken. Die beiden hatten sich schon immer gemocht. Unerwartet versetzte ihr diese Vertrautheit einen Stich. Benno sollte bloß nicht so tun, als wäre in den vergangenen zwei Jahren nichts passiert. Himmel, Gwendolyn hatte einen Wallendorf geheiratet! Sie hatte die Seiten gewechselt und in Kauf genommen, dass sie dafür mit ihrer Familie brechen musste. Das konnte man nicht mit ein paar Worten ungeschehen machen.

»Du siehst zwar aus wie eine feine Dame, Gwendolyn, aber du bist immer noch naiv. Wie sollten wir mit den Wallendorfs Frieden schließen? Stellst du dir vielleicht vor, dass wir uns an einen Tisch setzen und über die gute Luft in Niederbayern plaudern? Wir sind Konkurrenten, keine Freunde! Vergiss das nicht!«

Gwendolyn presste die Lippen zu einem schmalen Strich zusammen. »Aber was ist mit uns? Wir sind Schwestern. Uns wird eine Tür geöffnet. Willst du sie wirklich zuschlagen?« Sie sah die Stiege hinauf, wo es weitere Zimmer gab. »Wo ist Helena? Sie sollte dabei sein, wenn wir das besprechen.«

Martha verschränkte die Arme vor der Brust, warf mit einem Ruck ein paar Strähnen aus ihrem Gesicht. »Wir haben sie nach der Hochzeitsfeier von Loris Brunner in der Schweiz gelassen.«

Gwendolyn erhob sich abrupt. »Ihr habt *was?*« Sie stierte Martha an. Ein Feuer schien auf einmal in ihrem Blick zu brennen, ein auflodernder Zorn, den Martha nie zuvor bei ihr wahrgenommen hatte. »Wie könnt ihr sie allein in einem fremden Land lassen? Wo wohnt sie da?«

»Sie lebt bei Freunden der Brunners und hat genug Zeit, herauszufinden, ob Andrin der Mann ist, den sie heiraten möchte. In den hat sie sich nämlich verguckt.« Es gefiel ihr, etwas aus Helenas Leben zu wissen, das Gwendolyn unbekannt war. Früher waren eher die zwei jüngeren Schwestern eng miteinander gewesen. Aber Zeiten änderten sich. »Wir beide«, fuhr sie fort und wies auf Benno und sich selbst, »hätten nichts dagegen, wenn sie einen unserer Hauptlieferanten heiratet und damit das Bündnis stärkt.«

»Du versteigst dich in den Schmuggel, Martha, es wird immer schlimmer mit dir! Du kannst doch nicht unsere jüngste Schwester diesen schmutzigen Geschäften opfern!« Gwendolyn hatte die Stimme erhoben, sie klang drohend.

»Du drehst es immer so, wie es dir passt!« Martha hörte das Schrille in ihren eigenen Worten. Und wenn schon? »Helena ist dankbar für diese Gelegenheit, sie ist in den besten Händen, und sie braucht dich nicht mehr um Rat zu fragen!«

Benno erhob sich, machte beschwichtigende Gesten. »Jetzt beruhigen wir uns mal. Es ist doch verständlich, dass Gwendolyn erst verstehen muss, was da in Buchel passiert ist. Wir können es ihr erklären, und dann …«

Martha hieb gegen seine Hand, als er sie berühren wollte. »Das hätte ich mir denken können, dass du zu ihr hältst! Hast du vergessen, was sie uns angetan hat?« Sie wies, ohne sie anzusehen, mit dem ausgestreckten Arm auf Gwendolyn, die sich ihren Hut aufsetzte, das Gesicht weiß wie Kreide. »Wegen ihr ist unser Vater in den Tod gestürzt! Er hat es nicht ausgehalten, dass sie einen Wallendorf geheiratet hat! Ohne sie würde der Vater noch leben.« Sie wandte sich Gwendolyn zu. Die Wahrheit musste endlich ausgesprochen werden. »Du bist für seinen Tod verantwortlich! Weil du ihm in den Rücken gefallen bist. Du bist an all dem Elend schuld, und jetzt kommst du daher und willst mit einem Handstreich alles ungeschehen machen, bloß weil die gnädige Frau Wallendorf dir die Erlaubnis dafür erteilt hat? Nein, auf diese Art läuft das nicht. Ich werde dir nie vergeben! Verschwinde vom Schinderhof, du hast hier nichts zu suchen. Du bist schon lange keine mehr von uns! Wir sind fertig miteinander!« Marthas Stimme überschlug sich. Benno blickte voller Entsetzen zwischen ihr und Gwendolyn hin und her. Martha fühlte sich, als sei sie gerade um ihr Leben gerannt, sie konnte nicht so schnell atmen, wie sie Luft brauchte. Das Herz schien ihr unter der Schädeldecke zu hämmern.

Gwendolyn hielt ihrem Blick stand, in ihren Augen war zu Marthas Überraschung kein Schock zu sehen, sondern ein Ausdruck von großer innerer Kraft. Und unendlicher Trauer. »Es tut mir leid«, sagte sie und schritt zur Tür, mit erhobenem Kopf, den Rücken aufrecht.

»Ja, geh nur zurück zu deinem Zuckerbaron!«, zeterte Martha ihr nach. »Du hast dich selbst für dieses Leben entschieden!«

Gwendolyn wandte sich, die Klinke schon in der Hand, noch einmal um. Ihre Miene wirkte wie aus Stein gemeißelt. »Das tue ich. Und nichts und niemand kann mein Glück mit Alexander zerstören.«

5

Zur selben Zeit in Leipzig

Lisa Bergner polterte die ausgetretene Stiege hinab. Hinter ihr erzeugten Mattis kleine Füße einen schwachen Nachhall ihrer Schritte. Die zweite Stufe knarzte, wie immer sprang er darauf herum. Dabei wusste er, dass er damit Frau Schüppe in der Stube nebenan weckte – und wie sie Lisa später anschnauzen würde, weil sie und ihr *Balg* sich rücksichtslos benahmen. Die Alte arbeitete in einer Bäckerei, war in aller Herrgottsfrühe auf den Beinen und schlief, wenn andere Leute ihren Pflichten nachgingen. Sie hatte schon lange hier gewohnt, bevor Lisa vor vier Jahren im Auerbachs Keller angefangen und der Wirt ihr diese Stube zugewiesen hatte.

Lisas zweijähriger Sohn war den ganzen Nachmittag über unleidlich gewesen. Auch jetzt bockte er, indem er sich extra lang Zeit ließ. Herrje, in wenigen Minuten begann ihre Schicht im Gasthaus! Wenn sie nicht pünktlich auftauchte, kürzte Dankwerts ihr den Lohn. Der Wirt war vom Kofferfabrikanten Anton Mädler, dem neuen Besitzer des gesamten Geländes rund um den Keller, übernommen worden. Er mochte Lisa zugetan sein und den Unternehmer überredet haben, sie weiterhin günstig unter dem Dach schräg gegenüber wohnen zu lassen. Was Pünktlichkeit und Arbeitsmoral betraf, nahm er es aber genau. Nichts sollte dem Ansehen des weltbekannten Leipziger Gasthauses schaden.

»Matthias!«, drängte Lisa auf einem Absatz wartend, bis ihr Sohn mit hängendem Kopf um die Ecke bog und hinter ihr heruntertrottete. Nur wenn sie aufgebracht war, nannte sie ihn bei seinem richtigen Namen. Meistens aber war er für sie und andere nur der Matti. Obwohl sie in Eile war, ging ihr bei seinem Anblick das Herz auf. Seine dichten dunklen Haare, die langen Wimpern. Die großen blauen Augen waren heute allerdings verhangen, die Lider sichtlich schwer. Der Husten und das Schnarchen der Schüppe hatten seinen Mittagsschlaf gestört, nun war er übermüdet und zu nichts zu gebrauchen. Einzig die Aussicht auf die Zitronenbrause, die Lisa ihm im Keller versprochen hatte, hatte einen Aufstand verhindert.

Sie liebte Matti, hoffte aber, dass seine Widerspenstigkeit bald nachließ. Hieß es nicht, dass Kinder in seinem Alter gern trotzten? Andere Mütter, die sie fragen konnte, kannte Lisa nicht. Als Schankmagd arbeitete sie auch dann, wenn die Frauen tagsüber mit den Kinderwagen durch den Johannapark spazierten. Zu ihrer eigenen Mutter war der Kontakt in der Minute abgebrochen, als sie mit fünfzehn Jahren ihre Sachen gepackt und ihrem Heimatdorf in der Unterlausitz den Rücken gekehrt hatte. In der Stadt hatte sie schnell eine Anstellung in einem einfachen Gasthaus gefunden, war bald in die frisch eröffneten Ratsstuben gewechselt. Dort war ihr Dankwerts über den Weg gelaufen, der sich die Konkurrenz besah, nachdem er kurz zuvor im Auerbachs Keller die Leitung übernommen hatte. Mit August Liebknecht stand der Gaststätte ein ehemaliger Koch des Militärs vor, der sich den Spitznamen *Feldwebel* jeden Tag aufs Neue verdiente. Überzeugungsarbeit hatte es den umgänglichen Dankwerts daher nicht gekostet, dass sie fortan für ihn arbeitete – und wenn es dabei bleiben sollte, mussten sie und Matti sich sputen.

»Rasch jetzt!« Sie hob ihn hoch, lief die letzten Stufen hinab und stieß mit einer Hand die Haustür auf. Feuchtkalte Oktoberluft und ein leichter Nieselregen strömten ihr entgegen, vermengt mit den Düften der Stadt nach Pferdedung, Abgasen und Schornsteinrauch. Der Abend war angebrochen, die Laternen verteilten ihr gelbliches Licht und verliehen den Fassaden der umliegenden mehrstöckigen Häuser einen sandigen Schimmer. Unzählige Schilder wiesen auf die Firmen und Händler hin, die hier ihre Waren feilboten. Porzellan und Steingut, Stoffe und Schuhe, Papier und Lederwaren. Rund um Auerbachs Hof fand jeder alles, was er brauchte. Obwohl die Läden bald schlossen, pulsierte geschäftiges Treiben auf dem Platz. Lisa wich Passanten aus, Dienstboten eilten in dunklen Kleidern umher, Bettler in Lumpen hockten in den Ecken und hielten die Hände auf, Automobile tuckerten über die Straße. Sie erreichte die steinerne Treppe zum Gasthaus, vor der ordentlich Betrieb herrschte, und drängte sich mit Matti auf dem Arm an den vor dem überdachten Eingang wartenden Studenten vorbei.

»Ho, Lisa!«, rief ihr einer nach. »Füll schon mal die Gläser für uns!«

Sie antwortete mit einem Winken über die Schulter. Die Kerle würden Glück brauchen, wenn sie heute ihren Wein bekommen wollten. Der Männerchor hatte sich angemeldet, besetzte die meisten Tische. Und das schon eine ganze Weile, wie sie beim Betreten feststellte! Reichlich angeheitert stimmten die Männer Branders Lied aus dem Faust an und sangen von der Ratte im Kellernest. Weitere Studenten, die sich rechtzeitig einen Platz gesichert hatten, fielen mit ein. Mangelnde Musikalität übertönten sie mit Lautstärke. Unter den Rundbögen des Gewölbes klang es, als sänge die ganze Stadt im Rausch. Dazu das Klirren der Gläser, der Geruch nach Wein, Rauch und Schweiß, das Gedränge.

Inmitten des Treibens entdeckte Lisa Gertrude Wimmer, mit sechzig Jahren die älteste Bedienung im Keller. Die wenigen grauen Flusenhaare, die ihr geblieben waren, bedeckte sie mit einer altmodischen Haube. Sie nahm an einem Tisch die Bestellungen auf, an dem einige Stadträte neben anderen wichtigen Persönlichkeiten saßen. Lisa wartete, damit Matti, der sein Köpfchen auf ihre Schulter gelegt hatte, Gertrude ein Lächeln aufs Gesicht zauberte. Es gab nicht viel, was Gertrude fröhlich stimmte, aber der Anblick des Jungen gehörte dazu. Sie galt als die zuverlässigste Kraft im Gasthof, obwohl sie wenig Charme versprühte. Die Gäste schätzten sie nicht wegen ihrer einnehmenden Art, sondern weil sie die Gläser schneller brachte als alle anderen. An ihr war kein Gramm Fett zu viel, auch in jüngeren Jahren musste sie hager wie ein ausgenommener Fisch ausgesehen haben. Lisa war kräftiger, ohne dick zu wirken. Sie hatte ein vor Leben strotzendes Gesicht, umrahmt von schwarzen Locken. Daran änderte nicht einmal die Tatsache etwas, dass sie sich bei ihrem kargen Lohn mit dem Essen zurückhielt, um genug Geld für ihr Kind zu haben. Aus Hemd und Hose war Matti schon wieder herausgewachsen. Dabei hatte sie ihn erst vor ein paar Wochen neu eingekleidet. Nervös zupfte sie am rechten Ärmel, damit er das auffällige, wie ein dreiblättriges Kleeblatt geformte Muttermal an seiner Elle verdeckte, den einzigen Fleck an seinem Körper, den sie nicht gern betrachtete.

Gertrude hastete mit einem Tablett leerer Gläser davon, ohne Lisa und Matti zu bemerken, und auch Lisa sollte jetzt … Eine Hand legte sich auf ihren Rücken. Hannes Dankwerts, der sie beim Hereinkommen gesehen hatte. Der Wirt schob sie mit sich. »Bist spät«, sagte er statt einer Begrüßung und bugsierte sie bis vor die schlichte Tür zu einem der Lagerräume. Sie öffnete den Mund zu einer Entschuldigung, aber der stämmige

Mann mit dem dichten Vollbart schüttelte den Kopf und beließ es bei der unausgesprochenen Rüge. Mit einer ruppigen Bewegung griff er nach Matti. »Hilf der Wimmer, ich kümmere mich um ihn.«

Der Junge wechselte zu Dankwerts, seine Finger untersuchten wie magisch angezogen den Bart, als würde sich darin etwas verstecken. »Brause«, nuschelte er, wurde aber inmitten des Lärms und Trubels zusehends wacher.

Dankwerts öffnete die Tür zum Lagerraum und steuerte mit Matti die für ihn hergerichtete Spielecke an. Dort lagen ein paar Holztiere herum, die der Wirt für die eigenen Enkelkinder angeschafft hatte, die inzwischen erwachsen waren. »Gib Ruhe. Die Brause bringe ich dir gleich.« Er warf einen Blick hinter sich zu Lisa. »Mach schon, sonst kommt die Wimmer nicht mehr hinterher mit den Bestellungen.«

Trotz der klaren Worte huschte sie in den Raum und drückte Matti einen Kuss auf den Scheitel. Der Junge hatte sich schon die Tiere geschnappt, baute den Stall um, den er gestern in einer alten Weinkiste für sie errichtet hatte. Dankbarkeit flutete durch Lisas Herz, als sie seinen Geruch wahrnahm. Dass sie einen Menschen derart lieben konnte, war ein wahres Wunder.

Sie glitt an Dankwerts vorbei, der die Tür schloss, damit Matti gut verwahrt war für die nächsten Stunden, den Gästen nicht zwischen den Beinen herumwuselte oder Lisa von der Arbeit abhielt. Hin und wieder würde sie nach ihm sehen, jetzt aber eilte sie mit schnellen Schritten zum Ausschank und traf dort auf die schwitzende Gertrude.

»Spät biste.« Ihr Blick war kalt. »Wie lange willst du das durchhalten? Irgendwann brichst du uns hier im laufenden Betrieb zusammen, und dann stehen wir da ohne Ersatz. Ich kann mich nicht um alles kümmern.«

Die Frage stellte sie nicht zum ersten Mal. Lisa verspürte

keine Lust auf ein solches Gespräch. »Es geht mir gut, Gertrude, kannst dich auf mich verlassen.« Am Anfang hatte sie sie einmal *Trudie* genannt, weil sie dachte, der Kosename böte sich an, aber Gertrude hatte ihr unmissverständlich klargemacht, dass sie es für eine Frage des Respekts hielt, mit ihrem vollen Namen angeredet zu werden.

Nun stieß sie ein Lachen aus. »Schau dir mal deine Augenringe an. Hat der Hosenmatz dich auf Trab gehalten?«

»Matti ist zwei, er kann ja nichts dafür.« Das musste reichen. Und überhaupt, Gertrude sollte mal lieber selbst in den Spiegel schauen. In den letzten Wochen war sie noch hagerer geworden. Lisa verkniff sich den entsprechenden Kommentar.

Auf ihre griesgrämige Art schien sich Gertrude für Lisa verantwortlich zu fühlen. Einerseits war das trotz allem rührend, mitunter empfand Lisa ihre mürrische Fürsorge aber als anstrengend. Wie jetzt, als sie zum Stammplatz der Stadtvorderen nickte und sich mit einem Grinsen vorbeugte. »Ludwig Ehrenfeld hat sich nach dir erkundigt. Übernimm du gern seinen Tisch.«

Lisa versteifte sich. Konnte sie es nicht einmal gut sein lassen? »Ich komme allein zurecht«, sagte sie erbost, obwohl keine als Gertrude besser wusste, wie knapp es bei ihr war.

»Sei nicht dumm! Du bist ein hübsches Mädchen. Das hat der Ehrenfeld erkannt. Er hat einen Blick auf dich geworfen, sag ich dir. Und er hat Geld.« Die alte Schankmagd teilte die Menschen generell danach ein, ob sie reich waren oder arm. Sie selbst war eine, die ihre Groschen beisammenhielt.

»Plus Frau und drei Kinder«, gab Lisa schnippisch zurück.

Ihre Kollegin stieß ein Lachen aus. »Du sollst ihn auch nicht heiraten, Dummchen. Nur sein Feuer entfachen. Eine Geliebte kann der sich allemal leisten. Und würde sie nobel aushalten! Du wärst finanziell abgesichert, zumindest fürs

Erste. Bis Matti aus dem Gröbsten raus ist. Und wenn du unbedingt weiter hier arbeiten willst, bitte schön. Dann kannst du dir noch mehr auf die Seite legen für später. Pass nur auf, dass Dankwerts nichts davon mitbekommt. Du weißt, dass er das nicht gern sieht!«

»Gar nichts wird er sehen«, erwiderte Lisa. Es wurde Zeit, das Thema zu beenden. »Weil nichts passieren wird.«

Wieder beugte sich Gertrude vor, sah sich um, damit niemand sie hörte. »Und wenn der Keller doch schließt?«

Es gab Gerüchte, dass sich der Käufer des Hofs für die Gastronomie nicht interessierte. Das hatte zu einigem Aufruhr geführt, nicht nur in Leipzig. Aus der ganzen Welt hatte es Proteste gehagelt. Das Traditionslokal sollte erhalten bleiben. Nicht zuletzt deshalb fanden sich die Vertreter der Stadt regelmäßig hier ein, um ein Zeichen zu setzen. Vor ein paar Tagen hatte es geheißen, dass der Betrieb fortgesetzt würde, ja, dass Mädler sogar beträchtlich zu investieren gedachte. Aber wer wusste schon, ob das stimmte?

»Ich mach für keinen die Beine breit, nur damit er mich aushält«, beharrte Lisa. »Ehrenfeld könnte mein Vater sein.«

Gertrude schnalzte mit der Zunge. »Als käme es darauf an. Und so übel sieht er nicht aus.«

Zumindest in dieser Hinsicht hatte sie recht. Ehrenfeld ging auf die fünfzig zu, hatte sich aber einen muskulösen Körper bewahrt. Säße er mit den Studenten zusammen, würde er erst auf den zweiten Blick auffallen. Keine Spur von Grau durchzog seine Haare, der Schmiss auf der Wange verlieh ihm Männlichkeit. Der Mann hatte einer schlagenden Verbindung angehört, hatte sich im Stadtrat einen Namen als Vertreter von Anstand und Tradition gemacht. Scheiden lassen würde er sich niemals. Legte er sich eine Geliebte zu, bedeutete das für sie wirklich ein weiches finanzielles Polster für die Zukunft. Wie sonst wollte der feine Herr sich ihr Schweigen gegenüber seiner Frau und der Öffentlichkeit zusichern?

Lisa erschrak über sich selbst. So weit hatte Gertrude sie mit ihrem Gerede schon gebracht! »Ich gehe zu den Sängern«, sagte sie. »Los jetzt, Dankwerts bezahlt uns nicht fürs Rumstehen.«

Im Männerchor engagierten sich vornehme Leute, sie konnte auch hier auf ein üppiges Trinkgeld hoffen, wenn sie die durstigen Kehlen geflissentlich mit Nachschub versorgte. Bevor Gertrude erneut zu einem ihrer albernen Vorschläge ansetzte, durchquerte Lisa schon mit ausholenden Schritten den Keller, räumte Gläser ab, nahm Bestellungen auf, lächelte, schäkerte im gerade rechten Maß. Zurück am Ausschank gab sie die Order an Dankwerts weiter und war bald in ihrem gewohnten Trott, in dem ihr unter der Bluse der Schweiß den Rücken hinunterrann. Das Blut jagte durch ihre Adern, die Beine wollten trotz aller Schwere gar nicht mehr mit dem Laufen aufhören. Im Keller zu bedienen war wie ein Taumel.

Zum wiederholten Mal passierte sie auch den Tisch der Stadträte.

»Lisa!«, rief Ehrenfeld ihr zu. »Magst du dich nicht ein paar Minütchen ausruhen?« Seine schleppende Stimme verriet, wie angeschlagen er zu dieser Stunde schon war.

Lisa tat das Angebot mit einem Lächeln ab, das gerade noch als freundlich gelten konnte. »Und wer versorgt die anderen Gäste? Dankwerts würde mir schön was erzählen, wenn ich mich gemütlich niederließe.«

»Den Wirt lass meine Sorge sein«, schob Ehrenfeld nach. »Der macht, was ich sage.«

Lisa nickte zu ihrer Kollegin, die ebenfalls von der Theke kam: »Ich trete den Platz gern an Gertrude ab, damit sie einen Moment die alten Knochen schonen kann.«

»Schaff du erst einmal das, was ich schaffe«, erwiderte die

Kollegin. Alltägliches Geplänkel zwischen ihnen, beide gingen, ohne innezuhalten, wieder ihrer Beschäftigung nach. Ehrenfeld blieb brummend zurück. Inzwischen hatten auch die zuvor vor dem Eingang wartenden Studenten freie Stühle ergattert, nachdem ein Teil des Chors gegangen war. Die jungen Männer waren in Lisas Alter und mit ihrem ungestümen Verhalten, den Frotzeleien untereinander und der Energie eine willkommene Abwechslung zu den gediegenen Herrschaften.

Mit den jungen Männern stiegen die Erinnerungen in Lisa hoch. Auch Alexander Wallendorf war damals mit seinen Kommilitonen im Keller eingefallen, zweifellos der attraktivste von allen und derjenige, der von Anfang an nur Augen für sie gehabt hatte. Drei Jahre war das her. Nach ihm hatte sie keinen Mann mehr begehrt. Etwas war wie betäubt in ihr, obwohl sie ihn nicht als die Liebe ihres Lebens bezeichnen würde, die sie mit gebrochenem Herzen zurückgelassen hatte. In den letzten Wochen allerdings hatte sie das alte Sehnen gespürt, wenn sie die abendlichen Gedanken an einen guten Ort schicken wollte. Das Kribbeln und die Fantasie kehrten zurück, sobald ein gut aussehender Mann sie betrachtete, und das Verlangen in ihr wurde stärker, einem zu gestatten, sie zu lieben.

Ihr Blick wanderte zu Ehrenfeld. Wäre nicht tatsächlich vieles einfacher, wenn sie sich auf ihn einließe? Sie bekam mit, dass es an seinem Tisch nun politischer zuging. Alle schwangen wichtigtuerische Reden. Seine Parteifreunde erörterten die erstarkten deutsch-chinesischen Beziehungen, die arg unter dem Boxeraufstand vor zehn Jahren gelitten hatten. Ehrenfeld hielt sich im Gegensatz zu den anderen mit seiner Einschätzung zurück, ob man den Asiaten trauen konnte. Er war eher stiller Beobachter und Zuhörer als einer, der vor den Trinkkumpanen sein Wissen und seine Meinung herausgrölte. Ob er sich auch Dankwerts gegenüber bedeckt halten würde, wenn er ein Verhältnis mit einer seiner Schankmägde anzettelte? Ehrenfeld war trotz seines Alters attraktiv, ja, aber das Beste an ihm hatte Gertrude gar nicht erfasst: Er wusste von Matti, und es hielt ihn nicht davon ab, nach Lisa zu fragen. Vielleicht sollte sie wirklich aufhören, sich so zugeknöpft zu geben?

Dem Impuls folgend stoppte sie an seinem Tisch. »Wünschen die Herrschaften noch etwas?« Es galt als ungeschriebenes Gesetz unter Bedienungen, sich nicht gegenseitig die Gäste zu nehmen. Aber Gertrude hatte es selbst angeboten, sie würde Lisa die Wilderei durchgehen lassen, möglicherweise jedoch das Trinkgeld für sich einfordern. Da kannte die Kollegin in ihrer sprichwörtlichen Sparsamkeit kein Pardon.

Ehrenfelds jung gebliebenes Gesicht hellte sich auf, sein Blick klärte sich. »Da lacht die Sonne! Hast mich ja den ganzen Abend links liegen lassen, Lisa.«

»Ach, woher denn, Herr Stadtrat«, ging sie auf das Spiel ein. Übertreiben durfte sie die Schäkerei nicht, darauf achtete Dankwerts. Sie waren keins dieser Häuser, in dem nur ein Teil des Umsatzes von den Speisen und Getränken herrührte. Andererseits war der Sieg nur mit den Mutigen, oder nicht? »Gertrude wollte Sie nur nicht hergeben«, behauptete Lisa.

Ehrenfeld nippte an seinem Wein. Er wischte sich mit dem Ärmel über den Mund, ein Rest Nässe blieb im Schnauzbart hängen. »Ich hatte eher das Gefühl, du gehst mir aus dem Weg. Als wärst du gar nicht an meiner Gesellschaft interessiert. Oder ist das Gegenteil der Fall?«

Ehrenfeld tastete sich vor, das begriff sie. Der Ton wurde verbindlicher. Folgte sie diesem Weg, würde er sich angespornt fühlen. Aber konnte er nicht diesen Tropfen wegwischen, der sich über der Oberlippe bildete? Bemerkte er ihn denn nicht? Immer runder schwoll er an. Lisa konnte den

Blick nicht abwenden, während der Stadtrat sie weiter aus hungrigen Augen betrachtete. Der Schweiß trat ihr auf die Stirn, ihr schwindelte.

»Da täuschen Sie sich«, kehrte sie in den unverfänglichen Ton zurück. Freundlich, aber deutlich distanzierter. Sie hatte einen Fehler begangen, sie musste weiter.

Ehrenfeld streckte die Hand aus, flüsterte: »Jetzt zier dich doch nicht so. Ich hab dich schon verstanden. An mir soll's nicht scheitern.«

Lisa rempelte einen Herrn vom Nebentisch an, der gerade aufgestanden war, tat einen Schritt nach vorn. Ehrenfeld schloss die Finger um ihr Handgelenk. Mit einem Ruck riss er sie zu sich auf den Schoß. Die Männer am Tisch johlten, hoben die Gläser.

»Feiner Fang, Ludwig!«, rief einer, was die übrigen nur noch mehr zum Lachen brachte.

Sie wehrte sich nach Kräften, das Herz pochte hart gegen die Rippen. Sie wollte schreien, aber die Kehle wurde ihr eng. Mit einem Arm hielt er sie auf dem Schoß, die andere Hand spürte sie auf ihrer Brust. Ehrenfeld drückte zu. Am Tisch wurde gegrölt und applaudiert. Sie schlug die Finger weg, riss sich mit einer Gewalt los, die selbst den Stadtrat zu überraschen schien. Allzu lange hielt seine Verwunderung nicht an. Sie hatte gerade einmal einen Schritt von ihm weggemacht, als er ihr auf den Hintern klatschte. Wie einer Stute, die er antreiben wollte. Das Gelächter der anderen verschmolz mit dem Rauschen ihres eigenen Bluts. Ohne darüber nachzudenken, wirbelte Lisa herum, hob den Arm und verpasste Ehrenfeld eine schallende Ohrfeige, die bis auf den Hof hinaus zu hören sein musste. Augenblicklich färbte sich seine linke Wange rot.

»Ich … ich«, stammelte Lisa. Dass es ihr leidtat, brachte sie nicht über die Lippen. Nichts tat ihr leid, Ehrenfeld hatte die

Schelle schon viel früher verdient. Der Stimmung am Tisch stieg. Lisas Ohrfeige stachelte die Männer an.

»Die hat gesessen!«, rief einer johlend.

»Da klingelt es jetzt gewaltig!«, setzte ein anderer nach.

Wenn sie bloß aufhören würden! Den Schlag könnte Ehrenfeld ihr vielleicht verzeihen. Die Demütigung sicher nicht. Sein Blick spießte sie förmlich auf. »Wie kannst du es wagen!« Er erhob sich vom Stuhl. Unwillkürlich trat Lisa zurück, doch der Mann war nicht auf eine körperliche Auseinandersetzung aus. Mit glühender Wange war er mit wenigen Schritten an der Säule, an der sein Mantel und Hut hingen, riss beides von den Haken. »Das ist unerhört!«, polterte er.

Im hinteren Bereich sang der Rest des Männerchors, in unmittelbarer Nähe hatten sich jedoch alle Köpfe zu ihnen gedreht. Lisa sah über die Schulter zum Ausschank. Gertrude stand davor, leichenblass. Dankwerts Gesicht auf der anderen Seite hingegen leuchtete rot wie Ehrenfelds Wange. Ihr stieg ein saurer Geschmack in den Mund. Da hatte sie sich drei Jahre unter Kontrolle gehalten, nun waren die Gefühle mit ihr durchgegangen. In einem einzigen unbedachten Moment hatte sie ihre und Mattis Zukunft aufs Spiel gesetzt.

Ehrenfeld warf sich den Mantel über, setzte sich den Hut auf. Aus seinen Augen war jeglicher Hunger verschwunden und damit die Andeutung, welches Arrangement zwischen ihnen möglich gewesen wäre. Stattdessen stand darin die pure Verachtung. »Das wird ein Nachspiel haben, verlass dich drauf!«

Das Licht des frühen Abends warf ein Rechteck auf die Wand neben der Garderobe, als Lisa die Tür ihrer neuen Bleibe öffnete. Sie schlüpfte aus ihrem Mantel und hängte ihn auf. »Matti?«

Sie lief auf den grauen Stoff zu, der die Wohnung in zwei

Bereiche teilte. Wie schmutzige Wäsche hatten Gertrude und Lisa ihn an einem Seil aufgehängt, das sich von einem Dachbalken zu einem in die Wand gedrehten Haken spannte. Vorn befand sich die Küche mit Herd, einem Tisch und zwei Stühlen, dazu Gertrudes Bett, das sie gemeinsam hierhergezogen hatten. Hinten hatten sie eine Matratze für Lisa und Matti auf den Boden gelegt. Eine schmale Kommode für ihre Kleider, das war alles.

Lisa hasste es, mit Gertrude unter einem Dach zu wohnen und nicht vor ihren Ratschlägen fliehen zu können. Abgesehen davon knöpfte sie ihr die halbe Miete für dieses Apartment ab, obwohl sie wusste, dass Lisas Ersparnisse dadurch rapide schwanden. Mitten in der Nacht wurden Matti und sie wach, wenn Gertrude von ihrer Schicht im Keller heimkehrte und sich an der Schüssel in der Küche wusch. Die Toilette lag am Ende des Flurs, sie teilten sie sich mit den anderen neun Mieterinnen auf ihrer Etage.

Lisa zog die provisorische Trennwand zur Seite. Dahinter kauerte Gertrude mit Matti auf der Matratze. Gertrude blätterte in einer Zeitschrift, der Junge spielte mit der Flotte von Papierschiffen, die Lisa ihm am Morgen gefaltet hatte. Die Holztiere hatten sie zurücklassen müssen.

Ihr Junge sah auf, ein Strahlen trat in seine blauen Augen. »Mama mitspielen!« Er hielt ihr ein Schiffchen hin.

Neben ihm stemmte Gertrude sich aus der halb liegenden Position auf. »Sag der Mama erst einmal Guten Tag.«

Lisa hockte sich hin, ihr Sohn fiel ihr um den Hals, seine Ärmchen gerade lang genug, dass er ihn umfassen konnte. Lisa sog seinen Duft ein, fuhr ihm durch die Haare, gab ihm einen Kuss auf den Scheitel und verwandelte den zweiten an seiner Schulter in ein Prusten, das ihn sich vor Lachen krümmen ließ. Kaum wieder frei, versank er erneut in sein Spiel.

Lisa fing Gertrudes fragenden Blick auf und schüttelte den Kopf. Den ganzen Tag hatte sie sich die Hacken wund gelaufen, hatte ein Gasthaus nach dem anderen abgeklappert. Hieß es nicht, dass die Männer stets durstig blieben, egal, welche Zeiten es waren? Demnach benötigte man doch Frauen wie sie, die für den Nachschub sorgten. Wieso fand sie dann, verdammt noch mal, seit zwei Wochen keine neue Anstellung? Sie hätte gedacht, dass es nur eine Formalität wäre, woanders vorzusprechen. Aber stets war sie weggeschickt worden. Es war zum Haareraufen.

»Soll ich doch mit Dankwerts reden?«, fragte Gertrude. »Er wird sich inzwischen beruhigt haben.« Der Wirt hatte deutliche Worte gefunden, kaum dass Ehrenfeld an diesem Abend wutentbrannt davongerauscht war. Er hatte Lisa zu sich hinter den Ausschank zitiert und ihr klar zu verstehen gegeben, dass sie ihre Schicht zu Ende arbeiten würde, er sie am nächsten Tag jedoch nicht mehr brauchte. Er würde Ersatz für sie suchen. Kurz hatte er beim Blick auf die Tür des Lagerraums gezögert, aber die leichte Unsicherheit war unter dem anhaltenden Lachen und Feixen von Ehrenfelds Kameraden in der darauffolgenden Sekunde verflogen. Auch die Wohnung sollte sie räumen, er würde sie ihrer Nachfolgerin geben. Fast vier Jahre in seinem Dienst, und er setzte sie wegen eines einzigen unbedachten Moments vor die Tür.

»Das Kapitel Auerbachs Keller ist für mich beendet«, sagte sie.

»Und wie sieht das nächste aus?«

Lisa spitzte die Ohren, ob ein Vorwurf mitschwang oder ob Gertrude noch einmal den Vorschlag wagte, eine Aussprache mit dem Stadtrat zu suchen. Davon wollte sie nichts hören.

Gertrude hatte zunächst gezögert, Lisa und Matti bei sich aufzunehmen. Zwei weitere Menschen in der winzigen Kammer waren anstrengend, das wusste Lisa selbst. Wie sie es hasste, ihr zur Last zu fallen! Aber was blieb ihr übrig? Eine neue Wohnung fand sich nicht leicht, und wenn, könnte sie diese in wenigen Tagen nicht mehr bezahlen.

Sie wischte sich über das Gesicht. Sie war keine, die weinte. Sie besann sich und nahm in Angriff, was zu tun war. »Sei ein braver Junge, und hol dein Nachthemd«, sagte sie zu Matti. »Ich helfe dir beim Umziehen.«

Gertrude erhob sich. »Gegessen hat er schon.«

»Danke«, gab Lisa zurück, obwohl sie ihm sicher nur eine trockene Scheibe Brot und ein Glas Wasser angeboten hatte. Gertrude sparte penibel mit den Lebensmitteln. Aber es genügte, dass sie beide nicht hungerten.

»Für dich steht auch noch was da«, sagte Gertrude. Lisa würde Matti vor dem Schlafengehen fragen, ob er satt geworden war. Wenn nicht, würde sie ihm ihre Portion überlassen. Der Junge legte sich auf die Matratze, sie streifte die graue Decke über ihn, küsste ihn auf die Stirn.

In der Küche setzten sie und Gertrude sich an den Herd. Gertrude schob ihr ein Brett hin, darauf ein Stück Graubrot, ein Viertel Apfel und ein Glas Milch. Immerhin. Sie würde alles gleich in ihren Teil der Kammer mitnehmen. Sie atmete tief ein, drückte den Rücken durch. »Heute hatte ich Pech. Morgen versuche ich es weiter.«

»Hoffen wir das Beste. Wie wir hier leben, das ist kein Zustand.«

Nein, das war es nicht, aber sie wusste nicht, wie sie etwas daran ändern konnte, ohne sich und ihr Kind endgültig ins Unglück zu stürzen. Sie schenkte Gertrude als Gute-Nacht-Gruß ein Lächeln, dem ihre Augen nicht folgten, und trug das Brett auf ihre Seite. Dort starrte Matti an die Decke, schien in den Stockflecken über ihnen zu lesen wie in einem Bilderbuch.

»Hattest du einen Apfelschnitz?«, flüsterte Lisa ihm ins Ohr.

»Viel größer als deiner!«

»Möchtest du meinen auch?«

Der Junge nickte, richtete sich auf. Er biss in die Frucht, seine Wange beulte sich, als er kaute. »Brause?«, fragte er mit vollem Mund.

Lisa reichte ihm ihr Glas Milch, sah die Enttäuschung in seinem Gesicht und rang das Gefühl der Beklemmung nieder. Morgen. Morgen würde sie Glück haben. Ganz bestimmt.

Wütend knallte Lisa die Tür hinter sich zu. Das Schild mit den Weintrauben über ihr wackelte. Feucht und kalt fegte der Wind durch Leipzigs Straßen und Gassen. Das Pflaster glänzte, schmutzige Pfützen bildeten sich, denen sie mit Sprüngen nach links und rechts auswich. Nass wurden die Schuhe trotzdem.

Sie warf sich das dick gewebte Tuch über die Schulter, das sie vorsorglich mitgenommen hatte, und zog es eng um den Hals. Eine Erkältung bei all dem Unglück fehlte ihr noch. In dem dünnen Kleid, für das sie sich heute entschieden hatte, wäre das kein Wunder. Sie stieg mit keinem Stadtrat ins Bett, hatte aber keine Scheu, ihre Rundungen zu präsentieren, wenn es half, eine Anstellung und ein Auskommen für sich und Matti zu finden. Nur genutzt hatte es bisher nichts.

Tuch und Kleid würde sie nachher zum Trocknen in der Stube aufhängen müssen. Gertrude würde schimpfen, weil die Wohnung feucht genug war, aber was sollte sie tun? Allmählich musste sie umkehren. Sie hatte ihre Suche ausgeweitet, nachdem sie im Kern der Stadt alle Wirtsstuben abgeklappert hatte. Es ging auf den späten Nachmittag zu, Matti sollte nicht allein sein, wenn Gertrude zur Arbeit aufbrach. Aber einen letzten Versuch für heute würde Lisa noch wagen. Es war kein großer

Umweg über die Ratsstuben. Unweit des Auerbachs gelegen hatte sie das Gasthaus bisher gemieden. Nach allem, was sie wusste, führte dort nach wie vor Liebknecht das Regiment, gut möglich, dass er ihr die rasche Kündigung von damals noch übel nahm. Aber bis auf die Münzen in ihrer Tasche war ihr Erspartes aufgebraucht. Vielleicht würde Gertrude sie nicht direkt vor die Tür setzen, ihre Laune würde jedoch sicher weiter sinken, wenn sie ihr kostbares Geld für Lisa vorstrecken musste, bis sie es ihr zurückzahlen konnte. Vermutlich würde sie sich zusätzlich an Zinsen bereichern.

Sie schritt schneller aus, damit ihr warm wurde, wählte den Weg am Botanischen Garten und dem Gelände des Universitätsklinikums vorbei. Sie eilte durch das Seeburgviertel und entlang des Roßplatzes und hatte schließlich das auf den Grundmauern der alten Pleißenburg errichtete Rathaus vor sich. Sie drapierte das Tuch über ihren Schultern neu, bemühte sich, in ihrem Auftreten Zuversicht auszudrücken. Besaß sie trotz ihrer jungen Jahre nicht schon die Erfahrung, über die jeder Wirt sich freute?

Lisa setzte ein Lächeln auf und betrat das Gewölbe. Um die Uhrzeit waren nur wenige Tische besetzt. Ein Geschäftsmann schien seine ausländischen Partner zu einem Umtrunk eingeladen zu haben, wohl um einen einträglichen Abschluss zu feiern. Mit erhobenen Gläsern stießen sie an, das Klirren hallte durch den Saal. Ein gutes Omen? Lisa erspähte eine ehemalige Kollegin, deren Namen ihr entfallen war. Die Kellnerin deckte an anderer Stelle ein, richtete Teller und Besteck exakt so aus, wie Liebknecht es vorschrieb. Als sich Lisa näherte, sah sie auf. »Die Lisa Bergner, da schau an.« Oft hatten sie nicht in einer Schicht gearbeitet. Lisa schien Eindruck hinterlassen zu haben, wenn die andere sich an sie erinnerte.

»Ist der Feldwebel da?«, fragte sie in vertraulichem Ton. Es schadete nicht, sich zu geben, als wären keine vier Jahre vergangen. Ihr Gegenüber nickte mit einem Grinsen, das Lisa nicht deuten konnte, auf die in dunklem Holz gehaltene Tür. Was war so lustig? Nun, sie würde es gleich herausfinden. Sie umrundete den Ausschank.

In der Küche hing dichter Wasserdampf über den Töpfen. Das intensive Aroma eines aufgesetzten Würzsuds strömte auf Lisa ein, dazu das Brutzeln in einer Pfanne. Lehrlinge putzten Salat, einer hockte mit einer halb gerupften Gans zwischen den Beinen in einer Ecke. Liebknecht schritt in kerzengerader Haltung umher, blickte hier über eine Schulter, gab da eine knappe Anweisung. Schon mehrfach hatte er sich einen neuen Küchenchef suchen müssen, weil es nur wenige aushielten, wenn er ihnen ins Handwerk pfuschte. Gerade rügte er einen Jungkoch, der die Butter für die Nachspeise zu heiß werden ließ.

Lisa holte Luft. »Guten Tag, Herr Liebknecht«, machte sie den Mann auf sich aufmerksam.

Er sah auf. »Lisa Bergner.« Er erkannte sie wie die Kollegin draußen auf Anhieb. Seit ihrer Jugend hatte Lisa sich nicht besonders verändert, auch die Spuren der Schwangerschaft waren schnell verschwunden gewesen. Dennoch hätte sie damit gerechnet, dass er etwas länger brauchen würde. »Was verschafft uns die Ehre?«

»Ich war gerade in der Nähe und dachte, ich besuche Sie. Ich war nicht lange bei Ihnen, aber die Ratsstuben vergisst man nicht.« Liebknecht kniff die Augen zusammen, nickte nur. Er schluckte den Köder nicht. Lisa musste deutlicher werden. »Hier geht es bestimmt ebenso hoch her wie im Auerbachs. Da könnt ihr sicher Hilfe gebrauchen, nicht wahr?«

»Wir sind bestens aufgestellt. Danke für deinen Besuch.« Er wandte sich dem Jungkoch zu.

Ein Satz, und das sollte es gewesen sein? Nein, sie würde heute nicht mit leeren Händen zu Gertrude zurückkehren! Sie trat vor und hielt Liebknecht am Arm zurück.

»Ich arbeite nicht mehr bei Dankwerts. Das hätte ich gleich sagen sollen. Entschuldigen Sie. Ich suche eine neue Stelle. Und da Sie mich kennen, dachte ich …«

»Wie gesagt, ich habe ausreichend Personal. Weitere Leute kann ich mir nicht leisten.«

»Ich wäre auch mit einem geringeren Lohn einverstanden!«, stieß Lisa in ihrer wachsenden Verzweiflung aus.

Das Angebot ließ Liebknecht aufhorchen. In seinem Gesicht arbeitete es, dann schüttelte er den Kopf. »Ich kann dich nicht einstellen, beim besten Willen nicht.«

»Lassen Sie mich eine Schicht umsonst arbeiten! Damit ich beweisen kann, was ich in den letzten Jahren gelernt habe. Sie werden es nicht bereuen. Dass ich damals gegangen bin, war ein Fehler.«

»Darum geht es nicht.«

»Worum dann?«

Liebknecht schien mit sich zu ringen. Offenbar schlug hinter der Fassade des Feldwebels ein weicheres Herz als gedacht. Ein Funken Hoffnung glomm auf, als er sie nach draußen in den Saal begleitete, weg von der Hitze der Küche und den gespitzten Ohren der Köche. Hinter der Theke blieb er stehen. »Der Zwischenfall hat sich herumgesprochen, Lisa.«

»Welcher …?«, setzte sie an, dann drehte sich ein Strudel in ihrem Kopf. Sie stützte sich am Tresen ab, um nicht zu fallen. Das konnte nicht wahr sein!

Liebknecht nickte. »Dankwerts erzählt es überall herum. Ehrenfeld wollte es so.«

Lisa war verwirrt. Das passte nicht zu Gertrudes Vermutung, dass der Stadtrat seine außerehelichen Interessen geheim halten würde. »Was genau sagt er?«, fragte sie, halb neugierig, halb in ängstlicher Erwartung.

»Lisa«, wich Liebknecht aus.

»Was sagt er?« Ihre Stimme brach.

Liebknecht gab sich einen Ruck. »Dass du dich dem Stadtrat in unsittlicher Manier an den Hals geworfen hast. Dass du nicht einmal von ihm ablassen wolltest, als er dich bat, den Anstand zu wahren. Dass du wütend wurdest, als er von seiner Frau und den Kindern erzählt hat. Dass du ihn angegriffen hast, weil du nicht bekamst, was du von ihm erhofftest.«

»Das … das ist eine Lüge!«, presste Lisa hervor. Wurde der Schwindel noch stärker, würde nicht einmal die Theke sie halten. Das Ding würde unter ihr und den schweren Folgen, die eine solche Behauptung mit sich brachte, zusammenbrechen.

»Du hast ihn nicht geohrfeigt?«

»Ich … das … nein«, stammelte Lisa überrumpelt, verbesserte sich unter Liebknechts skeptischem Blick. »Ja. Ich habe ihm eine verpasst. Aber …«

»Du hast einen Sohn, hört man.«

»Was hat das eine mit dem anderen zu tun?«

»Einen Vater gibt es nicht. Wie kommt's?«

»Ich wüsste nicht, was Sie das anginge.« Das Gespräch entwickelte sich in eine ungute Richtung, das wusste Lisa selbst. Aber diese Frage!

»Du bist ein hübsches Kind, ein Mann müsste dumm sein, dich sitzenzulassen. Oder wenigstens einen triftigen Grund haben. Was die Frage aufwirft, ob Ehrenfeld der Erste war, für den du mehr als das Serviermädchen sein wolltest. Es wirft die Frage nach deiner Moral auf, Lisa.«

»Meiner … Moral?« Jegliche Zurückhaltung war vergessen. Was fiel ihm nur ein? »Aber wenn einer wie Ehrenfeld mit einer zweiten Frau anbändelt, ist das in Ordnung? Weil er ein Mann ist? Und die Geliebte ist eine Hure, oder was?«

»Bist du das denn?«, fragte Liebknecht und ließ offen, was er meinte, Geliebte oder Hure. Lisa konnte den Aufruhr in ihrem Inneren nicht länger verbergen. Es war vorbei. Wenn Dankwerts und Ehrenfeld diese Lüge überall verbreiteten, würde sie nirgends mehr eine Anstellung finden. Sie wirbelte herum und steuerte den Ausgang an. Die Kollegin, die sie begrüßt hatte, grinste breit und hieb mit der flachen Hand gegen die Säule in ihrer Nähe, dass es wie eine Ohrfeige klatschte.

Draußen stieß Lisa den Atem stoßweise aus. Sie musste sich setzen, taumelte in eine Seitengasse. Dort stapelten sich Kisten, Scherben einer zerbrochenen Flasche schimmerten auf dem Boden, alte Zeitungen lagen auf einem Haufen. Sie lehnte sich an die Wand des Hauses. Tränen strömten ihr über die Wangen, ihre Schultern bebten. Sie musste das Unmögliche denken, in Mattis Sinne. Immer hatte sie geglaubt, dass ihrer beider Glück zusammenhing. Aber ihr Unglück als Frau durfte nicht sein Verderben sein. Gertrude kannte sich aus, vielleicht wusste sie eine gute Adresse, wo man sich um ihn kümmerte?

Lisa würde Leipzig verlassen, hier bekam sie keinen Fuß mehr auf den Boden. Nach Berlin? Bis dort reichte Ehrenfelds Einfluss nicht, sie würde eine Stelle finden. Und Matti dann nachholen, sobald sie sich etwas erarbeitet hatte.

Sie wischte sich über Mund und Nase. Es brachte nichts, länger zu warten. Sie würde Gertrude um Rat fragen müssen. Heute noch. Sie unterdrückte das Wimmern, das ihr in der Brust hockte und wohl nie mehr ganz verschwinden würde.

Als sie sich erhob, fiel ihr Blick auf den Stapel Zeitungen. Eine Schlagzeile erregte ihre Aufmerksamkeit. Und der Name, den sie darin las. Schnell nahm sie das Blatt, überflog mehrmals die paar Zeilen. Ein Nachruf auf Leopold Wallendorf, Eigentü-

mer der *Donau Zucker AG* nahe Deggendorf. Er war kürzlich
verstorben, hieß es, seine geschäftlichen Aufgaben waren allesamt auf seinen Sohn übergegangen.

Alexander.

Lisa erinnerte sich an seine Küsse. Hände, die jeden Zentimeter ihrer Haut berührten. Ihre eigenen, die seinen Körper
erkundeten. Sie, die junge Schankmagd auf der Suche nach
den ersten Erfahrungen, er, der Fabrikantensohn, der nichts
Ernstes im Sinn hatte. Sie hatten sich gemocht, hatten sich
über das Liebesspiel hinaus verstanden, miteinander gescherzt,
gelacht, eben weil nicht mehr dahintergesteckt hatte. Das war
eine besondere Verbindung gewesen. Und wäre es vielleicht
immer noch, wenn sie sich wiedersahen? Sie rief sich sein Gesicht mit der aristokratischen Nase ins Gedächtnis. Das dichte
dunkle Haar. Die Augen. In ihrem Kopf reifte ein neuer Plan
heran, eine unerhörte Idee, die sie innerhalb eines Herzschlags
mit Hoffnung erfüllte. Das Leben gab die Richtung vor. Nein,
sie würde Matti nicht in fremde Hände geben und zurücklassen. Niemals. Sie würden gemeinsam auf Reisen gehen, morgen schon, mit ihrem letzten Geld. Und Berlin würde nicht das
Ziel sein.

113

Teil 2

Oktober 1911
Bayerischer Wald, Salbke bei Magdeburg, West Lafayette,
Washington und Baltimore (USA), Buchel in der Schweiz

Widerstände

6

Mitte Oktober 1911, Deggendorf

»Verdammt, das ist Betrug!« Alexander klammerte sich an die Tischkante und riss sich zusammen, um ihn nicht mitsamt dem Roulettespiel, den Jetons und den ganzen Gläsern und Aschenbechern umzuwerfen. Der Zigarrenqualm um ihn herum und der Alkoholrausch nach dem vierten Doppelkorn vernebelten sein Denken. Aber schlimmer noch quälte ihn der Schmerz, soeben mehr als hundert Reichsmark verloren zu haben. Er war sicher gewesen, dass die Kugel auf Schwarz rollen würde, nachdem sie zuvor in der roten Zwölf, Einundzwanzig und Sechsunddreißig liegen geblieben war. Er hatte all sein Bargeld auf Schwarz gesetzt, dann war die Kugel in die rote Neun gerollt und der Croupier zog sich die Spielmünzen mit unbewegter Miene heran.

Das Geld war ihm gleichgültig. Er konnte sich so viel von der Bank holen, wie er für seine privaten Vergnügungen brauchte. Er war niemandem Rechenschaft schuldig. Aber er sehnte sich nach der Euphorie des Siegens. Nur wenn er gewann, fühlte er sich lebendig.

»Pech im Spiel, Glück in der Liebe, Wallendorf«, höhnte einer der Mitspieler, Ferdinand Schweikert, ein Friseurmeister aus Deggendorf, der nie auf einen grünen Zweig kommen würde, weil er schon lange dem Glücksspiel verfallen war. Alexander warf ihm einen verächtlichen Blick zu. Am Tisch saßen weitere acht Männer. Keiner von ihnen beachtete Alexander, alle kannten die hilflose Wut, die bei einer Pechsträhne in einem brodelte. Jeder reagierte anders darauf. Bei vielen hing es vom Alkohol ab. Alexander hatte an diesem Abend mehr getrunken als sonst. Neben dem Schnaps hatte er ununterbrochen das süffige Pilsener in sich hineingeschüttet, das man im Goldenen Engel ausschenkte. Vorne in der Gaststube grölten und lachten die Männer, hier im vollgequalmten Hinterzimmer herrschte ein eigenartig gepresstes Schweigen.

»Komm, setz dich wieder, Wallendorf. Der Abend ist jung. Ich leih dir ein paar Mark.« Schweikert hob ihm sein Glas entgegen. Alexander war heute sein liebster Trinkkumpan, weil er im gleichen Tempo nachbestellte wie er. Die anderen Spieler waren zurückhaltender.

»Ich pfeif drauf«, gab er zurück. Er hatte gehofft, an diesem Abend Vergessen und Zerstreuung zu finden. Nicht mehr daran zu denken, dass alle Leute besser in der Lage waren, die Firma seines Vaters weiterzuführen, als er selbst.

Und dass alle anderen Männer mühelos Kinder zeugten. Manchmal fragte er sich, wie lange es dauern mochte, bis Gwendolyn sich von ihm trennte. Der Gedanke, sie nicht zufriedenzustellen, saß wie ein glühender Kopfschmerz hinter seiner Stirn. Weder in der Firma noch als ihr Ehemann. Mitunter wachte er morgens auf und nahm sich vor, dass an diesem Tag alles anders werden würde. Doch dann saß er beim Frühstück, spürte die vorwurfsvollen Blicke seiner Mutter, dachte an seinen Vater im Grab, hörte sich Gwendolyns ehrgeizige Pläne an und wollte sich nur zurück ins Bett legen und die Decke über den Kopf ziehen. Wie heute. Er hatte Unwohlsein vorgetäuscht, damit Gwendolyn und seine Mutter keine Fragen stellten, und war am frühen Abend nach Deggendorf gefahren. In weiser Voraussicht nicht mit dem Ford. Als hätte er geahnt, dass es mehr werden würde als die üblichen zwei Pils und ein Korn. Aber auf den Stallburschen konnte er sich verlassen. Micha hatte ihn, ohne eine Frage zu stellen, im Einspänner in die Kreisstadt kutschiert und wartete draußen.

Es war Zeit, ihn zu erlösen.

Alexander klopfte zum Abschied auf den Tisch, doch keiner beachtete ihn, weil der Croupier die Kugel wieder laufen ließ und alle Blicke ihr wie gebannt folgten. Vor dem Wirtshaus empfing ihn die kühle Oktoberluft. Er fasste sich an die Stirn, taumelte, spürte den Alkohol in seinem Blut kreisen. Übelkeit stieg in ihm auf, aber er rang sie nieder, torkelte auf die Kutsche am Straßenrand zu. Der Stallbursche hockte, in einen Fellmantel gewickelt, auf dem Kutschbock und wäre vor Schreck fast von der Bank gefallen, als Alexander mit Schwung hinaufkletterte. »Nach Hause, Micha.«

Wenig später zog er die Decke eng um die Beine. Wenigstens würde die Kälte dafür sorgen, dass sich sein Rausch verflüchtigte. Gwendolyn würde er eine Geschichte von Geschäftspartnern erzählen, die ihn in den Engel eingeladen hatten. Aber wie lange konnte er seine kluge Frau noch täuschen? Würde sie es auch diesmal dabei bewenden lassen und nicht nachbohren? Ach, Gwendolyn, liebe Gwendolyn. Womit hatte ein Versager wie er eine solche Frau verdient? Wer konnte es ihr verdenken, wenn sie sich einem zupackenden Mann zuwandte. Einem wie Christian Lambert.

Alexander wurde die Luft knapp, wann immer er daran dachte, wie vertraut sie miteinander die verfluchte Schneidemaschine untersucht hatten. Er fror nicht mehr, schob die Decke mit den Füßen von sich, ließ den Fahrtwind sein Gesicht und seine Brust kühlen. Micha trieb den Braunen an, die Fahrt verlief im halsbrecherischen Tempo, die Laterne am seitlichen Eisenhaken schwankte wie bei einem Schiff auf hoher See und erhellte Ausschnitte der Landschaft, die sie passierten. Er verlor die Orientierung, nachdem sie den Donauhafen hinter sich gelassen hatten. Sein Kinn sank auf die Brust, sein Kopf wackelte bei jedem Schlagloch, das Micha nicht rechtzeitig umsteuerte.

Das lang gezogene »Hooooh« und die verminderte Geschwindigkeit drangen in Alexanders Bewusstsein, signalisierten ihm, dass sie Gut Theresienberg erreicht hatten. Seine Lider waren fast zu schwer, um sie zu heben, nur mit großer Mühe gelang es ihm und er sah das imposante Gebäude vor sich.

Micha sprang vom Kutschbock, verharrte kurz, starrte irgendwohin. Dann war er bei ihm, wollte ihm beim Absteigen helfen, aber er wehrte ihn mit einer brüsken Bewegung ab. »Das schaffe ich schon.«

Micha wies mit dem Kinn zu den Birken rechts vom Rondell. »Da ist jemand, gnädiger Herr.«

Alexander strengte sich an, seinem Blick zu folgen. Er kniff die Augen zusammen, um deutlicher zu sehen. Eine junge Frau mit einem um Kopf und Schultern geschlungenen Tuch. Einen Koffer hielt sie in der einen Hand, an der Rechten ein Kind. Beide starrten wie Geister zu ihm.

Michas Augenbrauen stießen an seine Schirmkappe, als er Alexander fragend anschaute.

»Fahr die Kutsche in den Hof, und versorg das Pferd«, sagte er und eine Erinnerung schälte sich aus dem Nebel in seinem Kopf, ein Erkennen. Aber das war nicht möglich. Oder?

Das Rattern der Räder und die Pferdehufe auf dem Kopfsteinpflaster wurden leiser. Alexander stand schwankend inmitten des runden Vorplatzes und betrachtete ungläubig die Frau, die mit langsamen Schritten auf ihn zukam.

Das Rondell war nur von wenigen Laternen erhellt, er erkannte ihre Züge kaum, aber der Gang war ihm vertraut und

dieses breite Lächeln, das ihn damals in Leipzig für sie eingenommen hatte. Unter dem Wolltuch quollen schwarze Locken
hervor.

Wenige Meter vor ihm setzte Lisa Bergner den Koffer ab und
ließ das Kind los. Mit drei schnellen Schritten war sie bei ihm,
flog ihm um den Hals. »Alexander! Ich bin froh, dich hier draußen zu treffen. Ich weiß nicht, ob ich den Mut gehabt hätte, bei
euch anzuklopfen.«

Sie war es wirklich. Kein Trugbild, das seinem umnebel-
ten Geist entsprungen war. Lisa schmiegte sich leibhaftig an
ihn, ihm stieg ihr Geruch nach Sahne und Vanille in die Nase.
Keine Frau roch wie sie, ihr Duft war einzigartig und für ihn
auf ewig mit seiner unbekümmerten Zeit in Leipzig verbunden. Er löste eine Flut von Erinnerungen aus, wie sie in dem
Apartment gegenüber vom Auerbachs Keller übereinander
hergefallen waren, übermütig, verrückt, im Augenblick lebend
und von Sorgen um die Zukunft unbelastet.

Lisa juchzte vor Freude, der kleine Junge kam näher und
zupfte an Alexanders Jackensaum, als wollte auch er in diese
Umarmung aufgenommen werden. Alexander ging in die Ho-
cke, um ihn ebenfalls zu begrüßen.

»Das ist Matthias. Aber alle nennen ihn nur Matti.«

Da fiel ein Rechteck aus hellem Licht auf sie, als über den
steinernen Treppen das Eingangsportal geöffnet wurde. »Alexander, du bist zur…« Einen Moment lang lastete das Schweigen in der Dunkelheit. »Du bist zurück«, beendete Gwendolyn
den Satz. »Und du hast Besuch mitgebracht.« Sie stand da wie
eine Göttin im goldenen Licht aus dem Foyer, gerade aufgerichtet, das Gesicht wie gemeißelt, und selbst aus der Entfernung sah er den Schmerz in ihren Augen.

Was für eine schöne Frau. Gwendolyn musterte die Fremde von der Seite, als sie sie in den Salon führte. Die Locken glänzten wie lackiert, bildeten einen bemerkenswerten Kontrast zu den hellblauen Augen. Um ihren Mund lag ein bitterer Zug, der allerdings sofort verschwand, wenn sie lächelte. Wie jetzt, da sie sich im Raum umschaute, in dem ein Kaminfeuer brannte und Sessel und Chaiselongues zum Verweilen einluden. Annegret erhob sich aus einem mit Brokatstoff bezogenen Sofa. Sichtlich irritiert glitt ihr Blick zwischen Alexander, Gwendolyn und der Frau mit ihrem Kind hin und her. »Verzeihung, ich habe nicht mitbekommen, dass wir jemanden erwarten«, sagte sie auf ihre förmliche Art.

»Das hat keiner gewusst«, erwiderte Alexander mit einem Feixen. Er hatte in Deggendorf wohl ausgiebig mit dem Geschäftspartner gefeiert, der ihn so kurzfristig um ein Treffen gebeten hatte. Seine Schritte waren unsicher, und wenn er sprach, klang es undeutlich. »Darf ich euch Lisa vorstellen? Wir kennen uns aus Leipzig. Sie war Kellnerin in meinem Stammlokal.« Er wies mit der Hand auf Annegret. »Das, Lisa, ist meine Frau Mutter.« Gwendolyn drückte er einen Kuss auf die Wange, begleitet von den Ausdünstungen des Alkohols, der reichlich geflossen sein musste. »Und das ist meine geliebte Frau, Gwendolyn.«

Es rumpelte in Gwendolyn, eine Unwucht von Gefühlen, die sie nicht ergründen konnte. In zärtlichen Stunden hatten sie sich all ihre Liebschaften gebeichtet. Bei ihr hatte es nicht viel zu erzählen gegeben, sie hatte lediglich einmal die merkwürdigen Avancen des Bäckersohns Quirin abwehren müssen und dem Dorflehrer seine Illusionen geraubt, als der sich in sie verguckt hatte. Alexander war ihre erste große Liebe, und nach ihrer Vorstellung sollte er auch die letzte sein. Von Alexander wusste sie, dass er mit ihrer Schwester Martha eine Affäre gehabt hatte. Aber auch in Leipzig hatte er sich amüsiert, hieß es. Erzählt hatte er ihr nur von einer Lisa, die mit der Liebe federleicht gespielt hatte wie er selbst. Und nun stand sie direkt vor ihr. Was um Himmels willen wollte sie noch von Alexander? Was verband sie mit ihm? Und was bedeutete das Kind an ihrer Hand?

Lisa sah sich staunend in dem exklusiv eingerichteten Salon mit den Seidentapeten und den kostbaren Gemälden an den Wänden um. Nun besann sie sich offenbar auf ihre Manieren. Sie knickste vor Annegret und schenkte Gwendolyn ein Lächeln. »Ich danke Ihnen, dass Sie mich in Ihr Haus gelassen haben. Ich wusste nicht, ob ich auf Ablehnung stoßen würde.« Sie sprach mit ausgeprägtem sächsischem Akzent und senkte den Kopf. »Was ich auch nicht wusste, ist, dass Alexander geheiratet hat. Ich wäre nicht gekommen, wenn ich es geahnt hätte. Mein Kind und ich haben uns die letzten zwei Jahre allein durchgeschlagen, wir schaffen das auch weiterhin.« Sie wollte ihren Koffer nehmen und sich abwenden, aber Alexander hielt sie auf.

»Jetzt setzt du dich erst einmal.« Er blickte zu Matti, der das Schachspiel mit den gläsernen Figuren auf dem Beistelltisch entdeckt hatte und den Springer hingebungsvoll hin und her schob. Alexander umfasste Lisas Schultern und drückte sie sanft auf einen Sessel. Dort blieb sie mit aneinandergepressten Knien sitzen, schaute beklommen zu ihm auf.

»Weswegen sind Sie gekommen?« Annegrets Stimme hallte in Gwendolyns Kopf wie in einem dunklen Gewölbe.

Lisa senkte abermals den Blick, Gwendolyn beobachtete jede Regung in ihrem Gesicht. Sie wirkte gleichzeitig verletzlich und hoffnungsfroh. Und war da ein Anflug von einem schlechten Gewissen in ihrem Ausdruck? Wenn ja, war er zu flüchtig, dass Gwendolyn sich sicher sein konnte.

»Nun, ich … es geht um Matti.«

Alle Augenpaare richteten sich auf den Jungen, der, in sein Spiel versunken, den Pferdekopf des Springers wiehernd über das Brett galoppieren ließ.

»Ich … ich dachte, er sollte seinen Vater kennenlernen.« Lisas Gesicht lief rot an, als Gwendolyn sie entgeistert anstarrte.

Alexanders Kind. Gwendolyn horchte in sich hinein. Alexander und sie hatten sich noch nicht gekannt, als er mit Lisa zusammen gewesen war. Und natürlich konnte so etwas passieren. Dass sein Samen in einer anderen Frau aufgegangen war, während sie vergeblich darauf wartete, traf sie dennoch. Sie betrachtete Matti, der mit seinen schmalen Gesichtszügen und den großen Augen durchaus Ähnlichkeit mit Alexander aufwies. Die schwarzen Locken hatte er aber von der Mutter geerbt.

Gwendolyn spürte Schwindel, hielt sich kurz an der Kommode fest. Dann ließ sie sich auf den nächsten Stuhl fallen. Schweigen hatte sich über die Gesellschaft gesenkt. Annegret klingelte nach Klara und trug ihr auf, Tee und einige belegte Scheiben Brot zu servieren. Der *Besuch* war sicher hungrig von der Reise.

Alexanders Stirn lag in Falten, während er Lisa betrachtete. »Wann ist der Junge geboren?«

»Im Juni 1909.«

Kaum standen Teekanne, Tassen, feinster Donau-Zucker und die Etagere mit den Broten auf dem niedrigen ovalen Tisch, um den sie saßen, schluckte Lisa, drückte sich die gefalteten Hände zwischen die Knie, wie um sich davon abzuhalten, zuzugreifen. Gleichzeitig flog ihr Blick zu ihrem Jungen, der durch den Duft von Käse und Salami angelockt wurde. Lisa ermahnte ihn, als er mit zwei Händen nach einer Weißbrotscheibe griff, aber Annegret schüttelte den Kopf. »Lassen Sie nur. Und bitte, nehmen Sie sich auch.«

Gwendolyn schaute Alexander mit hochgezogenen Brauen an, während er nachzurechnen schien. Endlich nickte er. Zeitlich war es also möglich, dass Matti sein Sohn war.

»Dann gibt es keinen Zweifel«, erklärte Alexander da auch schon, und Gwendolyn zuckte zusammen. Sie würde der jungen Frau bestimmt nicht zu nahetreten und es aussprechen, aber war es nicht denkbar, dass sie in jener Zeit Beziehungen zu mehr als einem Liebhaber gepflegt hatte? Sollte Alexander diese Möglichkeit nicht zumindest in Erwägung ziehen? War er sich seiner selbst so sicher? Ein weiteres Mal schaute sie zwischen Alexander und dem Jungen hin und her. Alexander wuschelte ihm etwas linkisch durchs Haar, der Kleine wandte sich mürrisch ab. Die Geste der Zuneigung eines für ihn völlig Fremden gefiel ihm offenbar weit weniger als die Brote und das Schachspiel, dem er sich wieder widmete. Alexander sah ihm hinterher, ein seltsamer Ausdruck in seiner Miene. Plötzlich erwachende Vaterliebe? Oder rührte der Glanz in seinen Augen von dem Triumphgefühl, weil dieser Junge der lebende Beweis für seine Zeugungskraft war?

Annegret wich alle Farbe aus dem Gesicht. Sie saß da, als hätte sie einen Stock verschluckt, die Finger ineinander verkrampft, die Knöchel traten weiß hervor, der Mund ein blutleerer Strich. »Warum kommen Sie erst jetzt?«

Lisa leckte sich den Zeigefinger ab, an dem ein Brotkrümel hing, bevor sie mit der Serviette ihre Hände abwischte und einen Schluck von dem Earl Grey nahm, den sie sich mit drei Löffeln Zucker gesüßt hatte. »Was zwischen Alexander und mir damals war ... Wir fühlten uns nicht aneinander gebunden, wenn Sie verstehen. Wir hatten einfach ... eine schöne Zeit.« Ihr Blick flackerte zu Alexander, dann zu Gwendolyn. »Es gab also keine Verpflichtungen. Erst nachdem Alexander nach Bayern heimgekehrt war, merkte ich, dass ich schwan-

125

ger war, fand allerdings eine gute Lösung. Ich konnte meine Anstellung behalten, und nach Mattis Geburt durfte ich ihn mitbringen. Er hat immer in einem der hinteren Räume geschlafen und gespielt, der Wirt war großzügig, meine Kolleginnen ... hilfsbereit. Nun habe ich die Arbeit verloren und stehe vor dem Nichts. Ich weiß nicht, wohin mit mir und dem Jungen. Da dachte ich, ... ich könnte Alexander um Hilfe bitten. Ich wäre nie gekommen, gäbe es einen anderen Ausweg. Aber ich ... ich ...«

»Du hast richtig gehandelt«, sagte Alexander.

»Obwohl es natürlich ausgeschlossen ist, dass Sie auf Gut Theresienberg bleiben«, fügte Annegret an. »Nicht einen Tag. Eine Situation, in der die ehemalige Geliebte meines Sohnes unter meinem Dach wohnt, dulde ich nicht.«

Alexander stimmte ihr mit einem Nicken zu, und Gwendolyn fragte sich, was sich die beiden dachten. Sie konnten Lisa und den Jungen doch nicht in die kalte Herbstnacht hinausjagen. Alexander erhob sich, verließ den Salon und kehrte kurz darauf mit einem Umschlag zurück. Er öffnete ihn, fächerte die Scheine darin auf. Gut zweihundert Mark. Eine beträchtliche Summe für jemanden in Lisas Lage. »Das müsste reichen.« Er hielt ihr das Kuvert hin. Sie griff sofort danach und steckte es sich in die Kleidertasche. »Ich werde ein Dokument aufsetzen, dass damit meine Verpflichtungen abgegolten sind. Das unterschreibst du. Und du wirst über all das Stillschweigen bewahren.« Alexander seufzte. »Es tut mir leid, dass das nötig ist. Aber ich muss den Ruf der Wallendorfs schützen. Das verstehst du sicher. Kauf dir und dem Jungen von dem Geld Fahrkarten nach Hause. Und bezahl die Pension, zu der unser Stallbursche dich gleich fahren wird. Sie liegt am Ortseingang von Ornbach. Dort habt ihr bis zu eurer Abreise eine Unterkunft.«

In Gwendolyns Kopf drehte sich alles. Gerade hatte Alexander erfahren, dass er Vater war. Er hatte darüber nicht unglücklich gewirkt. Dann hatte diese Lisa ihnen erklärt, in welcher Not sie steckte, und Alexander speiste sie mit etwas Geld ab und erlegte ihr die Verpflichtung auf, den Mund zu halten? Weil er glaubte, seinen guten Namen schützen zu müssen? Es hätte nicht anders laufen können, wenn der alte Wallendorf auf dem Gut noch alles bestimmt hätte! Ungehalten sprang Gwendolyn auf. »So geht das nicht! Die Pension Gruber, zu der du Lisa bringen lassen willst, hat nur winzige Zimmer mit spärlichen Möbeln. Und man mag keine Kinder dort. Du weißt selbst, wie die Fabrikarbeiter, die in der Herberge vorübergehend Quartier bezogen haben, geschimpft haben. Nein, das muten wir Lisa und dem Jungen nicht zu. Und glaubst du wirklich, dass du dich mit einer einmaligen Zahlung aus der Verantwortung stehlen kannst? Es ist allem Anschein nach genauso dein Kind wie ihres, ob uns allen das gefällt oder nicht. Wir müssen uns um das Wohlergehen der beiden kümmern.«

»Wie stellst du dir das vor, Gwendolyn?« Annegret erhob sich ebenfalls. »Wir können sie doch nicht bei uns wohnen lassen! Die Leute würden sich die Mäuler zerreißen! Diese Demütigung! Für dich, Kindchen, für dich! Herrgott, Gwendolyn, Alexander hatte ein Verhältnis mit dieser Person, du kannst sie doch nicht in deiner Nähe dulden.«

Natürlich waren da diese unbestimmte Eifersucht und die Bilder von den beiden, die in ihrer Fantasie aufstiegen. Aber da waren auch eine junge verzweifelte Mutter und ein unschuldiges Kind. War es nicht ihre Menschenpflicht, ihnen zu helfen?

»Mir macht es nichts, wenn das Zimmer klein ist«, meldete sich Lisa. Der Streit schien ihr unangenehm. »Vielleicht kann ich in der Pension aushelfen und dann ein bisschen länger bleiben? In Leipzig finde ich keine Anstellung mehr.« Ihre Stimme erstarb am Ende. Sie hielt sich den Handrücken an die Nase, als unterdrückte sie ein Schniefen.

»Was ist passiert?«, wollte Alexander wissen. »Du warst immer umsichtig und zuverlässig als Schankmagd.«

Lisa zögerte, schien zu überlegen, ob es richtig war, sich zu offenbaren. Schließlich gab sie sich einen Ruck. »Ich habe mich einem Stammgast gegenüber gewehrt, als der zudringlich wurde. Ein Stadtrat, ein Prominenter in Leipzig. Daraufhin wurde mir im Keller gekündigt. Der Mann verbreitet nun Lügen über mich. Alle Gaststätten, bei denen ich mich vorgestellt habe, haben mir die Tür vor der Nase zugeschlagen.«

»Männer!«, stieß Gwendolyn aus. »Es gibt solche Egoisten. Sie können Frauen das Leben zur Hölle machen! Ein Fingerschnippen genügt! Es tut mir leid, dass du das erleben musstest. Es muss schwer für dich und Matti sein.« Lisa hielt ihren Blick mit verschlossener Miene. Was in ihr vorgehen mochte?

»Ich habe vorübergehend bei einer Kollegin gewohnt, aber mein Erspartes ist aufgebraucht.« Sie klopfte sich auf die Kleidertasche. »Nun habe ich erst einmal Zeit, mir etwas Neues zu suchen. Bis nach Niederbayern wird der Ruf des Stadtrats hoffentlich nicht reichen.«

»Weiterhin mit einem Kind als Schankmagd arbeiten?« Gwendolyn wiegte den Kopf. »Ob du noch einmal einen Wirt findest, der den Jungen in einem Nebenzimmer duldet? Und wenn ich es richtig sehe, gibt es hier keine Freundinnen oder Verwandten, die dir unter die Arme greifen könnten?«

Lisa schwieg, das Gesicht maskenhaft.

Gwendolyn wechselte einen Blick mit Alexander, der sie fragend anschaute. Offenbar war er neugierig zu erfahren, worauf Gwendolyn hinauswollte. Matti hatte derweil genug von den Schachfiguren, kletterte auf das Sofa neben Annegret, legte seinen Kopf in ihren Schoß auf den königsblauen Seidenrock, steckte sich den Daumen in den Mund und schloss die Augen. Annegret bewegte sich in ihrer Bluse mit dem gestärkten Kragen und der Brosche am Hals keinen Millimeter und starrte konsterniert auf das Kind herab. Lisa bemerkte ihr Unwohlsein, sprang auf. Sie nahm den Jungen auf die Arme und wiegte ihn, als sie sich setzte. Was für ein zutraulicher kleiner Kerl! Er war es offenbar gewohnt, Herzen zu gewinnen, und würde noch lernen müssen, dass es Menschen gab, die wenig mit Kindern anfangen konnten. Dabei war es doch gerade Annegret, die darauf brannte, dass sich in Gwendolyns und Alexanders Ehe Nachwuchs ankündigte.

»Wir kommen schon zurecht, jetzt, nachdem Alexander uns dermaßen großzügig unterstützt hat«, sagte Lisa gepresst.

»Ich habe eine bessere Idee.« Gwendolyn wandte sich an Alexander. »Wir haben uns doch neulich über Florian unterhalten. Dass sein Großvater vor zwei Jahren gestorben ist und seine Oma allein im Anbau neben der Schreinerei wohnt.«

»Auch wenn er mein Freund ist, können wir die Köhlers nicht einfach mit einer Besucherin überfallen. Wie stellst du dir das vor?«

Gwendolyn spürte Lisas Blicke von der Seite. »Das lass mal meine Sorge sein. Ich bringe Lisa und Matti zu ihr. Dort können die beiden bestimmt länger als eine Nacht unterkommen.«

»Florian wird nicht begeistert sein. Seit der Sache mit Annalena ist er ziemlich unleidlich.«

Gwendolyn winkte ab. »Auf solche Launen nehme ich keine Rücksicht. Lisa soll zu Marianne und nicht zu ihm. Der kann sich gern aus allem heraushalten.«

Alexander zuckte die Achseln. »Er wird ein Wort mitreden wollen. Ich würde mich nicht darauf verlassen, dass er eine fremde Frau in seinem Zuhause duldet.«

»Wir werden sehen«, erwiderte Gwendolyn und nickte Lisa zu. Alexanders ehemalige Geliebte erhob sich umständlich. Alexander nahm ihr den schlafenden Matti ab, damit sie nach ihrem Koffer greifen konnte. Dann beugte er sich mit dem Kind im Arm zu Gwendolyn. »Bist du dir sicher?«

»Nein, absolut nicht«, entgegnete sie. »Aber das gibt uns Zeit, um herauszufinden, was das Richtige für uns ist.«

Lisa umklammerte Matti auf ihrem Schoß, als Alexanders Frau das Automobil startete und langsam zum Rollen brachte. Die Scheinwerfer warfen Lichtkegel nach vorne, beleuchteten die Schotterstraße, die hinabführte zur Kreuzung. Hier war sie am Nachmittag entlanggegangen, Matti hatte sich schwer an ihre Hand gehängt und gejammert, weil der Weg weit war und seine Schritte kurz. Der Bus hatte mitten in Ornbach gehalten, eine Marktfrau hatte ihr den Weg zu Gut Theresienberg gewiesen. Lisa hatte ihre misstrauischen Blicke im Rücken gespürt und auch das Getuschel der anderen Dorfbewohner, für die sie eine Fremde mit einem Koffer und einem Kind war. Sicherlich fragten sie sich, zu wem sie unterwegs war, und die Bäuerin würde mit ihrem Wissen protzen.

Lisa hatte gehofft, dass Alexander ungebunden war und sie bei Mattis Anblick in seine Arme ziehen würde. Bestimmt hatte sie nicht damit gerechnet, dass wenige Stunden später seine junge Ehefrau sie in einem Automobil zu einer mysteriösen Bleibe kutschieren würde.

Er hatte ihr Geld gegeben, viel Geld, das sie knisternd in ihrer Rocktasche spürte. Ein Anfang, mit dem sie und Matti sich über Wasser halten konnten. Für diese Gwendolyn schien das allerdings nicht auszureichen. Eine merkwürdige Frau. Was trieb sie an, ihr zu helfen? Nächstenliebe? Lisa glaubte nicht an das uneigennützige Handeln, das die Kirche predigte, genauso wenig wie an die ewige Liebe. Was verbarg sich also hinter der zur Schau getragenen Freundlichkeit?

Von Matti war alle Müdigkeit abgefallen. Er starrte mit kugelrunden Augen auf die Straße und machte »Ooooh«, wenn sie durch Schlaglöcher holperten und die Räder auf dem Asphalt rappelten.

»Einen aufgeweckten Jungen hast du«, sagte Gwendolyn. »Er versteht viel, obwohl er noch keine drei Jahre alt ist, oder?«

Lisa wuschelte ihm stolz durch die Locken. »Ja, er spricht auch besser als die meisten Gleichaltrigen. Alles plappert er nach.«

»Plappert nach«, sagte Matti, und Lisa stimmte in Gwendolyns Lachen ein.

»Was ist das für ein Haus, in das Sie mich bringen, Frau Wallendorf?«

»Sag Gwendolyn zu mir. Ich habe dich ja auch Lisa genannt.«

»Das ist wohl ein Unterschied, gnädige Frau.« Lisa lächelte sie halb an. Allein wie die andere gekleidet war mit diesem doppelreihig geknöpften schwingenden Mantel und dem mit Federn geschmückten Hut. Die Lederstiefeletten gingen bis zu den Waden.

Gwendolyn schüttelte den Kopf. »Wir sind nicht in einer Schenke, ich bin nicht der Gast und du nicht das Serviermädchen. Wir sind zwei Frauen, die unter anderen Umständen Freundinnen hätten sein können.«

Die Vertraulichkeit behagte Lisa nicht. Kein Mensch konnte ohne Berechnung so gutherzig sein. Das hatte das Leben sie gelehrt. Aber fürs Erste spielte sie am besten mit. »Wenn Sie … wenn du es willst.«

»Ja, das will ich. Es redet sich leichter auf Augenhöhe.«

Auf Augenhöhe! Du liebe Zeit, diese Frau war die Gattin eines mächtigen Zuckerindustriellen! Sie konnte sich doch nicht mit einer Schankmagd gleichstellen. Gwendolyn Wallendorf warf ihr einen prüfenden Blick zu, und Lisa ahnte, dass sie ein empfindsames Gemüt besaß. Diese Frau spürte Schwingungen, auch wenn man nicht aussprach, was man dachte. Obwohl Lisa nichts gesagt hatte, erklärte sie sich: »Vor der Hochzeit mit Alexander habe ich mit meinem Vater und meinen Schwestern auf einem Hof ganz in der Nähe gewohnt. Mein Vater hat vor seinem Tod … ein Fuhrunternehmen betrieben.«

»Und dann hast du Alexander kennengelernt.«

Gwendolyn stieß ein Lachen aus. »Es war nicht Liebe auf den ersten Blick, wenn du das meinst. Zuerst war er mit meiner älteren Schwester verbandelt.«

»Das war bestimmt nicht leicht für dich.«

»Es ist vorbei, und heute zählen nur Alexander und ich.«

Da! Das war eine Drohung, oder? Wieso sonst hätte Gwendolyn darauf hinweisen sollen? Aber Lisa hatte nicht vor, sich in eine Ehe einzumischen, und Alexander schien die Liebschaft nicht aufwärmen zu wollen. Er hatte sich freigiebig gezeigt, doch nichts in seinem Verhalten ließ auf ein Interesse an ihr schließen.

»Um auf deine Frage zurückzukommen, wohin ich dich bringe … Alexander hat in Ornbach Freunde seit seiner Schulzeit. Der eine ist Vinzenz, der mit seiner Frau Kathi, den Schwiegereltern und den beiden Kindern einen Bauernhof mit Milchvieh bewirtschaftet. Dort ist jeder Platz besetzt. Aber bei dem anderen, dem Florian, ist genügend Wohnraum vorhanden. Ich weiß das, weil wir einige Male bei ihm zu Besuch waren. Auf Gut Theresienberg sind weder Vinzenz noch Florian gern gesehen. Florian betreibt mit seinen Eltern eine Schreinerei, bis vor zwei Jahren war sein Großvater mit dabei, ein echtes Familienunternehmen. Seine Großmutter wohnt nun in einem

Anbau, der für mindestens eine vierköpfige Familie ausgestattet ist. Sie ist ein bisschen gebrechlich, aber hellwach im Kopf. Sie wird sich freuen, jemanden im Haus aufzunehmen, der die Einkäufe erledigt und die Wäsche besorgt, und im Gegenzug wird sie sich bestimmt gern um deinen Jungen kümmern. Fragen kostet nichts, oder? Wenn sie ablehnen, können wir dich immer noch zu den Grubers bringen, obwohl ich das nur ungern täte.«

»Und was stimmt mit ihrem Enkel nicht? Alexander hat Andeutungen gemacht.«

»Florian hat länger gebraucht, um die Liebe zu finden. Er hat sich mit Annalena, einer Apothekertochter aus Fellenau, ein Leben aufbauen wollen. Sie aber wollte der Enge der Heimat entfliehen und nach Amerika gehen. Monatelang lag sie ihm damit in den Ohren, dabei ist er mit Haus und Hof und Werkstatt eng verwachsen. Nie würde er all das zurücklassen.« Gwendolyn seufzte. »Letztendlich war ihr Fernweh größer als die Liebe. Sie hat sich einem alten Schulfreund angeschlossen, ist mit ihm nach Hamburg gereist, um dort eines der Auswandererschiffe zu besteigen und nicht mehr zurückzukehren. Florian blieben nur ein paar wenige Zeilen, in denen sie ihn um Verzeihung bat. Das ist jetzt ein halbes Jahr her, aber er ist noch lange nicht darüber hinweg. Manchmal erkenne ich ihn nicht wieder. Von seinem Charme und seiner Fröhlichkeit ist nichts geblieben. Mitunter wirkt er älter als sein eigener Vater.«

»Das tut mir leid für ihn. Gibt es andere Kinder auf dem Hof?«

Gwendolyn schüttelte den Kopf und lachte dann auf. »Ich bin sicher, dein Matti wird dort alle Herzen im Sturm erobern.«

»Und ihr? Habt ihr Kinder?«, erkundigte sich Lisa geradeheraus und genierte sich für ihre Offenheit, als sie sah, dass Gwendolyns Miene erstarrte. »Entschuldige, ich … ich wollte nicht indiskret sein.«

»Bist du nicht, die Frage ist berechtigt bei einem Paar, das seit eineinhalb Jahren verheiratet ist. Aber nein. Bisher hat sich kein Nachwuchs angekündigt.« Ihr Lachen klang künstlich. »Wir haben mit der Übernahme der Firma genug zu tun, da ist es besser, über einen freien Zeitplan zu verfügen. Alexanders Vater ist vor Kurzem gestorben.«

»Ja, ich weiß, ich …« Lisa unterbrach sich, als sie Gwendolyns irritierten Blick bemerkte. Die Frau war nicht dumm. Vielleicht rechnete sie sich aus, dass Lisa von dem Tod des Seniors gehört hatte und herausfinden wollte, was für sie in Bayern möglich war an der Seite eines Alexander Wallendorf. »Es stand in allen Zeitungen«, fügte sie schnell hinzu. Damit gab Gwendolyn sich zufrieden und fuhr einen Moment später auf einen Hof. Sie rollten aus, sie betätigte die Bremse und stellte den Motor ab.

Der Hof wurde fahl von einer Laterne erleuchtet. Aus einer Werkstatt fiel durch die offen stehende Pforte Licht heraus, in den im Rechteck angeordneten Wohnhäusern waren manche Fenster erhellt. Aus einem drang das Flackern von Kaminfeuer.

»Da wären wir«, sagte Gwendolyn und stieg aus. Lisa machte zögerlich die Tür auf und ließ Matti von ihrem Schoß springen. Der Junge lief sogleich umher und flitzte dann schnurgerade in die Werkstatt, aus der der Duft nach Sägespänen und Leimöl und das Klopfen eines Hammers drangen.

»Hallo, Familie Köhler, hier kommt Besuch!« Gwendolyn pochte munter gegen die Werkstatttür. Gerhard Köhler, ein kräftiger Mann mit grauen Stoppelhaaren und verschmitztem Grinsen im Gesicht, legte den Hammer ab und stapfte auf Gwendolyn zu. Er küsste sie links und rechts auf die Wangen, bevor er Lisa anschaute. »Und wen bringst du uns da, Frau Zuckerbaronin?«

Unerwartete Schüchternheit lähmte Lisa, dann fing sie sich.

»Ich bin Lisa Bergner. Frau Wallen… Gwendolyn meinte, ich könnte vielleicht bei Ihrer Mutter aushelfen.«

In der nächsten Sekunde sprang Gerhard Köhler nach links, als Matti nach einer Säge griff. Im Handumdrehen hatte er dem Buben das Werkzeug abgenommen und ihn hoch in die Luft geworfen, um ihn abzulenken. »Das lässt du mal schön bleiben, junger Mann!«, rief er, und Matti quietschte vor Vergnügen.

»Entschuldigung.« Lisa nahm ihm ihren Jungen ab, stellte ihn vor ihre Füße und hielt ihn mit sanftem Druck an den Schultern in ihrer Nähe. Ein blonder Mischlingshund kam mit wedelndem Schweif auf sie zu, schnüffelte an Lisas Rock, leckte Matti über die Wange, der den Hund ungestüm an beiden Ohren packte. Lisa wollte ihn zurückziehen, aber der Schreinermeister hielt sie davon ab. »Lassen Sie ihn nur, Kasper freut sich. Er ist sehr verspielt.«

Was für eine heimelige Atmosphäre. Es könnte schön sein, für eine Weile hier zu wohnen. Matti sollte es mit seinem Übermut bloß nicht übertreiben, obwohl dieser Gerhard Köhler den Eindruck erweckte, Kinder könnten ihn nicht leicht aus der Ruhe bringen. Ein Schlurfen hinter ihnen erklang, alle wandten sich um und sahen einer alten Dame mit weißen Ringellocken entgegen, die einen verblichenen Hausmantel und Pantoffeln trug. Kasper sprang an ihr hoch, sie wuschelte ihm über den Kopf. »Was ist denn hier für ein Lärm zu später Stunde?« In ihren Mundwinkeln lag ein Lächeln. »Gwendolyn, wie schön.« Auch sie küsste Alexanders Frau auf die Wangen.

Gwendolyn stellte ihr Lisa vor: »Eine alte Freundin von Alexander, die gerne für eine Zeitlang in Bayern bleiben würde. Ich habe mich daran erinnert, dass du dir Gesellschaft wünschst, Oma Marianne. Würdest du es mit Lisa und Matti versuchen?«

»Ich kann Ihnen alles im Haushalt abnehmen«, sagte Lisa

schnell. »Ich habe vor nichts Scheu, und schaffen kann ich für zwei!«

Ihr Herz machte einen Satz, als Marianne nach einer wortlosen Verständigung mit dem Schreinermeister nickte. »Dann mal rein mit euch in die gute Stube. Ich zeige dir das Gästezimmer.« Sie blickte auf Matti. »Und du, junger Mann, hast vielleicht Appetit auf einen Grießbrei mit Sahne?«

»Und Brause?«

»Und Brause«, bestätigte Marianne lachend.

Wenig später hatte Gwendolyn sich verabschiedet, der Tischler hatte das Licht in der Werkstatt gelöscht und war in der Dunkelheit zum Haus links gegangen. Lisa saß bei Marianne in der Stube und schaute hinaus. »Wie viele Wohnungen gibt es hier denn?«

Die alte Dame wies auf das Gebäude rechts der Arbeitshalle, in dem alle Fenster gardinenlos und dunkel waren. »Da drüben wohnt mein Enkel Florian. Er geht meist früh zu Bett. Du wirst ihn morgen kennenlernen. Gleich im Haus daneben, etwas versetzt, lebt mein Sohn Gerhard mit seiner Frau Brigitte.«

Dieser Hof wirkte idyllisch, Gerhard, Marianne und der Hund hatten ihnen einen freundlichen Empfang geboten. Aber von diesem Florian erwartete Lisa nichts Gutes. Ein vom Leben enttäuschter junger Mann. Sie würde sich alle Mühe geben, ihn nicht gegen sich aufzubringen, ihn sonst jedoch meiden.

Im Haus roch es nach einer scharfen Salbe, die Marianne möglicherweise für ihre Beine benutzte. Die alte Frau stieg Lisa voran eine Treppe hoch. »Früher war unser Schlafzimmer im ersten Stock, das brauche ich nicht mehr, ich habe mein Bett lieber unten, dann muss ich mich nicht jeden Tag quälen. Die obere Etage habe ich vermietet, wenn Kunden meines Sohnes oder Enkels über Nacht blieben. Ich habe mir immer gewünscht, dass dort mal jemand einzieht, der ein bisschen Leben ins Haus bringt.«

Matti lief voran in das Zimmer, das sie ihnen zeigte, warf sich auf das Bett, kreischte vor Vergnügen. »Es ist groß genug für dich und den Jungen. Gegenüber ist noch eine Rumpelkammer. Die können wir, wenn du magst, ausräumen und ein Spielzimmer einrichten. Am Ende des Ganges ist das Bad. Das hast du für dich allein.«

Unvermittelt fühlte Lisa die Tränen aufsteigen. Die Gefühle übermannten sie, die Anspannung des Tages fiel ab. Spontan umarmte sie die alte Dame, drückte ihren dünnen Körper an ihre Brust. »Danke«, brachte sie hervor.

»Nicht dafür, Liebes. Ich beziehe dir noch das Bett, die Laken sind hier in dem Schrank.« Marianne öffnete die Schubladen einer Kommode, aus denen der Geruch nach Kernseife und Mottenpulver stieg.

Lisa nahm ihr die Bezüge aus der Hand. »Das übernehme natürlich ich.«

Die alte Frau nickte wohlwollend und schlurfte zum Treppenabsatz. »Kommt dann gleich runter in die Küche. Wir essen eine Kleinigkeit, und ich zeige dir, wo du alles findest.«

Lisa eilte mit den Laken in das Zimmer, dessen Fenster hinaus in den dunklen Hof blickte und direkt gegenüber auf das geisterhafte Anwesen, in dem der Enkel hauste. Sie breitete Leinentücher über die Matratzen, straffte sie, zog die Bettwäsche über die Decken, schüttelte sie kräftig. Matti warf sich erneut auf das Bett und blieb stocksteif liegen, die Arme an seinen Körper gedrückt, die Augen zusammengepresst, lachend. »Jetzt werfen, Mama!«

Lisa ließ das voluminöse Federbett auf ihn fallen und hörte ihn darunter gedämpft quietschen vor Freude. Ihr Junge, der sich wunderbar an neue Umgebungen anpassen konnte. Wer wusste schon, was ihn in seiner Zukunft erwartete? Vielleicht würde er irgendwann der Zuckerbaron von Niederbayern und ... Lisa sog die Luft scharf ein. Wo kam dieser Gedanke auf einmal her? Aber war es so abwegig? Alexander Wallendorf und Gwendolyn waren seit eineinhalb Jahren verheiratet und hatten keine Kinder. Gwendolyn war es unverkennbar unangenehm gewesen, als Lisa das Gespräch darauf gebracht hatte. Und all das Gerede, wie viel in der Firma zu tun war. Klang das nicht nach einem Vorwand? Sie wären nicht die Ersten, die ihr Leben lang vergeblich auf Nachwuchs warteten. Was, wenn Alexander irgendwann einen Erben suchte, der ihn entlasten und in dessen Zukunft er investieren konnte? Wäre dann nicht Matti die naheliegende Wahl?

Der Gedanke raubte Lisa kurz den Atem, aber sie richtete nun auch das zweite Bett, nahm Matti an die Hand, um Marianne in der Küche Gesellschaft zu leisten. Obwohl sie Alexander nicht ungebunden angetroffen hatte und seine Leidenschaft kein weiteres Mal entfachen konnte, hätte dieser Tag insgesamt ungünstiger laufen können. Sehr viel ungünstiger. Sie fiel in Mattis Takt ein, als der die Stufen übermütig wie ein Rehkitz hinunterhüpfte.

7

Zur selben Zeit in Salbke, Magdeburg

Der schwere Benz rollte auf der Schönebecker Chaussee an den Überresten der Zuckerfabrik der Gebrüder Schmidt vorbei, die vor zwei Jahren einem Großbrand zum Opfer gefallen war. Mangels finanzieller Mittel verzichteten die Eigentümer auf den Wiederaufbau und nutzten die Grundstücke zwischen den verkohlten Ziegelsteinbauten wieder zum landwirtschaftlichen Anbau. Trotz der frühen Morgenstunde trugen Erntehelfer einen Berg Zuckerrüben ab, schippten die Knollen auf die Ladefläche eines Lastkraftwagens, damit eine andere Fabrik sie verarbeiten konnte.

August Klages, technischer Leiter der *Saccharin-Fabrik AG*, hatte läuten hören, dass die Familie das Gelände vielleicht sogar verkaufen wollte. Die Errichtung einer Metallhütte stand im Raum, eine Entwicklung, die es zu beobachten galt.

Im weichen Polster der Rückbank hinter dem Chauffeur sitzend, überprüfte er gewohnheitsmäßig den Sitz des messerscharfen Scheitels und richtete die dünne Brille. Der gestärkte Kragen an seinem Hals kratzte, doch August kannte es nicht anders. Er ließ sich selten gehen, weder in der Öffentlichkeit noch privat. Im Mantel war es ihm fast zu warm im Fahrzeug, aber sie hatten ihr Ziel bald erreicht. Den Zylinder hatte er neben sich abgelegt.

Links zog sich die Bahnstrecke von Leipzig nach Magdeburg

durch die Landschaft, rechter Hand lag die Elbe im Dunst des frühen Morgens, umgeben von schmucklosen Industriebauten. August strich sich den sauber gestutzten Schnauzbart mit Daumen und Zeigefinger glatt, während der Fahrer das Automobil einen weiteren Kilometer geradeaus nach Salbke lenkte und schließlich rechts abbog.

»Gleich zum Laboratorium, Herr Direktor?«, fragte der Chauffeur über die Schulter, nachdem sie das Tor passiert hatten. Zwar stand August ein imposantes Büro im Verwaltungstrakt zur Verfügung, ihn zog es jedoch meist an seinen Schreibtisch in der Forschungsabteilung.

»Sie kennen mich«, gab er zurück, vollkommen ausreichend, sodass der Mann den Wagen zwischen den Hallen zum außergewöhnlichsten Gebäude des Areals lenkte. Ein Zaun und etliche Bäume umfassten einen Kuppelbau, der eher ins Umfeld einer Universität passte als in das triste Ambiente einer Fabrik. Der Chauffeur hielt an und stieg aus, um August die hintere Tür zu öffnen.

»Danke. Bis heute Abend zur gewohnten Zeit.« August setzte sich den Zylinder auf den Kopf, obwohl es nur wenige Meter bis zum Eingang waren. Im Eilschritt hielt er auf das von Säulen eingerahmte Portal zu und bemerkte die im Schatten stehende junge Frau erst, als sie sich bewegte. Sie war in einen bis zu den Waden reichenden Mantel mit gefüttertem Kragen gehüllt, am linken Arm baumelte eine Handtasche, auf den braunen Haaren saß ein Federhütchen, das angesichts der frischen Temperaturen seltsam deplatziert wirkte.

»Herr Klages?«

August nickte, verlangsamte seinen Schritt aber nur wenig. Sicher kam sie wegen der frei gewordenen Stelle in seinem Vorzimmer. Seine Sekretärin hatte es vorgezogen, ein viertes Mal schwanger zu werden. Wer dort saß, um Anrufe entgegenzunehmen oder die Post nach Dringlichkeit zu sortieren, war ihm einerlei – solange die Arbeit erledigt wurde. »Melden Sie sich im Verwaltungsgebäude«, sagte er im Vorübergehen. »Fragen Sie nach ...«

»Von dort komme ich«, unterbrach sie ihn. Sie schenkte ihm ein einnehmendes Lächeln, das zwei Reihen ebenmäßiger Zähne offenbarte. Er schätzte sie auf Anfang dreißig, zehn Jahre jünger als er selbst. Sie hatte anmutig geschwungene Brauen über ihren hellwach wirkenden, graublauen Augen. »Mein Name ist Cornelia Raimund vom *Leipziger Tageblatt*. Wir haben einen Termin. Hatten ihn vor einer halben Stunde, um genau zu sein. Nachdem Sie nicht aufgetaucht sind, hat man mir gesagt, ich solle hier mein Glück versuchen.«

»Raimund«, wiederholte August und blieb stehen. »Ich dachte ...«

»C. Raimund. Sie haben einen Herrn erwartet. Das passiert mir häufig. Allerdings gibt es mehr Journalistinnen, als man annimmt. Die Zeitungen waren schon immer ein Ort des Fortschritts. Damit haben wir etwas gemeinsam, nicht wahr?« Sie zeigte erneut ihr hübsches Lächeln und blickte sich um.

August überging den Vorwurf, dass er unpünktlich war. Er nahm sich selten Zeit fürs Private. Gestern war eine Ausnahme gewesen. Ein Bekannter aus Schönebeck hatte zu einem kleinen Umtrunk geladen. Es war später geworden, Klages hatte im Gästezimmer genächtigt und am Morgen den Fahrer bestellt, der kurz darauf gekommen war, um ihn zur Arbeit zu bringen. Normalerweise bewohnte er das Stadthaus in Salbke, in dem zuvor einer der Gründer der Fabrik, Constantin Fahlberg, mit seiner Familie gelebt hatte.

Das Treffen mit dem Tageblatt hatte er tatsächlich vergessen. Er machte sich keinen Vorwurf. Ihm war solcherlei ein Graus. Wahrnehmen musste er den Termin trotzdem, sonst würde er noch mehr böses Blut heraufbeschwören. Obwohl sie mit ihrer Saccharin-Fabrik einer der größten Arbeitgeber der Region waren, polterten die Rübenbauern und Industriellen nach all den Jahren immer noch über sie. Ausgerechnet in der Börde mussten sie den Süßstoff produzieren, dort, wo der klassische Zucker traditionell hergestellt und in alle Welt geliefert wurde. Mit dem Saccharin wollte hier, außer den Mitarbeitern der Fabrik, niemand etwas zu tun haben. Das Tageblatt würde wahrscheinlich ins gleiche Horn blasen, um seiner Leserschaft zu gefallen. August würde also ein paar nette Worte über die ideale Anbindung an Bahn und Elbe verlieren, vor allem aber die Region und die Tatkraft ihrer Bewohner hervorheben. Er würde das alles kurzhalten, er hatte wirklich Wichtigeres zu tun. Er nickte zum Eingang, schritt schon wieder aus. »Was möchte das Tageblatt über die *Saccharin-Fabrik AG* wissen, das nicht hinlänglich bekannt ist?« Er hielt der Dame die Tür auf.

Sie schlüpfte an ihm vorbei ins Innere, ließ den Blick schweifen. Ihm gefiel, wie aufmerksam sie alles wahrnahm. Frauen waren generell eine Bereicherung in der Berufswelt, fand August. »Vormals *Fahlberg, List & Co.*, wenn ich richtig recherchiert habe. Die Umwandlung in eine Aktiengesellschaft hat Geld in die Kassen gespült, nicht wahr?«

Sie war glänzend vorbereitet. Frauen konnten es sich viel weniger als Männer leisten, nachlässig zu sein. Das machte sie gefährlich. August führte sie an den Räumlichkeiten für die Forschung vorbei in sein Zweitbüro. Es war schlichter eingerichtet als das protzige im Verwaltungstrakt, dennoch hatte er alles hier, was er brauchte. Eine Regalwand mit Lehrbüchern und Nachschlagewerken nahm eine Seite ein, in den unteren Fächern standen Aktenordner. Davor der Schreibtisch mit Lampe, Telefon, Federhalter, Tintenfass und einigen Bögen unbeschriebenen Papiers. Eine Kladde mit Ergebnissen aus seiner aktuellen Forschung lag auf der Schreibunterlage. Den einzigen Luxus bildete ein Ledersessel am Fenster mit einem Beistelltisch und einem Servierwägelchen mit Cognacschwenkern und einer Flasche Asbach. Einen Besucherstuhl gab es auch, August hatte ihn irgendwann in die Ecke gestellt und rückte ihn quietschend vor den Schreibtisch. Frau Raimund betrachtete derweil die Bilder zur Linken. In mehreren Aufnahmen dokumentierten sie das Wachstum der Saccharin-Fabrik über die Jahre hinweg. August half ihr, abzulegen, dann erst hängte er den eigenen Mantel und Zylinder an den Haken.

»Also, nun«, sagte er und nahm Platz. »Richtig. Das Unternehmen hat dringend Kapital gebraucht und ein Aktiengang war der logische Schritt. Daraus folgte die Umbenennung. Aus *Fahlberg, List & Co.* wurde die *Saccharin-Fabrik AG*.«

Die Reporterin hatte Bleistift und einen Notizblock aus der Handtasche geholt, schrieb aber nicht mit. »Sie sind erst seit Kurzem hier. Wir wollen Sie unseren Lesern vorstellen.« Sie studierte ihn eingehend. »Ein groß gewachsener Mann in den besten Jahren mit vornehmem Auftreten. Schwarze Haare, Bart, eine Brille, die seine Bildung unterstreicht. Wären Sie mit dieser Beschreibung einverstanden?«

Sie wollte ihm schmeicheln. Die Worte hatte sie sich offensichtlich schon zuvor zurechtgelegt. Ihre Wirkung verfehlten sie nicht, und da August nichts Falsches darin fand, nickte er.

»Erzählen Sie von sich«, forderte sie ihn auf, den Stift erwartungsvoll über dem Papier haltend. Als hätte sie sich nicht bereits über seinen Werdegang erkundigt. Aber was schadete es, sein Leben in groben Zügen zu umreißen, damit sie ihn richtig darstellte?

»Mein Vater war Bäckermeister in Hannover, ihm war es wichtig, dass ich nach dem Abitur eine kaufmännische Lehre absolviere, um etwas in der Hand zu haben. Danach habe ich mich meiner wahren Leidenschaft verschrieben.«

»Der Chemie.«

»Unter anderem. Ich habe darüber hinaus in Heidelberg auch Botanik und Mineralogie studiert. Ich habe 1895 promoviert, fünf Jahre später für organische Chemie habilitiert. Danach war ich eine Weile Privatdozent, bis die Universität mir eine Anstellung als außerordentlicher Professor angeboten hat.« Das Letzte erwähnte er nicht ohne Stolz. Damals war er gerade fünfunddreißig Jahre alt gewesen. Die Tatsache, dass Frau Raimund erneut nichts notierte, nährte den Verdacht, dass sie die Fakten kannte und auf anderes aus war. Aufregenderes.

»Sie haben der Hochschule den Rücken gekehrt. Wieso?«

»Ich habe mich beurlauben lassen«, korrigierte er und lehnte sich zurück. Sein lederbezogener Stuhl knarzte. »Ich wollte sehen, welchen Nutzen meine Arbeit in einem weniger geschützten Rahmen hat. Der Industrie. Also wechselte ich zur BASF, der Badischen Anilin- und Sodafabrik in Ludwigshafen.«

»Die Sie bald darauf verlassen haben, um nach Salbke zu ziehen. Wie kam es dazu?«

»Der Posten hier hat mich mehr gereizt. Immerhin bin ich nach Constantin Fahlbergs Ausscheiden der technische Direktor und habe damit einen größeren Verantwortungsbereich als bei der BASF.«

Sie hob den Zeigefinger zum Zeichen, dass sie nachhaken würde. »Sein Weggang erfolgte nicht ganz freiwillig, oder? Seltsam, da er doch als Erfinder von Saccharin gilt und einer der Gründer der Firma war. Vor rund dreißig Jahren, nicht wahr?«

»Ohne Fahlberg säße ich heute nicht hier. Er hätte sich wohl nicht träumen lassen, dass die Zuckerindustrie sich drei Jahrzehnte später immer noch mit Händen und Füßen gegen seinen Süßstoff sträubt und den Vertrieb an allen Enden zu unterbinden versucht.«

»Warum schied er aus?« Die Spitze des Stifts näherte sich dem Papier.

August war damals noch nicht an Bord gewesen, man hatte ihn erst danach geholt, er konnte also frei reden. »Der Vorstand einer Aktiengesellschaft wird von den Aktionären gewählt. Der Aktiengang hat zwar Kapital gebracht, wie Sie schon erwähnten, aber Fahlberg traute man die zukunftsorientierte Führung der Firma nicht zu. Er hatte Krebs, wenn ich recht informiert bin. Hat nie viel über seine Erkrankung gesprochen, an der er letztendlich verstarb. Auch sein Mitstreiter Moritz List besetzt übrigens keinen Posten mehr im Vorstand, ist aber immer noch in leitender Funktion für uns tätig. Ein normaler Vorgang in der Wirtschaft.«

»Wie erklären Sie sich das schwindende Vertrauen in Fahlberg, abgesehen von seinem gesundheitlichen Zustand? Man könnte doch meinen, dass der Gründer einer Firma am besten weiß, was profitabel für sie ist.«

Das sah August anders, würde das ihr gegenüber aber nicht äußern. Obwohl von der Krankheit gezeichnet, war Constantin Fahlberg bis an sein Lebensende besessen vom Saccharin gewesen. Er hatte zu viele Emotionen in die Auseinandersetzungen mit Politikern und Konkurrenten gelegt. In der Wirtschaft hielt man sich am besten mit kühler Diplomatie. Die war Constantin Fahlberg immer fremd gewesen. August lenkte das Gespräch in eine unverfängliche Richtung, die dennoch als Antwort auf ihre Frage gelten konnte: »Für Fahlberg war der Verlust des Postens ein Glücksfall.«

»Wie das?«

»Seine Erkrankung hätte ihn alsbald ohnehin gezwungen, kürzerzutreten. Leicht war das für ihn sicher nicht. Saccharin, die Fabrik. Das waren seine Kinder, neben den leiblichen. Letztlich war es seine Gattin Fernanda, die ihn dazu gebracht hat, die letzten Jahre seines Lebens im Kreis der Familie in Nassau zu verbringen. Eine reizende Frau, die ich anlässlich einer Firmenfeier im Sommer kennenlernen durfte, zu der wir sie selbstredend eingeladen hatten.« Er bemerkte befriedigt, dass die Reporterin das aufschrieb.

»Und Sie führen die Firma in Fahlbergs Sinne fort?«

Die Frage erwischte ihn auf dem falschen Fuß, Frau Raimunds wacher Blick noch mehr. Es hatte beiläufig geklungen, traf aber einen Punkt, über den er Stillschweigen bewahren wollte. Noch. Bewahren *musste*, damit der zweite Gründer, Moritz List, nichts mitbekam. Überhaupt musste er nichts in irgendjemandes Sinne fortführen, er hatte eigene Vorstellungen.

»Ich leite die Firma einzig im Interesse der Firma selbst.« Er ärgerte sich über den Ton, in dem er antwortete. Auch Frau Raimund fiel seine instinktive Abwehr auf, wie das Zucken um ihre Mundwinkel verriet. Sie freute sich, ihn aus der Reserve gelockt zu haben.

»Und das bedeutet?«

August legte sich eine weitere unverfängliche Antwort zurecht, die sie gern drucken konnte. Bevor er zu einer Erklärung ansetzte, klopfte es an der Tür. »Ja, bitte!«, rief er, nicht sonderlich erbost über die Störung.

Moritz List steckte den Kopf ins Büro, Constantin Fahlbergs früherer Mitstreiter, der nächsten Monat seinen Fünfzigsten feiern würde. Obwohl der Ansatz der grauen Haare stetig zurückwich, strahlte er noch immer etwas jugendlich Freches aus. Wie August war auch er tadellos gekleidet, hatte sich aber für ein auffälliges Karomuster entschieden. Er lächelte, als er die Besucherin bemerkte. Dabei zersprang sein Gesicht in tausend Fältchen. Ein Mann, der sein Leben lang gern gelacht hatte, auch wenn August ihn als erbitterten Streiter für alle Belange rund ums Saccharin kennengelernt hatte. »Entschuldige, August«, sagte er mit Blick auf die Reporterin, die sich in ihrem Stuhl umgedreht hatte. Ihre interessierte Haltung verriet, dass sie List erkannte. »Ich wusste nicht, dass du einen Termin hast.« »Der sich leider schon dem Ende zuneigt«, ergriff August die Chance, das Ganze abzukürzen.

Frau Raimund überspielte die Überraschung, quasi hinauskomplimentiert zu werden, mit einem strahlenden Lächeln. »Moritz List, nicht wahr?« Sie erhob sich und hielt ihm die Hand hin, damit er einen Kuss darüber hauchen konnte. »Herr Klages und ich haben gerade über die schwierigen Zeiten für Ihre Firma gesprochen.«

Hatten Sie das?

»Frau Raimund ist vom *Leipziger Tageblatt*«, erlaubte August sich eine Warnung. »Und hauptsächlich ging es zuletzt um Constantin.«

»Fahlberg«, ergänzte die Reporterin. Als wäre das nötig. »Ihren Kollegen.«

Moritz senkte betroffen den Kopf. »Er war mehr als ein Kollege.«

»Ihr Cousin.«

»Mein Freund.«

Immerhin hatte Frau Raimund ausreichend Anstand, dass sie Moritz nicht auf Fahlbergs Abwahl nach dem Aktiengang ansprach. Keine Selbstverständlichkeit bei einer Journalistin, die auf Klatsch und Tratsch aus zu sein schien. »Die schwierigen Zeiten«, wiederholte sie, als wären sie im Theater und sie müsse Moritz das Stichwort geben. Und er fiel auch noch darauf ein! Er zeigte auf die an der Wand hängenden Bilder.

»Constantin und ich waren von Beginn an der Gängelei der Politik ausgesetzt!«, holte er aus.

August griff ihm vor, um nicht zum Komparsen in der Unterhaltung zu werden. Immerhin standen sie in seinem Büro. »Die Süßstoffgesetze, über die Sie sicher bestens informiert sind, Frau Raimund.«

»Klären Sie mich auf.«

Moritz List ließ sich die Gelegenheit nicht entgehen. Mit raschem Schritt war er beim Servierwagen neben dem Sessel. »Du erlaubst, August?« Die Frage war rein rhetorisch. Er goss sich schon einen Weinbrand ein, schwenkte das Glas, sodass die Flüssigkeit im Inneren in hohen Bögen kreiste, und nahm einen Schluck. »Das erste Süßstoffgesetz hat der Reichstag ziemlich in den Sand gesetzt. Das war kurz vor der Jahrhundertwende. Darin hieß es, dass Nahrungsmittel mit Saccharin entsprechend gekennzeichnet werden sollten, manche Getränke und Konserven durften es gar nicht mehr enthalten. Nicht weiter tragisch so weit. Dafür hat es das zweite in sich. Es wurde etwa drei Jahre später erlassen und gilt bis heute. Unser Saccharin darf, wie Sie wissen, nur auf Rezept in Apotheken abgegeben werden. Damit verwehrt die Politik uns und der Bevölkerung den Einsatz dieses Wundermittels in seinen schier endlosen Möglichkeiten.«

Die Reporterin schielte zum Block, den sie auf dem Tisch hatte liegen lassen. August war sich dennoch sicher, dass sie sich jedes Wort merken würde, und sah das Wundermittel schon in der Schlagzeile. Genau wie Moritz' Schimpftirade gegen die Politik.

»Profitieren Sie nicht auch davon?«, fragte Frau Raimund, noch immer freundlich lächelnd.

»Bitte?«

»Nun, *Fahlberg, List & Co.* war nicht die einzige Firma, die Saccharin hergestellt hat.« Sie ahnte den Protest voraus und hob die Hand. »Entschuldigung, natürlich haben nur Sie das

Saccharin produziert, Sie haben den Begriff ja schützen lassen. Aber es gab Nachahmer, die dieselbe chemische Verbindung unter anderen Namen verkauften. Was ihnen mit dem zweiten Süßstoffgesetz über Nacht verboten wurde. Außer Ihnen darf niemand fabrizieren.«

Moritz List schien immer noch nicht zu kapieren, dass diese Frau mit allen Wassern gewaschen war. Sie kannte sich bestens aus mit der Geschichte des Süßstoffs. Er nickte. »Wir dürfen nach wie vor Saccharin herstellen, richtig. Aber in weit geringeren Mengen als früher! Uns ist neben der Belieferung der Apotheken nur der Export gestattet.« Er streckte den Zeigefinger in Richtung der Bilder aus. »Wie man eine Erfolgsgeschichte wie unsere derart beschneiden kann, will mir nicht in den Kopf.« Er griff nach der Flasche Asbach, hielt sie fragend in die Runde. Sowohl August als auch die Reporterin lehnten ab, was ihn nicht aufhielt, sich selbst ein zweites Glas einzuschenken. »Wenn mein lieber Cousin jemals einen Fehler begangen hat, dann den, die Macht der Zuckerbarone zu unterschätzen. Wir bemühen uns seit Jahren, aber die Anzahl der Fürsprecher für unsere Sache im Reichstag ist an einer Hand abzuzählen.«

»Max Arenburg gehört dazu, ein weiterer Cousin«, warf die Reporterin ihm einen neuen Brocken hin, auf den er bereitwillig ansprang.

»Wenn Sie damit andeuten wollen, dass er aus verwandtschaftlichen Gründen vehement für die Aufhebung des Gesetzes kämpft, sind Sie auf dem Holzweg! Der bayerische Politiker ist durch und durch integer und lässt sich in seiner Meinung nicht beeinflussen.« Er hob das Glas und schob über den Rand hinweg nach: »Er lässt sich sein Leben aber auch nicht über seine Bezüge hinaus versüßen.«

»Falls andere Abgeordnete genau das tun, bräuchte ich Namen.« Jetzt eilte sie doch zum Schreibtisch, nahm Block und Stift auf und sah List erwartungsvoll an.

August sog die Luft ein. Der ältere Chemiker war hoffentlich nicht so töricht, darauf zu antworten? Solcherlei Anschuldigungen mussten Hand und Fuß haben, sonst brachte er sich in Teufels Küche. Die Firma konnte betonen, dass er nur eine persönliche Meinung kundgetan habe und sie nicht der firmeneigenen entsprach – der Schaden wäre dennoch enorm.

»Arenburg vertraut der Wissenschaft«, wich Moritz aus. »Er kennt die Forschungsergebnisse. Saccharin ist ungefährlich und ein Segen für die Menschheit. Das sehen Teile der Bevölkerung ähnlich und besorgen sich das Süßungsmittel auf anderen Wegen, wenn sie es nicht legal erwerben können.«

August horchte auf. Die Stimme seines Kollegen hatte sich unmerklich verändert. Konnte es sein, dass er der Reporterin nun umgekehrt einen Köder vor die Nase hielt?

»Das wäre doch eine Geschichte, nicht wahr?« Er riss die Augen auf, als wäre ihm just in dieser Sekunde eine Idee gekommen. August war sich nicht sicher. Der alte Haudegen schien ebenso akkurat vorbereitet zu sein wie die Dame von der Zeitung. War er vielleicht gar nicht zufällig zu ihrem Gespräch gestoßen? Augusts Terminkalender war kein Geheimnis, List konnte von dem Besuch gelesen haben. Und der Meinung gewesen sein, er hätte etwas Unterstützung nötig. Jetzt leerte er sein Glas, stellte es auf den Servierwagen und schritt zur Tür. »Deshalb bin ich gekommen, August«, behauptete er und grinste so spitzbübisch, dass er den jungen Mann in ihm erkannte, der er gewesen sein musste, als Fahlberg ihm von seiner Entdeckung eines Süßstoffes vorgeschwärmt hatte. Begeisterungsfähig bis in die Haarspitzen. »Wollen Sie uns begleiten, Frau Raimund? Sie werden es nicht bereuen.« Damit war er schon draußen, und August blieb nichts anderes übrig, als Frau

Raimund in den Mantel zu helfen und in seinen zu schlüpfen. Der Morgen nahm eine unerwartete Wendung. Obwohl er solchen Überraschungen für gewöhnlich nichts abgewinnen konnte, war er doch gespannt, was List ihnen zeigen würde. Sein Enthusiasmus war ansteckend.

Sie verließen das Laboratorium. Auf dem Bürgersteig vor dem Gebäude begegneten ihnen die letzten zur Arbeit erscheinenden Chemiker, lüpften die Hüte oder deuteten mit einem kurzen »Herr Direktor« eine Verbeugung an. Vor Moritz List, der größer als die beiden anderen war und lange Schritte machte, bückten sie sich aber fast noch tiefer. Er schlug den Weg zu den Produktionshallen ein, über ihnen bliesen die Schornsteine Wasserdampf in den grauen Oktoberhimmel der Börde. Mehrmals bog List ab, und langsam ahnte August, dass er den Platz hinter dem Lager ansteuerte. Der ältere Chemiker nutzte die Strecke zu einer inoffiziellen Werksführung. Er wies mal hierhin, mal dorthin, streute Erklärungen über die Herstellung von Saccharin ein. Endlich erreichten sie ihr Ziel. Wie vermutet hatte er sie zu den Hallen gebracht, in denen man den verpackten Süßstoff verlud. Ein Lastkraftwagen parkte vor einer der geöffneten Türen. Der Fahrer wartete allerdings nicht auf neue Ware zum Abtransport. Die Pritsche wurde entladen, wie August irritiert erkannte. Ein Arbeiter in der typischen Werkskluft reichte einem zweiten eine der vielen Kisten hinab. List winkte den Mann zu sich und wies ihn an, das Tuch von der anzuheben, die er gerade trug. Dabei grinste er wie ein Großonkel, der sich am Weihnachtsabend über die erstaunten Gesichter seiner Enkelkinder freute. Er forderte Frau Raimund mit einem Nicken auf, sich den Inhalt zu besehen. Auch August beugte sich vor.

»Kerzen?«, fragte die Reporterin. In ihrer Stimme lag die Verwunderung. August spürte Ärger in sich aufsteigen. Worauf wollte List hinaus? Er hatte keine Zeit für Ratespiele.

»Geweihte Altarkerzen«, konkretisierte Moritz List ungerührt, als wäre es das Normalste der Welt, sich an einem Ar-
beitstag eine Lieferung anzusehen, die offenbar an den falschen
Adressaten gegangen war. Sein Lächeln löste einen Widerstand
in August aus. Der Termin und Moritz' Einmischung hatten
ihn lange genug aufgehalten.

»Gedenkt die *Saccharin-Fabrik AG* umzusatteln?«, kam Frau
Raimund seiner Frage zuvor, was das Ganze sollte, und ahnte
vermutlich nicht, dass sie August damit ins Schwitzen brachte.
Allerdings hatten seine eigenen Vorstellungen von Veränderung
sicher nichts mit Kerzen zu tun. »Ich wusste nicht, dass dieser
Markt für ein Unternehmen wie Ihres rentabel ist.«

List lachte herzhaft. Ihn schien die Sache zu amüsieren. Er
hob eine der Kerzen heraus und schickte den Arbeiter mit dem
Rest weiter. Er hielt den Wachsstab ausgestreckt von sich. »Saccharin.«

Eine Ahnung breitete sich in August aus. Er betrachtete
den Stumpen eingehend. Keine Anzeichen einer Manipulation.
Und dennoch …

»Ausgehöhlt?«, fragte er. »Wie viele Päckchen befinden sich
im Inneren?«

Jetzt schien auch der Reporterin ein Licht aufzugehen. Sie
beugte sich vor und pochte mit den Fingerknöcheln an die
Kerze. »Schmuggel?«

»Ja, die komplette Palette an Altarkerzen haben ausge-
fuchste österreichische Zöllner vor einigen Tagen konfisziert.
Eine Bande aus der Schweiz hat versucht, die Ware nicht über
das Deutsche Reich, sondern auf direktem Weg nach Österreich zu bringen. Dafür gibt es nur wenige leicht begehbare
Wege, also mussten sie sich etwas Besonderes einfallen lassen,
um die Grenzbeamten zu täuschen. Mit dieser Methode haben die Kerle sie mehrere Monate lang hinters Licht geführt.

Vor wenigen Tagen wurden die Grenzer aber doch misstrauisch und haben einen Chemiker zurate gezogen.«

August wusste, dass die Schmuggler im Deutschen Reich und in allen angrenzenden Ländern höchst erfinderisch waren, um das Saccharin in der Bevölkerung zu verteilen. Die Altarkerze weckte sein Interesse. »Sie ist nicht hohl?« Er ließ sie sich geben und unterzog sie einer eingehenden Untersuchung.

»Man sieht keine Linie, keine Bruchstelle.« Frau Raimund rückte dicht an ihn.

August schüttelte den Kopf. »Man könnte sie zersägen, aushöhlen und das Wachs an der Außenseite nach dem Befüllen erhitzen. Es würde zerlaufen und den Schnitt verdecken.«

»Ah!«, meldete sich Moritz List zu Wort. Ein Glucksen verriet den Spaß, den er mit ihnen hatte. »Das Wachs schmelzen also, August. Aber wieso nur außen herum? Und warum sollte die Gendarmerie einen Chemiker brauchen, um dem Schmuggel auf die Schliche zu kommen?«

In Augusts Kopf arbeitete es. Langsam begriff er – und stimmte in Lists Lachen ein. Das war genial! »Die Bande muss über profunde Kenntnisse in der Säure-Basen-Theorie verfügen.«

Frau Raimund schaute zwischen den beiden Chemikern hin und her. »Ich bitte um Aufklärung.«

August genoss den Moment, die gut vorbereitete Frau unwissend zu erleben. »Die Bande hat das Saccharin aufgelöst! Ether, vermute ich?«

Moritz bestätigte das. »Die entstandene Lösung haben sie in das geschmolzene Wachs eingerührt. Aus dieser Schmelze haben sie die Altarkerzen gegossen. Sie haben sie sogar im Kloster Einsiedeln segnen lassen, wie die Ermittlungen inzwischen ergeben haben! Kann man sich eine solche Dreistigkeit vorstellen? Derart gesegnet brachten sie die Kerzen über die Grenze bis nach Wien.« Etwas in Lists Gesicht deutete an, dass die Geschichte damit noch nicht zu Ende war.

Die Reporterin schien sämtliche Ansätze zu ihrem Artikel über Bord zu werfen. Sie zückte den Notizblock, den sie beim Verlassen des Büros zurück in die Handtasche gesteckt hatte, und notierte mit kratzendem Stift.»In Ether aufgelöst. Und weiter?«

»Die Gauner haben in Wien eigens eine Devotionalienhandlung eröffnet, an die sie die Ware unverdächtig anliefern können!«, platzte es aus List heraus.»In deren Keller haben sie die Kerzen eingeschmolzen.«

»Und damit das Saccharin zurückgewonnen«, schloss die Reporterin, eindeutig beeindruckt von einem solchen Einfallsreichtum.

»Nicht sofort«, warf August ein und zupfte an einem Ende seines Schnauzbartes.»Das Saccharin war ja in Ether gelöst.« Er überlegte kurz, wandte sich fragend Moritz zu.»Sie benutzten wahrscheinlich verdünnte Natronlauge für den umgekehrten Prozess?«

»Exakt.«

»Damit überführten sie das Saccharin quantitativ ins Natriumsalz und lösten es in der wässrigen Phase. Das oben schwimmende Wachs schöpften sie ab ...«

»... und konnten es ohne Verluste für den nächsten Coup einsetzen!«, fügte der ältere Chemiker hinzu, als wäre er selbst auf die Idee gekommen und entsprechend stolz darauf.»Sie mussten also nur einmal in Wachs investieren und schufen einen perfekten Kreislauf.«

August interessierte der chemische Vorgang weit mehr, und er fuhr fort:»Durch Zugabe von Salzsäure konnten sie das Saccharin aus der wässrigen Phase ausfällen.« Er wiegte die Kerze in der Hand.»Wirklich ausgeklügelt.«

Frau Raimund schrieb eifrig mit, sah dann auf.»Ich habe

nur die Hälfte von dem begriffen, was sie gesagt haben, meine Herren, und unsere Leserschaft würden die wissenschaftlichen Details sowieso nur verwirren. Aber die Idee hinter dem Schmuggel lässt sich auch verständlicher darstellen. Was halten Sie davon? *Mit Gottes Segen.* Oder nein, besser: *Mit Gottes süßem Segen.* Ich habe, was ich brauche.« Sie steckte das Notizbuch weg, betrachtete kopfschüttelnd die Kerze in Augusts Hand und lächelte. »Und Sie profitieren ebenfalls, nicht wahr?«

»Von Ihrem Artikel?«, fragte August und warf List einen Blick zu. Auch der schien nicht zu verstehen.

»Von den Kerzen! Für Sie dürfte es kein Problem sein, den Vorgang hier nachzuahmen. Der Zoll hat Ihnen Saccharin gebracht, das Sie schon in die Schweiz geliefert haben und das auf unrechtem Weg über Österreich zurück nach Deutschland gelangte. Sie können es ein zweites Mal veräußern. Damit schlagen Sie der alten Kaufmannsweisheit ein Schnippchen, dass eine Ware nur einmal verkauft werden kann. Ein zusätzliches Geschäft in prekären Zeiten.«

August wurde wachsam. War sie auf eine Bestätigung aus, die sie in ihrem Blatt bringen konnte, um ein schlechtes Licht auf sie zu werfen? Moritz List schien ähnliche Bedenken zu haben und wollte das Gespräch nicht derart beenden. Er winkte ab. »Eine solche Sicherstellung und Rückführung kommt selten vor, Frau Raimund. Die Banden sind den Zöllnern oft mehrere Schritte voraus. Einen wirklichen Nutzen haben wir dadurch nicht. Nein, wir setzen weiter darauf, dass die Abgeordneten im Reichstag irgendwann zur Vernunft kommen und Saccharin jedermann frei zugänglich machen. Dann hat sich der Schmuggel auch rasch erledigt. Und bis es so weit ist, hält uns der Export über Wasser. Wir sind dankbar, die Vereinigten Staaten als zuverlässigen Abnehmer zu haben. Solange sich daran nichts ändert, kann uns nichts passieren.«

8

Zur selben Zeit in West Lafayette (USA)

»Vor wenigen Jahren mussten Zusätze in Nahrungsmitteln weder getestet noch gekennzeichnet werden. Man wusste nie, was man trank oder aß. Also habe ich mir fünftausend Dollar von der Regierung geben lassen, habe einen Koch eingestellt und ein Dutzend Freiwillige angeheuert, denen ich kostenloses Essen versprach. Wir setzten sie exakt den Stoffen aus, die wir in gängigen Lebensmitteln fanden, erhöhten nach und nach die Dosis und hörten erst damit auf, als die Probanden zu krank wurden. Bauchschmerzen, Appetitlosigkeit, später Konzentrationsschwierigkeiten, bis hin zur Arbeitsunfähigkeit.« Harvey W. Wiley gönnte sich eine Pause und ließ den Blick über die Studenten im Hörsaal der *Purdue University* gleiten. Hatte er ihre Aufmerksamkeit? Er hatte sich genau überlegt, für welches Thema er die angehenden Chemiker an diesem Vormittag begeistern würde. Es war wichtig, auch zukünftig Mitstreiter in seiner Sache zu finden, der Reinhaltung von Lebensmitteln. Schließlich galt er als geistiger Vater und heftigster Verfechter des amerikanischen Verbraucherschutzgesetzes *Pure Food and Drug Act*. Er hegte keine großen Hoffnungen. Von den Rängen musterten ihn die jungen Leute nur halbwegs interessiert. Sie hatten sicher einen prominenteren Redner erwartet als den Leiter des *Bureau of Chemistry* im Landwirtschaftsministerium. Jemanden, der echte Pionierarbeit leistete. Einen Entdecker, einen von denen, die oft genug verblendet waren von den Möglichkeiten der modernen Chemie, einen, der alles Maß verlor und kaum noch die Folgen seines Tuns für Mensch und Tier bedachte. Der im Sinne des blinden Fortschritts die Schäden billigend in Kauf nahm. Natürlich widmete man sein Leben nicht der Chemie ohne das Ideal, Bedeutungsvolles zu leisten. Aber es gab Wege, die man beschreiten, und Wege, die man meiden sollte. Wiley war der Einladung nach Indiana an seine alte Wirkungsstätte gefolgt, um der nächsten Generation den richtigen zu weisen.

Selbstredend waren nicht nur Studenten zugegen. An der Universität wurde die Eröffnung der Schule für Chemieingenieurwesen gefeiert. Ein solcher Anlass brauchte einen angemessenen Rahmen. Der Dekan saß mitsamt Gattin in der ersten Reihe, daneben hatten sich Professoren und Dozenten anderer Fakultäten aufgereiht. Einige kannte Wiley von früher, noch von vor seiner Zeit, die er am Kaiserlichen Gesundheitsamt in Deutschland verbracht hatte. Viele Jahre war er schon für die gute Sache unterwegs, sie waren nicht spurlos an ihm vorbeigegangen. Mit siebenundsechzig sollte er allmählich an den Abschied vom Berufsleben denken, wie er seine Mitarbeiter im Ministerium hinter vorgehaltener Hand tuscheln hörte. Jüngere scharrten mit den Hufen und brachten sich in Position, seine Nachfolge anzutreten. Aber Wiley war längst noch nicht fertig mit seiner Mission, wollte vom Ruhestand nichts wissen, vielleicht auch, weil man sich mit einer dreiunddreißigjährigen Frau wie seiner Anne um Jahrzehnte jünger fühlte. Erst im Februar hatten sie geheiratet, und das späte Glück belebte ihn zusätzlich. Anne und er teilten den Enthusiasmus, die Dinge zum Guten zu verändern. Er in der Chemie, sie als Suffragette in der Frauenrechtsbewegung, die er voll und ganz unterstützte.

Er bedachte die jungen Leute einen nach dem anderen mit

stechendem Blick. Es konnte einem unwohl werden, wenn er einen derart anstarrte, hieß es. Wie ein Raubvogel, der ein Mäuschen erblickt hatte. »Weiß jemand von Ihnen, wie die Presse meine Versuchsreihe genannt hat?« Schweigen senkte sich über die Zuhörerschaft. »Niemand? Nicht den Hauch einer Ahnung? Sie?« Er deutete auf einen hochgewachsenen Studenten mit blondem Haar, der ihn herausfordernd ansah.

»Die Presse hat dieses Experiment mit menschlichen Probanden zur Erforschung von Zusatzstoffen in Lebensmitteln die *Poison Squad* genannt«, erklärte der Student, und kurz kam Getuschel auf.

Wiley hob die Stimme. »Nicht sehr freundlich, oder? Giftkommando, du liebe Zeit. Es war eine umstrittene Versuchsreihe, eine äußerst umstrittene, aber sie war notwendig. Die Industrie hat sich gegen meine Forschungsergebnisse zur Wehr gesetzt, indem sie anführte, sie verwendeten niemals so hohe Dosen wie ich in meinem Labor. Allerdings fanden wir auch heraus, dass bei den meisten Stoffen dieselben Symptome auftreten, wenn man eine geringe Dosis über einen längeren Zeitraum einnimmt. Sie reichern sich in den Körpern der Versuchspersonen an.« Er nickte dem Assistenten am Rand der Bühne zu, der ihm für heute zugeteilt war. Der nahm in seinem weißen Kittel nur eine Statistenrolle ein. Wichtiger war, was er auf einem mit einem Stück Stoff verdeckten Tablett auf den Tisch neben dem Pult trug.

Ohne weitere Vorwarnung griff Wiley das Tuch und zog es mit einem Ruck zur Seite. Er ließ es achtlos hinter sich zu Boden gleiten und deutete auf das, was darunter zum Vorschein kam. »Nun denn, wer von den Anwesenden hat Hunger?« Er registrierte befriedigt ein leises Aufstöhnen im Saal. »Sie sehen hier ein Frühstück, wie es Tag für Tag millionenfach in diesem Land verzehrt wird.« Er nahm die Milch und hob das Glas, als wolle er trinken. Im letzten Augenblick hielt er inne. »Verzeihen Sie, wie unhöflich. Wem kann ich etwas anbieten? Freiwillige?«

Er hatte damit gerechnet, dass er vom Podium steigen und durch die Reihen gehen musste, aber der blonde Student schien seine Rolle als Wileys Mitspieler im Publikum angenommen zu haben und reckte die Hand. Wiley nickte ihm zu. Er kam zu ihm auf die Bühne, nahm das Gefäß entgegen und trank einen großen Schluck. Er reichte Wiley das Glas zurück, wischte sich den Milchbart weg. Im Saal war es totenstill. Wiley kostete die Spannung aus. Selbstredend erwartete niemand, dass der Mann gleich umkippte. Dennoch hingen alle an Wileys Lippen.

»Herzlichen Glückwunsch!« Er klopfte dem Probanden auf den Rücken und forderte ihn mit einer Geste auf, wieder Platz zu nehmen. »Sie haben Ihrem Körper eine gesunde Portion Calcium und weitere wichtige Elemente zugeführt, die er braucht, um zu funktionieren und ausgezeichnete Leistungen an dieser hervorragenden Universität zu bringen. Es gibt kaum etwas Nahrhafteres als frische Milch.« Er hob das Getränk gegen das Licht und betrachtete es. »Vor der Unterzeichnung des *Pure Food and Drugs* durch Präsident Roosevelt hätten Sie darüber hinaus wahrscheinlich Formaldehyd zu sich genommen. Das ist die Substanz, mit der die Kollegen aus der medizinischen Abteilung Leichen oder Teile davon konservieren. Oder Gips, ein einstmals beliebtes Mittel, um einer mit Wasser gestreckten Milch die weiße Farbe zu erhalten. Oder haben Sie gern einen leicht gelblichen Schaum obenauf? Kein Problem, dafür gab die Industrie Ihnen kurzerhand einen Klecks püriertes Kalbshirn mit, ohne es Ihnen zu verraten.«

Ein erneutes Aufstöhnen. Wiley stellte das Glas ab, deutete auf einen der Teller. »Dosenbohnen.« Er nahm eine zwischen Zeigefinger und Daumen, hielt sie ins Licht – und steckte sie sich in den Mund. Während er überdeutlich kaute, erklärte er: »Vor der Verabschiedung des Gesetzes setzte die Industrie gern Kaliumsulfat zu, um das Grün zu intensivieren.« Er wies unbestimmt neben sich auf den Tisch. »So könnte ich Ihnen für jedes der hier stehenden Nahrungsmittel Beispiele nennen, wie man mit Ihrer Gesundheit gespielt hat. Wenn Sie also fragen, ob ich es bereue, die Personen des *Poison Squad* einem Risiko ausgesetzt zu haben, dann ist die Antwort darauf ein klares Nein! Die Probanden waren sich der Gefahr bewusst, auf die sie sich einließen. Ich halte sie für die tapfersten Menschen, mit denen ich arbeiten durfte. Ohne sie und das immense öffentliche Interesse, ja den Aufschrei, wäre in der Bevölkerung niemals angekommen, welche Giftmischungen uns zugemutet werden.«

Ein Student mit schwarzer Hornbrille meldete sich. Wiley erteilte ihm das Wort. »Was ist mit der Coca-Cola?«

Er hatte die Flasche nicht umsonst gut sichtbar weit vorn auf dem Tablett platziert. Bei den jungen Leuten war das Getränk beliebt, kein Wunder, dass sie ihnen ins Auge stach. Die Sache war in diesem Fall noch nicht abgeschlossen, letzten Endes würde sich Wiley mit seinem Ministerium aber durchsetzen. »Wie Sie wissen, hat das Unternehmen das namensgebende Kokain vor einigen Jahren durch Koffein ersetzt. Unserer Einschätzung nach übertreibt die Company es mit der Menge. Deutlich weniger wäre noch immer genug. Wir werden sie dazu bringen und damit Ihre Sicherheit gewährleisten, meine Herren. Und die Ihrer Kinder«, setzte er hinzu. »Ich weiß, Sie sind junge Männer und verschwenden keine Gedanken an ihre Nachfahren. Aber wer wird sich um die körperliche Unversehrtheit der nächsten und der übernächsten Generation kümmern? Ich? Solange ich lebe, ja, mit all meiner Kraft. Das verspreche ich Ihnen hoch und heilig! Doch nach mir braucht es Menschen wie Sie, die der Lebensmittelindustrie, wenn nötig, kräftig auf die Finger klopfen.«

Es gab weitere Stoffe, die ihm ein Dorn im Auge waren. Einer ganz besonders. Dieser wurde schon viel zu lange unbedacht eingesetzt. Im Deutschen Reich und den meisten europäischen Ländern war man da fortschrittlicher als in den Staaten, wieder einmal. Aber endlich hatte sich dank seiner Hartnäckigkeit eine Tür geöffnet, die den Anfang vom Ende bedeutete.

»Und das tun wir nicht allein«, führte er seine Rede zum Schluss. »Nächste Woche habe ich einen Termin beim Präsidenten, um über ein weiteres Verbot zu sprechen.«

Der Student mit der Brille hob erneut die Hand. Sein Blick flog verwirrt zum Dekan in der ersten Reihe. »Mit welchem Präsidenten, Mr Wiley?«

Er lächelte nachsichtig. »Dem der Vereinigten Staaten von Amerika, junger Mann.« Abermals breitete er die Arme aus. »Noch Fragen?«

Die meisten Hände gingen nach oben.

Eine Woche später öffnete ein Agent des Secret Service Wiley die Tür des Automobils, das der Präsident ihm geschickt hatte, und begleitete ihn in die Lobby des Weißen Hauses. Obwohl Wiley bereits einige Male hier gewesen war, reihte sich ein zweiter Aufpasser hinter ihnen ein, stets auf dem Sprung, einzugreifen, sollte der Besucher sich als Verrückter entpuppen. Der USSS war die einzige Behörde, deren Agenten in ziviler Kleidung eine Waffe tragen durften. Sie waren für den Schutz des Präsidenten und von dessen Familie zuständig. Entsprechend ernst führten die Männer Wiley durch die mit Teppichen ausgelegten Flure des unter William H. Taft neu gestalteten Westflügels.

Wiley hatte das Gebäude seit der Renovierung noch nicht

gesehen. Die Geschäftigkeit nahm zu. Räume öffneten sich im Sekundentakt, Laufburschen mit dicken Mappen unter den Armen eilten vorbei und lieferten ihre Fracht an anderer Stelle ab, Telefone schrillten, murmelnde Gespräche drangen auf den Flur und wurden von sich schließenden Türen abgeschnitten.

»Warten Sie hier.« Der Agent wies auf ein Sofa vor dem Büro des persönlichen Assistenten des Präsidenten, unweit des angeblichen Prunkstücks, das ein Architekt nach Tafts Vorstellungen entworfen hatte. Wie es hieß, hatte das ursprüngliche Arbeitszimmer im Hauptbau ihm das Gefühl gegeben, zu wenig in die Geschäfte seiner im Westflügel arbeitenden Mitarbeiter eingebunden zu sein. Also hatte er es hierher verlegen lassen. Taft hatte außerdem gleich nach seinem Amtsantritt den Fuhrpark des Weißen Hauses von Pferdekutschen auf motorisierte Fahrzeuge umstellen lassen. Seine fortschrittliche Denkweise fand beim Großteil der Bevölkerung Anklang. Wiley hoffte, dass der Präsident auch ihm mit seinen in die Zukunft gerichteten Vorschlägen, die Lebensmittelindustrie betreffend, keine Steine in den Weg legen würde.

Wenige Minuten später streckte Tafts Sekretär den Kopf aus der Tür, ein Mann von tadellosem Auftreten mit sorgsam gestutztem Bart und der Ausstrahlung eines Zeremonienmeisters vergangener Zeiten. »Der Präsident empfängt Sie jetzt, Mr Wiley.«

Wiley hatte nicht den Fehler begangen, es sich zu gemütlich zu machen. Das Polster war so weich, dass er unweigerlich eingesunken wäre. Er drückte sich vom Rand hoch und folgte dem Assistenten durch dessen Büro zu einer weiteren Tür. Der Sekretär öffnete sie, Wiley trat ein.

Der Raum war tatsächlich oval, wie man es sich erzählte. Darüber hinaus stach die Farbwahl ins Auge. Die Wände waren hellgrün verputzt, der Teppich in einem ähnlichen Ton. Die

162

weißen Ornamente um die in andere Zimmer führenden Türen und den offenen Kamin traten damit deutlich hervor. Ansonsten war das Büro schlicht gehalten, kein Prunkstück. Dies war ein Arbeitszimmer. Seine Lage im Herzen des Westflügels und die ovale Gestaltung signalisierten, dass hier alle Fäden zusammenliefen. Elektrifizierte Wand- und ein Deckenleuchter erhellten den Raum. Rechts und links des Kamins standen lederbezogene Stühle, auf zwei Sofas saßen mehrere Männer, die ihm entgegenblickten. Unwillkürlich knetete Wiley seine Finger, als er sie nach und nach identifizierte. Alles Vertreter bekannter Lebensmittelfirmen.

Er hätte gern allein mit dem Präsidenten gesprochen, aber Taft schien seinem Ruf gerecht zu werden, nichts dem Zufall zu überlassen. Er bereitete sich auf Treffen jedweder Art akribisch vor, hieß es.

»Mr Wiley«, begrüßte Taft ihn knapp und wies mit dem Kinn auf die Stühle. Wiley deutete eine Verbeugung an und setzte sich auf den linken. Der Präsident selbst behielt seinen Platz hinter dem Schreibtisch bei. Das mächtige Möbelstück verbarg kaum den Blick auf seine Leibesfülle. Man munkelte, das Staatsoberhaupt habe sich in sein privates Badezimmer eine extra breite Wanne einbauen lassen, nachdem er in der vorherigen stecken geblieben war. Ob das stimmte, wusste Wiley nicht, und er verbat sich jeden weiteren Gedanken über den Umfang des Mannes, der ihn gerade aufmerksam musterte.

Taft begrüßte alle Anwesenden. »Danke, dass Sie der Einladung gefolgt sind. Wir wollen heute über Saccharin reden. Für die einen eine Offenbarung, andere hingegen verdammen es und würden es am liebsten auf der Stelle verbieten lassen. Ich möchte diese unleidliche Diskussion beenden und mir dazu Ihre Ausführungen anhören. Mr Sherman, bitte.«

Wiley knetete die Hände, dass die Knochen weiß hervortraten, und hielt die Enttäuschung im Zaum, dass ausgerechnet dieser Mann als Erster das Wort ergreifen durfte. *Sherman & Brothers* war ein bekannter Maiskonservenhersteller aus New York und vom Einsatz des Süßstoffs überzeugt. Damit hielt der Kerl nicht hinter dem Berg: »Mr President, mein Unternehmen hat allein im letzten Jahr mehrere tausend Dollar eingespart, indem wir mit Saccharin anstelle von Zucker gesüßt haben.«

Selbstverständlich stand für einen wie ihn der Profit an erster Stelle. Wiley hatte andere Prioritäten, die besser früher als zu spät berücksichtigt werden sollten. »Jeder, der süße Maiskolben isst, wird betrogen! Er denkt, er nimmt Zucker zu sich, in Wahrheit ist es ein Produkt aus Steinkohlenteer, ohne Nährwert und extrem gesundheitsschädlich!«

Im Büro breitete sich ein frostiges Schweigen aus. Es kam einer Majestätsbeleidigung gleich, derart vorzupreschen. Das Protokoll verlangte, geduldig zu warten, bis der Präsident das Wort an einen persönlich richtete. Das zeigte auch die Miene des Sekretärs, der Wiley gegenüber Platz genommen hatte und den Verlauf des Treffens protokollierte.

Taft maß Wiley mit einem scharfen Blick. »Sie behaupten, dass Saccharin schädlich für die Gesundheit ist?«

Eine direkt an Wiley gerichtete Frage, also konnte er ohne Umschweife antworten. »Genau das, Mr President.«

»Wie erklären Sie sich dann, dass mein Arzt, ein ausgezeichneter Mediziner, es mir jeden Tag gibt?«

Wiley verbat sich erneut den Blick auf Tafts Leibesfülle. Dennoch musste er offen sein. »Er glaubt wahrscheinlich, dass Sie Diabetes bekommen könnten, und folgt den Studien, die nahezulegen scheinen, dass Saccharin dies verhindert. Ich bezweifele, dass diese Untersuchungen …«

»Es ist kompletter Unsinn zu behaupten, Saccharin sei schädlich für die Gesundheit!«, polterte Taft ohne Vorwarnung.

Wiley zuckte zusammen. Der Präsident hätte ihn ebenso gut gleich als Schwachsinnigen bezeichnen können! Shermans Lächeln spürte er fast als körperliche Qual. Derweil wandte Taft seine Aufmerksamkeit den Unterlagen auf dem Schreibtisch zu. Er sah nur kurz zu seinem Sekretär auf. »Danke, damit dürfte die Angelegenheit erledigt sein. Begleiten Sie die Herrschaften nach draußen.«

Dafür war Wiley einbestellt worden? Um innerhalb nicht einmal einer Minute eine Abfuhr zu kassieren? Himmel, er war zu stürmisch vorgegangen und hatte den Präsidenten verärgert! Aber wäre es anders verlaufen, wenn er sich zurückhaltender verhalten hätte? Wohl kaum. Sherman und die seinen standen bereits auf, knöpften sich die Jacketts zu, schüttelten sich zufrieden die Hände. Sie hatten sicher erstklassige Vorarbeit geleistet und das Staatsoberhaupt bearbeitet. Dabei reichte gesunder Menschenverstand, um zu erkennen, dass man Saccharin nicht reinen Gewissens und ohne weitergehende Untersuchungen einsetzen durfte.

»Mr Wiley?« Taft hatte noch einmal aufgeschaut und festgestellt, dass Wiley sich nicht rührte. »Das Gespräch ist beendet.«

»Mit Verlaub, Mr President.« Dünnes Eis. Wiley wusste, dass er nach einer weiteren Grenzüberschreitung vielleicht seinen Hut nehmen und sich aus dem Landwirtschaftsministerium verabschieden musste. Gestern erst hatte er mit Anne über diese Möglichkeit gesprochen. Natürlich nur theoretisch. Ihm lag das Angebot des Verlegers eines Frauenmagazins vor. *Good Housekeeping* setzte sich seit Jahren für gesunde und reine Lebensmittel ein. Wiley könnte die Testküche und das Versuchslabor übernehmen. »Sie begehen einen Fehler.«

Sherman und die anderen Vertreter der Lebensmittelindustrie wandten sich ihm konsterniert zu. Der Sekretär trat von der Tür zurück, die er bereits geöffnet hatte. Fragend blickte er den

Präsidenten an. Taft gab ihm mit einem Nicken zu verstehen, sie noch einmal zu schließen.

»Nur Dummköpfe begehen Fehler, Mr Wiley.«

Der drohende Unterton war nicht zu überhören. Eine Falle, die Wileys Schicksal besiegeln würde, falls er wie ein törichter Bär hineintappte. Er wägte seine Worte sorgfältig ab, ohne an Deutlichkeit zu verlieren: »Wenn mich nicht alles täuscht, sind weder die anwesenden Vertreter der Lebensmittelindustrie noch Sie Chemiker, Mr President. Ich dagegen bin es.«

»Aber sowohl die werten Herren als auch ich sind des Lesens mächtig«, erwiderte Taft ungerührt. »Wir kennen die Artikel, die in Fachzeitschriften über das Saccharin veröffentlicht wurden.«

Wiley kannte die Studien ebenfalls. Einige waren von hochgeschätzten Kollegen durchgeführt worden. Es hatte Versuche gegeben. Ohne jegliche Ausnahme stimmten alle ein Loblied auf diesen Stoff an, den Constantin Fahlberg in einem von Ira Remsen angeleiteten Experiment zufällig entdeckt hatte. Ira Remsen war Präsident der renommierten Johns-Hopkins-Universität und einer der berühmtesten Chemiker des Landes, der russischstämmige deutsche Wissenschaftler Fahlberg hatte nur wenige Monate in seinem Dienst gestanden und unter seiner Anleitung geforscht. Dass Fahlberg fähig gewesen war, sich das Saccharin allein auf die Fahnen zu schreiben und den immensen wirtschaftlichen Erfolg in den ersten Jahren einzuheimsen, ohne mit einer Silbe auf Ira Remsens Verdienste hinzuweisen, ließ ihn in einem trüben Licht erscheinen. Was mochte er sonst noch verschleiert haben, um seinen enormen Gewinn nicht zu gefährden? Dem galt es, auf den Grund zu gehen.

»Das bezweifle ich nicht, Mr President«, gab Wiley sich kleinmütig. »Aber ich kämpfe seit Jahren für die Gesundheit des amerikanischen Volks und gegen die profitorientierten Machenschaften der Industrie.«

»Wählen Sie Ihre Worte mit Bedacht«, merkte Sherman auf. »Haltlose Anschuldigungen haben schon manchen vor Gericht gebracht.«

»Drohen Sie mir?«, fuhr Wiley ihn an.

»Meine Herren!« Noch immer hockte der Präsident hinter seinem Schreibtisch, hatte sich nicht gerührt, doch seine Stimme füllte das Büro. »Mäßigen Sie sich! Wiley, worauf wollen Sie hinaus?«

»Mein Gespür als Wissenschaftler sagt mir, dass etwas mit dem Saccharin nicht stimmt.«

Zum ersten Mal lachte Taft. »Ich soll auf eine Eingebung vertrauen und einen Stoff verbieten, der unserer Industrie gewaltige Summen einspart?«

»Beinahe alle europäischen Staaten haben Saccharin verboten oder nur zur Abgabe auf Rezept in Apotheken zugelassen. Kommt Ihnen das nicht komisch vor?« Er sammelte sich, atmete durch. »Ich verlange nicht, dass Sie es sofort verbieten«, sagte er, obwohl ihm das am liebsten gewesen wäre. Aber er wusste, dass diese Schlacht verloren war. Jetzt galt es, den Krieg zu gewinnen.

Dessen schien sich Sherman ebenfalls bewusst zu sein und sprang auf die Äußerung an. »Sie hätten auch nicht das geringste Recht, etwas vom Präsidenten zu fordern!«

»Ebenso wenig wie Sie, Mr Sherman«, entgegnete Wiley und wandte sich erneut an Taft: »Ich möchte nur darauf drängen, die Entscheidung nicht von diesem Treffen abhängig zu machen, sondern der Wissenschaft das letzte Wort zu erteilen. Wenn ich mich täusche«, er zuckte die Achseln, »dann gut. Sollten Sie aber mit Ihrer Einschätzung falschliegen und Saccharin eine Gefährdung für die Gesundheit des amerikanischen Volks darstellen«, ging er in die Offensive, »müssten Sie sich möglicherweise fragen, wie sich das auf Ihre Wiederwahl im nächsten Jahr auswirken würde.«

Wiley schien einen Punkt getroffen zu haben, den Taft nicht bedacht hatte. Er schürzte die Lippen, legte endlich den Füllfederhalter beiseite, den er die ganze Zeit in der Hand gedreht hatte, und lehnte sich zurück. Er kniff die Augen zusammen. »Was schlagen Sie vor?«

»Eine Expertenkommission. Sie soll sämtliche Untersuchungen zum Saccharin überprüfen und beurteilen, ob ihnen zu trauen ist oder ob neue, eigene Versuche durchgeführt werden müssen.«

»Zu denen Sie sich bereiterklären würden, nehme ich an.«

»Die Labore meines Büros sind nach modernsten Gesichtspunkten ausgestattet, Mr President.«

Sherman räusperte sich übertrieben, aber anders als Wiley hatte er nicht die Chuzpe, das Wort ungefragt an den Präsidenten zu richten. Taft bedachte ihn mit einem kurzen Blick, dann wandte er sich noch einmal Wiley zu. »Wer sollte in einer solchen Kommission sitzen?«

Er verbarg den inneren Jubel. »Ich stelle Ihnen gern eine Liste mit geeigneten Kandidaten zusammen, Mr President. Einen Namen kann ich Ihnen aber schon nennen. Er sollte den Vorsitz übernehmen.«

»Und der wäre?«

»Ira Remsen, Mr President.«

Der mannshohe Standspiegel war eher Dekoration als wirklich nötig. Ira Remsens Blick ging an ihm vorbei durch das Fenster, während er mit geübten Griffen die Krawatte band. Der Campus der Johns-Hopkins-Universität in Baltimore lag im Oktober um diese Uhrzeit bereits im Dunkeln, Gaslaternen glichen gelben Klecksen auf einer schwarzen Leinwand. Um jeden hellen Fleck drängten sich Büsche, als wären sie herbeigehuscht und suchten das Licht, die beleuchteten Bereiche der

Wege wirkten wie voneinander abgeschnitten. Ähnlich verhielt es sich mit den Menschen, die unterwegs waren, alle gegen die herbstliche Kälte der Ostküste in dicke Mäntel gehüllt. Verließen sie die Lichtkegel, verschwanden sie. Dafür tauchten an anderer Stelle neue Schemen auf wie Gespenster aus der Vergangenheit.

»Was ist so lustig, Ira?«

Seine Frau Elisabeth musste sein Schmunzeln bemerkt haben. Rasch kontrollierte er den Sitz der Krawatte im Spiegel, schob sich die Nickelbrille auf der Nase nach oben und betrachtete sich nachsichtig. Ein alter Mann mit weißem Bart und Halbglatze, dem an einem Abend wie diesem alberne Gedanken kamen. Sein Verstand arbeitete immer noch messerscharf, nicht umsonst war er seit zehn Jahren Präsident der Hopkins und hatte das *American Chemistry Journal* in seiner dreißigjährigen Tätigkeit als Herausgeber zu einem der angesehensten Magazine der Chemie gemacht. Dennoch musste er sich eingestehen, dass er allmählich schrullig wurde.

»Ich habe Gedanken wie Ebenezer Scrooge, obwohl nicht einmal Dezember ist. Ich sinniere über Gespenster aus der Vergangenheit.«

»Dann vergisst du, dass der Geizhals auch Besuch von den Geistern der gegenwärtigen und zukünftigen Weihnacht erhielt und am Ende ein so wunderbarer Mensch wurde, wie du es bereits bist.« Sie reichte ihm den Frack.

Remsen schlüpfte hinein, nahm die silbernen Manschettenknöpfe mit dem Emblem der Universität von der Anrichte und steckte sie an. Auf einen Abend wie den heutigen konnte er verzichten. Wenig überraschend, dass ihm seltsame Dinge durch den Kopf spukten. Neu war die Melancholie, die ihn überfiel. Er küsste Elisabeth und betrachtete sie. Nach all den Jahren war sie noch immer eine Schönheit mit ihren ebenmäßigen

Zügen, und er dankte ihr von Herzen für ihre Liebe und Kameradschaft. Seine Pflichten nahmen ihn oft in Beschlag, genau wie der Drang eines Wissenschaftlers. Es war bestimmt nicht leicht, mit einem Mann wie ihm verheiratet zu sein. Dennoch hatte sie ihn mit dem größten Geschenk bedacht und ihm zwei Söhne geschenkt. Wahrscheinlich waren seine Jungen einer der Gründe, warum er an Leinwände und Dichtung, Vergangenes und Zukünftiges dachte. An verpasste Chancen.

»Schade, dass Rem nicht kommen kann«, sagte er, um einen Anflug von Bitterkeit abzuschütteln. Der Spitzname, den die Presse einem seiner Söhne gegeben hatte, ging ihm leicht über die Lippen. Ira Mallroy Remsen, der Maler und Dichter.

Elisabeth strich ihm mit einem letzten kritischen Blick über den Frack. »Das Studio in New York verlangt seine volle Aufmerksamkeit. Sagt er. Ich glaube eher, dass ihm die Scheidung noch nachhängt. Aber das gibt er natürlich nicht zu. Nun, er wird schon wieder einmal heimkommen. Bereit?«

Er schritt voraus, stieg die Treppe hinab, wo zwei Angestellte standen, um den eintreffenden Gästen Sektflöten zu reichen. Seine Augen streiften die silberne Platte mit der am Morgen eingetroffenen Post auf der Kommode. Der halb verdeckte Stempel auf einem edel wirkenden Umschlag erregte seine Aufmerksamkeit, doch bevor er ihn zuordnen konnte, traf Harmon Northop Morse ein, sein ältester Mitstreiter an der Hopkins. Remsen schätzte ihn für seine unaufgeregte Art. Vor drei Jahren hatte er ihn zum Direktor der chemischen Fakultät ernannt. Er war in Begleitung seiner zweiten Ehefrau, einer lebhaften Person mit Stupsnase und Sommersprossen, mit der die Remsens schnell Freundschaft geschlossen hatten. Er küsste sie links und rechts neben die Wangen, dann schüttelte er Morse die Hand. »Harmon, wie schön, dass du es einrichten konntest.«

»Hochzeiten und Beerdigungen.« Morse erwiderte den beherzten Druck als Zeichen ihrer langjährigen Verbundenheit. »Die Zeiten für Ersteres sind für unsereins wohl vorbei. Wir müssen uns damit abfinden, uns immer öfter bei Letzteren zu treffen.«

Elisabeth begrüßte Harmons Ehefrau ebenfalls mit Küsschen. »Was ist nur mit unseren Männern los?«, fragte sie lachend und zog sie in Richtung Wohnzimmer, wo der Empfang stattfinden sollte. »Zwei Griesgrame, die sich zum alten Eisen zählen. Wir halten am besten nach Jüngeren Ausschau.«

»Hochzeiten und Beerdigungen«, wiederholte Morses Frau die Worte ihres Mannes. »Beide Anlässe eignen sich hervorragend, um neue Bekanntschaften zu schließen, hörte ich. Kommen nicht auch einige ehemalige Studenten, die bei diesem Umtrunk auf Professor Brown anstoßen wollen? Männer in ihren besten Jahren?«

Sie ließen die kichernden Frauen ziehen. Sorgen machte sich Ira Remsen nicht wegen ihrer lockeren Sprüche. Sie hatten den verstorbenen Willbard Brown gemocht, und wenn dies ihre Art war, die Trauer über das Ableben des greisen, bereits vor etlichen Jahren Emeritierten zu überspielen, sollte es Remsen recht sein. Die Sticheleien brachten etwas jugendlich Leichtes mit sich. Vielleicht verlief der Abend doch nicht so düster, wie er befürchtet hatte, als er sich zu dem Umtrunk zu Ehren des Verstorbenen hatte überreden lassen.

Er bedeutete Harmon mit einer Geste, den Frauen zu folgen, blieb aber stehen, als der bei der Übergabe des Mantels an den Bediensteten innehielt.

»Ein Schreiben aus Washington?«, fragte er mit einem Nicken zu den Briefen. Richtig, jetzt erkannte Remsen den Adler. Irgendeine Regierungsstelle. Er streckte die Hand aus – und zog sie lachend zurück.

»Elisabeth würde mich köpfen, wenn ich jetzt meine dienstliche Korrespondenz erledige.«

»Um was geht es?« Morses Interesse war geweckt. Leider konnte Remsen ihm nicht helfen.

Er hob die Schultern. »Morgen werde ich es wissen. Aber nun ...« Er geleitete Harmon ins Wohnzimmer. Weitere Bedienstete standen bereit, reichten Sekt und Sherry, auf einer Seite des Raums war eine lange Tafel mit Häppchen aufgebaut. Schnell füllte er sich, Grüppchen fanden zusammen. Anfangs von Erinnerungen und Anekdoten über Browns Lehre und Forschung geprägt, wandelten sich die Gespräche bald in allgemeines Geplauder, wie Remsen befriedigt feststellte. Nur widerwillig unterbrach er sie für eine kurze Rede vor dem Kamin, in der er Browns Verdienste unterstrich und an deren Ende alle die Gläser hoben. Dann zog er sich mit Harmon in eine Ecke zurück, und wie immer, wenn sie zusammen waren, drehte sich ihre Unterhaltung bald um Morses aktuelle Forschungen. Ein paarmal kamen ihre Frauen vorbei, suchten aber gleich woanders Gesellschaft, als sie hörten, dass die Männer fachsimpelten.

Remsen erschrak beim Blick auf die Uhr, als die ersten Kollegen sich empfahlen. Wie schnell die Zeit verflogen war. Entgegen allen Vorbehalten hatte er Gefallen am Trubel in seinem Haus gefunden. Fast bedauerlich, dass die Veranstaltung sich schon dem Ende zuneigte. Trotz des traurigen Anlasses erfüllte ihn auf einmal Lebendigkeit. Nein, er war weder Scrooge noch altes Eisen, sondern steckte voller Energie, die Dinge anzugehen, die da kommen sollten.

Morse und seine Frau waren die Letzten, die sich zu fortgeschrittener Stunde verabschiedeten. Remsen geleitete sie mit Elisabeth zur Tür. Während sie auf die Mäntel warteten, vertieften sich die Frauen noch einmal in ihr Gespräch und Remsens Blick wanderte zur Kommode.

»Der Brief«, bemerkte Morse. »Gib es zu, du bist doch gespannt.« In seiner Stimme lag ein Hauch von Amüsement darüber, seinen Freund so gut zu kennen, dass er ihn durchschaute.

Remsen zog die Taschenuhr aus der Weste, betrachtete das Zifferblatt und hielt es Morse hin. »Kurz nach zwölf. Und damit das Morgen, von dem ich gestern gesprochen habe.«

»Der Logik kann man nicht entgehen.« Morses Zunge war etwas schwer vom Alkohol. »Also, Ira, worauf wartest du?«

Auf Elisabeths Einverständnis sicher nicht. Sie würde ihn nur zur Treppe schieben und nach oben ins Schlafgemach bugsieren, ohne zu verstehen, dass die Neugier, war sie einmal geweckt und von den aufmunternden Worten seines Freunds befeuert, keine Ruhe geben würde. Obwohl seine Knochen nach dem stundenlangen Stehen müde waren, fragte er sich, wer aus Washington was von ihm wollte. Er fischte den Brief aus dem Stapel und erkannte zu seiner Überraschung, dass er direkt aus dem Weißen Haus stammte. Ohne Zögern riss er ihn mit dem kleinen Finger auf.

Das Geräusch erregte die Aufmerksamkeit der beiden Frauen. »Ira, musst du wirklich jetzt noch …?«, setzte Elisabeth an, aber Remsen hob mit einem *Ssch* das Schreiben. Das hier war wichtig.

»Aus dem Büro des Präsidenten«, sagte Morse überrascht, als Remsen das zweifach geknickte Papier entfaltete und leicht drehte, damit sein Freund den Briefkopf sah. Die Frauen traten näher.

Unterdessen flog Remsens Blick über die handschriftlichen Zeilen bis zur Unterschrift. »Von Taft persönlich.«

»Lies schon vor!« Selbst Elisabeth konnte die Aufregung nicht mehr unterdrücken. Remsen spürte ihre Hand an seinem Unterarm.

»Sehr geehrter Mr Remsen«, kam er der Aufforderung nach, las das Schreiben schweigend, gab dann nur das Wichtigste von sich, bis der Präsident auf den Punkt kam. »… deshalb auf Anraten des Leiters des *Bureau of Chemistry*, Harvey W. Wiley, eine Expertenkommission einsetzen und hoffen, Sie als Vorsitzenden dafür zu gewinnen. Uns liegt daran, ein abschließendes Urteil zu treffen.«

»Urteil worüber?«, meldete Morses Gattin sich zu Wort. Anders als die Remsens und auch Morse war sie nicht im Bilde.

Remsen ließ das Schreiben sinken. »Ob die weitere Einfuhr von Saccharin aus der von Constantin Fahlberg gegründeten Fabrik gestoppt und verboten werden soll.«

In welchen Zwiespalt Wiley und Taft ihn damit stürzten! Mitfühlend strich Elisabeth ihm über den Arm. »Wie du dich auch entscheidest, ich stehe hinter dir. Aber ich würde dir raten, das Gesuch abzulehnen. Lass dich nicht darauf ein.«

Ein kluger Rat, zweifellos, und gemeinhin konnte er sich blind auf ihre Einschätzung verlassen. Aber hier lag die Sache anders. Er hob den Brief, der ihm auf einmal schwerer erschien, als ein einzelnes Blatt sein konnte. Beinahe wie ein ganzes Leben. »Das kommt nicht aus irgendeinem Vorzimmer. Der Präsident höchstpersönlich bittet darum. Das lehnt man nicht ab.«

Morse fuhr auf. »Weiß Wiley denn nicht, wie übel Fahlberg dir mitgespielt hat?«

»Was denkst du, weshalb er mich vorgeschlagen hat?«, erwiderte Remsen matt und ahnte, dass er jetzt, da er den Inhalt des Briefs kannte, erst recht nicht gut schlafen konnte. »Er weiß es nicht nur, er sieht vor allem die Möglichkeit, die er mir eröffnet. Fahlberg ist tot. Damit hätte ich in dieser Angelegenheit das letzte Wort. Und an das wird sich die Nachwelt erinnern.«

9

Ende Oktober 1911, Buchel, Schweiz

Helena öffnete die Tür des Fachwerkhauses und schob den Kinderwagen vorsichtig über die beiden Stufen auf den Bürgersteig. Hinter ihr rief Liesel: »Komm diesmal nicht wieder zu spät! Wenn Felina dir beim Spazierengehen einschläft, macht sie nachher keinen Mittagsschlaf mehr. Du weißt, wie unleidlich sie dann ist!«

»Ich achte darauf«, gab Helena über die Schulter zurück und verkniff sich die Erwiderung, dass es auch beim letzten Mal, als sie eine Stunde zu spät ins Haus der Langzeils zurückgekehrt war, nicht ihre Schuld gewesen war. Liesel mochte annehmen, dass sie im Zusammensein mit Andrin die Zeit vergaß. Aber so trivial war es nicht.

Verstohlen schaute sie nach links und rechts. Drei Häuser weiter schloss die Wirtschafterin des Landarztes die Praxis auf, und eine Bäuerin schob auf einem Handwagen Kohlköpfe durch die Gassen. Mittwochs war Markttag in Buchel, Helena hatte eine Liste von Dingen mitbekommen, die gebraucht wurden. Eier, Bohnen, Mehl, Äpfel, Dosenmilch, Kaffee. Sie würde alles in dem Sisalnetz verstauen, das sie um die Griffe des unhandlichen Kinderwagens geschlungen hatte.

Sie lenkte den Wagen in Richtung Stadtmitte. Felina schüttelte teilnahmslos eine Rassel in der Hand. Ein Gurt sorgte dafür, dass sie nicht herausfiel. Sie war ein Sorgenkind, wie Helena inzwischen herausgefunden hatte. Sie konnte sich noch nicht drehen und nur wackelig das Köpfchen halten. Liesel und Martin wurden schier wahnsinnig deswegen. Es gab genügend andere Kinder in Buchel, mit denen man Felina vergleichen konnte, und es fiel nicht erfreulich für sie aus. Vielleicht trug das zu der Anspannung bei, die im Haus der Langzeils herrschte. Martin und Liesel stritten oft, Liesel war ständig übermüdet, weil sie die Schlafenszeit des Mädchens nicht nutzte, um selbst neue Kraft zu tanken. Stattdessen feudelte sie die Küche, wusch Wäsche oder kochte Birnen ein. Martin fand, sie kümmerte sich zu wenig um ihr Kind und überließ Helena zu viel.

Nein, bei den Langzeils herrschten keine Harmonie und Gelassenheit, aber die Stimmung dort war nicht der Grund, warum es sie mit aller Macht in die Heimat zog. Sie zählte die Tage, bis Martha und Benno zur Saccharin-Übergabe anreisen und sie zurück nach Polderfeld mitnehmen würden.

Durch die engen Gassen zwischen den malerischen Fachwerkhäusern, vorbei an der Kirche mit dem spitzen Turm und dem Gasthof *Zum weißen Schwan*, am Horizont das imponierende Alpenpanorama mit den deutlichen Umrissen des Säntis, führte Helenas Weg direkt auf den Marktplatz. Schon jetzt herrschte dichtes Gedränge. Erneut sah sie sich um, entdeckte Bekannte, viele Fremde. Nirgendwo ihn.

Sie steuerte mit dem Kinderwagen den Stand des Müllers Gryss an, dessen Sohn Peter aus einem Handwagen heraus abgepacktes Mehl und verschiedenes Korn verkaufte. Ein Zubrot, den Großteil ihrer Erzeugnisse lieferten sie säckeweise an die Bäckereien im Umkreis. Der Müllersohn machte eine theatralische Schau daraus, pries seine Ware an wie eine Delikatesse, obwohl es doch nur ein Grundnahrungsmittel war. Die Leute liebten seine übermütige Art, er brachte mit seinen lauten Reden alle zum Lachen, und gerne kaufte man bei ihm ein Pfund.

Helena mochte ihn mit seinem von einem zum anderen Ohr reichenden Grinsen, den blitzenden Murmelaugen und den zerzausten Haaren.

»Ah, schöne Fremde, welch Glanz an meiner Karre!«, begrüßte er sie, und Helena stimmte in sein Lachen ein. »Willst du mir nicht endlich deinen Namen verraten, damit ich weiß, von wem ich träume?«

Sie hatten sich erst dreimal auf dem Markt getroffen, die Schäkerei war völlig unverbindlich, fühlte sich aber natürlich an – und versüßte Helena den Tag, wo doch sonst alles grau in grau für sie verlief.

»Ich bin Helena, und jetzt gib mir ein Paket Mehl, bevor ich es woanders kaufe.« Sie strahlte ihn an.

»Die schöne Helena, ich habe es geahnt«, hauchte er übertrieben dramatisch.

Sie nahm ihm das Päckchen aus der Hand und zählte die Münzen passend ab.

»Bitte steig bald wieder aus dem Olymp zu uns herab!«, rief Peter ihr hinterher. Sie setzte den Weg fort, lachte, ohne sich umzudrehen, und spürte seinen Blick in ihrem Rücken. In der nächsten Sekunde fühlte sie eine Hand auf ihrem Schulterblatt. Sie fuhr herum. Andrin, die Lippen verkniffen, der spitze Adamsapfel hüpfte.

»Der gefällt dir wohl, der Müllerbursche, was?«

Helenas Herz schlug hart gegen ihre Brust, als wollte es sie sprengen. »Nein, nein, wo denkst du hin? Ich hab nur Mehl gekauft. Ich brauche noch ein paar Dinge, ich sollte ...«

»Du läufst auf dem Markt herum, wo dich alle begaffen können, statt in unseren Laden zu kommen. Sag ehrlich, was soll ich davon halten? Ich habe gedacht, du bist eine anständige junge Frau, aber du bist wohl doch drauf aus, dass die Männer dich anschauen, als wollten sie dich ausziehen.«

Helena schoss das Blut ins Gesicht. »Du spinnst ja, Andrin. Jeder besucht den Markt.«

Andrin fasste nach ihrem Ellbogen, drückte kräftig zu, während er sie aus dem Gedränge führte. »Komm mit, lass uns reden.«

Sie wollte nicht mehr reden, hatte es oft genug getan, aber geändert hatte sich nichts. Seit beinahe vier Wochen war sie in der Schweiz, und was sich anfangs paradiesisch angefühlt hatte, als Andrin und sie die ersten Küsse getauscht hatten, war innerhalb weniger Tage zu einem Albtraum geworden. Er ließ sie keinen Meter weit allein gehen, ständig wollte er wissen, wo sie war, sich vergewissern, dass sie ihn und keinen anderen liebte. Nein, er war nicht übergriffig in dem Sinne geworden, dass sie sich ihres Leibes hätte wehren müssen. Seine Zudringlichkeit griff viel tiefer. Als wollte er ihre Seele einkerkern.

So auch jetzt, da er sie an den Rand der Wiese brachte, an deren Ende sich grün bewaldete Hügel erhoben, dahinter immer höhere Berge mit weißen Kuppen. Er schob sie zu der Bank, wo sie bei ihren ersten Treffen Zärtlichkeiten ausgetauscht hatten. Er hatte sie geküsst und seine Hand war zu ihrem Busen gewandert, aber er hatte es angenommen, als sie ihn mit den Worten aufgehalten hatte, dass sie mehr Zeit brauchte.

»Ich werde nie etwas tun, was du nicht auch willst«, hatte er damals erwidert, und sie hatte ihm geglaubt. Nun tat er schon länger nicht mehr das, was sie wollte. Nach ihrer Vorstellung sollte er sie komplett in Ruhe lassen. Andrin war nicht der charmante junge Mann, in den sie sich auf der Hochzeitsfeier seines Bruders verliebt hatte.

Helena stellte den Kinderwagen so hin, dass Felina sie sehen konnte, drückte ihr wieder die Rassel in die Hand, die sie fallen gelassen hatte. Andrin legte den Arm um ihre Schultern, zog sie von dem Kind weg, zwang sie, ihn anzuschauen. Wie hatte sie ihn am Anfang attraktiv finden können? Wie blind war sie da gewesen! Seine Nase war lang und gebogen, die Augen schmal und verhangen, der Mund ein blasser Strich, die Haut gelblich.

Sie fühlte seine Hand auf ihrem Busen und schob sie weg. In seinen Pupillen blitzte es. »Es wäre dir wohl lieber, der Müller würde dich anfassen, wie?«

»Ich will gar nicht angefasst werden«, widersprach sie, rückte ein Stück ab. Er blieb mit hängenden Schultern an seinem Platz.

»Ich weiß nicht, was mit dir los ist. Du warst so ein verschmustes Kätzchen. Wir gehören doch zusammen, weißt du das nicht?« Er hob den Kopf, zwang ihr seinen Blick auf, die Augen auf einmal brennend. »Weißt du das nicht, Helena?«, wiederholte er mit einem scharfen Unterton.

Die plötzliche Furcht schnürte ihr die Kehle zu. Sie sah, dass er mit dem Kiefer mahlte, die Hände zu Fäusten ballte. Sie spürte seinen Jähzorn wie eine geschliffene Klinge an ihrer Haut. Sie durfte ihn nicht reizen, nicht in diesem Moment, wollte sie diese Begegnung heil überstehen.

»Das weiß ich doch«, flüsterte sie heiser. Hoffentlich bemerkte er das Zittern ihrer Finger nicht, als sie beruhigend seine Hand tätschelte.

»Ich habe mir immer eine Frau wie dich gewünscht, eine, die ich für mich allein habe. Keine, die mal nach dem Müller guckt oder gar mit Urs Ackermann herummacht.«

»Urs wer? Ich mache mit niemandem herum, Andrin, du kannst dich darauf verlassen.«

Er hob drohend einen Zeigefinger. »Besser ist das! Ich bin friedlich wie ein Lamm, aber wenn ich dich mit einem anderen erwische, drehe ich durch.«

Das glaubte sie ihm aufs Wort. Irgendetwas stimmte mit Andrin Brunner ganz und gar nicht, und sie hatte keine Idee, wie sie sich aus seiner Umklammerung befreien sollte, die ihr zusehends die Luft zum Atmen nahm – und die Lebenslust.

»Ich … ich muss heim zu den Langzeils. Felina darf nicht zu spät zum Mittagsschlaf hingelegt werden.«

»Aber du hast noch gar nicht eingekauft, du Dummerchen!« Er lachte, und wer sie beobachtete, mochte sie für ein sorgloses Paar halten. Er stand auf und ergriff ihre Hand. »Ich bringe dich in den Laden, suche dir alles zu einem guten Preis zusammen. Und auf komische Gedanken kommst du da auch nicht.«

Helena wäre lieber auf dem schnellsten Weg zurück ins Haus gegangen und hätte die Tür hinter sich zugeschlagen. Aber Andrin packte sie fest, und ja, sie brauchte die Einkäufe. Was sollte sie sonst Liesel erzählen, weshalb sie ihre Pflichten vergessen hatte? Alles war komplizierter hier, als Helena sich das ausgemalt hatte. Sie träumte nachts von ihrem Bett im Schinderhof, von Martha und Benno, von dem Teich mit den Enten und von Wastl, von ihrer Freundin Cilly. Auch von Onkel Max, der sich noch vor ihrer Abreise in die Schweiz für demnächst angekündigt hatte und sicher wieder mit einem Sack voller Geschichten aus Berlin anreiste. Dann würden sie alle in der gemütlichen Küche zusammensitzen. Hier war gar nichts behaglich. Das Haus der Langzeils war kalt, und wenn sie auf die Straße trat, stand immer zu befürchten, dass sie Andrin begegnete, der einfach nicht akzeptierte, dass sie ihn nicht mehr wollte.

Kurz darauf begrüßte sie Andrins Onkel Beat von hinter der Ladentheke, als sie mit Andrin das weitläufige Krämergeschäft betrat. Die Regale waren bis unter die Decke gefüllt mit Konserven, Paketen und Dosen. Der Onkel bediente eine ältere Frau und verabschiedete sie knapp, um sogleich mit ausgebreiteten Armen hinter der Kasse hervorzueilen und Helena an sich zu ziehen. Sie mochte seinen Geruch nach Maismehl nicht. Aber er hatte sie in ihr Herz geschlossen, seit sie gemeinsam nach Zürich gereist waren und sie sich von ihm die Stadt hatte zeigen lassen. Währenddessen hatte Andrin nicht nur die bestellten Waren für den Laden, sondern auch die Mengen an Saccharin auf dem Hänger verstaut, die Helenas Familie in Kürze in Empfang nehmen würde. Es war kein großer Umstand gewesen, dem alten Herrn ein bisschen Honig um den Bart zu streichen, und er genoss es, sich mit Helena an seinem Arm in der Stadt zu zeigen. Damals hatte sie schon ein leichtes Unbehagen gegenüber Andrin verspürt, zumal er sie nach dem Einkauf beiseitegenommen und gefragt hatte: »Dir gefallen wohl ältere Männer, wie? Lass dich von ihm ja nicht begrabschen!«

Helena war zusammengezuckt und hatte ihre Irritation mit einem Lachen überspielt. »Wo denkst du hin, Andrin? Dein Onkel könnte mein Großvater sein. Aber es war doch meine Aufgabe, ihn abzulenken, oder? Habe ich das nicht prima gemacht?« Sie hatte die Hände auf dem Rücken gekreuzt, mit den Hüften den Rock geschwungen und kokett zu ihm aufgeschaut.

»Lass das, du führst dich auf wie eine Hure!«

Das Wort war ein Schlag ins Gesicht gewesen. Ebenso gut hätte er sie ohrfeigen können. Ernüchtert war Helena an jenem Tag zu den Langzeils zurückgekehrt und hatte sich zum ersten Mal gefragt, ob es richtig war, was sie hier tat. Ihre Verliebtheit war so plötzlich abgekühlt, wie sie aufgekommen war. An ihrer Stelle nistete sich eine Beklemmung in ihrer Brust ein. Die fühlte sie auch jetzt, als Andrin fragte: »Wollen wir uns am Abend wieder treffen? Ich habe später frei. Ich hole dich ab.«

»Martin und Liesel gehen aus, ich muss bei Felina bleiben.« Eine bessere Lüge fiel ihr nicht ein. Andrin nahm sie mit mahlendem Kiefer zur Kenntnis und ließ sie endlich ziehen.

Etliche Stunden später spähte sie oben aus ihrem Zimmer

in der ersten Etage nach unten auf die Straße. Da drüben an der Kirche, nur halb verborgen von der Tür, glaubte sie, einen Schatten zu sehen. Natürlich konnte sie sich täuschen, aber falls sie recht hatte, stand dort jemand und starrte zu ihr herauf, offenbar eisenhart entschlossen, alle Pflichten zu vernachlässigen, um sie zu überwachen.

»Noch ein Toter, der lieber auf der deutschen Seite begraben werden möchte?« Zöllner Rupert Vogel stemmte die Fäuste in die Hüften. Mit skeptischer Miene stand er vor dem Schlagbaum.

»Guter Mann, unser Service hat sich herumgesprochen!«, gab Loris vom Kutschbock rechts neben Helena fröhlich zurück. »Man kann sich darauf verlassen, dass wir pietätvoll mit den Verstorbenen umgehen, sie in die Särge umbetten, die die Verwandten bereitgestellt haben, und in der Kapelle aufbahren. Diesmal ist es ein lieber Bekannter unserer deutschen Freundin hier, Fräulein Schinder. Sie ist außer sich und hat darauf bestanden, dass der Verunglückte in seine Heimat gebracht wird.«

Helena tupfte sich, wie abgesprochen, die Augen mit einem Tuch und schnäuzte sich geräuschvoll. Die Anspannung schmerzte in ihren Muskeln, und von links spürte sie Andrins Zittern. Loris hingegen war die Ruhe selbst. »Sie möchten vielleicht abermals einen Blick hineinwerfen?«, erkundigte er sich, und Helena bekam fast einen Herzschlag. Wie dreist er war! Aber er schien zu wissen, was er tat.

Rupert hob abwehrend beide Hände, trat einen Schritt zurück. Für wenige Sekunden stand blankes Entsetzen in seinen Zügen. Dann hatte er sich wieder in der Gewalt, seine hochmütige Miene kehrte zurück. Er hob den Schlagbaum und winkte sie durch. »Ab mit euch.«

Loris ließ die Zügel schnalzen, die beiden Wallache zockelten los, holpernd kam die Kutsche in Bewegung. Loris hob noch eine Hand in Richtung des Zöllners. »Gott zum Gruße!« Andrin starrte geradeaus, Helena schnäuzte sich ein weiteres Mal. Loris hatte ihr auf der Fahrt zur Grenze erzählt, wie sie auf die Idee gekommen waren, sich einen Sarg zimmern zu lassen, in dem sie das Saccharin in gewaltigen Mengen außer Landes bringen konnten. Ähnlich hatte es auch Martha damals berichtet. Vor zwei Jahren hatten die Brüder tatsächlich eine Leiche über die Grenze gebracht, Rupert Vogel hatte ihnen das nicht abgenommen und die Holzkiste öffnen lassen. Der Gestank nach Fäulnis hatte ihn fast umgeworfen, als sie nur den oberen Teil des Sarges angehoben hatten, und die Brunners hatten mit ihrem Saccharin, das sie zwischen den Beinen des Verstorbenen gelagert hatten, passieren können.

»Jetzt sind wir zum fünften Mal mit der Kiste durchgekommen«, sagte Loris nun, als er den Weg Richtung Englingen einschlug, wo Martha und Benno auf sie warteten. Helenas Herz klopfte schneller bei dem Gedanken.

»Und damit das letzte Mal«, zischte Andrin. »Er wird misstrauisch, sag ich dir.«

»Was bist du für ein Hasenfuß, Andrin! Die Sache ist längst nicht ausgereizt.«

Hasenfuß. So konnten die Meinungen über Menschen auseinandergehen. Andrin als ängstlich zu bezeichnen würde Helena nicht im Traum einfallen. Für sie war seine gesamte Erscheinung bedrohlich. Alles an ihm versetzte sie in Furcht, selbst wenn er nur zitterte.

Die letzten Tage in Buchel waren die Hölle gewesen. Sie hatte nicht vermeiden können, dass sie mit Felina Spaziergänge unternehmen musste. Stets waren nur wenige Minuten vergangen, bis sich Andrin an ihre Fersen heftete wie ein Leibwächter, misstrauisch in alle Richtungen blickend, damit sich ihr bloß keiner näherte. Zur Begrüßung und zum Abschied küsste er sie immer auf die Wange, ein harter, liebloser Kuss, fast wie ein Brandzeichen, das er ihr setzte, um sie als sein Eigentum zu markieren. Zwischendurch legte er den Arm um ihre Schultern, ein Griff wie von einer Eisenzwinge, oder nahm ihre Hand und drückte, bis ihre Knochen knackten.

Helena hatte sich in ihrem Leben niemals hilfloser gefühlt. Wäre ihr ein solcher Kerl in Polderfeld begegnet, hätte sie sich wehren und dann in den sicheren Hafen ihres Elternhauses laufen können. Dort warteten Menschen auf sie, die sie beschützen würden. Hier war sie in einem anderen Land unter Leuten, die ihr fremd waren und die – wie die Langzeils – zu beschäftigt mit sich selbst waren, als dass Helena ihren Kummer mit ihnen teilen konnte. So war ihr nur geblieben, Andrin zu ertragen und ihre Rückreise nach Polderfeld herbeizusehnen. Jeden Abend stand er unten an der Kirche und starrte zu ihr hinauf. In den Nächten zog sie sich wie ein Kind die Decke über den Kopf, als böte das irgendeinen Schutz, und weinte sich in den Schlaf.

Gestern, an ihrem letzten Tag, hatte Andrin sie wieder zur Wiesenbank geführt. Dort war er unvermittelt in Tränen ausgebrochen. Rotz und Wasser hatte er geheult. Stocksteif hatte Helena neben ihm gesessen, die gefalteten Hände zwischen den Knien.

»Ich kann nicht ertragen, dass du mich verlässt!«, hatte er gejammert, sie an den Schultern gepackt und geschüttelt. Sie hatte sich gefühlt wie eine leblose Puppe. »Bitte, bleib bei mir! Lass mich nicht allein zurück!« Doch sein Jammern war in Sekundenschnelle zu einer weiteren Drohung geworden. »Oder liebst du einen anderen mehr als mich? Das darf nicht sein, Helena, das weißt du!«

»Ich liebe keinen.« In ihrem Kopf herrschten Dunkelheit und Leere, ihre eigene Stimme hallte darin. »Aber ich werde auf dem Hof gebraucht. Ich führe die Bücher, das habe ich dir erzählt. Das schaffen Martha und Benno nicht.«

»Dann komme ich bald nach!«

Helena wäre fast in Ohnmacht gefallen. Sie fing sich, schüttelte den Kopf. »Dein Onkel und dein Bruder zählen auf dich. Warte ab, bis ich zurückkehre, ja?« Dabei wusste sie, dass sie in diesem Leben keinen Fuß mehr über die Grenze setzen würde.

Und nun trennten sie nur wenige hundert Meter von Martha und Benno. Die Freude auf die Schwester und den Schwager nahm Helena fast den Atem. Zum ersten Mal seit vielen Tagen lächelte sie, als Loris die Peitsche knallen ließ, damit die Pferde in eine schnellere Gangart fielen.

Hinter der nächsten Straßenbiegung sah sie die Kapelle von Englingen. Auf dem Platz davor, verborgen von einer dichten Hecke, stand der Fuhrwagen der Schinders, berghoch mit Schränken und Kommoden beladen, in deren Fächern und Schubladen sie das Saccharin verstauen würden. Und da eilte Martha hinter dem Wagen hervor, angelockt vom Rattern der Kutsche und dem Hufgeklapper. Benno folgte ihr langsamer, die Hände in den Hosentaschen. Kaum hatte Loris das Gefährt zum Halten gebracht, sprang Helena hinab und flog Martha an den Hals. Sie drückte sie innig und wollte gar nicht mehr loslassen, legte ihre Nase in ihre Halsbeuge, atmete ihren Duft ein und spürte ihren weichen Körper von den Knien bis zu den Schultern. Vertraut, tröstlich. Sie rang die Tränen nieder, die ihr unvermittelt in die Augen stiegen.

»Ich bin unendlich froh, euch wiederzusehen«, brachte sie erstickt hervor, als Martha sich überrascht von ihr löste.

Martha lächelte Andrin an, der ebenfalls hinabgesprungen war. Dann tätschelte sie Helenas Wange. »Ihr Turteltäubchen habt euch doch bestimmt vor dem Abschied gefürchtet, nicht wahr? Ach, wie gut ich dich verstehen kann, Helena.«

Helena senkte den Blick, als Andrin hinter ihr lachte. Hörte Martha denn nicht, wie falsch es klang? Benno hatte Loris begrüßt, nun kam er zu Helena, um sie an sich zu ziehen. Er umfasste ihre Schultern, sah ihr forschend in die Augen, runzelte die Stirn. »Alles in Ordnung?«, fragte er leise.

Helena schluckte, wagte nicht zu antworten aus Angst, Andrin könnte es hören, weil er dicht bei ihnen stand. Sie blieb stumm, ließ sich von Benno ein paar Herzschläge lang halten und spürte Andrins Blick in ihrem Rücken wie einen Feuerstrahl.

»Helena und ich haben überlegt, wie schön es wäre, wenn sie noch ein bisschen bleiben könnte«, sagte er unvermittelt. Und ohne dass etwas in der Richtung je besprochen worden war! »Die Langzeils hätten bestimmt nichts dagegen, sie war ihnen eine echte Hilfe mit dem Kind.«

Helena fuhr zu ihm herum. »Ich habe dir gesagt, dass ich zu Hause gebraucht werde, ich ...«

Martha breitete die Arme aus. »Aber das klingt doch toll! Wenn du noch bleiben willst? Die Buchhaltung schaffen wir schon, vielleicht übernimmt Cilly einen Teil am Wochenende.«

Helena fixierte Martha mit ihrem Blick, schüttelte kaum merklich den Kopf, wollte am liebsten in ihre Gedanken eindringen. Es gelang ihr nicht. Aber wenn sie, mit Martha und Benno im Rücken, Andrin jetzt klarmachte, dass sie sich für immer von ihm trennte, wären die Geschäftsbeziehungen mit der Schweiz beendet. Wie sollte sie nur diplomatisch bleiben und sich dennoch aus Andrins Griff befreien?

Sie begannen, die Ware aus dem Sarg in die Möbel zu packen. Sie arbeiteten Hand in Hand, es ging zügig voran, doch als Helena und Benno links vom Fuhrwerk standen, die anderen rechts, nutzte sie blitzschnell die Chance. Sie klammerte sich an Bennos Oberarm. »Lass nicht zu, dass ich zurück in die

Schweiz reise! Sag, dass ich Aufgaben habe auf dem Schinderhof! Dass ihr mich braucht und unmöglich auf mich verzichten könnt! Es ist wichtig, Benno! Bitte!«

»Was ist passiert?«, zischte er. »Ich habe dir doch gleich angemerkt, dass du nicht glücklich bist.«

Sie sah ihn verschwommen, weil ihre Augen voller Tränen standen. »Andrin ist ein schrecklicher Mensch, er hat mich auf Schritt und Tritt verfolgt! Ich will nach Hause, Benno, so schnell wie möglich. Martha versteht das nicht, du musst mir helfen!«

Er nickte, und Erleichterung erfasste sie. Wie gut es tat, jemanden auf ihrer Seite zu wissen!

»Na, was ist nun, Schwesterchen?«, fragte Martha munter, nachdem sie das Saccharin umgeladen und bezahlt hatten und der Abschied von den Brunner-Brüdern bevorstand. »Willst du noch einmal zurück in euer kleines Paradies? Ich habe wirklich nichts dagegen. Ich freue mich, wenn ihr euch noch besser kennenlernt.«

Andrin war sofort bei Helena, nahm ihre Hände in seine. Fiel denn niemandem auf, wie hart er ihre Finger umklammerte? »Hörst du, deine Leute sehen es genau wie ich. Wir sollten uns nicht trennen, wo wir uns gerade erst gefunden haben.«

Benno trat heran, befreite mit einer ruppigen Bewegung Helena aus Andrins Griff. »Es bleibt, wie wir es besprochen haben. Sie begleitet uns nach Hause.« Helena fühlte seine Hand in ihrem Rücken, wie er sie zum Fuhrwagen lenkte und ihr hinaufhalf. Gleichzeitig hörte sie Andrins heftiges Atmen, dann seine zornigen Worte: »Fass sie nicht an, Meininger!« Es klang, als spräche ein Teufel aus ihm, und aller Aufmerksamkeit richtete sich auf ihn. Loris tätschelte beruhigend seine Schulter, Martha klappte der Mund auf vor Erstaunen. Mit drei Schritten war sie am Gefährt der Brunners, zog Helenas Reisegepäck von der Ladefläche und verstaute den Beutel hinter der Kutschbank ihres eigenen Fuhrwerks. Benno baute sich derweil vor Andrin auf. »Willst du mir drohen, Brunner?« Für wenige Sekunden standen sich die Männer gegenüber, ihre Nasen berührten sich fast, während sie sich in die Augen stierten. Schließlich zerrte Martha Benno weg, und Loris verpasste Andrin einen Schubs.

»Nichts für ungut«, sagte der ältere Brunner über die Schulter, als sie zu ihrem Wagen zurückkehrten. »Bis zum nächsten Mal!«

Helena fing Andrins Blick auf – er schaute zurück, die Zähne zusammengebissen. Sie fröstelte. Martha setzte sich links neben sie, rechts hielt Benno die Zügel und trieb die Pferde an. Helena hakte sich bei Schwester und Schwager unter, das Fuhrwerk rollte los.

»Was sollte die Zickerei?«, zischte Martha, löste sich von Helena, rückte ein Stück ab. »Ist es so schwer, mal ein bisschen nett zu sein, wenn es um wichtige Geschäftsbeziehungen geht?«

Je weiter sie Andrin hinter sich wusste, desto stärker trat Helenas Kampfgeist wieder zum Vorschein. Ihre innere Kraft kehrte zurück. Wie hatte dieser Mensch sie dermaßen einschüchtern können! Und nun versuchte Martha es auf ähnliche Art. Ihre eigene Schwester. Helena ließ die Wut kommen, das beste Gefühl seit vielen Wochen. »Bin ich für dich nichts anderes als eine Ware wie das verfluchte Saccharin?«, schrie sie.

»Jetzt werd mal nicht theatralisch! Du warst doch diejenige, die sich bis über beide Ohren in Andrin verknallt hat. Keiner konnte damit rechnen, dass es offenbar nur die Laune eines Backfisches war.«

»Ich bin nicht die Erste, die sich in der Liebe geirrt hat, oder etwa nicht?«, gab Helena bissig zurück. Martha sollte es nicht wagen, ihr Sprunghaftigkeit zu unterstellen. Sie selbst hatte sich vor drei Jahren mit Alexander Wallendorf eingelassen und es bitter bereut.

»Hört auf zu streiten«, bat Benno. »Martha, du hast mitbekommen, wie besitzergreifend sich Andrin verhält. Er ist nicht gut für Helena, das habe ich von Anfang an gedacht. Mit dem stimmt was nicht.« Er tippte sich an die Schläfe.

Ein Gefühl tiefer Dankbarkeit durchflutete Helena. Benno hatte die Wahrheit erkannt. Im Gegensatz zu Martha.

»Er war außer sich, ja. Vor Schmerz, Helena gehen zu lassen! So sind manche Männer eben, wenn sie frisch verliebt sind. Es ist nur ein Zeichen dafür, wie stark seine Gefühle sind. Hättest du ihm mehr Zeit gegeben, hätte sich das schon auf ein gesundes Maß eingependelt.«

»Ich pfeife auf solche Gefühle!«, spie Helena aus. »Ich konnte keinen Schritt tun, ohne seinen Atem im Nacken. Ich hasse diesen Mann! Ich hasse ihn wie nie einen zuvor!«

»Ich, ich, ich. Hast du mal an uns gedacht? Wir sind auf die Brunners angewiesen. So schnell findet man keine weiteren Lieferanten. Und wenn man dem allgemeinen Gerede in unseren Kreisen trauen darf, haben bereits andere Banden ihre Fühler nach ihnen ausgestreckt. Sie liefern gewaltige Mengen, sie arbeiten zuverlässig, machen vernünftige Preise. Das ist einiges wert, wenn man wie wir vom Schmuggel leben will.«

»Wollen wir das denn noch?«, warf Benno ein, ohne den Blick von der Straße zu nehmen.

Martha blitzte ihn an. »Wir führen das Erbe meines Vaters weiter, darüber gibt es keine Diskussionen. Und wir werden es gemeinsam mit den Brunners tun. Ob Helena mitspielt oder nicht. Ich richte mich nicht nach ihren Launen.«

Auf einmal fühlte Helena tiefe Erschöpfung. Als wäre es eine *Laune* gewesen, sich nachts in den Schlaf zu weinen, während Andrin von der Straße aus ihr Fenster im Blick behielt. »Es tut mir leid, dass du die Schuld bei mir siehst. Ich kann es nicht ändern. Ich werde mein Leben nicht dem Schmuggel

opfern, indem ich mich an einen Mann wie ihn binde. Ich …«
Ihre Stimme versagte, sie räusperte sich, als säßen die Worte
in ihrer Brust fest und sie müsste sie hinaustreiben. »Ich habe
Angst vor ihm.«

Eine Weile schwiegen sie, während das Rumpeln der Räder
in den Schlaglöchern sie durchschüttelte. Dann langte Martha
zu Helena und drückte kurz ihre Hand. »Du sollst dich vor
niemandem fürchten müssen. Aber versteh auch mich. Von
unserem Geschäft leben wir und andere aus dem Dorf, der
Flickschuster, Quirin … Sie alle sind auf die Einnahmen angewiesen. Wenn wir Glück haben, kriegt sich Andrin wieder ein,
vergisst dich, und der Handel zwischen uns läuft ohne Kom-
plikationen fort. Wenn wir Pech haben, bequatscht er seinen
Bruder und sie verkaufen das Zeug an andere.« Sie stierte geradeaus, wo sich jenseits der Weizenfelder ein Mischwald vor ihnen ausbreitete. »Am besten schreibe ich den beiden. Wie sehr
wir es bedauern, dass wir die Familien nicht zusammenführen
können. Dass ich hoffe, es ändert nichts an unseren langjährigen Geschäftsbeziehungen.«

»Schreib von mir aus diesen Brief, aber nicht in meinem Na-
men«, gab Helena zurück und verschränkte die Arme vor der
Brust. »Ich will Andrin Brunner nie im Leben wiedersehen.«
Wie groß die Erleichterung war, ihn mit jedem Meter, den die
Pferde zurücklegten, weiter hinter sich zu lassen.

»Und ich auch nicht in meinem«, fügte Benno hinzu. Helena drückte ihren Arm an seinen, während sie Marthas Ver-
ärgerung und Verbissenheit fast körperlich spürte. Sie mochte
sich gelassen geben und behaupten, alles im Griff zu haben.
Aber allein wollte sie in ihren Entscheidungen gewiss nicht sein.
Jeder brauchte Menschen, die zu einem hielten. Nach ihrem
Albtraum in Buchel wusste das keine besser als Helena. Nein,
die Sache war noch nicht ausgestanden.

10

Anfang November, Polderfeld

Es roch nach Laubhaufen und Pferdedung, nach frisch geba-
ckenem Brot und warmer Kuhmilch. Der Duft seiner Heimat
und an jeder Ecke Bekannte, die ihn grüßten und ihm einen
guten Tag wünschten. In Berlin kannte Max Arenburg nur
wenige Menschen außerhalb des Reichstags, in der Stadt legten sich die Abgase der Kraftfahrzeuge über alles, was behaglich riechen konnte. Nun gut, keiner hatte ihn gezwungen, als
Mann der SPD die niederbayerischen Interessen zu vertreten.
Er tat es gern und aus freien Stücken. Im Parlament konnte er
mit seiner Wortgewandtheit auftrumpfen, wann immer er für
die soziale Sache und gegen Ungerechtigkeiten kämpfte. Nicht
dass er als Einzelner viel bewirkte, aber es war besser, als sich
tatenlos regieren zu lassen.

Doch wie genoss er es, zurück in Polderfeld zu sein! Von
Deggendorf aus hatte ihn eine Droschke zu seinem Haus am
Ortsrand gebracht. Einmal die Woche sah dort die Frau des
Dorfschmieds nach dem Rechten, dennoch empfingen ihn aus-
gekühlte Räume und mit weißen Leinentüchern abgedeckte
Möbel. Kein Feuer im Kamin, keine Blumen auf dem Tisch,
keine aufgeschüttelten Kissen auf dem Sofa … Seinem Heim
merkte man an, dass er die meiste Zeit des Jahres woanders verbrachte. Hier fehlte die Seele. Aber er wusste, wo er sie fand.

Sein Stock klopfte auf dem Kopfsteinpflaster, als er den

Marktplatz in Polderfeld vorbei am Gasthaus, an der Kirche und am Pfarrhaus hinabschritt. Beim Spaziergang zum Schinderhof bewegte er die alten Knochen nach der langen Fahrt. Das Gehen strengte ihn zwar an mit seinem Klumpfuß, doch hieß es nicht, wer rastet, der rostet?

Vor etlichen Jahren war Barbara Schinder auf tragische Weise verunglückt, ihr Mann Korbinian war ihr im vergangenen Frühjahr gefolgt. Sein bester Freund, mit dem er ungezählte Flaschen Wein getrunken, über die Politik geschimpft, gesungen und gelacht hatte, bis ihnen Tränen gelaufen waren. Er vermisste ihn schmerzlich, aber mit seinen Töchtern, der ältesten und der jüngsten, blieb das Leben auf dem Schinderhof erhalten. Er hatte sich vorgenommen, in regelmäßigen Abständen nach den beiden zu sehen. Viel zu selten schaffte er es, umso mehr freute er sich heute darauf, mit den Schwestern und Benno in der Küche zusammenzusitzen.

Gwendolyn gehörte nicht mehr dazu. Die Zuckerbaronin. Sie war ihm immer die Liebste gewesen mit ihrem scharfen Verstand, ihrer Auffassungsgabe und ihrer Klasse. Ihre Entscheidung, eine Wallendorf zu werden, sah Max mit gemischten Gefühlen. Sie hatte ihrer Familie den Rücken gekehrt und sich der anderen Seite zugewandt – der falschen, wie die Schinders glaubten. Andererseits hielt er Gwendolyn nicht für eine illoyale Person, sie hatte schon immer mit den Schmugglergeschäften gehadert, und sie liebte diesen Alexander sehr. Sie war dem Ruf ihres Herzens gefolgt. Wer konnte sie dafür verurteilen?

Max zog den Hut, als Pfarrer Lindemann am Kirchportal den Arm zum Gruß hob, und erkundigte sich beim Wirt vom Dorfkrug nach dem Befinden, während der Weinfässer in die Schenke rollte. Bäuerin Agnes mit einem Korb voller Eier lächelte ihm entgegen. »Wie läuft es in Berlin? Schön, dich mal wieder hier zu haben!« Der Krämer Ludwig ratterte mit der Kutsche vorbei und winkte ihm zu. Auf den Weiden fraßen ein paar Kühe das letzte Gras, ein Hund bellte, und als er den Schinderhof erreichte, watschelte zutraulich der Gänserich auf ihn zu und schnatterte. »Na, Wastl, willst du mich ankündigen?« Max schlug den Weg zum Haus ein. Einige Hühner flatterten umher, aus dem Stall meldeten sich schnaubend die Pferde. Das Küchenfenster stand sperrangelweit offen. Ungewöhnlich. Um diese Jahreszeit warf man bereits die Öfen an. Die Temperaturen waren in den letzten Tagen rapide gesunken, morgens lag Raureif über den Feldern. In der nächsten Sekunde erklangen laute Stimmen. Max zuckte zusammen, als ein Bündel Kleidung auf den Hof flog. »Dann sieh doch zu, wo du schläfst! In meinem Bett ist auf jeden Fall kein Platz für dich!« Martha, schneidend wie noch nie.

»Ich wohne hier genau wie du!« Auch Benno klang erbost, aber weniger durchdringend.

»In meinem Elternhaus! Da hab ich wohl das Recht, dich jederzeit vor die Tür zu setzen! Geh mir aus den Augen!« Erneut flogen Hemden und Hosen aus dem Fenster.

Ein leidenschaftliches junges Paar, Streiten gehörte dazu. Das hier klang allerdings nach einer ernsthaften Auseinandersetzung, bei der mehr Porzellan zerbrach, als man jemals kitten konnte. Du lieber Himmel, nur das nicht! Martha besaß einen ausgeprägten Dickschädel und ein ungezügeltes Temperament, Benno jedoch vermochte stets mit seiner umsichtigen Art die Wogen zu glätten. Aber dieses Wortgefecht hörte sich nicht versöhnlich an.

Kurz überlegte Max, ob er umkehren sollte. War es nicht Angelegenheit der beiden, wenn sie sich stritten? Es stand ihm nicht zu, sich einzumischen. Möglicherweise musste er Partei ergreifen? Er versuchte, sich Korbinians Reaktion vorzustellen. Auch er hatte sich stets zurückgenommen. Doch er hätte ihn in diesem Fall um Rat und Schlichtung gebeten, da war sich Max sicher. Vielleicht beruhigten sich die Streithähne, wenn ein Unbeteiligter seine Meinung äußerte. Davon abgesehen könnte Helena zwischen die Fronten geraten.

Er zögerte nicht länger, pochte dreimal mit dem Knauf seines Stocks gegen die Eingangstür, bevor er sie öffnete und den schmalen Flur betrat. Der Duft nach Gemüsesuppe wehte ihm in die Nase, in der Küche standen der Topf und die Teller der drei. Offenbar war der Streit am Mittagstisch entbrannt. Max hatte zum Frühstück nur einen Kanten Schwarzbrot gegessen, ihm lief das Wasser im Mund zusammen. Aber seine Bedürfnisse stellte er erst einmal hintan.

Helena flog ihm entgegen, fiel ihm um den Hals. »Onkel Max! Wie schön! Wir haben dich lange nicht gesehen!« Sie hielt ihn inniger als sonst, und er spürte ihre ungewohnte Zerbrechlichkeit. Ob sie sich um ihre Schwester und Benno sorgte?

Max streichelte ihre Haare, in denen oft Wildblumen steckten. Heute hatte sie sich schmucklose Zöpfe geflochten, aber auch damit war sie eine Schönheit. Sie ähnelte der Mutter sehr.

»Onkel Max.« Martha küsste ihn kurz auf die Wange. »Es tut mir leid, der Zeitpunkt ist ungünstig. Wir haben ein paar … Meinungsverschiedenheiten.«

»Soll ich gehen?«

»Bestimmt nicht.« Benno fasste seinen Arm und führte ihn zum Tisch. Helena stellte einen Teller vor ihn, legte einen Löffel dazu. »Magst du Suppe?«

»Später vielleicht«, erwiderte Max, obwohl sein Magen knurrte. Doch erst einmal musste die Lage geklärt werden. Bei solcher Missstimmung konnte keiner daran denken, sich den Bauch vollzuschlagen. »Jetzt raus mit der Sprache, was ist los?«

Martha hantierte um den Ofen herum lautstark mit Töpfen und Kochlöffeln, Helena setzte sich Max gegenüber auf die

Bank. Benno lehnte sich an einen Holzpfosten, verschränkte die Arme vor der Brust. »Es gab Ärger mit den Saccharin-Lieferanten«, begann er mit einem vorsichtigen Blick auf Martha.

»Und warum?«, fuhr sie augenblicklich herum und schien Feuer zu spucken wie ein Drache.

Beschwichtigend hob Benno eine Hand. »Das tut erst einmal nichts zur Sache. Für mich ist es ein Wink des Schicksals, dass wir mit dem Schmuggel aufhören sollten. Wir haben jahrelang gutes Geld damit verdient, wir haben einiges zurückgelegt. Nun können wir das Fuhrunternehmen vergrößern und eine solide Basis für die weitere Familiengründung schaffen.«

»Wer redet denn von Kindern!« Martha wies mit dem Finger auf ihn. »Ich bin noch lange nicht bereit für ein Leben als Hausfrau und Mutter. Ich habe große Pläne! Mein Vater hätte es so gewollt! Und jetzt geh! Raus aus dem Haus, bis du wieder klar denken kannst!«

»Ich glaube, Vater hätte auf Benno gehört«, meldete sich Helena zu Wort. »Mich bringen keine zehn Pferde mehr in die Nähe der Grenze.«

Martha starrte sie an. »Ich bin für dich verantwortlich, du tust, was ich dir sage!«

Helena sprang auf, das Gesicht vor Zorn verzerrt. »Nein, das tue ich nicht. Ich lasse mir nichts mehr vorschreiben. Wenn du das nicht einsiehst, ziehe ich zu Cilly nach Deggendorf!«

»Hoho«, Max hob beschwichtigend die Hand. »Beruhigt euch doch erst mal. Martha, wie willst du die Schmuggelei fortführen, wenn sich Benno und Helena dagegen entscheiden?«

Martha stieß ein raues Lachen aus. »Wir sind genug Leute im Dorf. Quirin ist patent, der Flickschuster und all die anderen halten zu mir. Ich bin auf keinen von euch angewiesen.« Sie schob das Kinn vor. »Ich werde mich mit den Brunners versöhnen und gutmachen, was Helena angerichtet hat. So viele Tage ist das jetzt her, und du siehst immer noch nicht ein, dass du überreagiert hast!«

Max warf einen Blick zur Jüngsten, eine sprungbereite Wildkatze mit ihren vorgeschobenen Schultern und den angewinkelten Armen. Was mochte in der Schweiz passiert sein?

»Du verstehst gar nichts!«, fauchte Helena. »Du hättest Andrin erleben sollen! Du denkst immer nur ans Geschäft, ich bin dir völlig egal.«

Etwas Mildes trat in Marthas Züge, als setze sie zu einer Versöhnung an. Dann versteinerte ihre Miene wieder. »Und du denkst *nie* ans Geschäft, gibst jeder Laune nach, die dir einfällt! So hat uns Papa nicht erzogen. Aber bei dir war sein Herz ja sowieso immer weich wie Butter. Kein Wunder, dass man sich nicht auf dich verlassen kann.«

»Das ... das ... Ich ziehe noch heute zu Cilly! Benno, fährst du mich?«

Benno stand mit gerunzelter Stirn da, unbewegt. Nun schüttelte er den Kopf mit Blick auf Martha. »Ich kann nicht glauben, dass du mit den Menschen brichst, die dir am meisten bedeuten. Mit deiner Familie. Mit mir. Und das alles wegen der verdammten Schmuggelei?« Er wandte sich mit einem Ruck ab. »Natürlich fahre ich dich, Helena. Ich bleibe heute keine Minute länger hier. Ich übernachte in meinem alten Haus.«

Max verstand, dass Benno Martha in ihrer derzeitigen Verfassung lieber allein ließ, damit sie im Streit nicht noch mehr zerstörten.

»Du musst nicht nach Deggendorf, Helena«, sagte Max, einem Gedanken folgend. »Du kannst fürs Erste bei mir wohnen. Es stehen genug Zimmer leer. Such dir eins aus. Außer, du ziehst Cillys Gesellschaft vor.«

Helena schien einen Augenblick nachzudenken. Max würde es ihr nicht übel nehmen, wenn sie in dieser Situation ihre

Freundin bevorzugte. Mit einer gleichaltrigen Vertrauten ließ sich besser reden. Aber Helena strahlte ihn schon an. »Gern. Wie lieb von dir, Onkel Max!«

Sein Vorschlag war nicht uneigennützig. Mit Helena würde das Leben ins Haus zurückkehren. Mit ihrer munteren Art und ihrer Jugend würde sie die beißende Einsamkeit, die ihn zwischen seinen eigenen vier Wänden stets überfiel, wie einen bösen Geist zum Fenster hinausjagen.

Schnell packte Helena ein paar Sachen zusammen. Bennos Kleidung lag zum größten Teil ohnehin draußen im Hof, wo die Hühner drum herumflatterten. Zum Abschied streichelte Max Martha über die Wange. »Sei nicht unnötig hart. Das Leben hat dir mehr zu geben als das, was du dir gerade nimmst.«

Ihre Miene wirkte starr, aber sie nickte und warf Benno noch einen Blick zu, als der über seine Schulter zurückschaute. Nach Max' Meinung trennten sich hier zwei Menschen, die sich von Herzen liebten, in ihren Ansichten jedoch unverrückbar waren. Vielleicht würde ihnen ein bisschen Abstand helfen.

»Du kannst natürlich auch bei mir wohnen«, bot Max Benno an, als der draußen seine Hosen einsammelte und sie sich über den Arm hängte.

Benno schüttelte den Kopf. »In meinem Haus bin ich dem Schinderhof näher. Ich kann jederzeit da sein, wenn Martha mich braucht.«

Korbinian hatte an Benno stets sein Verantwortungsgefühl geschätzt und dass sich eine Frau auf ihn verlassen konnte. Max' alter Freund hatte sich nicht getäuscht. Selbst nach den bösen Worten stand er zu Martha.

Helena zerrte eine Handkarre aus dem Schuppen, warf Stroh hinein, setzte ihren Gänserich darauf und packte ihren Kleiderbeutel dazu. »Ich bin bereit, Onkel Max.«

Max wusste nicht, ob er trauern oder sich freuen sollte. Er

wünschte, die Dinge würden auf dem Schinderhof ins Lot geraten, sodass man dort in Ruhe eine Gemüsesuppe löffeln konnte, wenn man Appetit verspürte. Aber bis dahin hatte er mit Helena eine gute Seele an seiner Seite. Er würde ihr beistehen, solange sie ihn brauchte.

Wenn sie als Ehepaar eine Zukunft haben wollten, mussten sie mit dem Schmuggel aufhören. Davon war Benno überzeugt. Schon in den ersten Tagen nach ihrer Rückkehr aus der Schweiz hatte er darüber gesprochen. Martha hatte es nicht hören wollen. Doch diesmal war er hartnäckig geblieben, hatte auf die Möglichkeit hingewiesen, ins Fuhrunternehmen zu investieren. In Helena hatte er eine Verbündete gefunden. Genau das hatte Martha in die Raserei getrieben – bis der verheerende Streit ausgebrochen war.

Bennos Gedanken drehten sich im Kreis, als er am nächsten Morgen Staub wischte und die Betten zum Lüften ins Fenster legte. Am Wochenende würde Cilly anreisen, sie würde sich wundern, warum sie wieder in ihrem Elternhaus wohnten. Er würde ihr schonend beibringen, was geschehen war. Vielleicht beruhigte sich Martha bis dahin? Sie konnte verflucht stur sein! Ob sie einen Schritt auf ihn zugehen würde? Wann? Sollte er sie dann zappeln lassen? Das hätte sie nach der Szene auf dem Schinderhof verdient. Allerdings wuchs in seinem Herzen bereits nach der ersten einsamen Nacht die Sehnsucht. Eine Liebe wie ihre verging nicht von einem Tag auf den anderen. Für Benno war und blieb Martha die Frau, mit der er sein Leben teilen wollte.

Er warf das Federbett auf die Matratze, als er an der Tür ein Klopfen hörte, steckte den Kopf aus dem Fenster und lugte auf die Straße. »Hallo?«

Helena trat einen Schritt zurück, sodass er sie sehen konnte.

Sie strahlte zu ihm hoch, ihr Gesicht eingerahmt von einem Kranz aus weinroten Astern. Über ihrem Arm hing ein Korb. »Lässt du mich rein?«

Kurz darauf saßen sie am Küchentisch. Helena zog einen Rührkuchen hervor. »Max und ich haben gestern das Nötigste besorgt. Ich weiß ja, dass du selbst der Beste in der Küche bist, aber ich dachte, du freust dich darüber.«

Benno grinste, erhob sich und stellte zwei Teller vor sie. Aus einer Kanne goss er von der Milch in Gläser, die er sich mit einem Brot ebenfalls kurzfristig beim Nachbarn geholt hatte. Sonst waren die Schränke in seinem Haus leer, all die Weckgläser mit Obst, Säften und Gemüse hatten sie nach der Hochzeit auf den Schinderhof gebracht. »Gerade recht zum Frühstück. Ich bin noch nicht dazu gekommen. In meinem Kopf rasen die Gedanken, da ist kaum Platz für etwas anderes.«

Helenas Miene verdüsterte sich. Natürlich hing ihr der gestrige Abend nach. »Martha kann verletzend sein. Aber ich hatte wirklich Angst vor Andrin, das musst du mir glauben!« Auch jetzt wich ihr die Farbe aus dem Gesicht. Wie tief ihr der Schock in den Knochen saß! Du liebe Zeit, sie hätten sie niemals allein zurücklassen dürfen! Helena war eine starke junge Frau, nur in der Fremde hatte sie sich heillos überfordert gefühlt. Es war ein Fehler gewesen. Nun mussten sie sich darum kümmern, dass sie das Erlebte überwand. »Ich bin froh, dass es vorbei ist.« Sie suchte Bennos Blick. »Aber was wird jetzt aus dir und Martha?«

Benno biss herzhaft in ein Stück Kuchen, wischte sich die Krümel vom Mund und trank einen langen Schluck Milch hinterher. »Ich kann nicht darauf warten, dass sie ein Einsehen hat. Ich werde sie vor vollendete Tatsachen stellen.«

»Das heißt?«

»Ich werde das Fuhrunternehmen wieder aufbauen. Dazu

brauchen wir Angestellte und ein neues Gefährt, damit wir alle Aufträge gewissenhaft und zuverlässig ausführen können.«

»Du willst ein zweites Fuhrwerk kaufen, ohne mit Martha darüber zu sprechen?«

Benno zuckte die Achseln. »Mit ihr kann man zurzeit nicht diskutieren, das weißt du. Also muss ich allein etwas unternehmen. Beziehungsweise mit dir.«

»Was kann ich tun?«

»In deiner Hand liegt die Buchführung. Sieh zu, dass du bis Anfang nächster Woche eine Auszahlung von der Bank erhältst. Damit werde ich es bezahlen.«

»Ich kümmere mich darum. Aber Martha wird toben.«

»Sie tobt immer leicht. Ich hoffe, dass ich sie im Lauf der Zeit mit der ehrlichen Arbeit überzeugen kann.«

»Ehrliche Arbeit«, wiederholte Helena nachdenklich. »Als ich Gwendolyn das letzte Mal in Deggendorf getroffen habe, habe ich selbst behauptet, dass wir das Erbe unseres Vaters fortsetzen müssen. Sie hat auf mich eingeredet, aber ich habe sie abgewehrt. Inzwischen denke ich anders. In diesem … Gewerbe … trifft man auf seltsame Menschen.« Ihr Blick verlor sich, und im Anflug eines plötzlichen Zitterns schlang sie die Arme um sich. »Nein, ich will das hinter mir lassen. Und ich hasse den Gedanken, dass die Brunners weiter Marthas wichtigste Lieferanten sein sollen und sie sich benimmt, als wäre nichts passiert.«

Benno schluckte, als er ihr schmales Gesicht betrachtete. »Hat er dir wehgetan?«

Helena schniefte und wischte sich mit dem Handrücken unter der Nase entlang. »Nicht so, wie du vielleicht denkst. Aber ja, er hat mir die Luft zum Atmen genommen, obwohl er die Hände nicht an meinen Hals gelegt hat.« Sie schüttelte den Kopf. »Ach, ich rede wirres Zeug.«

»Ich verstehe.« Die Qual in ihren Augen traf ihn mitten ins Herz. Er musste die Wut auf diesen Andrin Brunner mit aller Kraft niederringen. Würden sie sich jetzt gegenüberstehen, könnte er für nichts garantieren. Erneut stieg die Scham auf, weil er zugelassen hatte, dass seine Schwägerin Zeit mit einem solchen Mann verbringen musste. Solche Kerle waren von einer seltsamen Sorte: Einerseits konnte ihnen niemand ein Verbrechen nachweisen, andererseits quälten sie ungehindert Menschen durch Eifersucht, Besitzdenken und Kontrollsucht. »Die Zeit ändert alles, Helena. Bald erscheint es dir nur noch wie ein schlechter Traum.« Ihm fiel ein, was sie aufmuntern konnte. Wie hatte er das nur vergessen können? »Es hat sich übrigens etwas anderes geändert, während du in der Schweiz warst! Verzeih, dass ich es dir erst jetzt sage, aber die letzten Tage …« Er musste nicht weiterreden, sie wusste von der angespannten Stimmung zwischen ihm und Martha. »Gwendolyn war kurz nach unserer Rückkehr auf dem Schinderhof!«

Helena verschluckte sich fast an ihrem Bissen Kuchen. In einem Punkt hatte Martha recht: Helena steckte in einer Phase, in der sie innerhalb einer Sekunde aus dem höchsten Himmel in den tiefsten Abgrund stürzen konnte. Und umgekehrt. Ein Strahlen trat auf ihre Wangen, und plötzlich saß da keine heranwachsende Frau mehr vor Benno, der die Liebe übel mitgespielt hatte, sondern die muntere Jüngste der Schinderschwestern. »Und ich war nicht dabei! Wie schade! Wie kam es dazu?«

»Das hatten wir Gwendolyns Schwiegermutter zu verdanken. Sie hat ihr vorgeschlagen, sich mit Martha auszusöhnen, jetzt, da ihr Mann und euer Vater beide nicht mehr leben.« Er bemerkte den Zweifel, der bei der Erwähnung von Marthas Namen in ihren Augen aufblitzte. »Ja, sie hat es verdorben, genau wie du dir denkst. Gwendolyn und sie haben sich im Zorn getrennt. Wir müssen abwarten, ob Gwendolyn einen zweiten

Versuch unternimmt. Martha ist deutlich geworden. Sie hat ihr vorgeworfen, den Tod eures Vaters verschuldet zu haben.«

Helena schlug die Hände vors Gesicht. »Es ist alles schrecklich, Benno! Noch vor zwei Jahren waren wir eine friedliche Familie. Wir haben uns auch gestritten, ja, aber stets wussten wir, dass wir als Schwestern zusammengehören. Das kann doch nicht für immer vorbei sein!«

»Wir kämpfen darum, dass ihr wieder zusammenfindet. Und Martha und ich als Ehepaar. Ich habe Ideen, wie wir Aufträge für das Fuhrunternehmen ergattern. Möglicherweise fragen wir bei der *Donau Zucker* an. Dort wendet sich seit dem Tod des alten Wallendorf einiges zum Guten, wird erzählt. Und vielleicht bringt uns das Gwendolyn näher. Was meinst du?«

Helena starrte an Benno vorbei aus dem Küchenfenster, von dem aus man über die Nachbarhäuser bis zu den Weidewiesen von Polderfeld blickte. Sie nickte vor sich hin, erhob sich dann, als hätte sie einen Entschluss gefasst, und strich den Rock glatt.

»Was hast du vor?«, fragte Benno. »Willst du dich bei Martha vortasten, ob sie sich beruhigt hat?«

»Wenn überhaupt, freut sie sich über dich mehr als über mich«, erwiderte Helena mit einem zaghaften Lächeln. »Nein, ich muss mir die Beine vertreten, Benno. Nach den letzten Tagen schwirrt es in meinem Kopf wie in einem Bienenstock.«

»Alles wird gut, Helena«, versicherte er ihr mit Zuversicht in der Stimme. Oder hoffte er, sich selbst davon zu überzeugen?

Sie hätte es ihm erzählen können, aber wie sie Benno kannte, hätte er sofort darauf bestanden, sie mit der Droschke zu fahren. Doch Helena wollte nicht zum Gut Theresienberg chauffiert werden, lieber den Weg allein zurücklegen, sich vom feuchten Wind den Kopf freipusten lassen. Schon während des Gesprächs mit Benno war in ihr der Wunsch gewachsen,

Gwendolyn zu besuchen. Nicht irgendwann, sondern heute noch. Was für eine wunderbare Wendung, dass sie ihre Treffen künftig nicht mehr verheimlichen mussten! Zumindest nicht gegenüber den Wallendorfs. Auf Marthas Starrsinn würde Helena keine Rücksicht nehmen.

Etwas war in ihrer Beziehung zur großen Schwester zerbrochen. Sie war in Not gewesen und Martha hatte sie nicht aufgefangen. Stattdessen war ihr Benno beigesprungen.

Gwendolyn hätte anders reagiert. Nie wieder würde Helena den Kontakt zu ihr vernachlässigen!

Eine Stunde später betrat sie die Einfahrt zum Gut Theresienberg. Vielleicht traf sie Gwendolyn draußen an? Aus einem der Ställe schlenderte ein junger Mann. Großgewachsen, ein breites Kreuz, aber seine Züge mit den glatten Wangen glichen einem Milchbrötchen. Zottelige braune Haare umrahmten das Gesicht.

Helena eilte auf ihn zu, den Rock an der Seite gerafft. »Guten Tag, du«, sagte sie freundlich.

Der Junge lief tomatenrot an und kratzte sich am Kopf, sodass ein Büschel Haare abstand. »Äh, guten Tag.«

»Ich bin Helena, die Schwester von Gwendolyn Wallendorf. Weißt du, wo ich sie finde?«

»Ich bin Micha«, stieß der Bursche aus, als sei es ihm ein tiefes Bedürfnis, dass sie auch seinen Namen kannte, nachdem sie ihm ihren gesagt hatte. Er betrachtete sie. Und schwieg. Er schien sich ihr Gesicht bis an sein Lebensende einprägen zu wollen, und in ihr stieg augenblicklich Panik auf. Doch das war nicht Andrin, der ihr gegenüberstand und sie nur für sich wollte, und als Helena fragend eine Braue hob, senkte der Junge sofort den Kopf.

»Entschuldigung, gnädige Frau, um diese Uhrzeit nimmt Frau Wallendorf mit ihrer Schwiegermutter gern eine leichte Mahlzeit ein. Im kleinen Salon.«

»Oh, dann sollte ich besser nicht stören.«

Micha eilte um sie herum zur Pforte. »Ich gebe Joseph Bescheid, der wird Sie ankündigen. Bestimmt freut man sich!« Helena sah Micha nach, wie er über den Hof stürmte, und folgte dann langsamer in Richtung Eingang. Kurz darauf führte er sie ins Foyer und berichtete, dass die Familie ihre Suppe bereits zu sich genommen hatte.

Gwendolyn stürzte in den Eingangsbereich, die Schwestern fielen sich in die Arme. Für ein paar Momente vergaß Helena alles: den Streit, die schlimmen Erlebnisse in der Schweiz, Marthas Uneinsichtigkeit. Helena war zwar jünger, aber ein Stück größer und kräftiger als Gwendolyn und hob sie vor Übermut lachend hoch.

Gwendolyns Schwiegermutter, Annegret Wallendorf, trat heran. Sie reichte Helena die Hand, die sich schlaff in ihrer eigenen anfühlte, aber ihre Miene war herzlich. »Sie sind jederzeit auf unserem Gut willkommen, Fräulein Schinder.«

»Darüber bin ich unglaublich froh!«, rief Helena.

»Nicht nur du.« Alexander lächelte ihr entgegen. »Dann können wir uns endlich besser kennenlernen.«

Helena gelang ein Knicks. Sie hoffte, er ließ sie ein wenig wie eine feine Dame wirken. Vor einigen Monaten war sie zu jung für solche Dinge gewesen, aber jetzt erkannte sie Alexanders Attraktivität, die erst Martha in ihren Bann gezogen hatte und dann Gwendolyn. Erstaunlich, wie sich die Sichtweise im Lauf der Zeit änderte. Ja, an Alexander Wallendorf ging eine Frau nicht unbeteiligt vorbei. In seiner Gegenwart konnte man ins Träumen geraten. Helena freute sich von Herzen für Gwendolyn, dass sie ihr Leben mit ihm teilte.

»Möchtest du Kaffee mit uns trinken?«, fragte ihre Schwester, die Wangen rosa vor Freude. Und doch war da etwas Schwermütiges, das sie umgab. Lieber als ein gemeinsames Kaffeetrinken wäre ihr ein vertrauliches Gespräch mit Gwendolyn. Aber konnte sie ablehnen? Gwendolyn schien ihr Zögern zu spüren, ging sofort darauf ein. »Oder wollen wir spazieren gehen?«

Wenig später schlenderten sie Hand in Hand zum Eingangsportal des Guts, neben dem eine schmiedeeiserne Bank stand. Sie überlegten, ob sie sich darauf niederlassen sollten oder ob sie sich verkühlen würden, da raste Micha schon mit einer Decke heran und breitete sie zum Sitzen aus.

»Du bist ein Schatz, Micha«, sagte Gwendolyn, aber sein Blick glitt nur zu Helena, und seine Gesichtshaut nahm eine auffällige Farbe an, als sie lächelte.

»Da hast du ja im Handumdrehen ein Herz erobert«, sagte Gwendolyn lachend, nachdem Micha gegangen war, und legte den Arm um sie.

Helena bettete den Kopf auf ihre Schulter. »Ach, bleib mir weg mit den Männern. Die nächsten fünf Jahre will ich keinen mehr in meiner Nähe haben.«

Gwendolyn stutzte sichtlich, betrachtete sie von der Seite. »Hängt es mit deinem Besuch in der Schweiz zusammen? Ich hätte dich niemals über mehrere Wochen in einem fremden Land bei fremden Leuten gelassen! Das war unverantwortlich!«

»Ich hatte mich auf der Hochzeit in Andrin Brunner … verguckt.« Von Liebe wollte sie nicht mehr reden, obwohl es sich damals danach angefühlt hatte. »Die kantigen Züge, die ungepflegten Haare, die krumme Nase. Ich habe das alles nicht gesehen. Aber das Schlimme war, wie er mich behandelt hat. Als wäre ich sein Eigentum.« Erneut das Frösteln, kaum dass sie an ihn dachte. Wie lange es dauern würde, bis es ihr nicht mehr kalt den Rücken hinunterlief?

»Wie konntest du dich auf ihn einlassen?«, fragte Gwendolyn. »Wo war Martha, um dich vor ihm zu schützen?«

»Zuerst war er ja liebenswert. Aufmerksam. Doch dann hat er mich keinen Schritt mehr allein gehen lassen.«

»Hat er dir wehgetan?«, wiederholte Gwendolyn Bennos Frage.

Diesmal dachte Helena länger darüber nach, rieb sich das Handgelenk »Er hat mich ein paarmal zu fest angepackt. Beängstigender war allerdings diese unausgesprochene Drohung in allem, was er sagte oder tat.«

»Womit hat er gedroht?« Gwendolyns Stimme klang sachlich. In ihrer Miene zeichnete sich deutlich die Besorgnis ab.

»Ich glaube, hätte er mich mit einem anderen Mann erwischt, wäre er zu allem fähig gewesen. Ich hätte mich nie aus seinen Fängen befreien können, wenn mir Benno nicht geholfen hätte.«

»Oh, Helena, das klingt entsetzlich. Aber jetzt bist du hier, und er kann dir nicht mehr gefährlich werden.«

»Ja, zum Glück.« Sie hörte selbst, wie dünn ihre Stimme klang. In ihren Träumen gab es keine Entfernung von mehreren Tagesreisen zwischen dem Bayerischen Wald und der Schweiz. Da suchte Andrin sie jede Nacht auf. Egal, in welches Zimmer in ihrem Geist sie sich verkroch, er lauerte überall.

Sie spürte den tröstlichen Druck von Gwendolyns Hand an ihrer Schulter. »Es ist vorbei. Du brauchst dich nicht mehr zu fürchten.«

Ein Kloß bildete sich in Helenas Hals, nein, sie würde jetzt nicht weinen. Sie wollte feiern, dass sie sich wieder treffen konnten. Wollte hören, ob es zu Geschäftsbeziehungen zwischen dem Fuhrunternehmen Schinder und den Wallendorfs kommen konnte. Wollte wissen, wie es Gwendolyn ging. Sie war einfühlsam und sensibel, wie Helena sie kannte, aber etwas stimmte nicht. Dieses Nachdenkliche wich nicht aus ihren Augen, und um Nase und Mund hatten sich zwei winzige

Falten gegraben. Von dem Glück, das ihr bei ihrer Hochzeits-feier aus jeder Pore gesprudelt war, spürte man kaum noch etwas.

Helena rückte ein Stück von ihr ab, um sie anzusehen. »Dich bedrückt irgendwas, habe ich recht?«, fragte sie und staunte selbst, wie erwachsen es sich anfühlte, sich bei der älteren Schwester nach ihrem Wohlbefinden zu erkundigen. Sie war immer das Nesthäkchen gewesen, die Kleine, die der Vater verwöhnte und der man vieles nachsah. Der Altersunterschied verlor auf einmal an Bedeutung, zwei Frauen, die ihre Erfahrungen mit der Liebe und dem Leben machten und sich gegenseitig ins Vertrauen ziehen konnten.

»Ach, ich will dich nicht mit meinen Dingen belasten«, wich Gwendolyn aus und blickte über die Wiesen und Dörfer bis zur Donau hinab.

Damit würde sie sich nicht zufriedengeben. Sanft umfasste sie den Arm der Schwester. »Was ist mit dir und Alexander? Er ist ein attraktiver Mann. Aber ich kenne ihn kaum.«

Gwendolyn stieß ein Lachen aus. Klang es bitter? »Ich finde ihn auch äußerst anziehend. Leider reicht es nicht, wenn man sich gegenseitig begehrt und gerne allein miteinander ist. Das ist schön, wirklich, doch das Leben besteht aus vielen Facetten.« Sie betrachtete ihre Fingernägel im Schoß. »Ich wünschte, Alexander würde sich stärker in der Firma einbringen. Sogar nach dem Tod seines Vaters überlässt er mir alles Wichtige. Möglicherweise mehr als zuvor.«

»Er weiß, dass du es besser kannst«, versuchte Helena, sie aufzumuntern.

Gwendolyn blieb ernst. »Er ist nicht glücklich mit seiner Rolle, das spüre ich. Und dann ist da noch Lisa.«

»Welche Lisa?«

»Ach, Helena.« Ein Schmerz lag in Gwendolyns Augen, der

Helena einen Stich ins Herz versetzte. Sie breitete die Arme aus, zog Gwendolyn an sich, und schon flossen die Tränen.

Die Schwester brauchte sie jetzt. Irgendwann würde sie ihr von dem entsetzlichen Streit erzählen, bei dem Martha nicht nur sie, sondern auch Benno vergrault hatte. Und dass sie vorübergehend bei Onkel Max wohnte. Vielleicht würde sie ja schon übermorgen auf den Schinderhof zurückkehren, wenn Martha zur Besinnung kam. Dann wäre alles beim Alten, und sie hätte Gwendolyn nicht unnötig mit dieser leidigen Angelegenheit belastet. Doch jetzt wollte sie nur zuhören.

Die Räder ratterten über den gepflasterten Hof des Guts. Gwendolyn blickte den beiden Gestalten auf dem Kutschbock nach. Rechts saß Helena mit kerzengerader Haltung, links hielt Stallbursche Micha die Zügel in den Händen. Beide wirkten angespannt. Micha, weil er offensichtlich eingeschüchtert war von Helenas Schönheit und sich darunter fast hinwegducken wollte, Helena, weil sie nach dem Erlebnis mit diesem Andrin wohl noch immer einen Rest Unbehagen verspürte, allein mit einem jungen Mann unterwegs zu sein. Von Micha jedoch drohte keine Gefahr, das hatte Helena schnell erkannt. Also hatte sie Gwendolyns Vorschlag zugestimmt, dass er sie nach Polderfeld kutschierte.

Wie wunderbar, dass dieses schreckliche Versteckspiel nun ein Ende hatte! Sollten die Leute nur sehen, dass sie zueinanderstanden – zumindest was Gwendolyn und Helena betraf. Mit Martha wollten sie noch einmal reden.

Gwendolyn kehrte dem Haupthaus den Rücken und schlug hinter dem Tor den Weg rund um das Anwesen ein. Sie brauchte Zeit für sich, bevor sie sich mit den Zahlen und Berechnungen der *Donau Zucker AG* beschäftigte, die sie sich aus der Fabrik hatte kommen lassen. Das hob sie sich für den

Abend auf, den sie erneut allein verbringen würde. Der Limonadenhersteller hatte seine Kalkulation geschickt. Welch gewaltige Mengen er in den nächsten Jahren herzustellen gedachte! Darauf sollten sie ihre eigenen Kapazitäten abstimmen. Gegebenenfalls mussten sie expandieren, um niemanden durch Engpässe zu verärgern und zur Konkurrenz zu treiben. Obwohl Alexander sich zuletzt vehement gegen eine Erweiterung der Werkssiedlung ausgesprochen hatte – es war eine Option, die sie nicht ausschließen sollten.

Sie drängte die Gedanken an die Firma zurück. Nichts von alledem war in diesem Moment wichtig. Helenas Bericht hatte sie aufgewühlt. Und dann die Überraschung, wie reif die Jüngste plötzlich geworden war. Das und die Tatsache, dass Gwendolyn auf dem Gut niemanden hatte, dem sie ihr Leid klagen konnte, hatten dazu geführt, dass eine nicht enden wollende Brühe aus Mitgefühl und Traurigkeit aus ihr herausgeflossen war. Sie hatte Helena geschildert, wie viel Energie sie in die Firma steckte, eine Kraft, die ihr an anderen Stellen fehlte. Sie hatte ihr von der Enttäuschung darüber erzählt, dass Alexander und sie nicht an einem Strang zogen, dann von Lisa, von Matti, Alexanders Sohn. Sie hatte die Entrüstung in Helenas Miene gelesen. Aber was konnte sie Alexander vorwerfen? Die Liebelei war lange vorbei, das Zusammensein mit Lisa vor ihrer Zeit gewesen. Dennoch schmerzte die Frage wie ein Stachel im Fleisch, was der Einbruch des Vergangenen für ihr zukünftiges Leben bedeutete.

Ihre Gedanken trieben erneut zu Helena. Sie hätte eine schönere erste Liebe verdient gehabt. Wenigstens war es vorbei. Genau wie mit der Schmuggelei endgültig Schluss sein musste!

Sie schloss kurz die Augen, um der Kühle des anbrechenden Abends nachzuspüren. Die Feuchtigkeit der Luft legte sich auf die Wiese, an deren Rand entlang sie auf die Koppel zuschlenderte. Als würden sich die Tropfen ein grünes Bett zur Nachtruhe suchen. Den meisten Menschen entging, dass jede Jahreszeit über ihre ganz eigenen Geräusche verfügte. Gwendolyn war empfindsam genug, darauf zu achten. Der Herbst war für sie nicht nur mit Laubrascheln verknüpft, sondern auch mit dem besonderen Klang von Schritten im nassen Gras.

Martha. Den ersten Versöhnungsversuch hatte sie abgeblockt. Doch davon sollte Gwendolyn sich nicht abschrecken lassen. Sie musste es ein weiteres Mal versuchen! So viel hing von diesem Gespräch ab.

Sie hielt bei der Koppel, lehnte sich mit den Unterarmen auf das oberste Brett des Zauns. Von den Ställen her erklang ein Wiehern, gefolgt von einem kräftigen Schnauben, das Gwendolyn ein Lächeln aufs Gesicht zauberte. Mondschein! Die Stute streckte den Kopf aus der oberen Hälfte der Box zur Weide hinaus. In der benachbarten tauchten der Schädel von Alexanders Pferd und die Mütze von Kutscher Joseph auf. Der alte Mann hatte Micha mit dem Einspänner geholfen, jetzt kümmerte er sich um Zeus und die Stute.

Wann würden sie und Alexander mal wieder Zeit für einen gemeinsamen Ausritt finden? Sie vermisste die Stunden zu zweit, und sie vermisste das Gefühl von Sorglosigkeit, wenn sie auf Mondschein ritt. Auch heute war Alexander bis zum späten Abend bei einem Termin. Er traf sich mit dem Bauern Gaißberger aus Fellenau. Worüber sie verhandelten, hatte er nicht verraten, nur von Ideen gesprochen, vage angedeutet, dass es Möglichkeiten auszuloten galt.

Gwendolyn fragte sich, wie sie auf seine Verschlossenheit reagieren sollte, die schon viel zu lange andauerte. Sollte sie ihn weiter gewähren lassen, ihm die Zeit einräumen, bis seine Ideen reif genug waren, um sie einzuweihen? Oder sollte sie ihn drängen, sie mit ihr zu teilen? Diese Fragen bereiteten ihr

Kopfzerbrechen. Gleichzeitig fragte sie sich, warum sie auf Alexander wartete, wenn sie Lust aufs Reiten verspürte. Das war genau das, was sie jetzt brauchte: sich auf dem Rücken eines Pferdes den Wind um die Ohren wehen und alle Sorgen wegpusten zu lassen. Sie raffte das Kleid, damit der Saum im hohen Gras nicht vollständig nass wurde, und lief los.

»Joseph!«, rief sie den Kutscher, der schon für Alexanders Großvater Ignatz gearbeitet hatte, als Gut Theresienberg über die deutschen Grenzen hinaus als exzellentes Gestüt bekannt war. Keiner kannte sich besser mit Pferden aus. Gwendolyn hoffte, dass er noch bei ihnen war, um nach Leopold und Alexander irgendwann den nächsten Wallendorf den Umgang mit den Tieren zu lehren. Sie geriet aus dem Tritt, stolperte fast, fing sich aber. Der Gedanke hatte die Erinnerung an den mit dem gläsernen Springer spielenden Matti heraufbeschworen. Ob er wie sein Vater Interesse am Reiten zeigen würde? Schnell drängte Gwendolyn das Bild zurück und schritt entschlossener aus.

»Sie wollen ausreiten, gnädige Frau?« Joseph streckte den Kopf aus dem Stall. Es klapperte und klirrte, dann tauchte er mit einem Sattel in Mondscheins Box auf. Die Stute schnaubte, als er sie für Gwendolyn herrichtete. »Ich habe sie heute schon bewegt, aber sie freut sich sicher.«

»Es ist zu lange her, Joseph, ich weiß. Ich hatte viel zu tun.« Da führte der Kutscher Mondschein schon auf den Hof und hielt Gwendolyn die Zügel hin. Sein Blick wanderte an ihr nach unten. »Wird es denn gehen oder wollen Sie sich vorher umziehen? Ich kann noch bleiben.«

Sie wählte ihre Kleider stets danach aus, ob sie ihr ausreichend Bewegungsfreiheit boten. Deswegen war sie passend gekleidet. Sie stieg in den Steigbügel und hob sich mit Schwung in den Sattel. Joseph lief voraus, öffnete ein Tor im Gatter, sodass sie nicht erst Hof und Haupthaus passieren musste. Der Hufschlag klang dumpf auf dem feuchten Untergrund. Der Stoff ihres Kleids raschelte, als sie die Stute in Trab versetzte und auf den Pfad zum Wald hin lenkte. Schnell fand sie den gemeinsamen Rhythmus mit dem Tier, verband sich mit ihm zu einer Einheit. Sie ließ das Gut hinter sich, schlug den Reitweg ein, der rechts um Ornbach herumführte. Das Pferd trat sicher auf und brachte sie zur Donau hinab. Gwendolyn wählte den Weg Richtung Brücke, um den Fluss zu überqueren. Drüben angekommen versetzte sie die Stute in den Galopp, hielt sich flach nach vorn gebeugt über dem Hals des Tieres, bis es nur noch sie beide gab, die vorbeifliegende Donau, das Getrappel der Hufe. Aus Mondscheins Nüstern stieg stoßweise der Dampf in die Höhe, zog an Gwendolyn vorüber. Erst als sie selbst schwer atmete, drosselte sie das Tempo.

Sie waren weit gekommen. Als hätte sie vor ihren Sorgen davongaloppieren wollen. Der Ausritt hatte ihre Gedanken geklärt, denn mehr als in den Monaten zuvor spürte sie, dass sie nicht nur die Zuckerbaronin, sondern auch noch eine der Schinderschwestern war! Genau das würde sie Martha erklären, wenn sie das nächste Mal mit ihr sprach. Und wieso es nicht gleich in dieser Stunde angehen? Vielleicht hatte ihr Weg sie nicht zufällig auf die andere Seite der Donau geführt.

Mit einem »Brrr« brachte sie Mondschein zum Stehen, wendete auf dem Weg. Die Abzweigung nach Polderfeld lag hinter ihr. Sie trieb das Pferd an, damit es nicht zu spät wurde, bis sie vom Schinderhof nach Gut Theresienberg zurückkehrte. Da tauchte auf der Straße vor ihr ein Lastkraftwagen mit goldenen Lampen und Kühlergrill auf. Die Ladewände waren grün gestrichen, in weißer Schrift prangte der Name des Herstellers darauf. Ein leichtes Unbehagen überfiel Gwendolyn. Möglich, dass der Bauer sein neues Gefährt einem seiner Söhne für eine späte Besorgung überlassen hatte. Oder dass ein Knecht es benutzen durfte. Gaißberger selbst hatte ja einen Termin mit Alexander.

Je näher das Fahrzeug kam, desto deutlicher zeichnete sich jedoch das Gesicht des Bauern hinter der Scheibe ab. Gwendolyns Unruhe übertrug sich auf Mondschein. Die Stute trippelte, Gwendolyn hatte Mühe, sie zu besänftigen, als der Landwirt den Lastwagen bei ihnen stoppte und mit einem freundlichen Lächeln herausschaute. »Guten Abend, gnädige Frau. Schön, Sie zufällig zu sehen.«

»Ich freue mich auch. Dann ist das Gespräch mit meinem Mann erfolgreich verlaufen, wenn Sie schon wieder unterwegs sind?«

Gaißberger zog die Stirn in Falten. »Ich verstehe nicht.«

»Mein Mann«, sagte Gwendolyn stockend. Unter ihr tänzelte Mondschein. Das Tuckern des Motors in ihrer Nähe machte sie unruhig. »Sie beide wollten doch miteinander reden.«

»Davon wüsste ich. Ich bin dem Herrn nur einmal begegnet. Nein, einen Termin mit ihm würde ich sicher nicht vertrödeln, gnädige Frau.« Er rieb sich den Nacken. »War denn etwas nicht recht mit meiner Lieferung? Ich habe viel investiert, müssen Sie wissen. Wenn es da Probleme gibt, dann …«

»Nein, nein«, beeilte Gwendolyn sich zu sagen. Dem Armen stand die Sorge ins Gesicht geschrieben. Er sollte nicht denken, dass er mit den Zuckerrüben aufs falsche Pferd gesetzt und sich mit dem Kauf des Lasters unnötig verschuldet hatte. Sie zwang sich zu einem Lächeln, um ihm den Schreck zu nehmen. »Es ist alles in Ordnung mit Ihrer Ware. Die *Donau Zucker* freut sich auf viele Jahre erfolgreicher Zusammenarbeit mit Ihnen.«

»Aber Ihr Mann will mit mir reden?« Die Verwirrung zeichnete sich auf Gaißbergers Zügen ab. »Worüber?«

»Das weiß ich nicht und …« Sie hielt die Mundwinkel tapfer oben, obwohl die Sorge in ihr wuchs. »Verzeihen Sie, ich glaube, ich habe etwas verwechselt. Wahrscheinlich hat er gar nicht Sie gemeint, sondern einen Namensvetter. Oder ich habe mich verhört. Wenn Sie mich entschuldigen, ich muss nach Hause, die Arbeit wartet.«

Der Landwirt setzte zu einer Erwiderung an, aber Gwendolyn schnalzte schon mit den Zügeln. Mondschein trabte mit einem Satz aus dem Stand an. Hinter ihr tuckerte Gaißbergers Benz kurz im Leerlauf. Dann schien der Bauer die seltsame Begegnung abzuhaken und fuhr davon.

Gwendolyn hielt auf die Brücke zu. Das Gespräch mit Martha würde ein andermal stattfinden müssen. In ihrem Magen köchelte eine brennende Mischung aus Enttäuschung und Wut. Sie hatte etwas verwechselt? Wohl kaum. Seit ihrer Kindheit behielt sie alles im Sinn, was sie einmal gehört oder gelesen hatte. Alexander hatte zweifellos vom Bauern Gaißberger aus Fellenau gesprochen. Sie hatte sich auch nicht im Tag geirrt, denn dann hätte der Mann etwas von einer Verabredung gewusst. Nein, es gab nur einen Schluss, und der stieg wie Säure in ihr hoch: Alexander log sie an, was seine Termine betraf. Das Brennen verstärkte sich. Sie befürchtete, sich übergeben zu müssen, denn ihr fiel nur eine Person ein, mit der er sich heimlich treffen konnte: Lisa Bergner.

11

Eine Woche später, Mitte November 1911, Deggendorf

Die Kugel sprang heute ganz nach Alexanders Geschmack. Zum dritten Mal hatte er auf Rot gesetzt, das runde Ding war auf der Farbe gelandet, und er strich seinen Gewinn ein. Er hatte ein Limit, mehr als fünfzig Reichsmark wollte er an diesem Tag nicht im Nebenraum des Engels lassen, den er vor zwei Stunden betreten hatte. Wie es schien, würde er sogar mit mehr Geld in der Tasche nach Hause zurückkehren.

Noch nicht jetzt. Wer überließ seinen Platz schon einem anderen, wenn es gerade rundlief?

Das sah auch Ferdinand Schweikert so. Der Friseurmeister suchte Alexanders Nähe, als er dessen Glückssträhne bemerkte. Er schielte von der Seite zu ihm, hielt sich mit seinem Einsatz zurück, bis Alexander sich entschied. Alexander lächelte in sich hinein. Fünf Schnäpse machten ihn ein bisschen übermütig. Ein kleiner Spaß, den Mann zu foppen.

»Ein viertes Mal Rot?«, fragte Schweikert erstaunt. Ein kurzes Zögern, dann platzierte er seine Jetons vor Alexander auf dem Feld. Rasch schob Alexander seine auf Ungerade. Schweikert riss die Augen auf, streckte den Arm aus, doch die Kugel rollte bereits, er konnte nichts mehr ändern und verfolgte grummelnd ihre Bahn. Das kleine runde Ding sirrte im sich drehenden Rad, hüpfte klackernd mal hierhin, mal dahin – und blieb in der roten Acht hängen.

»Jawohl!« Schweikert klopfte Alexander herzhaft auf den Rücken, als hätte der sich verschluckt und drohte zu ersticken. »Wie es ausschaut, habe ich heute einen Zuckerbaron als Glücksbringer!«

Alexander schmerzte der Verlust nicht. Solange er im Plus blieb, gab es keine Probleme. Bei hohen Einbußen hätte er Gwendolyn erzählen müssen, dass er einen wichtigen Geschäftspartner mit einem sündhaft teuren Essen bei Laune gehalten habe. Er hasste es, sie anzulügen, aber manchmal sah er keine andere Möglichkeit.

Er orderte zwei Kurze für sich und Schweikert und hob das Glas, nachdem die randvoll eingeschenkten Birnenbrände vor ihnen standen. »Gern geschehen.« Unter anderen Umständen hätte sich Alexander nicht mit jemandem wie dem Friseur abgegeben. Verprasste das spärliche Einkommen aus seinem Salon bei Spiel und Alkohol. Wenn Schweikert schlau wäre, würde er sich auszahlen lassen und aufbrechen. Doch den vernünftigen und klugen Sohn Leopold Wallendorfs, der mit Bedacht handelte und sprach, den legte er mit Mantel und Hut am Garderobenhaken ab, sobald er die Gaststätte betrat. Dort konnte dieser Alexander warten, bis der Spieler und Trinker, der mit Schweikert die Gläser klingen ließ, ihn sich wie einen bleischweren Sack überwarf. Hier kümmerte ihn nur, wohin die Kugel rollte und welches Blatt ihm an einem der anderen Tische auf die Hand gegeben wurde. Ob er dabei gewann oder verlor, war zweitrangig. Er genoss den Nervenkitzel, der all seine Sorgen überlagerte.

»He da!« Ein junger Mann von rund zwanzig Jahren mit schlechter Haut und üblem Atem stieß ihn an. »Setzen oder gehen.« Die Kugel sirrte schon wieder. Alexander hatte ohnehin genug vom Roulette, er leerte den Kurzen, stand auf und stützte sich am Tisch ab. Der Schwindel war höchst willkommen. Durch ihn rutschten die Gedanken, die ihn gerade überfallen hatten, dorthin, wo sie hingehörten, bis er sich auf den Heimweg begeben würde. Manchmal fragte er sich, warum er überhaupt auf Gut Theresienberg zurückkehrte. Dort war er doch ohnehin zu nichts nütze. Niemand brauchte ihn.

»Vielleicht wandere ich aus«, sagte er mit schleppender Stimme zu Schweikert, der sich ebenfalls erhoben hatte. Wahrscheinlich trieb den Haarschneider die Angst um, dass ihn mit Alexander sein heutiges Glück verließ. »Einfach alles hinter sich lassen und neu anfangen.« Alexander unterstrich den Satz, indem er den Zeigefinger auf die Brust des Mannes presste. »Das wäre doch mal was!«

Der Friseurmeister legte ihm den Arm um die Schulter und stimmte lachend mit ein. »Sag mir nur Bescheid, wann es losgehen soll, Zuckerbaron. Dann komme ich mit. Wir beide, wir könnten was auf die Beine stellen, was?« Sie taumelten vom Tisch weg, und ihnen wurde bewusst, wie absurd die Aussage war, etwas auf die Beine zu stellen, wenn sie sich in dieser Minute kaum darauf halten konnten. Sie lachten schallend los, hielten sich wie zwei Brüder aneinander fest.

»Genau!«, rief Alexander mit einer Begeisterung, die ihm selbst fremd vorkam – und mit einem Mal peinlich war. Als wäre der echte Alexander drüben beim Eingang vom Garderobenhaken gehüpft und herübergekommen. Stand direkt neben ihm und flüsterte ihm ins Ohr, was für einen Unsinn er plapperte. Auswandern. Mit dem Friseur. Er stolperte erneut, ihm war, als spränge er ständig von dem einen Alexander in den anderen und war doch in keinem von beiden zu Hause.

Zu Hause. Ekel auf sich selbst erfüllte ihn. Vor seinem inneren Auge tauchte Gwendolyn auf, seine kluge und wunderschöne Frau, die seine angeblichen Termine außerhalb hinnahm, ohne sie zu hinterfragen. Aber betrachtete sie ihn in den letzten Tagen nicht anders, wenn er aufbrach? Lag nicht ein Schmerz in ihren Augen, als beschäftige sie etwas, um das sich ein liebender Ehemann verdammt noch mal zu kümmern hatte?

»Ich sollte gehen«, brachte er über die Lippen, obwohl ihm klar war, dass er sich in seinem Zustand nicht hinter das Steuer des Fords setzen sollte, für den er sich heute entschieden hatte. Der Winter hielt Einzug in Niederbayern, die Temperaturen fielen, in der Nacht bildete sich ein frostiger Hauch auf den Wiesen und machte die Straßen gefährlich glatt. Bald würde der Schnee kommen, spät in diesem Jahr, dafür mit aller Kraft.

Micha hatte sich abermals mit dem Einspänner angeboten, dann hätte er allerdings mehrere Stunden in der Kälte warten müssen. Im Engel hatte Alexander ihn nicht dabeihaben wollen. Der Bursche war ihm treu ergeben, er konnte sich auf seine Verschwiegenheit verlassen. Doch hinter dem manchmal tölpelhaft wirkenden Auftreten verbarg sich ein wacher Geist, und die Frage in seinen Augen spiegelte mittlerweile allzu oft seine eigene wider: Was um Himmels willen trieb er hier überhaupt?

Die beißenden Temperaturen würden ihn ausnüchtern. Ein kurzer Spaziergang am Fluss entlang, um den Kopf freizubekommen, dann konnte er sich auf den Heimweg begeben. Dort würde er Müdigkeit vortäuschen und sich gleich zurückziehen. Tatsächlich sehnte er sich nach seinem Bett, nachdem der Rausch des Spiels in letzter Zeit immer schneller verflog.

Schweikerts Arm lag wie ein Stück Fleisch auf Alexanders Schulter. Der Mann hatte seine Gesinnungsänderung nicht bemerkt und wandelte noch in der verrückten Vorstellung, er und der Zuckerbaron könnten jenseits des großen Teichs etwas bewegen. Jetzt sah er ihn an und klopfte ihm mit der flachen Hand auf die Brust. »Sag, hast du heute schon was gegessen?

Du bist so fahl, als würdest du gleich umkippen. Ich lade dich ein. Als Dankeschön.« Er schob Alexander nach vorn in die Wirtsstube. Auch hier bestanden die Möbel aus dunklem Eichenholz, darüber hingen Lampen mit grünen Glasschirmen. Die Luft war grau vom Zigarettenrauch der Männer, es roch nach Bier, Wein und Schnaps. Über allem lag der Geruch von Braten, Soße und Sauerkraut aus der Küche.

Für einen Moment wurde Alexander flau, dann verspürte er plötzlich Appetit. Gemeinhin schuf man sich die Grundlage, bevor man einen über den Durst trank, aber vielleicht gelang das auch andersherum. Sein Magen meldete sich mit einem Knurren. Und wenn Schweikert ihm das Glück auf diese Weise vergalt, wieso nicht?

Nur wenige Plätze waren frei, sie fanden einen in einer Nische, an dem ein einzelner Mann über seinen Teller gebeugt saß und die Tagessuppe in sich hineinschaufelte. »Dürfen wir uns zu dir setzen?«, fragte Alexander der Höflichkeit halber. Der andere nickte griesgrämig, ohne sich vom Essen abhalten zu lassen. Einer von der schweigsamen Sorte. Alexander sollte es recht sein.

Schweikert bestellte Pils und zweimal den Sauerbraten mit Klößen. Kaum standen die Krüge vor ihnen, hob er seinen und prostete dem Mann am Ende des Tisches zu. »Zum Wohle!« Er nahm einen großen Schluck, bemerkte nicht einmal, dass Alexander nicht trank, wischte sich über den Mund und legte ihm erneut den Arm um die Schulter, um den Fremden in bierseliger Laune anzuquasseln. Mit dem Kinn wies er zur Tür ins Nebenzimmer. »Wenn du dein Glück beim Spiel versuchen willst, halt dich an meinen Freund hier.«

Der Mann schnaubte. Für Roulette, Würfel und Karten hatte er also nichts übrig. Seine Abneigung Schweikerts aufdringlicher Art gegenüber zeigte sich deutlich in seinen verkniffenen Zügen. Überhaupt schien ihn etwas zu umgeben, das bislang jeden von seinem Tisch ferngehalten hatte. Alexander hatte das in seinem Tran nicht bemerkt. Und Schweikert? Der hatte ohnehin kein Gespür für irgendetwas, quatschte munter weiter, als hätte der Fremde ihn um Unterhaltung gebeten. »Dich hab ich hier noch nie gesehen. Neu in Deggendorf? Auf der Durchreise?«

»Zu Besuch«, gab der Mann knapp von sich. Seine kehlige Aussprache ließ Alexander aufhorchen. Was für ein Dialekt war das?

»Ja, das schöne Niederbayern ist immer einen Halt wert«, plapperte Schweikert mit Blick auf die vorbeihuschende Bedienung in ihrem Dirndl mit der weit ausgeschnittenen Bluse. »Und wer darf sich auf deinen Besuch freuen?«

»Ein Mädchen.«

»Ein Mädchen, schau an!«, rief der Friseur überschwänglich. »Vielleicht sogar bald die Verlobte, was? Drei glückliche Männer an einem Tisch! Wenn das kein Grund zum Feiern ist!«

Alexander hatte das Gefühl, dass Schweikert weniger wegen des Glücks als wegen seines unstillbaren Bierdursts erneut den Krug hob.

»Wie heißt denn die Auserwählte?«, bohrte der Friseurmeister weiter.

»Geht dich nichts an.« Der Fremde musterte Schweikert und Alexander. »Ihr seid von hier? Dann könnt ihr mir sicher den Weg erklären. Ich bin mit der Bahn gekommen und muss wohl den Rest zu Fuß gehen.«

Alexander nickte. »Wohin willst du?«

»Polderfeld. Ich komme, um morgen meine Liebste zu holen.«

Aus einem für ihn selbst unerklärlichen Grund zögerte Alexander, doch Schweikert war schnell zur Stelle: »Polderfeld.

Das liegt bei Dietelfink und Fellenau. Und von wegen zu Fuß! Nimm den Bus! Der hält unten an der Donau, dann gehst du ein paar Kilometer die Isar hinauf, bis du zu einer hölzernen Brücke kommst, von dort findest du den Weg schon.« Er beugte sich vor, deutete zur Serviererin, die die Teller für ihn und Alexander brachte. »Und wenn du es nicht eilig hast mit der Verlobung und woanders Gesellschaft suchst, ist die Irene genau die Richtige. Zwei, drei Münzen, und du bekommst nach Dienstschluss die allerschönsten Regionen der Gegend zu sehen, wenn du verstehst.«

Mit einem abwertenden Blick auf die stämmige Kellnerin polterte der Fremde: »Tumbe Kühe gibt's zuhauf, wo ich herkomme. Ich bin meinem Mädchen treu! Genau wie sie mir! Das glaubt ihr mir besser!«

Alexander kroch ein Frösteln über den Rücken. Der Appetit war ihm inzwischen vergangen. Schweikerts Gegenwart wurde ihm mit jeder Sekunde mehr zuwider. Dennoch aß er einige Bissen, bot ihm dann den Rest an, schließlich wollte der dafür bezahlen. Gierig schob der Friseur den übrigen Kloß und das Fleisch auf seinen Teller. Alexander stand auf, klopfte zum Abschied mit den Fingerknöcheln aufs Holz. »Man sieht sich.« Er schaute zum anderen Ende des Tisches. »Und dir alles Gute mit deinem Mädchen.«

Der Fremde hatte geschafft, was frische Luft und ein Spaziergang hätten bewirken sollen: Alexander fühlte sich halbwegs nüchtern. Vielleicht war der Mann etwas zu kantig, auch im Benehmen und mit seinem abfälligen Kommentar bezüglich der Bedienung war er übers Ziel hinausgeschossen. Aber da saß einer, der sein Mädchen liebte und bereit war, ihre Ehre bis aufs Blut zu verteidigen. Der ihr zur Seite stand – und damit aus einem anderen Holz geschnitzt war als Alexander. In trüber Stimmung verließ er den Engel. Einzig die Frage blieb hängen, wieso einer, der seine Liebste abholte, sich erst einmal erkundigen musste, wo sie wohnte.

Annegret Wallendorf schob die Listen mit den Namen der Arbeiter von sich und massierte mit Daumen und Zeigefinger ihren Nasenrücken, um die beginnenden Kopfschmerzen zu vertreiben. In der Bibliothek hatte es schon vor der umfassenden Renovierung elektrisches Licht gegeben, dennoch waren ihre Augen müde nach den Stunden, die sie mit den Formalitäten für die jüngst eingestellten Männer und deren Familien verbracht hatte. Sie lehnte sich zurück, das Leder des Stuhls knarzte. Der Bücherraum mit dem massiven Schreibtisch war Leopolds liebster Arbeitsplatz gewesen. Sein Geruch nach Moos und Tabak hing noch immer im Zimmer und rief Erinnerungen an die Tage des Aufbaus der Firma wach, in denen er sich nächtelang hier verkrochen und sie ihn mit allem versorgt hatte, was er brauchte. Er war kein unkomplizierter Mensch gewesen, sicher nicht, aber ein Visionär. Und hatte er seine Vision eines Zuckerimperiums nicht mit ihr an seiner Seite verwirklicht? Ein berauschendes Gefühl, das Wachstum der Fabrik mitzuverfolgen, den Wohlstand zu genießen, den er für sich und seine Familie erarbeitet hatte. Wem würden sie all das später hinterlassen? Waren Alexander und Gwendolyn die letzte Generation?

Wie so oft in den vergangenen Wochen spürte sie die Sehnsucht nach einem Enkelkind, das neues Leben auf Gut Theresienberg brachte sowie die Gewissheit, dass die Linie der Wallendorfs nicht verging. Mit ihren achtundfünfzig Jahren gehörte sie zwar noch nicht ganz zum alten Eisen, aber die Zeit, ein Kind aufwachsen zu sehen, war begrenzt. An Alexander konnte es nicht liegen, dass seine Ehe kinderlos blieb. Matti war der beste Beweis.

Annegret presste stärker mit den Fingern seitlich gegen die Nasenwurzel. Gwendolyn war eine herzensgute Frau, und sie hatte Achtung vor ihrem selbstlosen Einsatz für die Mutter des Jungen. Klug war es trotzdem nicht, sie in Bayern zu halten. Zwar schien diese Lisa Florian Köhlers Großmutter Marianne eine echte Hilfe zu sein, was man so hörte, und bislang war sie nicht wieder auf Gut Theresienberg aufgetaucht, um weitere Forderungen zu stellen. Und dennoch beschlich Annegret das Gefühl drohenden Unheils. Es war nicht richtig, Alexanders unehelichen Sohn in unmittelbarer Nähe zu haben.

Matti als den Enkel zu betrachten, den sie sich sehnlichst wünschte, gestattete sie sich nicht. Es käme einem Verrat gleich, denn anders als Leopold hatte sie Gwendolyn ins Herz geschlossen, sah in ihr die Tochter, die ihr Leben bereicherte. Nein, sie würde ihr nicht in den Rücken fallen. Kein Wunder, dass ihr Körper bei all dem Druck in der Firma nicht bereit für ein Kind war! Aber statt sie zu unterstützen und ihr Arbeit abzunehmen, überließ Alexander ihr komplett allein die aufreibende Kampagne.

Von draußen drang das Brummen des Automobils, das in den Hof schoss. Ihr Sohn war also zurück von einem seiner mysteriösen Geschäftstermine. Was besprach er mit den Leuten? Ständig hieß es, dass Gwendolyn und sie bald erfahren würden, was Alexander mit dem Bankier abgemacht hatte, dass es um zukünftige Investitionen oder mögliche Abnehmer ging. Er tat nichts, was *jetzt* etwas änderte. Das musste ein Ende haben!

Annegret stemmte sich hoch, streckte sich. Mit schnellem Schritt verließ sie die Bibliothek durch die zweiflügelige Tür, eilte durch das Foyer mit dem Kronleuchter und den holzvertäfelten Wänden. Sie verzichtete auf einen Mantel und trat in ihrem schwarzen Rock und der hochgeknöpften Bluse in den frostigen Abend hinaus. Alexander hatte in der Nähe der Ställe gehalten. Der Motor des Fords knackte in der Kälte, Alexander stieß die Tür auf. Er bewegte sich vorsichtig, als befürchtete er, der Boden könnte glatt sein. Aber Annegret hatte ihn bei seinem Eintreffen in letzter Zeit zu oft in diesem Zustand gesehen. Wie viel hatte er diesmal getrunken? Und dann war er noch dumm genug, selbst zu fahren!

»Alexander!«

Beim Klang ihrer Stimme zuckte er zusammen. Sofort sah sie den kleinen Jungen vor sich, der sich bei einem Fehler ertappt fühlte und die Bestrafung durch den Vater fürchtete. Sie musste all ihren Willen aufbringen, ihn nicht in den Arm zu nehmen und es gut sein zu lassen. Die dringend notwendige Unterredung wieder einmal auf einen anderen Zeitpunkt verschieben? Nein, sie musste hart bleiben. »Wie schön, dass ich dich sehe. Können wir reden?«

Er begrüßte sie mit einem flüchtigen Wangenkuss, bei dem sie das Bier und den Schnaps roch. »Ich bin müde, Mutter.« Er wollte weiter, blieb kurz stehen, als im Stall die Pferde schnaubten und trappelten. Wahrscheinlich hatte Annegret die Tiere mit ihrem Ausruf erschreckt.

»Das bin ich auch, Alexander. Müde sind wir alle in diesen Zeiten.«

Erneut dieser ertappte Ausdruck auf seinem Gesicht. Die trüben Augen wurden wacher, er schien zu merken, dass er auf diese Art nicht durchkam, richtete sich auf. »Ich hatte einen Termin, wie du weißt. Leider hat er sich überraschend in die Länge gezogen, es gab Details zu besprechen, und zu gegebener Zeit werde ich dir und Gwendolyn davon berichten. Jetzt mag ich nur noch ...«

Sie wischte den, Rest des Satzes mit einer Geste beiseite. Gwendolyn sollte dieses Gespräch mit ihm führen. Aber so gutherzig sie sich Lisa gegenüber verhielt, so nachsichtig war sie mit Alexander. Wollte sie ewig warten, bis er bereit war, sie in seine ominösen Verhandlungen einzuweihen? Damit machte sie ihn unbewusst zu einem Zerrbild seines Vaters, wie Annegret plötzlich erkannte. Auch Leopold hatte sie nur ins Vertrauen gezogen, wenn er es für richtig gehalten hatte. Und sie hatte es erduldet.

»Werde nicht wie er«, sagte sie und spürte den Kloß in ihrem Hals. Sie musste nicht sagen, wen sie meinte, Alexander wusste es. »Das ist alles, worum ich dich bitte. Aber er hat dir auf dem Sterbebett aufgetragen, die Verantwortung zu übernehmen. Tu das endlich, Alexander.«

Bei ihren Worten war er blass geworden, jetzt stieg eine heftige Röte in seine Wangen. Die Atemwölkchen stieben in der kalten Luft schneller aus seiner Nase. »Er hat auch anderes gesagt«, erwiderte er barsch. »Er war nicht mehr Herr seiner Sinne.«

»Dass Gwendolyn alles an sich reißen wird? Das muss sie nicht einmal, Alexander. Du überlässt es ihr ja. Und überforderst sie damit.«

»Es war ausgemachte Sache, dass keins dieser Worte jemals das Zimmer verlässt!«

»Keine Sorge«, sagte Annegret und bemühte sich um Fassung. Sie durfte sich nicht von seiner Wut mitreißen lassen. Der Jähzorn des Vaters blitzte in ihm auf. »Gegenüber Gwendolyn werde ich mich zurückhalten. Von mir wird sie niemals erfahren, dass Leopold sie noch mit dem letzten Atemzug zum Teufel jagen wollte. Aber dir kann ich sagen, was ich über dein Verhalten denke.« Sie hob den Finger, damit er schwieg, und hoffte, dass er das Flehen in ihren Augen erkannte. »Dein Vater hat verlangt, dass du dich von ihr trennst. Und mir kommt es vor, als kämst du seinem Wunsch nach, ohne dass es dir bewusst ist. Du stößt sie immer weiter von dir. Wach auf, Alexander, Gwendolyn liebt dich! Aber auf Dauer hält eine wie sie eine solche Ehe nicht aus. Wenn du nicht zur Besinnung kommst und dich änderst, wird sie dich verlassen!«

Mit dem letzten Atemzug zum Teufel jagen wollte. Der Satz hallte in Gwendolyn nach, während erst Alexanders wütende Schritte verklangen und kurz darauf das Klappern von Annegrets Schuhen auf dem Kopfsteinpflaster zu hören war. Offenbar war Alexander an seiner Mutter vorbei ins Haus gestürmt. Gwendolyn stützte sich an der Wand in Mondscheins Box ab, rang um Atem, glaubte, ihr müsse das Herz in der Brust zerspringen.

Sie war vor einer halben Stunde von einem abendlichen Ausritt zurückgekehrt. Trotz aller Arbeit gestattete sie sich dieses Vergnügen mittlerweile täglich. Die Freiheit auf dem Rücken ihres Pferdes, der Wind in ihren Haaren taten ihr gut und ließen sie vieles leichter ertragen.

Die Begegnung mit dem Bauern Gaißberger hatte sie aus der Bahn geworfen. Das Gespräch mit Martha schob sie seit einer Woche genauso vor sich her wie die Aussprache mit Alexander. Sie hatte Angst vor den Antworten, die er ihr geben könnte, ging ihm aus dem Weg, und wenn sich ein Zusammentreffen nicht vermeiden ließ, hüllte sie sich in Schweigen. Derart verwirrt kannte sie sich nicht, unentschlossen, wo sie sich doch nach Klarheit sehnte. Und dann diese Unterhaltung, deren Zeugin sie unfreiwillig geworden war! Sie hatte den Ford im Hof gehört, hatte gezögert, ob sie Mondscheins Pflege unterbrechen, Alexander begrüßen und endlich zur Rede stellen sollte. Dann war ihre Schwiegermutter aus dem Haus geeilt und ihr zuvorgekommen, und jedes ihrer Worte hatte den Schmerz in ihrem Innersten verstärkt. War Alexanders Verhalten tatsächlich auf seinen unbewussten Wunsch zurückzuführen, es dem Vater noch nach dessen Tod recht zu machen? Hoffte er insgeheim, Gwendolyn würde vom Gut und aus seinem Leben verschwinden? Zog es ihn deshalb zu Lisa?

Mondschein schnaubte und trippelte, aber da war noch ein Geräusch. Gwendolyn brauchte ein paar Sekunden, bis sie bemerkte, dass sie selbst es war, die schluchzte. Sie wischte sich über die Augen, die Tränen kitzelten auf ihren Wangen.

Kälte kroch ihr unter den Mantel. Sie würde sich den Tod holen, wenn sie länger draußen blieb. Ins Haus zu gehen kam nicht infrage. Dort würde sie Annegret begegnen. Und Alexander. Nein, sie würde warten, bis er sich zur Ruhe begeben hatte und sie seine Lügen nicht mehr hören musste, die ihm so leicht über die Lippen kamen. In seinem angetrunkenen Zustand würde er rasch eingeschlafen sein.

Mondschein stieß erneut die Luft aus, die Nüstern blähten sich, als Gwendolyn an ihr vorbeiging. Sie lehnte die Stirn gegen den Nasenrücken der Stute, streichelte ihr den Hals. Dann verließ sie den Stall und wandte sich in Richtung Rosengarten, ließ ihn aber schnell hinter sich. Er erschien ihr wie ein Abbild ihrer Ehe: im Frühling und Sommer voll blühender Pracht, nun im eisigen Griff des nahenden Winters. Wie tot. Ohne nachzudenken, schlug sie den Weg zur Fabrik ein, in der während der Kampagne auch nachts gearbeitet wurde. Ihr Brustkorb hob und senkte sich beim Gehen, die Kehle wurde ihr eng, erneut schluchzte sie auf.

»Hallo?«, hörte sie eine Stimme aus der Dunkelheit abseits des Pfads zum Anlieferplatz hinter der Fabrik. Sie hatte gehofft, dort um diese Zeit ungestört zu sein. »Wer ist da?«

Für einen winzigen Moment gab sie sich der Hoffnung hin, dass es Alexander war. Dass er ihr Schlafgemach leer vorgefunden und sich auf die Suche nach ihr begeben hatte. Dass ihre Not ihn zu ihr geführt hatte. Dann trat Christian Lambert aus den Schatten. Schnell wischte Gwendolyn sich über das Gesicht, bevor er nahe genug heran war, um zu sehen, dass sie geweint hatte. Zwei Meter vor ihr blieb er stehen. »Ist alles in Ordnung?«

Sie nickte zu hastig. »Und bei dir?« Zu fröhlich. »Du hast Dienst?« Normalerweise kannte sie seine Schichten, in letzter Zeit hatte sie anderes beschäftigt.

»Ich drehe abends gern eine Runde. Ich mag es, in die Sterne zu schauen. Drüben in der Siedlung fällt mir die Decke auf den Kopf.«

Gwendolyn fand rasch in ihre Rolle als Zuckerbaronin mit einem offenen Ohr für ihre Angestellten. Schwang da eine Kritik an der Unterbringung der Arbeiter mit? »Gefällt es dir dort nicht? Gibt es etwas, das wir verbessern können?«

Er lachte, aber seine Augen blieben ernst. »Gegen das Alleinsein hilft auch die schönste Wohnung nicht, Gwendolyn.«

Christian und sie verstanden sich gut, scherzten täglich miteinander, das lockerte die Dienstgespräche über Zahlen und Arbeitsabläufe auf. Mit der Zeit war etwas Freundschaftliches zwischen ihnen entstanden. Aber dass er sich öffnete, war neu. Auf sie hatte er immer den Eindruck eines zufriedenen Junggesellen gemacht. Nichts hatte darauf hingedeutet, dass er auf der Suche nach jemandem war.

Oder hatte sie es nur nicht sehen wollen?

Christian zog eine Packung Tabak aus der Hosentasche, rollte geschickt eine Zigarette und riss ein Streichholz an. Die Zigarette entzündete sich mit einem Knistern. Der Vorarbeiter hielt das flackernde Schwefelholz so, dass sein Schein Gwendolyns Gesicht beleuchtete. »Willst du mir nicht erzählen, was passiert ist?«

Sie senkte den Blick. Es war dumm gewesen, zu glauben, sie könnte ihn täuschen. Das verzweifelte Schluchzen hatte er mit Sicherheit gehört. Ihre mühsam aufgebaute Selbstbeherrschung fiel in sich zusammen, sofort spürte sie es wieder feucht auf ihren Wangen und focht einen innerlichen Kampf mit sich aus. Da war jemand, der ihr Beachtung schenkte, ihr vielleicht sogar eine Schulter zum Ausweinen anbot. Aber war Christian der Richtige dafür? »Es ist privat«, hörte sie sich sagen. »Ich komme schon zurecht.«

Er gab ein Brummen von sich, schnickte die angerauchte Zigarette in hohem Bogen fort. Funken sprühend verschwand sie in der Dunkelheit, bevor er ihr die Hand auf den Arm legte. Trotz der Schichten Stoff ihrer Bluse und des Mantels glaubte sie, seine Berührung zu spüren. Mehr noch als diese traf sie, wie er sie ansah. Was neben dem Angebot, ihr zuzuhören, außerdem in seinen Augen lag. Sie schluckte. Seine Aussage über das Alleinsein. Meinte er, dass sie, Gwendolyn …? Schnell wich sie zurück.

Christian runzelte die Stirn, seine Hand noch in der Luft, wo er sie berührt hatte. Er nahm sie nicht weg. »Ich sehe doch, dass du jeden Tag unglücklicher wirst.« Seine Worte schienen ihn Überwindung zu kosten. Als frage er sich selbst, ob sie angebracht waren. Aber er fuhr fort, als gäbe es kein Zurück mehr: »Der Schatten auf deinem Gesicht wird immer dunkler, wenn du mich in der Fabrik besuchst.«

Glaubte er tatsächlich, dass sie nur seinetwegen täglich in die Produktionshalle kam? Sie schüttelte den Kopf. »Du verstehst da etwas falsch.«

»Ich verstehe, dass dein Mann dir nicht guttut! Du hast jemanden verdient, der dich auf Händen trägt und nicht wie eine Angestellte behandelt!«

»Es … es ist nicht alles problemlos in einer Ehe«, gab sie stockend zu. Sie musste ihre Worte mit Bedacht wählen. Ehrlich sein, ohne Christian einen Grund zu liefern, an ihrer Liebe zu

Alexander zu zweifeln. Vergebens, wie sie im nächsten Moment feststellte. Er lächelte, wollte offenbar wieder die Distanz zwischen ihnen überwinden. Schnell fuhr sie fort: »Der Tod seines Vaters hat ihn schwer mitgenommen.«

»Er ist nicht erst seit gestern so, das weißt du genau!«, warf Christian ein, lauter nun. Er schien es selbst zu bemerken und mäßigte mit sichtlicher Anstrengung seinen Ton. »Eine Heirat kann sich als Fehler herausstellen. Ehe man es sich versieht, ist man in einer unmöglichen Situation. Und man sucht einen Ausweg. Manchmal ist der näher, als man denkt.« Er schaute ihr direkt in die Augen, hielt ihren Blick. »Da ist doch etwas zwischen uns, Gwendolyn. Ich bilde mir das nicht nur ein.«

Sie atmete durch. Wie recht Alexander gehabt hatte! Christian war ihr stärker zugetan, als sie vermutet hatte. Sie hatte es nicht sehen wollen. Nun gestand er ihr mehr oder weniger direkt seine Liebe – und sie musste sich fragen, ob sie ihn mit ihrer Freundschaftlichkeit ermuntert hatte.

»Es tut mir leid, Christian. Du hast hier etwas gründlich missverstanden«, brachte sie hervor und hielt seinem brennenden Blick stand.

Er taumelte zurück, als hätte ihn ein Speer mitten in den Brustkorb getroffen. Seine Schultern sackten herab. Er stierte auf den Boden, schüttelte den Kopf und schob sich die Schiebermütze nach hinten, um sich verlegen zu kratzen.

»Dass ich auch meine Klappe nicht halten kann«, sagte er so kleinlaut, wie Gwendolyn ihn noch nie reden gehört hatte. »Es tut mir leid, Gwen… Frau Wallendorf. Ich wollte Ihnen nicht zu nahetreten.« Er setzte einen weiteren Schritt zurück, wie um das Gesagte damit zu unterstreichen. Sein Blick glitt an ihr vorbei zu den Türmen der Fabrik, die sich am Himmel vor den Sternen abzeichneten. »Wenn Sie erlauben, würde ich der Peinlichkeit einer Kündigung zuvorkommen und selbst um

Aufhebung meines Vertrags bitten. Ich habe mich schon genug blamiert und will nicht wie ein dummer Hund vom Hof gejagt werden.«

Gwendolyn erschrak. Ihr bester Arbeiter wollte den Hut nehmen, weil sie ihr Leben nicht in den Griff bekam! Das konnte sie nicht zulassen. Sie trat vor, behielt aber gebührenden Abstand ein. »Das ist Unsinn, Christian! Und für jedes Mal, das du mich beim Nachnamen nennst, ziehe ich dir eine Mark vom Lohn ab!« Der Scherz zauberte die Andeutung eines Lächelns auf sein Gesicht zurück. Die Scham über die Erkenntnis, dass Gwendolyn seine Gefühle nicht erwiderte, vertrieb es nicht. Sie wollte alles tun, um den angerichteten Schaden zu begrenzen. Ihn vielleicht sogar wieder gutzumachen. »Alexander und ich sind in einer schwierigen Phase. Das hast du richtig erkannt. Aber meine ... Besuche in der Fabrik haben nichts mit dir zu tun. Ich will dort nach dem Rechten sehen, den Männern zeigen, dass der Erfolg der *Donau Zucker* mit ihrer Zufriedenheit bei der Arbeit zusammenhängt. Und ja, du bist mein erster und wichtigster Ansprechpartner. Darauf möchte ich nicht verzichten. Ich brauche dich, Christian. *Wir* brauchen dich. Als unseren loyalen Vorarbeiter. Wärst du weiter dazu bereit, wenngleich ich niemals mehr für dich sein kann?«

Christian atmete schwer ein. Er schien abzuwägen, ob er seine Gefühle und die Pflicht der Firma gegenüber miteinander vereinbaren konnte. Dann nickte er. »Ich gebe mein Bestes«, sagte er und fügte nach kurzem Zögern an: »Gwendolyn.«

»Ich bin froh, dass das geklärt ist.«

»Ich auch. Obwohl ich mir etwas anderes erhofft hatte.«

»Christian ...«, setzte sie an, doch er winkte schon ab.

»Du bist eine wundervolle Frau, Gwendolyn. Verzeih, dass ich kein Blatt vor den Mund nehme. Aber dein Alexander ist ein Dummkopf, wenn er nicht alles dafür unternimmt, dich glücklich zu machen.«

Ihr wurde klar, dass sie seit langem von einem *Wir* gesprochen hatte. Alexander und sie. Sie lachte. »Nun, da sind wir einer Meinung. Aber Alexanders und meine, unsere Liebe ist auch die schweren Zeiten wert, das weiß ich.«

Christian betrachtete sie aufmerksam, nickte dann. »Jetzt erinnerst du mich an die Gwendolyn aus dem letzten Jahr. Kurz nach eurer Hochzeit.« Er sah zu den Schornsteinen. »Ich sollte heimkehren. Ich wünsche dir ehrlich, dass ihr wieder zueinanderfindet.«

Damit verschwand er in der Dunkelheit.

Auch Gwendolyn wandte sich zum Gehen. Welche Hindernisse man aus dem Weg räumen konnte, wenn man nur miteinander sprach! Hatte sie das nicht schon immer gewusst? Dennoch hatte sie zugelassen, dass die Sorgen der letzten Wochen und Monate ihren gesunden Menschenverstand überlagert hatten. Sie spürte es an diesem Abend überdeutlich: Die grüblerische Gwendolyn, das war nicht sie. Sie war die Gwendolyn, die für ihre Liebe kämpfte.

12

Zur selben Zeit in Ornbach

Lisa kippte das Wasser, mit dem sie die Diele im Haupthaus gewischt hatte, in die Wiese hinter der Schreinerei. Ihre Finger waren klamm. Wenn sie sich nicht beeilte, würden sie noch am Blecheimer festfrieren. Dennoch war ihr warm von der körperlichen Arbeit der letzten Stunden, ihr Atem flog dampfend aus ihrem Mund.

Gerhard Köhlers Frau Brigitte führte den Haushalt tadellos, doch Lisa hatte am Morgen bei einer flüchtigen Begegnung im Hof an ihren fahrigen Bewegungen erkannt, dass etwas nicht stimmte. Gerhard war längst mit seinem Sohn Florian in der Werkstatt gewesen und aus allen Wolken gefallen, als Lisa ihn zu seiner schlotternden Gattin gerufen hatte, die auf Lisas Rat hin zurück ins Bett gekrochen war.

»Die Grippe«, hatte die ebenfalls herbeigeeilte Marianne nach einem prüfenden Griff auf Brigittes glühende Stirn diagnostiziert. Sie hatte Florian aufgetragen, rasch ein Huhn bei einem befreundeten Bauern zu holen. »Dann bereite ich eine kräftige Brühe zu, die wird helfen.« Marianne war in Brigittes Küche gewackelt, hatte Wurzelgemüse geputzt und geschnitten, Tee aufgesetzt und, obwohl sie selbst nicht gut auf den Beinen war, in regelmäßigen Abständen nach der kränkelnden Schwiegertochter gesehen.

Die Männer hatten sich nach Florians Rückkehr an ihr

Tagwerk begeben. Um sich nicht nutzlos zu fühlen, hatte Lisa angeboten, die Arbeit in Brigittes Haushalt zu erledigen. Die Kranke hatte dankbar genickt. Das Putzen hatte sie Lisa zwar nicht aufgetragen, aber sie tat es von Herzen gern, um sich für die liebevolle Aufnahme der Köhlers zu revanchieren.

In der anbrechenden Dunkelheit des Abends zog es sie zu Marianne in den Anbau. Sie stellte den Eimer vor der Tür ab, schlüpfte aus den gefütterten Winterstiefeln, die ihre Gastmutter ihr gegeben hatte, und genoss die wohltuende Wärme. Aus der Küche drang der Duft der Hühnerbrühe, von der Marianne einen Teil für sich, Lisa und Matti abgefüllt hatte.

»Wie geht es ihr?«, fragte Lisa in der Stube.

Die alte Dame wandte sich vom Esstisch ab, den sie mit Suppentellern für drei Leute deckte. »Eine Grippe dauert ihre Zeit. Das Fieber soll die Krankheit ausbrennen, nur zu hoch darf es nicht steigen. Ich sehe später noch einmal nach ihr und mache ihr zur Nacht Wadenwickel, falls nötig.«

»Das kann ich doch übernehmen«, schlug Lisa vor. Auch Matti hatte einmal hohes Fieber gehabt, und Gertrude hatte ihr auf ihre mürrische Art gezeigt, worauf sie achten musste. Zu kalt durften die Wickel nicht sein, sonst konnte dem Patienten schwindelig werden. Unter Umständen brach sogar der Kreislauf zusammen.

»Hat deine Mutter dir denn gar nichts beigebracht?«, hatte die Kollegin damals gemault.

»Nein«, hatte Lisa eingeschüchtert mit dem keuchenden Matti auf dem Schoß von sich gegeben und den Rest für sich behalten: *Außer, dass nichts im Leben umsonst ist. Deine Hilfe auch nicht.*

Marianne Köhler schien anderer Meinung zu sein. »Du bleibst schön bei deinem Sohn.« Sie lächelte beim Blick auf den Platz neben der Eckbank, den sie eigens für ihn hergerichtet hatte. So konnte er tagsüber, wenn sie und Lisa in der Küche arbeiteten, bei ihnen sein. Gerade baute er einen Turm aus den Holzklötzen, die Gerhard ihm aus einigen Abfallstücken geschliffen hatte. Sein Sohn Florian hatte sie bunt lackiert. Mit mehreren Schichten, wie er betonte, damit sie Matti möglichst lange erhalten blieben. »Und jetzt lasst uns essen. Matti? Komm.«

Der Kleine setzte einen roten Stein auf den wackeligen Turm und brachte ihn zum Einsturz. Mit großem Lärm verteilten sich die Klötze auf dem Boden. »Wieder aufbauen!«, rief er. »Das machen wir«, sagte Marianne. »Aber erst nach dem Essen. Na los, junger Mann, husch, auf deinen Platz.«

Matti kletterte auf die Bank. Lisa zog ihn zu sich, drückte den zarten Körper an ihre Seite und wartete, bis Marianne die Teller füllte. Ihr beim Austeilen zu helfen, ließ die gute Frau nicht zu, das hatte sie in den letzten Tagen deutlich gezeigt. Sie war froh über Lisas Unterstützung, wollte Mutter und Kind aber auch ein bisschen umsorgen, damit sie sich wohlfühlte. Und das tat sie.

Anfangs hatte Lisa angenommen, Familie Köhler pflege mit einer Fremden in der Nähe einen anderen Umgang, spreche bedachter miteinander. Die Harmonie kam ihr zunächst verdächtig vor, und sie traute dem Frieden nicht. Doch wenn es in diesem Hause laut wurde, dann vom Lachen oder dem gemeinsamen Musizieren. Florian am Akkordeon, Oma Marianne mit der Maultrommel, Gerhard mit der Geige. Brigitte hatte mit erstaunlich samtiger Altstimme dazu gesungen, Lisa und Matti hatten im Takt geklatscht und sich, wenn der Rhythmus schwungvoller wurde, an den Händen gehalten und sich tanzend im Kreis gedreht. Einen solchen Gemeinschaftssinn kannte Lisa nicht. Manchmal glaubte sie immer noch an ein Spiel, das mit ihr getrieben wurde, um sie in einer Sicherheit zu wiegen, die eine wie sie nie erlebt hatte. Aber langsam wuchs die Hoffnung, dass es durchaus Menschen geben konnte, die ohne Berechnung handelten und eine Fremde rückhaltlos in ihrem Kreis aufnahmen.

Sie faltete die Hände und senkte den Kopf, als Marianne die Stimme zum Gebet erhob, hörte aber nur mit halbem Ohr hin. Erst als die Gastmutter sie und Matti in ihren Dank mit einschloss, schaute Lisa auf.

»… du mir auf meine alten Tage diese nette Gesellschaft beschert hast. Amen!«

»Amen«, wiederholte Lisa, obwohl sie mit dem Glauben haderte. Für Marianne schien er die Grundlage ihrer Lebensweise zu sein. Bestimmte der Gedanke an einen Gott auch Gwendolyn Wallendorfs Entscheidungen? Das Bild dieser Frau stieg in ihr auf, während sie die Suppe löffelte und das kräftige salzige Aroma schmeckte.

»Geht es Gwendolyn gut?«, fragte sie geradeheraus. »Ich habe sie seit Tagen nicht mehr gesehen.« Alexanders Frau hatte nach Lisas Ankunft einige Male bei den Köhlers vorbeigeschaut, hatte sich nach ihrem Befinden erkundigt und wissen wollen, ob Lisa etwas brauchte. Zuletzt hatte sie sich seltener blicken lassen.

»So gut es einer Schinder in der Ehe mit einem Wallendorf gehen kann«, antwortete Marianne.

»Wieso? Was stimmt daran nicht? Auf mich wirkten die zwei wie ein glückliches Paar.«

Marianne löffelte in der Brühe, tauchte mit der anderen Hand ein Stück Brot hinein und biss ab, nachdem es aufgeweicht war. »Beide Familien haben ihre Geschichte, meine Liebe. Alexanders Vater, Leopold Wallendorf, hat die *Donau Zucker* aus dem Nichts heraus aufgebaut. Entsprechend hoch hat er die Nase zu Lebzeiten getragen. Die Freundschaft seines

Sohnes zu Florian und Vinzenz hat er nie gutgeheißen.« Etwas Ähnliches über die drei Männer hatte auch Gwendolyn erzählt, erinnerte sich Lisa.

Marianne schien Gefallen daran zu finden, sie in den regionalen Tratsch einzuweihen. »Die Wallendorfs hatten Schulden angehäuft, aber offenbar hat Leopold bei der Bank Überzeugungsarbeit geleistet und einen immensen Kredit gewährt bekommen. Reden konnte er, das muss man ihm lassen. Jedenfalls wurde die Fabrik in Rekordzeit errichtet, hat rasch Gewinn abgeworfen. Und dann verliebte sich sein Sohn auf einem Dorffest in Polderfeld vor zwei Jahren ausgerechnet in Martha Schinder! Florian hat erzählt, dass er die Augen gar nicht mehr von ihr nehmen konnte.«

Lisa horchte in sich hinein, doch die Tatsache, dass Alexander sich direkt in dem Sommer nach seiner Abreise aus Leipzig und der letzten miteinander verbrachten Nacht in eine andere verliebt hatte, ließ sie kalt. Sie hatten sich gemocht, aber beide von Beginn an gespürt, dass sie nicht füreinander bestimmt waren.

»Was war falsch an dieser Martha?«

Marianne hob den Löffel. »An einer Schinder, musst du fragen!« Sie lachte und richtete ihre Aufmerksamkeit plötzlich auf Matti. »Na, was meinst du, junger Mann, ich glaube, es steht noch eine Schüssel vom guten Brei in der Kammer. Die darfst du dir gern holen, wenn deine Mama einverstanden ist. Aber erst isst du die Brühe auf.« Neben Lisa löffelte Matti schneller, griff sich einen Kanten Brot und tauchte ihn ein, damit es die Flüssigkeit aufsog. An Lisa gewandt fuhr Marianne fort: »Warum schmeckt ihm der Brei so lecker, was meinst du?«

»Weil er süß ist«, wusste Lisa. Es war kein Geheimnis, dass ihr Sohn wie alle Kinder Süßes bevorzugte. »Aber was hat das mit den Wallendorfs und Schinders zu tun?«

»Mit Saccharin hat es zu tun, meine Liebe! Obwohl wir die Zuckerfabrik im Dorf haben, verwenden die meisten Leute den preiswerteren Süßstoff. Florian würde als Freund des Zuckerbarons mit mir schimpfen, wenn er davon wüsste.«

Natürlich hatte Lisa von dem Ersatzstoff gehört, der im Deutschen Reich vor Jahren für Wirbel gesorgt hatte, ihm allerdings keine besondere Bedeutung beigemessen. Er war verboten worden, es gab ihn nur auf Rezept in Apotheken. Oder unter der Hand, selbst hier auf dem Land. Aber Marianne war noch nicht auf den Punkt gekommen. Wie hing das alles zusammen? Die Neugier packte sie, und sie forderte die alte Frau mit einem Nicken auf, fortzufahren.

»Über Korbinian Schinder heißt es, dass er der Schmugglerkönig vom Bayerischen Wald war«, klärte Marianne sie auf. »Seine älteste Tochter Martha war von Beginn an dabei auf seinen Touren, genau wie ihr Mann, der Benno Meininger. Und der Rest der Familie natürlich, auch Gwendolyn. Deshalb musste sie sich von den Schwestern lossagen, bevor Alexander und sie heiraten durften. Und von ihrem Vater. Der starb dann just an ihrem Hochzeitstag unter dubiosen Umständen.«

»Das ist ja schrecklich!«, entfuhr es Lisa. Andere wären an einem solchen Schicksal zerbrochen. Gwendolyn nicht. Sie hatte sich ihre Herzlichkeit bewahrt und nötigte ihr damit immer mehr Respekt ab. »Aber wenn der Vater gestorben ist, dann hat sich der Schmuggel doch erledigt. Oder führt dieser Benno die Geschäfte fort?«

Marianne zuckte die Achseln. »Nichts Genaues weiß man nicht. Nur dass das Saccharin hier nach wie vor in den Läden auf Nachfrage erhältlich ist. Und nach dem, was man von Martha hört, würde es mich nicht wundern, wenn sie …«

»Was hört man von Martha?«, erklang eine Stimme von der Tür her. Lisa zuckte zusammen. Florian! Mit hinter den Rücken gehaltenen Händen trat er ein und sah seine Großmutter fragend an.

Wie Gwendolyn erklärt hatte, war Marianne Köhler zwar gebrechlich, geistig jedoch auf der Höhe. Schnell lächelte sie vollkommen unschuldig. »Ach, nichts Wichtiges. Lisa wollte nur etwas über Gwendolyn erfahren. Da hab ich von den Schwestern erzählt. Aber sag, so oft wie in den letzten Wochen habe ich dich die Jahre zuvor nicht gesehen. Ich frage mich, was sich in meiner Stube verändert hat, dass du keinen Tag mehr aushältst, ohne mich zu besuchen. Oder bin ich gar nicht der Grund?«

Ein verschmitztes Lächeln umspielte Florians Mundwinkel. Lisa verlor sich für einen Moment in der Betrachtung der feinen Narbe auf seiner linken Wange, die er einem Unfall in der Werkstatt zu verdanken hatte, wie sie inzwischen wusste. Sie krümmte sich leicht, wenn er lächelte, beinahe, als winke sie Lisa zu. Doch, Florian war ein rundweg attraktiver Mann. Das hatte sie schon bei ihrer ersten Begegnung gedacht, als er ihr am Tag nach ihrer Ankunft plötzlich gegenübergestanden hatte. Seine Augen wirkten unergründlich. Und wenn er sie anschaute, schien in seinem Lächeln immer auch ein Schmerz zu liegen.

»Grüß dich, Lisa«, sagte er. »Ich habe hier etwas für …«

Ein Klappern neben Lisa unterbrach ihn. Matti hatte die Brühe gegessen und den Löffel in den Teller gelegt. Er rutschte von der Bank und lief zur Kammer. »Brei holen, Oma!«

Lisa klappte der Mund auf. Natürlich hatte ihr Junge mitbekommen, dass Marianne so gerufen wurde. Es war nur eine Frage der Zeit gewesen, bis er es aufschnappte.

Auch die Gastmutter rührte die Szene. Ihr faltiges Gesicht strahlte auf. »Na, wenn ich die Oma bin, dann muss ich die Mama gar nicht um Erlaubnis bitten, sondern kann dich rundum verwöhnen. Dafür sind Omas schließlich da! Also los, hol dir die Schüssel, junger Mann!« Sie sah ihm nach, und Lisa wurde bewusst, dass ihr Sohn wieder einmal ein Herz erobert hatte.

Lisa blickte Florian an, versuchte, in seinem Gesicht zu lesen. »Du hast etwas für mich? Ich bin doch schon reichlich beschenkt.« Damit meinte sie weniger die Stiefel oder die anderen Dinge des täglichen Gebrauchs, die Marianne und Brigitte ihr überließen wie einer verloren geglaubten Tochter – nein, sie sprach von der Gastfreundschaft und Warmherzigkeit der Familie Köhler.

Florian schüttelte den Kopf. »Nicht für dich. Für Matti.« Er wartete, bis der Junge aus der Speisekammer zurückkehrte, die abgedeckte Schüssel mit dem süßen Brei vorsichtig haltend. »Schau mal.« Florian führte die Hände nach vorn und präsentierte ein Holzauto, das er selbst geschnitzt haben musste. »Die Räder lassen sich sogar drehen.« Matti sah abwechselnd auf den Brei und das Spielzeug.

Marianne nahm dem Jungen die Schüssel aus der Hand. »Der ist auch noch in zehn Minuten gut. Magst du das Auto gleich mal ausprobieren?«

»Auto!«, rief Matti begeistert und flitzte zu Florian. Drei Sekunden später hockte er auf dem Boden vor dem Herd, gab brummende Geräusche von sich und ließ den hölzernen Wagen um sich herum über Wege kurven, die nur in seinem Kopf existierten.

Lisa wurde das Herz weit beim Anblick seiner leuchtenden Augen. »Danke«, sagte sie zu Florian, der immer noch dastand, als wäre er bei Lisa zu Besuch und nicht, als säße sie in der Stube seiner Großmutter. »Damit hast du ihm eine riesige Freude bereitet.«

»Und dir?«, fragte er, die Züge auf einmal überraschend

weich. Sie spürte ihr Herz klopfen. Was für ein liebenswerter Mann. Was für eine dumme Frau diese Annalena gewesen sein musste, ihm wehzutun! Am liebsten wäre Lisa aufgestanden und hätte ihn umarmt.

Ein Gedanke aus dem Auerbachs Keller blitzte auf. Wie es wohl wäre, wieder einmal von einem Mann gehalten zu werden? Nicht von einem Stadtrat, der sie sich als seine Geliebte nehmen würde, sondern von einem, der sie wirklich gernhatte. Und der ihr selbst am Herzen lag.

»Na, so was«, sagte Marianne vom Herd her da. Trotz ihres Alters war sie auf die Knie gegangen, um mit Florian zu spielen. Er rollte das Auto gerade an ihr vorbei, streckte den Arm aus, sodass sein Ärmel nach oben rutschte und den Fleck entblößte, den Lisa gern versteckte. »Was für ein auffälliges Mal«, staunte Oma Marianne und wusste nicht, wie sehr ihr Lächeln Lisa bis ins Mark traf. »So etwas haben nur wenige Menschen.«

Trotz des Feuers im Ofen fror Lisa auf einmal.

»Was hast du?« Florian war ihre Regung nicht entgangen.

Und da war das Misstrauen zurück. Das Gefühl, dass sie in einem Traum lebte, der jederzeit enden konnte. Dass auf eine wie sie eine andere, härtere Realität wartete. Eine, in der sie dafür sorgen musste, sich von Alexander ein Auskommen für Matti zu sichern. Denn wie könnte ein guter Mensch wie Florian sie lieben, wenn er die Wahrheit über sie und ihren Jungen erführe?

Teil 3

Oktober 1908 und 1911
Leipzig

November 1911
Washington, Salbke, Bayerischer Wald

Wahrheiten

13

Drei Jahre zuvor, Oktober 1908, Leipzig

»Pass auf die vorletzte Stufe auf!« Lisa war schon an der Tür
zu ihrer Dachkammer und wandte sich flüsternd zu Alexander
um, der hinter ihr bereits einen langen Schritt machte.

»Du tust gerade, als wäre ich zum ersten Mal hier.« Seine
Stimme klang nach mehreren Gläsern Wein nicht mehr ganz
fest. »Bestimmt will ich den Drachen nebenan nicht wecken.«

Lisa unterdrückte ein Kichern, schloss die Tür auf und
schlüpfte in ihre Wohnung. In der Kammer hing noch der
kalte Geruch vom Morgenkaffee, ihre Tasse stand mit braunem
Rand auf dem Tisch. Eine Ecke des Zimmers füllte ihr Bett aus,
ein Kasten mit Lattenrost und einer Federmatratze, darauf ein
duftendes Kissen und eine mit Leinen bezogene Decke. Den
Schlafbereich hatte sie mit einer selbst angebrachten Gardine
verhängt. Ansonsten bot der Raum nur eine Küchenzeile, den
Essplatz mit zwei Stühlen und einen Schrank, in dem sie ihr
weniges Hab und Gut aufbewahrte. Von der Decke baumelte
eine nackte Glühbirne, das einzige elektrische Licht in der
Stube. An den Wänden befanden sich eiserne Halter, aber für
die Kerzen dazu fehlte Lisa das Geld. Mit dem, was sie im Keller
verdiente, musste sie sparsam haushalten. Außerdem brauchte
Alexander das Elend nicht hell beleuchtet sehen. Es war Lisa
peinlich genug. Er kam aus allerbesten Kreisen, aus Niederbayern. Hier in Leipzig war er nur Student gewesen, hatte in einem

Wohnheim gelebt, in dem keine Damenbesuche erlaubt waren. Sie hingegen fragte keiner, wen sie mit nach Hause brachte, abgesehen von der alten Frau Schüppe, wenn sie sich über Lärm aufregte. Aber solange ihr Schnarchen und Husten durch die dünnen Wände drangen, konnte sich Lisa jede Freiheit nehmen. Die Nachbarin stand nachts um zwei Uhr auf, um in der Bäckerei ein paar Häuserzeilen weiter auszuhelfen. Gegen acht Uhr morgens kehrte sie heim, kämpfte sich mit ihren drei Zentnern keuchend die Stiege hinauf. Ihre Leibesfülle war vermutlich darauf zurückzuführen, dass sie selbst die beste Kundin für ihr Schmalzgebäck war. Lisa war ihr ein paarmal auf der Treppe begegnet, hatte sie freundlich gegrüßt, aber sie hatte nur grunzend die Hand gehoben, in der sie eine Flasche Rotwein hielt. Das war ihr Lebensrhythmus: Die halbe Nacht in der Bäckerei den Brotteig kneten und den Mehlstaub einatmen, die restliche Zeit des Tages vom Alkohol benebelt dösend im Bett ihrer Stube verbringen. Lisa fand die Vorstellung gruselig, so zu enden, und spürte fast körperlich, wie die Alte ihr neidete, dass sie selbst jung war, ihre Zukunft vor sich hatte und geliebt wurde.

Kaum war die Tür hinter Alexander zugefallen, hob er Lisa hoch und wirbelte sie im Kreis herum. Sie zappelte mit den Beinen und lachte aus voller Seele. In derselben Sekunde erzitterte die Wand zur Stube nebenan unter erbostem Klopfen. Mit wenigen Schritten war er an der Tapete und klopfte seinerseits einen südamerikanischen Rhythmus, der ihm gerade einfiel. Als Antwort kam ein einzelnes Wummern mit der Faust. Alexander und Lisa fielen lachend auf das Bett, küssten sich und wälzten sich ungestüm hin und her. Schließlich landeten sie auf dem bunten Teppichvorleger, wo sie sich weiter liebkosten, neckten, kitzelten, bis sie beide die Leidenschaft überkam.

Lisa mochte die Leichtigkeit, mit der Alexander sie liebte,

obwohl sie sich klarmachte, dass sie ihn nur beschwipst kannte. Im Auerbachs Keller trank keiner Sprudelwasser. Wenn sie ihn ansah, bemerkte sie das Lächeln, das Funkeln in seinen Augen, die jungenhaften Züge. Als wäre das alles für ihn nur ein zauberhaftes Spiel. Und war es nicht auch so? Sie spielten seit diesem Sommer miteinander, vertrieben sich die Zeit, hatten Gefallen aneinander und probierten aus, womit sie sich das höchste Glück verschaffen konnten. Zwei einsame Seelen, die sich gegenseitig Wärme, Lust und Lachen schenkten. War das nicht wunderbar?

Die große Liebe hatte Lisa noch nicht erlebt. Sie wusste aber, dass dies etwas anderes war als jene Gefühle, die sie mit dem Wirtschaftsstudenten verbanden. Sie hatte es bei der Kellnerin Johanna mitbekommen, die von der Mittagsstunde an die Minuten gezählt hatte, bis der junge Hutmacher Armin Minnersdorf den Keller betreten hatte. Wie sie ihn angehimmelt, sich verhaspelt hatte, sobald er das Wort an sie richtete. Wie sie sich bei der Rechnung vertan und mit rotem Kopf seine Korrektur angenommen hatte, wie sie erzittert war, wenn er eine Hand beruhigend auf ihren Arm gelegt hatte. Das war ein halbes Jahr so gegangen, dann hatte Johanna mit strahlenden Augen gekündigt und drei Monate später den Mann geheiratet, der ihr Verstand und Herz geraubt hatte.

Lisa hatte diese Entwicklung mit Staunen beobachtet und sich gefragt, ob ihr etwas Ähnliches jemals passieren würde. Mit Alexander, im Keller stets einer der lustigsten und freundlichsten jungen Männer, hatte es sich zu Beginn, als er ihr spielerisch Handküsse gegeben hatte, auch so angefühlt. Doch es war anders gekommen, ihre gegenseitige Zuneigung war oberflächlich geblieben. Was nicht hieß, dass sie nicht die höchsten Freuden genossen!

Lisa hielt sich mit Seufzern und Stöhnen zurück, um die

Nachbarin nicht weiter gegen sich aufzubringen, aber es fiel ihr schwer. Zu schön war es, was Alexander mit seinen Händen und seinem Mund anstellte, und wie ihn das selbst erregte.

Hinterher lagen sie Arm in Arm im Bett, zogen die Decke weit über sich, wärmten sich aneinander. Der Wind pfiff durch die Fensterritzen, eine Heizung gab es in der Dachstube nicht, nur den alten Kohleofen, auf dem sie ihre Mahlzeiten und das Kaffeewasser erhitzte.

»Unser letzter Abend«, sagte Alexander gedankenverloren und drehte sich eine ihrer Locken um den Finger.

Sie roch seinen vertrauten Geruch nach Schweiß, seinen Atem nach Wein und etwas wie Zedernholz. Sein Rasierwasser vielleicht. »Ich bin froh, dass Gertrude mich früher hat gehen lassen und meine Tische übernommen hat.«

»Du warst seit Mittag im Keller. Du hast ein Recht, irgendwann nach Hause zu dürfen.«

»Wenn so viel los ist wie heute, erwartet Dankwerts Überstunden. Die Mädchen stehen Schlange, um bei ihm zu arbeiten. Auf mich ist er nicht angewiesen.«

»Doch, denn die Hälfte der Männer, die abends den Keller aufsuchen, kommen nur wegen dir und deiner schönen Augen.« Er biss ihr neckisch ins Ohrläppchen.

Lisa lachte auf. »Du Schmeichler!« Sie streichelte seine Wange, blickte ihn an. »Ich werde dich vermissen, weißt du das?«

Er küsste sie schmatzend. »Nein, das weiß ich nicht, und das will ich auch nicht wissen. Wir waren uns einig. Keine Zwänge, nur Spaß.«

Sie nickte. »Keine Zwänge, nur Spaß. Richtig.«

Er küsste ihre Nasenspitze, dann beide Wangen, schließlich noch einmal ihren Mund. »Du wirst sehen, im Handumdrehen hast du mich vergessen, wenn das nächste Semester im Keller einfällt.«

»Und du mich, wenn dir eine standesgemäße Dame über den Weg läuft, die besser zu dir passt als eine sächsische Schankmagd.«

»So weit bin ich noch lange nicht.« Er erhob sich lachend, griff nach Hose und Hemd, die er achtlos auf den Boden geworfen hatte.

»Geh noch nicht.« Lisa schmiegte sich von hinten an ihn, küsste seinen Hals.

»Ich muss. Die Kutsche zum Bahnhof holt mich frühmorgens vom Keller ab. Ich habe heute einige Runden zu meinem Abschied ausgegeben und hatte nicht genug Geld bei mir. Dankwerts wird mir in der Früh aufschließen.« Das Wohnheim, in dem er untergekommen war, befand sich nur wenige Gehminuten entfernt.

»Ach, Alexander. Hättest du nicht ein weiteres Mal bei der Prüfung durchfallen können?« Es war als Scherz gemeint, aber zu Lisas Überraschung klang ihre Stimme belegt, zittrig. Sie musste mehrmals blinzeln, um die Tränen zu vertreiben.

Er zog sie hoch, nahm sie in den Arm, trug bereits Leinenhose und Hemd, sie nur ihr Unterkleid. »Du wirst schon bald einen braven Mann kennenlernen, der dich auf Händen trägt und dir ein ordentliches Leben bietet. Aber nimm nicht den ersten! Den besten, Lisa. Der ist gerade gut genug für dich.«

Und wenn doch du der beste warst?, schoss es ihr durch den Kopf, doch sie sprach es nicht aus. Sie hatten ihr Abkommen, und sie würde sich daran halten. Warum nur fühlte sich der Gedanke so wohlig an, er könnte sie aus dieser miesen kleinen Dachstube befreien wie ein Prinz und mit ihr auf einem weißen Pferd in ein neues Leben reiten?

Ein letztes Mal drückte sie sich innig an ihn. »Vielleicht kommst du mich ja mal besuchen«, sagte sie. Und bereute es sofort.

»Bestimmt.« Sie wussten beide, dass er log.

Sie hörte seine Schritte auf der Stiege verhallen. Er gab sich keine Mühe, leise zu sein, aber die zweite Stufe hatte er übersprungen, aus alter Gewohnheit.

In dieser Nacht fand sie nur wenig Schlaf. Ständig wachte sie auf, wälzte sich grübelnd in ihrem Bett, versuchte, sich vorzustellen, wie ihr Leben ohne Alexander verlaufen würde. Es war herrlich gewesen, nach der Schicht zu wissen, dass sie nicht allein in ihrer Stube hocken musste. Dass es einen gab, der sie liebhalten würde. Nein, Lisa würde sich nicht Hals über Kopf in die nächste Affäre stürzen, um der Einsamkeit zu entfliehen. So mühelos ging das nicht, dass man zu jemandem Vertrauen aufbaute und mit ihm die intimsten Geheimnisse und Wünsche teilte. Oder hatte er recht und sie sollte Augen und Ohren offen halten? Sie war jung, achtzehn Jahre, die schönste Zeit, sagte man, lag noch vor ihr.

Das Morgenlicht fiel blass durch die Fensterluke, das Rattern von Rädern, das Tuckern von Automobilen, klappernde Pferdehufe, Rufe von Händlern drangen zu Lisa in die Stube. Sie hatte das Gefühl, kein Auge zugemacht zu haben, aber sie musste geschlummert haben, die Zeit bis zum Morgen war zu schnell vergangen.

Sie erhob sich aus dem Bett, schlüpfte in ihre Pantoffeln und trat in ihrem Nachthemd an die Dachluke. Da stand die Kutsche vor dem Keller. Der Fahrer lief um das Gefährt herum, verstaute einen Koffer auf der Rückseite. Und da war Alexander, mit Mantel und Hut, die Krempe tief ins Gesicht gezogen. Vermutlich sah man ihm an, dass er am Abend tüchtig gefeiert und sich hinterher noch vergnügt hatte. Auch sie spürte einen pochenden Schmerz an den Schläfen, obwohl sie während ihrer Arbeitszeit keinen Schluck trank. Wie eine geschlossene bleigraue Wolkendecke hing der Druck in ihrem Kopf. Da fuhr er weg von ihr, der Mann, der ihr den Sommer versüßt hatte und sie von einer Zukunft hatte träumen lassen. Er verharrte kurz, schaute zu ihr hoch, aber das schmutzige Glas verbarg sie. Sie hätte das Fenster öffnen können, doch sie entschied sich dagegen, hob nur eine Hand zum Abschied, obwohl er es nicht sehen konnte. Sie beobachtete, wie er in die Kutsche stieg. Seine Körperhaltung wirkte angespannt, er ruckte mit dem Kopf, als wäre ihm der Kragen am Hals zu eng. Seine Schritte waren fest und gerade, seine Schultern im teuren Mantel breit und straff, ein ehrenwerter Absolvent der Handelsschule, der auf eine glänzende Karriere in der Wirtschaft hoffen konnte. In diesen Minuten hatte er nur wenig Ähnlichkeit mit dem liebenswerten Hallodri, der er in ihren Armen gewesen war. Vom Bahnhof Leipzig nahm er einen Zug nach Deggendorf, hatte er ihr erzählt, dann mit der Pferdekutsche ein weiteres Stück bis auf das Gut seiner Eltern. Vermutlich hätte er sie, sobald er dort angekommen war, schon vergessen.

Und sie täte gut daran, es ihm nachzutun.

»Immer noch mit dem Kopf in den Wolken?« Gertrude Wimmer stemmte die Hände in die Hüften und betrachtete Lisa missmutig, die ratlos mit einem Tablett in der Mitte des Wirtshauses stand und überlegte, wer die Bestellung bei ihr aufgegeben hatte. Eine Woche war vergangen, seit sie sich von Alexander verabschiedet hatte, und ja, in mancher Minute fiel es ihr schwer, sich zu konzentrieren. Immer wieder glitten ihre Gedanken zu ihm. Was er wohl in diesem Augenblick gerade machte? Ob er sich schon in die Firma eingearbeitet hatte? War ihm bei einem Empfang ein passendes Fräulein über den Weg gelaufen, hatte er sich verliebt? Das alles ging sie nichts an. Sie ärgerte sich selbst darüber, dass sie die Grübeleien nicht abstellen konnte. Aber Gertrude sollte bloß nicht annehmen, sie trauere einem Mann nach!

Rasch besann sie sich und eilte zu dem Ecktisch, wo ihr das Ehepaar zuwinkte, das den Grauburgunder bestellt hatte. Als sie an die Theke zurückkehrte, zischte sie Gertrude zu: »Fass dir lieber an die eigene Nase, und pass auf, dass du nicht noch einmal drei Mark zu viel kassierst wie bei den Schützen am Stammtisch. Hattest wohl nicht damit gerechnet, dass sie nüchtern genug sind, nachzuzählen, oder?« Gertrudes Geiz war allgemein bekannt. Dass sie es nicht penibel genau nahm, wenn sie ihren eigenen Vorteil sah, überraschte Lisa nicht. Aber sie war tüchtig und flink, die Stammgäste schätzten sie und weder einer von ihnen noch Dankwerts vermuteten hinter den gelegentlichen Unstimmigkeiten bei der Rechnung Methode.

»Und du kannst von Glück sagen, dass der Chef nichts von deiner Liebschaft mit dem Studenten mitbekommen hat!«, gab sie bissig zurück. »Vorsichtig wart ihr ja nicht gerade. Und das nach Johannas Abgang! Dankwerts will nicht, dass der Keller in ein schlechtes Licht gerät.« Der Schalk trat ihr in die Augen, ein Hauch Fürsorge blitzte auf. »Wenn du dir einen neuen anlachst, such dir einen, der dich aus dem Elend herausholt, Mädel! Du bist jung und hübsch, da wird sich einer finden, der dir was bieten kann, bevor dich keiner mehr will.«

Lisa verbarg ihr Schmunzeln. Alexander Wallendorf galt im Auerbachs Keller nur als einer der zahllosen Studenten, die Jahre brauchen würden, bis sie auf eigenen Beinen standen. Nur sie wusste, dass er einer mächtigen Familie entstammte, die ihm bei seiner Heimkehr vermutlich den roten Teppich ausgerollt hatte.

Lisa und Gertrude wandten die Köpfe, als die Tür des Wirtshauses aufflog und ein halbes Dutzend Wandergesellen in ihren schwarzen Samtjacken und weiten Hosen das Gasthaus betrat.

Es gab viele Betriebe in Leipzig, die helfende Hände gebrauchen konnten, oft legten Handwerker auf der Walz einen Halt in der Gegend ein. Die Kleidung wies auf einen Holzberuf hin, vermutlich waren es Tischler. Ein lustiges Völkchen. Die Männer genossen die Freiheit und das Abenteuer, alle paar Wochen einen neuen Arbeitsplatz weit entfernt von der Heimat zu suchen, von der sie der je nach Zunft unterschiedlich gezogene Bannkreis für drei Jahre und einen Tag fernhielt. Sie steuerten einen Tisch an und riefen den Serviererinnen ihre Bestellungen zu. Dem Dialekt nach stammten sie aus dem Schwäbischen.

Gertrude deutete mit dem Kinn auf die Gruppe. »Übernimm du die. Ich kümmere mich um den Honoratiorentisch.« Dort nahmen soeben der Bürgermeister mit seinen Getreuen – Apotheker, Ärzte und Lehrer aus der Stadt – Platz. Verständlich, dass Gertrude sie lieber bediente. Man überbot sich gern beim Trinkgeld, um den anderen zu zeigen, dass man es sich leisten konnte. Die Handwerker hielten in der Regel ihre Groschen beisammen. Immerhin gab es ein freudiges »Hohoo!«, als Lisa herantrat. Sie lächelte in die Runde und verteilte routiniert die Gläser.

»Wenn wir gewusst hätten, dass hier die schönste Bedienung von Leipzig arbeitet, wären wir viel früher eingekehrt«, rief ein junger Mann, der seinen Hut aus dem Gesicht schob und Lisa wohlwollend betrachtete. Er hatte ein offenes Lächeln, bei dem sich Fächer von Fältchen um seine Mundwinkel legten, und dunkle Locken, die unter der Krempe hervorlugten.

»Wie lange seid ihr schon in der Stadt?«, erkundigte sich Lisa höflich.

Ein anderer mit schmalem Gesicht und rötlichem Haar antwortete: »Wir sind vor drei Monaten angekommen. Heute feiern wir unseren Ausstand. Morgen geht es weiter nach Dresden.«

»Oh, ein schönes Stück Weg habt ihr da vor euch.« Lisa hielt die Hände in die Hüften gestemmt und schwenkte den Rock, lächelte mal diesen, mal jenen an und freute sich daran, dass die Augen der Männer leuchteten. Das beste Gefühl seit Alexanders Abreise, dass auch andere nette Kerle nach ihr schauten. Also hatte er doch recht behalten. Sie würde das Kokettieren nicht verlernen, und irgendwann würde sie einem begegnen, den sie liebte und der bei ihr blieb.

»Zu Fuß wären wir gut fünf Tage unterwegs«, sagte ein dritter, der einen Schnauzbart mit gezwirbelten Enden hatte. »Aber meistens finden wir jemanden, der uns ein Stück des Weges auf seinem Karren mitnimmt.«

Zwei ältere Gesellen waren, von ihr abgewandt, in ein Gespräch vertieft und beteiligten sich nicht am Geplänkel. Ein dritter mit erheblichem Übergewicht und drei Speckfalten im Nacken starrte mit düsterem Gesichtsausdruck ins Glas, den Hut weit in die Stirn gezogen, sodass man seine Augen nicht sah, nur ein paar wulstige Lippen. Dem hat irgendetwas die Petersilie verhagelt, schoss es Lisa amüsiert durch den Sinn. »Ein Schnäpschen dazu, der Herr?«, forderte sie den schlecht gelaunten Handwerker frech heraus.

Der hob nicht mal den Kopf, starrte an der Krempe vorbei zu ihr auf und grunzte etwas, was Lisa als Zustimmung interpretierte. Die anderen meldeten sich ebenfalls und verlangten Hochprozentiges.

Der Abend wurde unterhaltsam. Die freundlicheren Gesellen verwickelten sie in Gespräche, schäkerten mit ihr und erkundigten sich plump, ob sie denn schon vergeben sei. Eine genaue Antwort gab Lisa nicht, sie fand das Gleichgewicht zwischen der Offenherzigkeit, die Dankwerts tolerierte, weil die Gäste dann mehr tranken als vorgehabt, und dem, was in seinen Augen zu viel des Guten sein mochte. An diesem Abend strich er einen ordentlichen Gewinn an dem Tisch ein. Die Wandergesellen fühlten sich dank Lisa wohl im Keller und blieben bis zur Sperrstunde.

Lisa spürte die Schicht in den Beinen. Die Muskeln schmerzten, die Sehnen waren verspannt, alles in ihr schrie danach, sich hinzulegen und auszuruhen. Aber sie behielt ihre Freundlichkeit bis zur letzten Runde bei und ließ sich zur Freude der Handwerker von dem Rothaarigen am Ende sogar die Hand küssen. Gegen ihren Willen errötete Lisa, da es sie an die erste Zeit mit Alexander erinnerte. Auch er hatte spielerisch nach ihrer Rechten gegriffen und theatralisch seine Verehrung ausgedrückt. Die anderen Burschen verneigten sich mit der Hand auf der linken Brustseite. Ihr gefiel diese respektvolle Art, mit der sie ihre Sympathie ausdrückten. Wenig später zahlte Dankwerts seine Kellnerinnen aus. Lisa steckte die Münzen zu dem Trinkgeld in ein Ledersäckchen, das sie in ihrer Rocktasche verstaute. Vor dem Gasthaus verabschiedeten sich die beiden Frauen voneinander. Gertrude wohnte in einem Mietshaus einen Kilometer entfernt, zu dem sie zu Fuß gehen würde, ihre Schritte klackten auf dem Pflaster und verhallten in der Dunkelheit. Zu dieser nächtlichen Stunde hielt sich kein Mensch mehr in Auerbachs Hof auf. Die Nachtschwärmer waren in andere Gaststätten eingekehrt, die sich hinter zugezogenen Fensterverschlägen nicht um die Sperrstunde scherten. Die Tropfen eines leichten Nieselregens tanzten im Schein einer einzelnen Lampe vor dem Keller, die als Notbeleuchtung diente, damit niemand die Stufen hinabstürzte. Lisa sah keine zwei Meter weit, der Mond verbarg sich in dieser Nacht hinter dicken Wolken. Sie zog den Kopf zwischen die Schultern, wickelte sich das durch den leichten Schauer immer schwerer werdende Tuch eng um Hals und Brust und schritt zügig aus. Sie sehnte sich nach ihrem trockenen, warmen Bett.

Da vernahm sie ein Tappen hinter sich. Hatte Gertrude etwas vergessen? Aber es klang nicht wie eine Frau. Sie beschleunigte, ihr Herz setzte für einen Moment aus, als das Stapfen in ihrem Rücken schneller wurde. Näher kam. Lisa blieb abrupt stehen und wirbelte herum, bereit, den Verfolger zur Rede zu stellen, was der Unsinn sollte. Angst konnte er jemand anderem einjagen! Doch sie kam nicht dazu, auch nur eine Silbe über die Lippen zu bringen. Eine nach Zwiebeln stinkende Pranke presste sich auf ihren Mund, umschloss die gesamte untere Hälfte ihres Gesichtes. Lisa schrie und hörte ihre eigene Stimme wie von einer meterhohen Schicht Filzdecken gedämpft. Sie spürte eine Hand wie eine Eisenzwinge auf ihrer Brust. Der Mann schleifte sie in eine Seitengasse, als wäre sie puppenleicht. Hier standen überquellende Mülleimer, Kisten mit verfaultem Obst, es stank nach Katzenurin und toten Mäusen. Sie strampelte, versuchte, die Zähne in die Haut der Hand zu schlagen, aber der Griff war unerbittlich, die Kraft gewaltig, sodass sie dem nichts entgegensetzen konnte. Die Panik unter ihrer Schädeldecke drohte ihr den Kopf zum Platzen zu bringen, ihre Augäpfel schmerzten vom Druck, sie rang voller Grausen um Atem, weil ihr Angreifer halb ihre Nasenlöcher bedeckte. Regentropfen perlten über ihre Stirn in ihre Augen.

Die Hand auf ihrem Mund blieb, die andere zerrte an ihrem Tuch und ihrer Bluse, riss die Knöpfe weg, bis ihr Busen herausglitt. Dann wanderten die Finger unter ihren Rock, hoben ihn an, während sich der Mann mit all seinem Gewicht von hinten auf sie drückte, sodass sie sich beugen musste.

Der Schmerz raste durch ihren Leib wie ein glühender Dolch, als er in sie stieß.

»Hab doch gleich gesehen, dass du einen ganzen Kerl brauchst. Nicht solche Kümmerlinge, die dir das Händchen küssen«, grunzte der Mann. »Aber für mich hast du ja keinen Blick gehabt. Guckst nur nach den Jüngelchen. Bei mir kriegst du, worum du gebettelt hast.« Mit einem Aufstöhnen und abgehacktem Keuchen unterbrach er sein Geschwafel.

In derselben Minute entflog Lisa ihrem Körper, floh mit ihrem Verstand in eine bessere Welt, in der es hell war und Wiesenblumen ihren Duft verströmten. Sie spürte das Ruckeln, den beißenden Schmerz, aber ihre Seele flüchtete. Sie zählte die Sekunden, bis es vorbei war, machte sich in der Umklammerung schlaff wie ein Jutesack. Sie ließ es geschehen, nahm nur aus dem Augenwinkel den schwarz behaarten Unterarm wahr, auf den der Regen rund um einen Leberfleck mit den Umrissen eines Kleeblatts tropfte. Wie unpassend, dachte sie. So eine hübsche Form für ein so hässliches Mal.

Am nächsten Tag wusste Lisa nicht mehr, wie sie es zu ihrer Stube geschafft hatte. In ihrem Ohr klangen die letzten Worte des Mannes: »Wenn du einem davon erzählst, komme ich wieder. Dann bringe ich dich um.« Er hatte sie von sich gestoßen, den Latz seiner Handwerkerhose zugeknöpft und war davongestapft, als wäre nichts passiert. Im stärker werdenden Regen hatte sie gefroren, war taumelnd losgelaufen, mit dem Tuch notdürftig ihre zerrissene Bluse bedeckend.

Sie wusch sich länger als eine Stunde, hatte das Gefühl, die Beschmutzung in ihrem Leben nicht mehr loszuwerden. Tränen liefen über ihre Wangen, aber auch sie spülten ihr Inneres nicht rein. Kurz überlegte sie, sich an diesem Tag krankzumelden. Doch was sollte es helfen, waidwund im Bett zu bleiben und damit zu riskieren, dass Dankwerts ihr kündigte? Noch bevor der Wirt die Tür zur Gaststätte für die Gäste aufschloss, zog Lisa Gertrude in einen Abstellraum hinter der Theke, in dem sie die Fässer lagerten. Die ältere Kollegin war keine Vertraute für sie, aber sie musste ihre Seele erleichtern, wenn sie an dem Erlebten nicht zugrunde gehen wollte.

»Ich … ich bin gestern vergewaltigt worden«, brach es aus ihr heraus.

Gertrude verdrehte die Augen. »Hättest du nicht aufpassen können, verdammt?«

Ein Sturzbach von Tränen lief über Lisas Wangen. »Ich konnte nichts dafür! Ich habe niemanden ermuntert!«

»Offenbar doch«, gab Gertrude kaltherzig zurück, und Lisa wollte nur an ihr vorbei in den Schankraum. Wie dumm sie war, etwas wie Mitgefühl von ihr zu erwarten! Einen Rat, was sie tun sollte. Die Ältere hielt sie fest, in den Augen zumindest eine Spur dessen, was Lisa sich wünschte, obwohl die Worte kalt blieben. »Wenn du meinst, dass ich grausam bin, dann überleg dir, wie sie dich bei der Polizei anschauen werden. Willst du dir das wirklich antun?«

»Aber er hat eine Strafe verdient«, presste sie hervor.

»Ganz bestimmt hat er das. Und was bringt die dir? Sie werden dich demütigen und eine Hure nennen, und wenn es einer der Gäste war, wird er im Handumdrehen ein halbes Dutzend Zeugen vorweisen, die bestätigen, dass du ihn herausgefordert hast.«

Lisa ging im Geiste den vergangenen Abend durch. Sie hatte sich keine Schuld aufgeladen, und dennoch würde jedes Gericht diesem verdammten Kerl mehr glauben als ihr. Nein, sosehr es schmerzte, aber Frauen hatten es nicht leicht in dieser Welt, und als Schankmagd war sie in den Augen vieler ohnehin nur ein Mensch zweiter Klasse. Sie musste das Geschehene in sich vergraben, versuchen, ins Leben zurückzufinden. Nur wie sollte sie das schaffen mit dieser inneren Wunde, die wie Feuer brannte? Wie sollte sie jemals wieder einen Mann in ihre Nähe lassen, ohne die Erinnerung an diese Begegnung in der vermüllten Gasse hervorzurufen?

Drei Jahre später, im Oktober 1911, polterte Lisa die ausgetretene Stiege hinab. Hinter ihr erzeugten Mattis kleine Füße einen schwachen Nachhall ihrer Schritte. Die zweite Stufe knarzte, wie immer sprang er darauf herum. Dabei wusste er, dass er die Alte in der Stube nebenan weckte!

Ein Bild aus früheren Zeiten kam Lisa in den Sinn. Wie Alexander auf dem Weg nach oben leichten Fußes über diese Stufe gesprungen war, wie er sie kurz darauf hochgehoben hatte und sie sich lachend in die Arme gefallen waren. Eine halbe Ewigkeit war das her, fast wie aus einem anderen Leben. Die Nachbarin hatten sie immer nur abfällig »die Schüppe« genannt, doch wenn ihr Sohn Matti dabei war, riss sie sich zusammen, nannte sie höflich »Frau Schüppe«. Matti sollte tadellose Umgangsformen erlernen. Vielleicht schaffte er es irgendwann aus diesem Elend hinaus, in das seine Mutter ihn hineingeboren hatte.

Als sie mit ihm im Juni 1909 niedergekommen war, hatten ihr nur Gertrude und eine von ihr organisierte Hebamme beigestanden. Die Geburt war überraschend schnell gegangen, die Helferin meinte, eine solch komplikationslose erste Niederkunft hätte sie nie zuvor erlebt. Matti war ein pralles, rosiges Baby mit dunklem Haarschopf gewesen, das mit den Fäusten gefuchtelt und mit seinen blauen Augen direkt in ihr Herz geblickt hatte. Während der Schwangerschaft hatte sie gebetet, dass sie erkennen würde, dass es Alexanders Kind war, ein Junge, ihm vielleicht wie aus dem Gesicht geschnitten. Aber das Muttermal an seiner rechten Elle ließ keinen Zweifel an seinem Erzeuger.

»Gib ihn ab. Mach dir das Leben nicht schwer, Kind«, hatte Gertrude gedrängt.

Aber, Himmel, auch wenn der Vater dieses Jungen ein krimineller Mistkerl war, was konnte das zarte Wesen dafür? Dieser Kleine, der sie mit ängstlichen Blicken zu fragen schien, ob sie ihn denn liebhaben könne. Lisa hatte ihn an sich gedrückt und ihm ins Ohr geflüstert: »Ich lasse dich nicht im Stich. Du kannst dich immer auf mich verlassen.« Die Liebe war mit jedem Tag gewachsen. Matti nahm ihre eigenen Züge an, die schwarzen Haare stammten aus ihrer Familie, und die Augenfarbe war mit ihrer identisch. Er besaß runde Wangen wie sie und einen zum Lachen geschwungenen Mund. Ein Kind, das man ins Herz schließen musste. Selbst Gertrude, die als Einzige die Wahrheit um seine Herkunft kannte, wurde im Lauf der Wochen milder, streichelte ihm lächelnd übers Köpfchen, wann immer sie sich sahen.

Der Wirt Hannes Dankwerts hatte ihre Schwangerschaft missmutig beobachtet, ihr am Ende zwei Wochen freigegeben und drei Wochen für die erste Zeit mit dem Kind. Lisa war ihm unendlich dankbar für diese ganz und gar nicht übliche Großzügigkeit. Anderen hätte er gekündigt. Dass er ihr, als sie bereit war, wieder im Ausschank zu arbeiten, den Abstellraum hinter der Theke zur Verfügung stellte, wo Matti schlafen und gefüttert werden konnte, trieb Lisa Tränen in die Augen. Sie drückte dem Wirt im Überschwang einen Kuss auf die stoppelige Wange, aber der winkte nur ruppig ab. »Sieh zu, dass deine Arbeit nicht darunter leidet. Noch mehr kann ich wirklich nicht für dich tun.«

Lisa gab ihr Bestes, ihn nicht zu enttäuschen. An diesem Tag im Oktober 1911 allerdings fühlte sie sich dünnhäutig und verletzlich, und dieser Nieselregen brachte sie im Geiste zurück zu jener schrecklichen Nacht, in der der fette Wandergeselle in der Müllgasse über sie hergefallen war. Sie fühlte ein inneres Zittern, versuchte es vor Matti zu verbergen, als sie mit ihm auf dem Arm an den vor der Tür wartenden Studenten vorbei in den Keller trat, ihr Lachen hinter sich. Der Männergesangs-

260

verein stimmte ein Lied an, Lisa zupfte Matti den Hemdsärmel zurecht, der zu kurz war, um dieses verdammte Mal zu verdecken.

In manchen Stunden konnte sie sich vorgaukeln, ihr Sohn wäre einer glücklichen Beziehung entsprungen. Eine fürsorgende Mutter, ein wunderbares Kind – es fehlte nur der Vater. Aber an Tagen wie heute stieg das Grauen in ihr hoch – und die Gewissheit, dass sich ihr niemals mehr ein Mann ohne ihr Einverständnis nähern durfte. Dass sie den Verstand verlieren würde, wenn sie noch ein einziges Mal jemand gegen ihren Willen berühren würde.

14

November 1911, Washington

Die niedrig hängende Wolkendecke über dem Weißen Haus kündigte einen regenschweren Tag in der Hauptstadt an. Trotz des von eindrucksvollen Säulen getragenen Dachs vor dem Besuchereingang sammelte sich die Feuchtigkeit auf Harvey Wileys dicht gewebtem Mantel, als er aus dem tuckernden Automobil stieg. Mit flottem Schritt lief er die wenigen Meter zur Treppe. Die Sicherheitsbeamten registrierten sein Erscheinen, ohne mit der Wimper zu zucken. Wiley war der Niederschlag so gleichgültig wie die Mitarbeiter des Weißen Hauses, die seinen Weg durch den Ostflügel kreuzten. Er war bester Laune, während er dem Mann Anfang dreißig folgte, der ihn mit einer knappen Begrüßung in Empfang genommen hatte und jetzt zu dem Raum geleitete, den Taft für den heutigen Termin gewählt hatte.

Dass der Präsident umgehend gehandelt und die empfohlene Expertenkommission einberufen hatte, nährte die Hoffnung, dass am Ende doch noch alles gut wurde und er die Oberhand in dieser Angelegenheit behielt. Das Tempo, mit der die unter Ira Remsens Leitung arbeitenden Wissenschaftler die Studien zusammengetragen, ausgewertet und Remsen dann zu einer abschließenden Urteilsbildung vorgelegt hatten, war beeindruckend – und ließ nur einen Schluss über das Ergebnis zu. Gleich morgen konnte Wiley es angehen, das verdammte

Saccharin aus sämtlichen Lebensmitteln zu verbannen! Ob es Remsen, der für den heutigen Tag aus Baltimore angereist war, gefallen würde, bei den ersten Schritten dabei zu sein? Ein Besuch des *Bureau of Chemistry* käme ihm bestimmt gelegen. Den Tag, den er dafür länger in Washington verbringen musste, nahm er sicher gern in Kauf.

Der junge Mann öffnete eine doppelflügelige Tür. Wiley trat in den Konferenzsaal, der sich dahinter verbarg. Bei den Umbauten, die Präsident Taft hatte vornehmen lassen, hatte Wiley den Überblick verloren, ob er schon einmal hier gewesen war. Der Teppichboden wirkte neu und schluckte jeden Laut. Die Wände waren schlicht verputzt, einige wenige Stilelemente stachen ins Auge. Der Leuchter über der langen Tafel war zu pompös, erhellte die Gesichter der bereits Sitzenden aber entsprechend gut. Abseits des Tischs hatten sich zwei Gruppen gebildet. Dort stand Sherman, der sich im Oktober als Sprecher der Industrie aufgespielt hatte. Er war umringt von weiteren Vertretern bekannter Unternehmen, die finster zu Wiley herüberstarrten. Er nahm es als Kompliment. Sollten diese Leute ihn jemals freundlich empfangen, hatte er etwas falsch gemacht.

Die andere Gruppe bestand aus den Chemikern, die dem Präsidenten entweder von Wiley direkt oder von Remsen empfohlen worden waren. Neben Remsen erkannte Wiley dessen Vertrauten Harmon Northrop Morse. Trotz seiner unbestreitbaren Erfolge nicht Wileys erste Wahl, aber Remsen hatte auf ihn beharrt. Das Murmeln im Raum erstarb, als Tafts persönlicher Sekretär durch eine unscheinbare Tür am anderen Ende den Saal betrat. »Meine Herren, der Präsident der Vereinigten Staaten von Amerika.« Taft trat ein, und Wiley unterdrückte den Gedanken, dass er in den Raum rollte. Er steuerte schwerfällig das nahe Kopfende des Tischs an. Der gepolsterte Stuhl dort stand ausreichend weit von der Tischkante entfernt. Taft setzte sich, machte ein paar ruckelnde Bewegungen nach vorn, ohne dass sich der Sessel auf dem Teppich bewegte, und faltete die Hände über dem gewaltigen Bauch, darauf wartend, dass alle Platz nahmen.

Wiley entdeckte sein Namensschild. Remsen hockte vier Stühle weiter. Als Ruhe eingekehrt war, nickte der Sekretär drei Damen zu, die mit Mappen in den Armen bereitstanden und diese flink verteilten. Der Abschlussbericht. Wiley juckte es in den Fingern, ihn aufzuschlagen, aber einen Fehler wie beim ersten Treffen, als er zu unüberlegt vorgeprescht war, würde er nicht noch einmal begehen. Er warf einen Blick quer über den Tisch auf Sherman, der dem Präsidenten deutlich näher saß. Auch ihm war die Ungeduld anzumerken.

»Danke, dass Sie alle meiner Einladung gefolgt sind«, eröffnete Taft die Sitzung. »In den vergangenen Wochen haben die hier anwesenden Wissenschaftler sich um die Antwort auf die Frage bemüht, ob Saccharin gesundheitsschädlich ist oder nicht. Ob es weiter zum Wohle der amerikanischen Wirtschaft und des Volkes Verwendung zum Süßen von Konserven, Getränken und Ähnlichem finden oder ob es einer Untersuchung durch das von Mr Wiley geleitete Büro unterzogen werden soll. Als Vorsitzenden der Kommission habe ich den Präsidenten der Johns-Hopkins-Universität gewinnen können, Ira Remsen.«

Remsens Begleiter applaudierten, die Vertreter der Industrie stimmten zögerlich mit ein. Auch sie wussten um die Verwicklungen zwischen Remsen und Constantin Fahlberg und ahnten das Pfund, das Wiley mit ihm in die Waagschale geworfen hatte.

»Sie sind zu einem Ergebnis gekommen, Mr Remsen?«

Die Frage war rein rhetorisch. Schließlich lag der Bericht in Griffweite vor jedem Teilnehmer. Remsen antwortete trotzdem: »Das bin ich, Mr President.«

»Nun denn.« Taft nickte in die Runde. Er selbst ließ seine Ausführung des Reports liegen. Er hatte den Inhalt vermutlich bereits eingehend studiert und die heutige Begegnung entsprechend vorbereitet.

Wiley nahm sich sein Exemplar mindestens so eilig wie Sherman auf der anderen Seite. Rascheln erfüllte den Raum. Das Dokument war umfangreicher als erwartet. Wiley überflog es nur und blätterte zum Fazit vor. Da! Remsen dankte für die Möglichkeit, sich fachlich äußern zu dürfen, legte noch einmal in wenigen Sätzen seine Sichtweise zur Entdeckung des Stoffs dar und fasste dann die über die Jahre angestellten Studien zusammen. Diese zeigten eindeutig, dass … Wiley wich das Blut aus dem Kopf. Was schrieb Remsen da? Kein Zweifel an der Einhaltung der wissenschaftlichen Standards? Keine Hinweise auf eine Einflussnahme durch Fahlberg? Saccharin sei demnach …

»… auch aus heutiger Sicht absolut unbedenklich in der Einnahme durch den Menschen, in manchen Fällen, wie beispielsweise der diabetischen Ernährung, sogar empfehlenswert«, las Sherman den Satz vor, der sich in Wileys Eingeweide brannte. Ebenso wie der Blick des Konservenheinis, für den Wiley nicht einmal aufschauen musste, um ihn zu spüren. Und Sherman war nicht der Einzige, der ihn auf diese Weise ansah! Wie Nadelstiche von allen Seiten fühlte er die Neugier auf seine Reaktion. Er stierte auf das Papier, las zum wiederholten Mal die wenigen Absätze, die mehr Zerstörungskraft hatten als jeder Sprengstoff.

»Mr Remsen«, überging Taft Shermans Unverfrorenheit, ungefragt den Mund zu öffnen. »Leiten Sie uns bitte von vorn durch Ihre Arbeit.« Seine Stimme troff vor Selbstzufriedenheit. Übelkeit stieg in Wiley hoch. Hatte er sich vorhin zurückgehalten, das Dokument nicht an sich zu reißen, musste er jetzt alle

Kraft aufbringen, es nicht von sich zu schleudern und wutentbrannt den Raum zu verlassen! So knapp Taft das Treffen im Oktober gehalten hatte, so ausführlich zelebrierte er das heutige und demontierte Wiley mit jedem Satz, den Remsen über die wirklich außergewöhnliche Entdeckung und die besonderen Eigenschaften von Saccharin verlor, umso mehr. Der Präsident stutzte ihn nach Strich und Faden zurecht, ohne dass er selbst etwas sagen musste. Undenkbar, dass Wiley im Angesicht dieser Niederlage weiterhin auf sicherem Posten im Ministerium stand. Über Remsens monotonen Vortrag hinweg glaubte er, die Speichellecker schon an der Tür kratzen zu hören, die ihm bislang nach dem Mund geredet, sich hinter seinem Rücken aber in Stellung für die Nachfolge gebracht hatten. Die Geier kreisten.

Er musste mit Anne reden! Auf den wachen Verstand seiner jungen Frau konnte er sich verlassen. Wie hatte er in der Sache nur so blind sein können? Gemeinsam mit ihr würde er überlegen, wie es weitergehen sollte. Das Beste wäre wohl, umgehend auf das Angebot von *Good Housekeeping* einzugehen. Das Gehalt war aller Ehren wert, und er erreichte mit seiner Arbeit dort auf direktem Weg die amerikanischen Haushalte. Doch vorher musste er diese Demütigung hinter sich bringen, ohne vollends das Gesicht zu verlieren. Er tat, als vertiefe er sich in die Stellen, über die Remsen gerade sprach, nickte ab und zu.

Die Tortur dauerte eine geschlagene Stunde. Taft ließ Nachfragen von Seiten der Industriellen zu, die vor allem Sherman genüsslich nutzte, um seinen Finger schmerzhaft in Wileys Wunde zu bohren. Wiley selbst hatte sich nicht zu Wort gemeldet und war auch von Taft noch nicht angesprochen worden. Das änderte sich nun.

»... doch genauso sehen, Mr Wiley. Nicht wahr?«

Er sollte zu Kreuze kriechen. Den Fehler eingestehen, von dem er nicht glaubte, ihn begangen zu haben. Denn selbst wenn Saccharin tatsächlich ohne schwerwiegende Schäden für die Gesundheit eingenommen werden konnte, war es dennoch Lug und Trug, den Leuten mit Zucker gesüßte Lebensmittel vorzugaukeln, solange darin künstlicher Süßstoff steckte.

»Mr Wiley?«

Dies war eindeutig der Tiefpunkt seiner wechselvollen Karriere. Er atmete ein, dann nickte er. »Wenn die Kommission zu diesem Ergebnis kommt, bin ich zufrieden«, rang er sich ab. Shermans Grinsen reichte von hier bis nach Texas.

Taft fuhr fort: »Ihre Leistungen für das amerikanische Volk in allen Ehren, Wiley. Aber Sie haben sich beim Saccharin in etwas verrannt. Es ist unbedenklich. Genau das habe ich Ihnen vorhergesagt, aber Sie haben mein Urteil angezweifelt. Sehen Sie es als Zeichen meines Respekts, dass ich auf Ihren Vorschlag hin überhaupt tätig wurde.« Auf Wileys Vorschlag hin, ja. Und den Hinweis auf die anstehenden Wahlen. »Mit diesem Bericht ist endgültig Schluss mit der Hexenjagd. Habe ich mich klar ausgedrückt?«

»Ja, Mr President.«

Taft erhob sich schwerfällig. »Nachdem das erledigt ist, wende ich mich wichtigeren Dingen zu. Und Sie, Mr Wiley, überlegen sich das nächste Mal bitte sorgfältiger, mit welchen Anträgen Sie mich behelligen.«

Sie wussten beide, dass es kein nächstes Mal geben würde. Wiley war vernichtend geschlagen. Er senkte den Kopf, was als Einverständnis durchgehen konnte, vermied aber, wieder aufzuschauen. Erst als der Präsident den Raum verlassen hatte, weitere Stühle rückten und die Unterhaltung der erleichterten Bagage rund um Sherman anschwoll, als tuschele eine Schulklasse, kaum dass der Lehrer fort war, stand er auf und blickte sich um. Wo war Remsen? Der Wissenschaftler verließ gemeinsam mit Morse den Saal. Die Wut meldete sich ohne Vorwarnung. Wiley pflügte durch die Leute. Sollten die Industriellen doch spöttisch lächelnd zur Seite springen, es kümmerte ihn nicht mehr. Nur Shermans Fratze versetzte ihm einen weiteren Stich. Hochmütig tippte der sich an die Krempe seines Huts, den er gerade aufgesetzt hatte. »Einen schönen Tag, Wiley!«

Er ignorierte ihn, ließ sogar den eigenen Mantel hängen und eilte Remsen und Morse hinterher. Im Flur fing er sie ab. »Mr Remsen, auf ein Wort!«

Einige Mitarbeiter des Weißen Hauses sahen überrascht von der Lautstärke herüber, gingen dann aber weiter ihrer Arbeit nach. Remsen und Morse hingegen blieben verwirrt stehen. Morse schaute an Wiley vorbei. Natürlich ließ dieser Sherman sich das Spektakel nicht entgehen, von dem er Zeuge zu werden hoffte. Schließlich hatte Wiley sich mit Remsen selbst den Henker ausgesucht. Wiley griff nach Remsens Arm. Er führte den Wissenschaftler einige Meter abseits. Remsen wirkte irritiert, ließ es aber mit sich geschehen.

»Ich habe Sie für diese Kommission vorgeschlagen«, kam Wiley ohne Umschweife auf den Punkt. »Natürlich hatte ich dabei Ihre Vorgeschichte im Kopf. Ich bin davon ausgegangen, dass Sie … Sie …« Nun zögerte er doch.

»Was?« Plötzlich strahlte Remsen die ganze Würde des Präsidenten einer renommierten Universität aus. »Dass ich meine Empfehlung in Ihrem Sinn abgebe, ungeachtet der offensichtlichen Tatsachen?« Er wirkte kurz erbost, wurde dann aber milder. »Die Berufung durch das Weiße Haus hat mich in einen Gewissenskonflikt gestoßen, das gebe ich zu. Wäre es nicht Taft persönlich gewesen, der die Bitte ausgesprochen hätte, ich hätte abgelehnt. Aber wissen Sie, Mr Wiley, letzten Endes bin ich froh darum, wie es gekommen ist.«

Was wollte Remsen damit andeuten? Zum ersten Mal fühlte Wiley sich so, wie die Nachkömmlinge im Ministerium ihn vermutlich schon seit einiger Zeit sahen: alt und nicht länger auf der Höhe. Die Wut, die er gerade noch auf Remsen verspürt hatte, prallte an dessen vornehmer Haltung ab, verpuffte. Ein Strohfeuer. Zu mehr war Wiley nach dem heutigen Tag nicht in der Lage. »Wieso das?«, fragte er, als Remsen nicht von sich aus fortfuhr. Wann hatte seine Stimme je dünner geklungen?

»Weil ich mich damit selbst von einem Geschwür befreien konnte, das ich schon zu lange mit mir herumgetragen habe.« Nun galt die Milde eindeutig Wiley, was die Situation verschlimmerte. Wiley brauchte keinen Lehrer, er hatte einen Mitstreiter gesucht! Einen, der auf seiner Seite stand! »Ich habe mich insgeheim immer vor der Antwort auf die Frage gefürchtet, ob ich auch in Bezug auf Constantin Fahlberg auf die Art hätte handeln könnte, die ich mir zur Maxime gemacht habe«, sagte Remsen. »Die letzten Wochen haben gezeigt, dass ich dazu fähig war. Ich habe ihm und seinem Cousin nie den wirtschaftlichen Erfolg geneidet, müssen Sie wissen. Es hat doch sein Gutes, wenn viele Menschen erkennen, welchen Segen die moderne Chemie für ihren Alltag bedeutet. Was mich gestört hat, war Fahlbergs anhaltende Missachtung meiner Beteiligung an der Sache. Damit hat er mein Ansehen beschädigt, finden Sie nicht?« Sein Lächeln wurde breiter, Wiley konnte nur weiter zuhören, ihm war das Heft längst aus der Hand genommen. »Aber genau das ist der Punkt. Ich werde dieses Ansehen nicht noch selbst damit beschmutzen, indem ich mich auf unlautere Weise für das mir widerfahrene Unrecht revanchiere. Denn damit müsste ich meine Leidenschaft für die Sache aufgeben, der ich mein Leben verschrieben habe: die Wissenschaft.« Er wandte sich mit Morse zum Gehen. »Die Fakten sprechen für sich, Mr Wiley. Saccharin ist ein Segen für die Menschheit. Ich bin mir nicht zu fein, dies zuzugeben. Und damit ist die Sache für mich ein für alle Mal erledigt.«

Wenige Tage später in Magdeburg, Salbke

Die Ergebnisse sahen vielversprechend aus. Sie waren auf der richtigen Spur. Den großen Durchbruch bedeutete das nicht, aber August Klages war an diesem frühen Nachmittag zuversichtlich, dass er ihnen bald gelang. Er wandte sich an seinen Mitarbeiter im Labor der *Saccharin-Fabrik AG*: »Im nächsten Schritt sehen wir uns an, wie das o-Toluolsulfonamid mit Kaliumpermanganat oxidiert.«

August war gern von der Universität in die Wirtschaft gewechselt, aber noch immer spürte er das Kribbeln in sich, das ihn einst zur Chemie geführt hatte. Letzten Endes nahm alles hier seinen Anfang: am Labortisch. Dazu zählte auch das Pflanzenschutzmittel, mit dem er die Ernten im Deutschen Reich retten und der Fabrik auf Dauer das Überleben sichern würde, ungeachtet der Irrungen und Wirrungen rund um Saccharin. Die Bevölkerungszahlen stiegen stetig, Anbauflächen für Kartoffeln und Getreide standen nur begrenzt zur Verfügung, es galt mehr denn je, das Maximum aus der Landwirtschaft herauszuholen. Die Zeiten, in denen Bauern vor der Gallmücke, Pilzfäule und ähnlichem Ungemach zitterten, gehörten nach Augusts Verständnis bald der Vergangenheit an.

Sein Mitarbeiter, ein junger Mann mit tief in den Höhlen liegenden Augen und einem schmalen, an einen Fuchs erinnerndem Gesicht, notierte die Anweisung in einer Kladde. Er war kein geborener Chemiker, von dem Weltbewegendes zu erwarten war, aber tüchtig genug, dass man ihm diese Aufgabe anvertrauen konnte.

August verließ das Labor und steuerte sein Büro an, als vorn die Haupttür des Gebäudes schwungvoll aufgerissen wurde, sodass sie beinahe aus den Angeln fiel. Nasskalter Wind wehte herein, der Moritz List förmlich vor sich her in den Flur zu treiben schien. In der Hand hielt der Unternehmer ein Blatt, mit dem er freudig wedelte, als er August entdeckte.

»Ha!«, tönte List und bewegte das Papier heftiger. Er ballte die Faust und stieß sie in die Luft. Ohne innezuhalten, lief er auf August zu, bis über beide Ohren grinsend, und streckte ihm das Schreiben hin. Die Nachricht hatte, wie August mit einem schnellen Lesen feststellte, ihren Ursprung zwei Tage zuvor in einem Treffen wichtiger Fabrikanten mit dem Präsidenten der Vereinigten Staaten genommen. Für die meisten war es nur eine Randnotiz in der *Washington Post* am Morgen darauf gewesen, aber der Importeur, der sein Saccharin aus Salbke bezog, hatte nach Deutschland telegrafiert.

»Wir können aufatmen!« List ließ ein hörbares Seufzen entweichen. Die Last der letzten Wochen war ihm anzusehen. Er wirkte älter, die Wangen eingefallen, die hohe Stirn fleckig, als zeichnete sich jede schlaflose Nacht darauf ab. Den Anfang hatte es mit einer anderen Nachricht aus Übersee genommen. Moritz List hatte sie aufgewühlt wie keine zuvor. Angeblich setzte der Leiter einer dem Landwirtschaftsministerium unterstellten Lebensmittelbehörde schon seit einiger Zeit sämtliche Hebel in Bewegung, um Saccharin in den Staaten zu verbieten. Präsident Taft war bislang der Linie seines Vorgängers Roosevelt gefolgt und damit auch dem Süßstoff treu geblieben. Aus unerfindlichen Gründen hatte er sich dann doch überreden lassen, die zum Saccharin gemachten Studien einer Untersuchung zu unterziehen. Diese Aufgabe hatte er ausgerechnet Ira Remsen erteilt. Das entbehrte nicht einer gewissen Komik, fand August, aber List hatte Gift und Galle gespuckt. Er hatte täglich nach Neuigkeiten verlangt. Weit schlimmer war, dass er August zunehmend von der Arbeit abgehalten hatte. Seine Litanei kannte er auswendig: In den Staaten ließen sich ähnlich inkompetente Politiker vor den Karren spannen wie in Europa. Es war gleich, ob Zuckerbarone oder selbst ernannte Gesundheitshüter ihn lenkten. Die Bevölkerung hätte hier und jenseits des Großen Teichs ein verdammtes Recht auf Saccharin. Auch jetzt setzte List an, hielt aber inne und bedachte August mit einem langen Blick. »Du freust dich gar nicht.«

Das stimmte. Die Zeit für das Theater war vorbei. Der Durchbruch rückte in greifbare Nähe. Zwar würde es noch Jahre dauern, sein Pflanzenschutzmittel auf den Markt zu bringen. Die ersten Veränderungen standen dennoch an. Wenn sie List denn überzeugen konnten. Der Vorstand hatte August bei der Forschung freie Hand gelassen, eine Umstrukturierung des laufenden Betriebs musste aber vom Aufsichtsrat genehmigt werden. Dort hatte List genug Freunde, die ihnen noch einen Strich durch die Rechnung machen konnten.

»Also, was ziehst du für ein Gesicht, August? Der Export ist gesichert! Und damit die Zukunft der Fabrik! Und was das hier angeht«, er winkte erneut mit dem Blatt, das Klages ihm wieder überreicht hatte, »ist es auch für Max Arenburg vor der nächsten Anhörung von besonderem Interesse. Wenn sogar Remsen sich für die Verwendung von Saccharin ausspricht! Himmel, irgendwann müssen unsere Leute in Berlin ein Einsehen haben. Das Gesetz kann nicht ewig Bestand haben!«

»Bist du dir da sicher?«, sagte August. »Die Zuckerbarone haben Macht, das ist nicht von der Hand zu weisen.«

»Umso wichtiger ist es, dass sie endlich gebrochen wird! Saccharin ist ihrem Zucker in vielen Dingen überlegen. Führt man sich nur die Möglichkeiten im Bereich …«

»Warum muss sie gebrochen werden?« Die Frage war ernst gemeint, August gab seinem Gegenüber Raum, darüber nachzudenken.

»Nun«, begann List sichtlich verwundert. »Die Zuckerbarone können die Wahrheit nicht länger verschleiern.«

»Von welcher Wahrheit sprichst du? Von der wissenschaftlichen Seite aus stimme ich dir zu. Aber es ist auch eine Tatsache, dass die Zuckersteuer die größte Einzelsteuer im Deutschen Reich ist. Ob es uns gefällt oder nicht, das verleiht dem Anspruch der Barone immenses Gewicht. Nein, nimm es mir nicht übel, ich glaube, du bist ein Don Quijote, der gegen Windmühlen kämpft. Mit Max Arenburg als Sancho Panza an deiner Seite.« Deutlichere Worte waren zwischen ihnen noch nie gefallen. Aber List musste endlich aus dem schönen Traum erwachen, Wohl und Wehe der Firma weiter nur von einem einzigen Produkt abhängig zu machen! Die Süßstoffgesetze würden Bestand haben, das war Augusts persönliche Einschätzung. Wären die Politiker in Berlin wissenschaftlichen Argumenten gegenüber offen, hätten sie längst fallen müssen.

Er bedachte List mit einem langen Blick, schätzte ab, ob dies eine günstige Gelegenheit war. Der Plan war, ihn Anfang nächsten Jahres um eine Unterredung zu bitten, aber wenn der erste Schritt getan war, wieso nicht fortfahren? Er öffnete die Tür zu seinem Büro und gab List zu verstehen, ihm zu folgen. Drinnen wies er auf den Servierwagen: »Ein Weinbrand? Du könntest ihn nötig haben.«

Was für List wie ein Freudentag begonnen hatte, musste sich in seinen Augen in eine seltsame Richtung entwickeln. Mit argwöhnischer Miene nahm er einen Schwenker. August schüttelte den Kopf, als List den Asbach fragend hob, und wartete, bis mehr als der übliche Fingerbreit das Glas füllte. Dem Guten schwante wohl, dass er einen größeren Schluck brauchen würde. August hielt sich nicht lange mit Vorgeplänkel auf. »Die BASF sucht einen Produzenten für Schwefelsäure. Ich möchte, dass wir das übernehmen.«

List ließ sich keine Reaktion anmerken, betrachtete die goldene Flüssigkeit im Glas. »Kriegen sie das nach deinem Weggang in Ludwigshafen nicht mehr selbst auf die Reihe?«, fragte er dann doch angriffslustig.

August würde nicht den Fehler begehen, sich darauf einzulassen und unsachlich zu werden. Er musste bei den Fakten bleiben. »Der Bedarf ist stark gestiegen. Außerdem wollen sie Kräfte für die Erforschung der Ammoniaksynthese freisetzen.«

»Rüstungsindustrie? Die BASF ist für Farben bekannt.«

»Ja, und das soll auch so bleiben. Was die Rüstung angeht«, August zuckte mit den Schultern, »ich weiß nur, dass sie in die Produktion von Düngemitteln einsteigen wollen. Auch dafür benötigt man die Synthese.« Er beobachtete List genau. Begriff er denn nicht, dass die Sicherung von Nahrungsmitteln ein gewaltiger Markt war? Der größte chemische Konzern der Welt investierte nicht auf Verdacht in diesen Bereich. Es sprachen gute Gründe dafür. Aber offenbar war List nicht fähig, vorausschauend zu denken. Nicht erst seit gestern wurde er seinem verstorbenen Cousin Fahlberg in dieser Beziehung immer ähnlicher. Und von einem solchen Menschen hing das Schicksal eines Unternehmens ab!

»Für die Herstellung von Schwefelsäure sind wir nicht ausgelegt«, sagte List. »Unser Produkt ist und bleibt das …«

»Saccharin, ja! Das betonst du bei jeder Gelegenheit. Ich kann es nicht mehr hören, Moritz! Der Vorstand übrigens auch nicht! Hör mal, wir können eurem Süßstoff gern aus Tradition weiter verpflichtet bleiben. Aber allein auf ihn zu setzen ist wirtschaftlich ein Wagnis, das keiner eingehen will!«

Das Glas verharrte auf halbem Weg zum Mund, dann hob List es ruckartig an und trank den Weinbrand in einem Zug. »Das ist unerhört!« Er knallte den Schwenker auf den Tisch, dass August schon die Scherben sah. Es blieb heil, dafür wirkte

Lists Gesicht mit einem Mal, als wolle es zerspringen. »Wir sollen Zulieferer sein? Das ist dein Plan? Und der Vorstand steht dahinter? Was bist du? Eine Eintrittskarte zur BASF? Mehr nicht?« Er schüttelte den Kopf. »Der Aufsichtsrat wird das nicht zulassen! Dafür werde ich sorgen! Ich werde mit jedem Einzelnen sprechen!«

Bei denen, die August auf seiner Seite wusste, würde List überrascht sein, wenn er erfuhr, was sie wirklich von ihm hielten. Einige dachten natürlich ähnlich rückwärtsgewandt wie er, ein Teil war jedoch unsicher. Auf diese Männer kam es bei einer Abstimmung an. Ein langwieriges Schachern hinter verschlossenen Türen stand bevor, das August gern vermieden hätte. Wenn List in dieser Sache bloß nicht so ein Hohlkopf wäre und mit ihm an einem Strang zöge!

»Schau dir das an.« Er umrundete seinen Schreibtisch, öffnete eine Schublade. Einer seiner Professoren hatte ihn einst wegen seiner Unordnung gerügt, seitdem verließ er seinen Arbeitsplatz stets aufgeräumt und brauchte nur einen Griff, schon hatte er die Unterlagen, die er List zeigen wollte. Die ihn vielleicht überzeugen konnten. »Vorverträge. Über gewaltige Summen. Inklusive einer exakten Aufstellung, welche Maschinen wir weiterhin nutzen können und welche wir neu anschaffen müssten. Die Ausgaben sind nicht ohne, aber die Abnahmezusicherung der BASF ist Gold wert!« Zumindest überflog List das Papier. Vielleicht war doch ein Funken Vernunft in ihm? Konnte er seinen Forschergeist wecken? »Die Ludwigshafener setzen auf Düngemittel. Ich denke in eine ähnliche Richtung. Allerdings habe ich den Schutz der Saatpflanzen im Auge.« List horchte auf. Sein Blick war nach wie vor skeptisch, aber August fuhr fort: »*Fahlberg & List* hat zu lange auf nur ein Pferd gesetzt. Gegen alle Widerstände habt ihr, dein Cousin und du, weiter allein darauf vertraut. Ihr hättet schon früher ein zweites

Standbein aufbauen müssen.« Er wies auf das Papier aus den Staaten, das List noch immer in der Hand hielt. »Ja, es ist eine erfreuliche Nachricht. Der Absatz sichert das Überleben, bis die Neuausrichtung abgeschlossen ist. Aber mehr nicht. Veränderung oder Untergang, Moritz. So lautet die Devise. Also, was meinst du?«

List betrachtete das Blatt erneut, ließ es dann auf den Schreibtisch segeln und wandte sich, noch bevor es gelandet war, mit brennendem Blick August zu. »Nur über meine Leiche.«

15

Der Frost bereitete Gwendolyn Sorgen. Hoffentlich ernteten die Zulieferer die letzten Rüben ab, bevor Schnee fiel. Derartige Überlegungen teilte sie nur mit ihrer Schwiegermutter, die sie an diesem Morgen auf dem Weg zur Fabrik begleitete. Sie bezog ihr Fachwissen aus den Gesprächen mit Arbeitern und Bauern sowie aus den Zeitschriften, die Alexander in seinem Büro hortete, ohne offenbar selbst je einen Blick hineinzuwerfen. Es tat ihr gut, ihre Gedanken in diese Richtung zu lenken. Alles, was die Firma betraf, hatte sie im Griff. Alles Private hingegen war ein einziges verworrenes Durcheinander voller Schmerz und Unsicherheiten.

Wenn Alexander doch nur den Ansatz von Interesse für die Fabrik zeigen würde! Was sollte mit der Firma passieren? Was, wenn die letzten Worte seines Vaters immer noch in ihm nachwirkten und er sich im Lauf der Zeit weiter zurücknahm? Der alte Wallendorf hatte so schlecht von ihr gedacht, es traf Gwendolyn tief. Sie wusste, dass Alexander mehr auf die Meinung seines Vaters gab, als er sich jemals eingestehen würde. Wie sollte sie ihm beweisen, dass sie ihn um seiner selbst willen liebte, nicht weil er der Erbe eines riesigen Firmenimperiums war, wie der alte Wallendorf ihm einzureden versucht hatte?

Wie brachte sie ihn, verdammt noch mal, dazu, Lisa nur als

Mutter seines Kindes anzusehen und nicht als eine, in deren Armen er mehr Trost fand als bei seiner Frau?

All diese Gedanken fraßen Gwendolyn innerlich auf, ließen sie seit dem vor einer Woche belauschten Gespräch zwischen ihrer Schwiegermutter und Alexander stets in den frühen Morgenstunden aus dem Schlaf fahren und in endlose Schleifen von Grübeleien geraten. Jeder Rat suchenden Freundin hätte sie in einem solchen Fall empfohlen, den Mann zu verlassen, der sie betrog, nicht die Schuld bei sich zu suchen. Schwieriger war es, sobald man selbst in dieser Situation steckte und den Mann, um den sich alles drehte, wie verrückt liebte.

Aber auch das ungeklärte Verhältnis zu Martha wühlte sie auf und die Frage, wie es ihr jemals gelingen sollte, den Frieden zwischen ihnen wiederherzustellen. Sie liebte Martha, sie liebte Helena, und sie war entschlossen, die Chance wahrzunehmen, die ihre Schwiegermutter ihr eröffnet hatte.

Immerhin hatte sie darüber am vergangenen Abend mit Alexander geredet. Sie hatte ihm eindringlich in die Augen gesehen, als sie gefragt hatte, was er davon hielt, wenn sie zu ihrer älteren Schwester den Kontakt wieder aufnahm, hatte sich bemüht, nicht eine einzige Regung zu verpassen. Aber seine Mimik zeigte, dass Martha keine Gefühle mehr in ihm weckte, weder angenehme noch schlechte. Mit einem nach Bier riechenden Gute-Nacht-Kuss hatte er versichert, dass sie mit ihren Schwestern vereinbaren könne, was immer ihr gefiele. Hauptsache, sie war glücklich. Gwendolyn hatte den Schmerz verborgen. War ihm das alles gleichgültig? An diesem Morgen hatte Alexander mit ihnen gemeinsam gefrühstückt, sich dann verabschiedet. In seinem Ford war er davongebraust, hatte sie mit einer weiteren fadenscheinigen Erklärung von Lieferantenterminen und neuen Kunden abgespeist. Er hatte sich nicht einmal Mühe gegeben, ihr einen überzeugenden Grund zu nennen, warum er den täglichen Rundgang in der Fabrik abermals ihr überließ.

Gegen die Morgenkälte hatte Gwendolyn ihren Wintermantel aus dem Schrank geholt, die Hände in Fäustlinge gesteckt, einen gefütterten Hut aufgesetzt und warme Stiefel angezogen. Annegret neben ihr war ähnlich dick eingepackt, ihre Nase glänzte rot, ihr Atem bildete weiße Wölkchen, während sie zügigen Schritts auf die Fabrikanlage zuhielten. Die Sohlen knirschten auf dem Reif, die Eichen beim Wald streckten kahle Äste in den silbergrauen Morgenhimmel. In der Luft hing der süßliche Geruch nach Röstaromen und Melasse, der sich mit dem Kaminrauch aus der Werkssiedlung mischte. Die Frauen heizten die Wohnungen für ihre Kinder und die Männer, damit sie nach getaner Arbeit in ein behagliches Heim zurückkehrten. Kein Vogelzwitschern durchbrach das gleichmäßige Rattern und Zischen, das von den Fabriktürmen her zu ihnen drang.

»Kennst du die Kunden, mit denen sich Alexander heute treffen will?«, fragte Annegret.

»Nicht persönlich, aber ich glaube, es sind Süßwarenhersteller aus dem Rheinland.« Irgendwann hatte er von einem Bonbonfabrikanten aus Bonn gesprochen. Angeblich wollte der sich vom örtlichen Zuckerhersteller preislich nicht länger unter Druck setzen lassen. Ob es allerdings genau dieser Kunde war … Ob es überhaupt einen Kunden gab … Wenigstens war ihr eine Antwort eingefallen. Sie wollte die Schwiegermutter nicht in die Krise mit hineinziehen. Ohnehin bekam sie schon genug mit.

»In Verkaufsgesprächen beweist Alexander oftmals sein größtes Talent, findest du nicht? Was ihm an Organisationsvermögen und Verantwortungsbewusstsein fehlt, macht er durch seinen Charme und seine Redegewandtheit wett. Das hat er von Leopold.«

Gwendolyn hob den Kopf, musterte Annegret von der Seite, suchte in ihren Zügen nach Anzeichen von Sarkasmus. Aber ihr Gesicht blieb unbewegt, und Gwendolyn ließ es dabei bewenden. Himmel, Alexander hatte Wirtschaftshandel studiert! Da konnte doch nicht alles, was am Ende heraussprang, Charme und Redegewandtheit sein. Sie selbst war praktisch mit der Leitung der Firma ins kalte Wasser gesprungen. Das Einzige, was sie ansatzweise auf diese Aufgabe vorbereitet hatte, war das jahrelange Führen der Bücher im Betrieb ihres Vaters. Sie hatte gelernt, mit Zahlen umzugehen und zu vertuschen, wenn die Erträge durch kriminelle Machenschaften auf eine Art wuchsen, die nie und nimmer zu einem grundsoliden Familienbetrieb passte. Aber die Zuckerfabrik zu leiten bedeutete mehr als das Hin- und Herschieben von Mengen, das Prüfen von Einnahmen und Ausgaben, das Erstellen einer Gewinn- und-Verlust-Rechnung.

»Ja, das macht er tadellos«, sagte sie dennoch und schritt schneller aus, als der Wind ihr schneidend um die Wangen pfiff. In der Fabrikhalle würden sie sich aufwärmen können.

Ein gellender Schrei unterbrach ihre Gedanken. Lang gezogen, schrill und unmenschlich wie von einem Tier, das in eine Eisenfalle geraten war. Gwendolyns Nackenhaare sträubten sich, ihr Blut schien in den Adern zu gefrieren. Ihr Herzschlag verlangsamte sich für wenige Augenblicke, um dann in holperndes Tempo zu fallen. Annegret blieb stehen und krallte ihre Finger in Gwendolyns Arme, aber sie spürte durch den dicken Wollstoff des Mantels nichts. All ihre Sinne waren auf diesen Schrei ausgerichtet, der für einen Atemzug innehielt, um unvermittelt mit gleicher Lautstärke erneut loszubrechen. Dampfwolken quollen aus dem Hauptportal der Fabrikhalle.

Aus dem Augenwinkel nahm Gwendolyn wahr, dass ihre Schwiegermutter sie hilflos und fragend zugleich anblickte, aber Gwendolyn setzte bereits zum Spurt an. Sie hob Mantel und Rock bis knapp unter die Knie, stürmte los, ohne Rücksicht darauf, ob Annegret ihr folgen konnte oder nicht. Ihr Atem flog, doch sie verringerte das Tempo nicht, bis sie die Halle erreichte, an deren Decke sich der Dampf sammelte. Mitarbeiter schwirrten wie in einem Wespennest umher, das jemand auszuräuchern versuchte. Fast gespenstiger als der Schrei war die Stille, die folgte, als er abrupt verstummte. Gwendolyns Blick flog über die Männer hinweg auf der Suche nach …

»Christian! Um Himmels willen, was ist passiert!?«

Lambrecht war unter seinen dunklen Haaren knochenweiß, in seinen Augen stand das blanke Entsetzen. »Es hat Jiri erwischt! Im Heizraum!«

»Oh, mein Gott«, stieß Gwendolyn hervor. »Habt ihr den Arzt aus der Siedlung gerufen?«

Christian nickte. »Ich habe einen der Zuckerkocher geschickt, vom Telefon im Büro aus Hilfe anzufordern. Ich fürchte aber …« Auf seiner Stirn standen die Falten dicht an dicht, während er Gwendolyn mit Schmerz in den Augen anschaute und langsam den Kopf schüttelte.

Sie schlug die Hände vors Gesicht, doch nur für einen Moment, dann riss sie sich wieder zusammen. »Bring mich zu ihm.«

»Ich … ich weiß nicht, Gwendolyn. Du solltest das nicht sehen.«

Sie starrte ihm in die Augen, Kälte erfasste sie und die Gewissheit, dass sie sich hier nicht feige davonstehlen würde. Jiri Dvorak galt als einer ihrer besten Männer. »Bring mich zu ihm. Sofort.«

Sie fand Jiri am Einsteigeschacht, der zu einem unterirdischen Raum unterhalb des Kesselhauses führte. Immer noch drangen Dampfwolken daraus hervor. Gwendolyn zog sich eilig Handschuhe und Mütze aus, warf sie in die nächste Ecke. Ihr teurer Mantel flog hinterher. Schweiß lief ihr Rückgrat hinab, der Stoff des Kleides klebte an ihren Armen und Schultern. Jiri war umringt von seinen Kollegen, Hose und Hemd versengt, an vielen Stellen mit der Haut verschmolzen, die sich blutrot und braun wie Leder verfärbt hatte. Nicht vorzustellen, welche Schmerzen er in den letzten Sekunden seines Lebens erlitten haben musste. Der Tod war ihm vermutlich wie eine Erlösung erschienen. Die Männer wichen zur Seite, als Gwendolyn sich neben ihn kniete. Sie fühlte die Tränen auf ihren Wangen, als sie sein Gesicht betrachtete, dessen Haut gespannt war, sodass Teile seiner Zähne frei lagen. Die Augen hatte er geschlossen, die Lider darüber dunkelbraun und faltig, von den grauen Stoppelhaaren waren ihm nur ein paar wenige am Hinterkopf geblieben. Gwendolyns Herz lief über vor Mitgefühl, Jiri war erst Mitte vierzig gewesen. Er ließ seine Frau Tereza und die drei jugendlichen Kinder zurück. Zwei Jungen, ein Mädchen, oder? Wenn der Vater nicht mehr für die Firma arbeitete, war rein vom Gesetz her auch ihr Mietvertrag hinfällig. Einer wie Leopold Wallendorf hätte sie umgehend vor die Tür gesetzt, um Platz für einen neuen Mitarbeiter mit seiner Familie zu schaffen. Aber das würde Gwendolyn nicht zulassen. Es musste eine bessere Lösung geben.

»Wie konnte das passieren?«, fragte sie an Christian gewandt, der sich neben sie gehockt hatte. Sie spürte seinen Arm um ihre Schultern, freundschaftlich, tröstlich. Eine Geste der Zusammengehörigkeit innerhalb der Firma im Angesicht des schrecklichen Schicksals, das einen von ihnen ereilt hatte.

Christian hob den Kopf, schaute die Männer an in ihren kurzen Hosen und Unterhemden. »Geht zurück an die Arbeit. Der Arzt wird gleich eintreffen.« Seine Stimme brach. Alle wussten, dass kein Mediziner noch etwas ausrichten konnte. Aber die

Dinge mussten ihren Gang gehen, jemand musste offiziell den Tod bestätigen. Allmählich löste sich die Gruppe auf, Gwendolyn und Christian hielten zu zweit Wache bei dem Verstorbenen. »Eigentlich sind die Schlosser dafür zuständig, aber du kennst … du kanntest Jiri. Der ist lieber selbst in den Schacht gesprungen, um die Mannlochdichtung zu überprüfen. Das ist ihm zum Verhängnis geworden. Ich vermute, der Verschluss war unsachgemäß und notdürftig mit Hanfseil ausgebessert. So helfen sich die Schlosser schon mal aus, wenn das passende Material nicht zur Verfügung steht. Normalerweise kein Problem, aber als Jiri die Schrauben anzog, hat er das weiche Seil herausgepresst. Dadurch schoss der heiße Dampf heraus und füllte innerhalb von Sekundenbruchteilen den ganzen Schacht. Ich schätze, etwas in der Art wird die nähere Untersuchung ergeben. Es ändert aber alles nichts. Es gab kein Entkommen für Jiri.«

Gwendolyn wusste nicht, wie lange sie so dasaßen, bis endlich Stiefelgetrappel von der Fabrikhalle her laut wurde. Der Arzt brachte Helfer mit einer Trage mit. Ihren betretenen Gesichtern nach zu urteilen hatten sie von den Arbeitern bereits erfahren, dass sie zu spät kamen. Sie schluckten kurz beim Anblick des Leichnams, dann gingen sie nach den Anweisungen des Mediziners vor. Der Doktor mit dem schlohweißen Rauschebart hatte seine Untersuchungen rasch erledigt, stellte den Totenschein aus, sprach Gwendolyn und Christian sein Mitgefühl aus und verschwand so schnell, wie er gekommen war. »Ich werde drüben gebraucht, die Praxis ist voll.« Seine Männer hoben Jiris Körper an und trugen ihn zu viert zu dem draußen bereitgestellten Fuhrwerk, um ihn zum Bestatter zu bringen.

Die schwierigste Aufgabe stand Gwendolyn noch bevor: Sie musste ins Zuckerquartier und Tereza Dvorak und ihre Kinder über den Tod des Ehemannes und Vaters informieren, bevor es sich auf andere Weise herumsprach.

»Bist du wirklich dafür zuständig?«, fragte Christian.

»Wer sonst?«, gab sie zurück. Natürlich musste die Firmenleitung sich auch um das seelische Wohlergehen der Angehörigen kümmern. Ihnen Trost spenden, soweit das möglich war.

Das schien Christian anders zu sehen. »Wir müssen dafür sorgen, dass der Betrieb läuft. Solche Gespräche kann der Pfarrer übernehmen.«

Sicher meinte er es nicht so kaltherzig, wie es klang, er dachte pragmatisch, aber in ihrem aufgewühlten Zustand traf es Gwendolyn unerwartet hart. »Nein, es ist unsere Pflicht«, brachte sie knapp hervor und wandte sich zum Gehen.

Sofort war Christian an ihrer Seite. »Schon gut, ich komme mit dir, wenn es dir wichtig ist.«

Sein Verhalten schockierte sie, aber sie nickte. Lieber hätte sie ihren Mann bei sich, keinen Vorarbeiter, der sie nur aus Pflichtgefühl begleitete. In Alexanders Aufgabenbereich fiel es, Jiris Witwe und den Kindern Zuspruch in dieser schmerzhaften Stunde zu spenden. Doch er fehlte. Wieder einmal. Ebenso Annegret, wie Gwendolyn bemerkte, als sie mit Christian ins Freie trat und Richtung Tal lief, auf dessen anderer Seite sich die Werkssiedlung erhob. War ihre Schwiegermutter zurück ins Haus gegangen? Gwendolyn schritt kräftig aus, bereitete sich innerlich auf das schwierige Gespräch vor.

Tereza sackte kurz darauf in ihrem gemütlich eingerichteten Wohnzimmer, in dem das Kaminfeuer prasselte, fast zu Boden. Christian fing sie auf, half ihr auf das Sofa und klopfte ihr ungelenk auf die Schulter. »Das wird schon wieder«, nuschelte er, und Gwendolyn schüttelte den Kopf, damit er besser still blieb. Vielleicht hätte sie doch allein kommen sollen?

Mit einfühlsamen Worten versuchte sie, der Witwe Trost zu spenden. Sie wusste, dass es Tage oder Wochen dauern konnte, bis sie die Realität akzeptierte, und noch viel länger, bis sie das

Geschehene verarbeitet haben würde. Wenn es ihr überhaupt je ganz gelang. Jetzt waren ihre Gedanken nur bei den Kindern. »Was soll ich Johann, Wolferl und Irmi sagen, wenn sie wollen wissen, wo der Vater ist? Wo ich soll hin mit ihnen, wenn wir nicht mehr wohnen dürfen hier? Wovon soll ich meine drei ernähren?« In ihren Augen stand der unsagbare Schrecken, die Furcht vor der Zukunft, und Gwendolyn tat ihr Möglichstes, um sie zu beruhigen.

»Nehmen Sie sich die Zeit, alles zu regeln. Wir werden etwas organisieren, das verspreche ich Ihnen.«

Die Dämmerung brach herein, als Gwendolyn und Christian die Siedlung verließen und sich zurück in die Fabrikhalle begaben.

Christian stieß erleichtert die Luft aus. »Das brauche ich nicht jeden Tag. Für dich muss es auch zermürbend gewesen sein. Geh nach Hause, ich will mich noch vergewissern, dass alles seinen Gang geht. Die Kampagne darf nicht ins Stocken geraten, Unglück hin oder her.« Erneut stieg das Gefühl in ihr hoch, dass er sich herzlos verhielt, aber er hatte ja recht. »Hoffentlich sind noch ein paar von denen da, die geholfen haben«, fügte er an und stimmte sie damit etwas versöhnlicher. Es schlug also doch ein gutes Herz in ihm. »Dann kann ich ihnen danken.«

Obwohl Gwendolyn sich nach diesem schrecklichen Erlebnis danach sehnte, sich zurückzuziehen, nickte sie. Jiri hätte nicht gewollt, dass die Kampagne wegen ihm Schaden erlitt. »Ich begleite dich.«

Der Rundgang war schnell erledigt, in der Halle blieb sie erschöpft mit hängenden Armen stehen. »Danke, dass du heute da warst, Christian«, sagte sie. »Ohne dich hätte ich das nicht geschafft.« Ihr Vorarbeiter schien wenig Übung darin zu haben, Gefühle wie Mitleid zuzulassen und zu zeigen. Die Männer in der Firma teilte er nach ihrer Nützlichkeit für den Betrieb ein. Ihre familiären Hintergründe schienen ihn wenig zu interessieren. Dennoch war allein seine körperliche Nähe an diesem Nachmittag wichtig gewesen, trotz seiner plumpen Worte der Witwe gegenüber.

In der nächsten Sekunde spürte sie, wie er seine Arme um sie legte und sie an sich heranzog. Seine Wärme, seine Stärke trösteten sie, sodass Gwendolyn mit den Tränen kämpfte und sich für einen Moment gestattete, den Kopf auf seine Schulter zu legen. Sie spürte seine Hand an ihrem Hinterkopf, wie er sie streichelte, und hörte beruhigende Geräusche, wie bei einem Kind, das einen Albtraum durchlebt hatte. Wie wohltuend, von ihm gehalten zu werden und das Gefühl zu haben, dass sie diese Katastrophe nicht allein durchstehen musste. Aber wie viel lieber läge sie jetzt in Alexanders Armen. Sie kämpfte mit aller Macht dagegen an, die Fassung zu verlieren. Alles andere als leicht in Christians Gegenwart. Noch für einen Herzschlag genoss sie seine Nähe, wollte sich lösen und wieder den Boden unter ihren Füßen spüren.

»Störe ich?«

In Gwendolyn war kein Platz mehr für Erschrecken. Sie vernahm die vertraute Stimme und drehte sich unendlich langsam aus Christians Umarmung, um zum Portal zu blicken, wo Alexander stand, die Arme vor der Brust verschränkt. Seine Augen schienen zu brennen, neben ihm hielt sich seine Mutter beide Hände vor den Mund, während sie die Szene in sich aufnahm, die sich ihr bot.

Gwendolyn spürte nicht den Hauch von Scham oder schlechtem Gewissen. Sie hob den Kopf und erwiderte Alexanders Blick. »Du störst nicht im Geringsten. Im Gegenteil. Du hast gefehlt. Den ganzen Tag. Wo warst du?«

Überdeutlich hatte Alexander bereits am frühen Morgen dieses Tages gespürt, dass er den falschen Abzweig nahm. Sein Leben ging den Bach runter, weil er zu schwach war, sich aus diesen verdammten Zwängen zu befreien. Das Glücksspiel brachte ihm für wenige Stunden Vergessen, aber sobald das Geld verbraten und der Rausch verebbt war, kehrten seine Ängste und Sorgen mit aller Macht zurück. Am vergangenen Abend hatte er viel zu lange mit dem Friseurmeister im Engel verbracht. Und das Essen am Tisch mit diesem unsympathischen Fremden, der von seinem Mädchen gefaselt hatte, hätte es wirklich nicht mehr gebraucht.

Ihm hatte der Schädel gebrummt, als er am Morgen erwacht war – mal wieder viel zu spät. Heute wird ein besserer Tag werden, hatte er gedacht. Er musste sich nur genug Mühe geben. Er hatte es geschafft, sich rasch anzuziehen und rechtzeitig am Frühstückstisch zu erscheinen, bevor Gwendolyn zur Fabrik aufbrach. Als er den Salon betreten hatte, trank sie gerade ihre zweite Tasse Kaffee, und seine Mutter nahm sich eine weitere Scheibe Brot und bestrich sie mit Butter, während sie ihm mit einem Nicken zulächelte.

Die Frauen in seinem Leben freuten sich eindeutig, ihn zu sehen. Er hatte seine Mutter flüchtig auf die Wange geküsst, dann Gwendolyns Kinn mit zwei Fingern angehoben und ihr einen zärtlichen Kuss auf die Lippen gegeben. Wie gut sie roch, wie sanft sie sich anfühlte, wie liebevoll sie ihm entgegenkam! Und dennoch. Was erwarteten seine Mutter und seine Frau von ihm? Wie hoch würden die Hoffnungen heute wieder sein? Der Druck ließ nicht lange auf sich warten. Gwendolyn hatte von ihrem Rundgang durch die Fabrik erzählt, dass sie daran denken mussten, die behelfsmäßig eingesetzte Schnitzelmaschine durch eine neue zu ersetzen, und von Personalentscheidungen, die sie mit Annegret diskutieren mussten. Zum Beispiel darüber, ob sie Lehrlinge einstellen wollten, oder ob sich die Arbeit nicht lohnte und sie lieber auf erfahrene Fachkräfte setzen sollten, wie Christian Lambert empfahl. Annegret hatte Gwendolyns Ausführungen kommentiert und war im nächsten Augenblick auf das ungenutzte Zimmer oben neben Alexanders Büro zu sprechen gekommen, das man doch mit seiner Geräumigkeit und dem Blick über die Ornbacher Wälder wunderbar als Kinderzimmer einrichten konnte. In der Tischlerei der Köhlers hatte sie in diesen Tagen eine Kommode mit einer rechteckigen Auflage gesehen, ideal, um darauf ein Kind zu wickeln, ein Möbelstück, das ein anderes junges Paar in Auftrag gegeben hatte. Ob man nicht Ähnliches in Erwägung ziehen könnte. Alexanders Freund Florian würde doch sicher etwas Besonderes tischlern, wenn sein bester Kumpel und dessen Frau Nachwuchs erwarteten.

An diesem Punkt hatte Alexander erkannt, dass der Tag nicht besser werden würde als alle vergangenen, seit sein Vater gestorben war. Er hatte das Gefühl gehabt, sein Kopf würde platzen, wenn er nur eine Minute länger im Frühstücksraum bliebe. Abrupt erhob er sich.

»Aber du hast noch nicht einmal Kaffee getrunken!«, bemerkte seine Mutter.

Gwendolyn hingegen musterte ihn nur voller Schmerz, und der Ausdruck in ihren Augen traf ihn hart. Er hasste es, sie verletzen zu müssen, doch er würde zugrunde gehen, wenn er sich nicht gegen diesen Druck zur Wehr setzte.

Irgendwann würden sie ein Kind bekommen. Schon bald vielleicht! Gestern hatten sie nicht miteinander geschlafen, Gwendolyn schien zunehmend davon abgestoßen zu sein, wenn er einen über den Durst getrunken hatte, aber sonst hielten sie sich praktisch jede Nacht in den Armen und bewiesen sich ihre Liebe. Und dafür, dass er zeugungsfähig war, gab es mit Matti den lebenden Beweis!

Ohne dass es ihm bewusst war, lenkte er wenig später den Ford zu den Köhlers. Es war noch früh, aber Florian und sein Vater öffneten zeitig, ihre Auftragsbücher waren voll. Nicht nur mit Kommoden, wie er in Gedanken mit Galgenhumor hinzufügte. Sicher würde Lisa auch nicht mehr in den Federn liegen, ein Kleinkind wie Matti hielt die Mutter auf Trab. Er sehnte sich danach, den Jungen zu beobachten und sich auszumalen, dass er ein zweites Mal in der Lage sein würde, so ein Wesen zu zeugen. Ob er ihm vertrauensvoll entgegenlaufen würde, instinktiv spürend, dass Alexander nicht irgendein Bekannter seiner Mutter war, sondern sein leiblicher Vater? Das wäre Balsam für sein Seelenheil, und vielleicht wäre damit aus dem heutigen Tag doch noch etwas Gutes herauszuholen.

Die Novembersonne glitt über die Dächer der vorbeiziehenden Häuser und blitzte zwischen schweren Wolken hindurch, als Alexander auf den Hof fuhr. Er hatte richtig vermutet, das Tor der Schreinerei stand weit auf, von drinnen erklangen Stimmen und Hämmern und das quietschende Lachen eines Kleinkinds. Er hielt den Wagen direkt vor dem Wohnhaus der Großmutter an, stieg aus – und machte in der nächsten Sekunde einen Satz zur Seite. Ein Teppich schwang vor seiner Nase, Staubflocken tanzten im milchigen Licht.

»Oh, entschuldige, Alexander! Ich habe dich nicht gesehen!« Lisa stand in der Haustür, die Blusenärmel aufgekrempelt, ein Tuch um ihr Haar gebunden. In der Hand hielt sie den gestreiften Läufer, den sie ausgeschüttelt hatte.

Er nieste und wischte sich über die brennenden Augen. »Nicht schlimm.«

Lisa blickte ihn ratlos an und rollte den Teppich in ihren Armen ein. »Willst du … willst du reinkommen?«

Er spürte ihre Unsicherheit. Einerseits schien sie sich hier heimisch zu fühlen, andererseits war sie nicht die Hausherrin und konnte nicht einfach Gäste einladen. »Allerdings cremt sich Marianne gerade am Küchenherd die wehen Füße. Ich weiß nicht, ob es ihr recht ist, wenn …«

Alexander hob eine Hand, um ihren Redefluss zu stoppen. Sie hatte früher schon viel geplappert, ein Grund, weshalb er sich gern mit ihr amüsiert und herumgealbert hatte, aber nie etwas Ernstes in ihrer Beziehung gesehen hatte. »Ich wollte nur ein paar Worte mit Florian wechseln.«

In Wahrheit wollte er Matti sehen, doch seinen Freund vorzuschieben erschien ihm unverfänglicher. Keinesfalls wollte er unberechtigte Hoffnungen in Lisa wecken. Sie war schön, die Zeit mit ihr in Leipzig unbekümmert in seiner Erinnerung, einer Gwendolyn konnte sie allerdings bei Weitem nicht das Wasser reichen. Gwendolyn war die Frau, die er bis an sein Lebensende lieben würde. Wenn sie denn bei ihm blieb und ihn nicht verließ, weil er ihr kein Kind schenkte.

Lisa wies mit dem Kopf zur Werkstatt. »Florian ist mit seinem Vater drüben. Die haben massig zu tun! Und Matti darf meistens dabei sein. Ach, bitte sag Gwendolyn noch einmal ein dickes Dankeschön, dass sie uns hierher vermittelt hat. Uns gefällt es auf dem Hof gut.«

»Und wir lassen euch auch nicht mehr gehen!«, erklang aus der Küche die leicht krächzende Stimme von Marianne, die wohl alles mitgehört hatte. »Kannst du mir mit dem Verband helfen, Lisa?«

Er wandte sich grinsend ab und pochte an die Holztür der Werkstatt, um sich bemerkbar zu machen. Der alte Meister Gerhard hob nur grüßend die Hand, hobelte dann weiter in gleichmäßigen Zügen an einer Latte, die Späne fielen zu seinen Füßen. Florian stand am Werktisch und polierte eine Art Kufe. Er warf Alexander einen Blick zu und winkte ihn mit einem

Kopfrucken heran. »Schau, hast du deinen alten Freund schon mal dabei erlebt, wie er einen Schlitten schreinert?«

Lachend strich Alexander über das gebogene Holz. Glatt wie Glas, Florian musste intensiv daran gearbeitet haben.

»Sonst zieht sich der Junge Splitter in die Hand, wenn er sich festhält«, erklärte er. Nun entdeckte Florian auch Matti, der völlig versunken in einem mit einem Lattenzaun eingegrenzten Bereich mit Holztieren und Autos spielte. Auf den ersten Blick sah Alexander eine Bärenfamilie, Löwen und einen Hund. Matti schob sie herum und gab die entsprechenden Tiergeräusche von sich.

»Dafür hast du Zeit?«, sagte Alexander mit einem neckenden Lächeln zu seinem Freund. »Man munkelt, eure Auftragsbücher wären rappelvoll.«

Florian stieß ein Lachen aus. »Stimmt. Und einer der besten Auftraggeber ist Matti. Frag ihn, welches Tier ich ihm als Nächstes schnitzen soll. Aber pst, der Schlitten wird eine Überraschung. Die letzten Winter waren mild, vermutlich kennt er aus Sachsen keine echte Kälte. Bei uns dürfte es bald so weit sein. Ich habe den Geruch von Schnee schon in der Nase.«

Sie lachten beide, und für einen Wimpernschlag war die freundschaftliche Vertrautheit zwischen ihnen wieder da. Was hatten sie früher für einen Spaß gehabt! Damals, als sie sich noch keine Sorgen um die Zukunft machten und in den Tag hinein lebten, stets in Vorfreude auf das Wochenende, wenn sie in Ornbach, in Fellenau und Dietelfink in die Gasthäuser einfielen und auf keinem Fest gefehlt hatten. Während der Schulzeit waren sie zu fünft gewesen, zwei suchten in Amerika ihr Glück, geblieben waren Alexander, Florian und Vinzenz, den Alexander auch schon viel zu lange nicht mehr gesehen hatte.

»Du magst den Jungen«, stellte Alexander fest.

»Genau wie seine Mutter.« Florian hielt seinen Blick. Lotete er aus, wie ihm diese Entwicklung gefiel? In seinen Augen standen viele Fragen, zwei davon sprach er aus: »Warum hat Lisa dich mitten in der Nacht aufgesucht? Bedeutet sie dir noch was?«

Alexander stutzte. »Was hat sie dir erzählt?«

Florian hob die Schultern. »Sie ist verschlossen in der Sache.«

Das war ihm neu, umso mehr interessierte es ihn, was sie Florian verraten hatte. »Ich kenne sie nur aus Leipzig. Sie war Serviererin in dem Gasthaus, in dem ich meistens gefeiert habe. Wir haben uns ein paarmal getroffen.«

»So weit bin ich im Bilde. Und dass sie keinen Fuß mehr auf den Boden bekommen hat, bevor sie den Entschluss fasste, sich an dich zu wenden. Sie spricht in den höchsten Tönen von dir, du scheinst einen ehrenwerten Eindruck auf sie hinterlassen zu haben.« Er grinste von einem Ohr zum anderen und schob sich die Mütze aus der Stirn. »Jedenfalls war sie offenbar froh, jemanden wie dich in ihrem Bekanntenkreis zu haben, als es ihr und dem Kind schlecht ging. Gut, dass du sie hergebracht hast.«

Alexander schluckte. »Genau genommen war das Gwendolyns Idee. Wenn es nach mir gegangen wäre, hätte ich sie mit ausreichend Geld im Beutel zurückgeschickt.«

»Was nur zeigt, was für ein Trottel du bist und wie wichtig es für einen Mann ist, die richtige Frau an seiner Seite zu haben.« Florian grinste, dann wurde er ernst: »Weißt du etwas über den Vater des Kindes?« Er schaute zu Matti, der sein Spiel unterbrochen hatte, aufstand und zum Lattenzaun tapste, um daran zu rütteln. Sofort eilte Florian hin, hob ihn über die Abgrenzung und behielt ihn auf dem Arm.

In Alexanders Verstand arbeitete es, während sich Florian mit dem Kleinen beschäftigte. Warum hatte Lisa Florian nicht erzählt, dass Matti sein Sohn war? Sie würde es ihm nicht ewig verschweigen können. Irgendwann würde es ans Licht kommen. Aber sie musste ihre Gründe haben, Alexander würde das Geheimnis an diesem Vormittag nicht lüften.

Er näherte sich dem Jungen mit freundlicher Miene, begrüßte ihn und hielt ihm die Arme hin, um ihn aufzufordern, auch einmal zu ihm zu kommen. Es musste sich gut anfühlen, den eigenen Sohn zu halten. Matti musterte sein Gesicht, schob die Unterlippe vor. Dann wandte er sich mit einem Ruck in Florians Arm ab, schlang die Arme um seinen Hals und barg die Nase in seiner Halsbeuge, als wollte er sich unsichtbar machen.

Alexanders Herz sank. Florian verzog den Mund und hob entschuldigend die Schultern in seine Richtung. Kinder taten selten das, was man sich von ihnen erhoffte.

Er wandte sich ab. »Ich muss dann los«, sagte er. Die Frage nach Mattis Vater überhörte er geflissentlich.

Florian nickte ihm zu. »Du bist hier immer willkommen, Alex. Und Gwendolyn! Schaut bald mal wieder zusammen vorbei.«

Alexander versprach es, warf einen letzten Blick auf Matti und lenkte den Ford kurz darauf in Richtung Deggendorf. Was hatte er erwartet? Jeder Idiot wusste, dass es so etwas wie die Stimme des Blutes nicht gab. Florian schnitzte dem Jungen Tiere aus Holz, also war er sein Liebster. So lief das. Es wäre alles nur einfacher, wenn Matti eine Bindung zu ihm verspüren würde.

Und wenn er gar nicht sein Sohn war?, meldete sich eine dünne Stimme aus einem versteckten Teil seines Herzens. Lisa war kein Kind von Traurigkeit gewesen, vermutlich hatte sie nicht lange gewartet, bis sie den nächsten Liebhaber in ihre Dachkammer eingeladen hatte. Ein Knäuel von Angst verknotete sich in seinem Magen. Das Wissen, das er bereits einen Sohn gezeugt hatte, war in den vergangenen Wochen manchmal der letzte Strohhalm gewesen, der ihn davor bewahrt hatte, unterzugehen. Dass dieses Kind ihn komplett ignorierte, setzte ihm zu, die Sicherheit bröselte ihm durch die Finger.

Spontan lenkte er den Wagen in Deggendorf zur Praxis von Dr. Undacht. Auf ihn war er gestoßen, als er sich auf die Suche nach jemanden gemacht hatte, der den Samen eines Mannes untersuchte. Er hatte seine Erkundigungen eingezogen, wusste, dass manche zu wenige oder zu langsame Spermien hatten, und hatte gelesen, dass man das in bestimmten Laboren nachweisen konnte. Er parkte den Ford am Straßenrand, blieb unschlüssig auf dem Fahrersitz. Hinter den Fenstergardinen der Praxis war nichts zu erkennen, keine Bewegung, kein Licht und kein Schatten, aber jetzt trat ein winterlich gekleideter Mann auf die Straße, das missmutige Gesicht halb unter der Hutkrempe verborgen. Im Gehen steckte er ein Schreiben in die Innentasche seines Mantels, stopfte dann die Hände in die Taschen und schritt mit gesenktem Kopf aus. Er sah nicht aus wie einer, der ein erfreuliches Ergebnis erhalten hatte, und so könnte es ihm selbst in ein paar Tagen auch ergehen. Er wusste nicht, wie lange eine solche Untersuchung dauerte, aber danach würde er Gewissheit haben.

Und dann? Wenn sich herausstellte, dass Matti nicht sein Sohn sein konnte und Gwendolyn und er niemals eigene Kinder bekommen würden? Er könnte es ihr nicht einmal übel nehmen, sollte sie sofort die Scheidung einreichen. Sie war jung und gesund und hatte ein Recht darauf, Mutter zu werden.

Er rieb sich mit beiden Händen über das Gesicht, kam sich auf einmal alt wie ein Greis vor. Nein, er würde heute nicht zum Arzt gehen. Matti war ganz bestimmt sein Sohn, warum hätte Lisa etwas anderes behaupten sollen? Dass der Junge nichts mit ihm zu tun haben wollte, lag nur daran, dass er ihm noch fremd war. Er sollte öfter auf dem Köhlerhof vorbeischauen und sich mit ihm beschäftigen. Ihm ein Geschenk mitbringen. Irgendwann würde sich vielleicht zeigen, ob Blut nicht doch dicker als Wasser war.

Er fühlte sich aufgewühlt wie selten zuvor, doch er kannte ein Mittel, das ihn zuverlässig beruhigte. Der Gasthof *Zum Goldenen Engel* lag nur eine Viertelstunde Autofahrt entfernt. Gut, es ging erst auf Mittag zu, die anderen Spieler trafen sich stets am Abend im Hinterzimmer. Aber vielleicht hatte er Glück und Schweikert hatte seinen Salon heute früher geschlossen, weil es ihn wie Alexander zum Glücksspiel und zur nie versiegenden Schnapsquelle zog. Eine Partie Poker mit hohen Einsätzen, einem halbtrunkenen Mitspieler und einem gelungenen Bluff wäre jetzt genau das Richtige.

Der Wirt begrüßte ihn vom Spülbecken her, wo er Krüge abtrocknete, mit einem breiten Grinsen. »Sie sind früh dran, Herr Wallendorf. Die Putzfrau hat noch nicht mal das Zimmer vom gestrigen Gelage gesäubert. Setzen Sie sich an die Theke, trinken Sie ein Bier.«

Alexander ließ sich auf einem der Barhocker nieder und hob kurz darauf den Krug mit der Schaumkrone. Während er sich mit dem Unterarm über die Lippen wischte, stapfte aus der oberen Etage, wo der Besitzer vier Gästezimmer vermietete, der Kerl herunter, den er am vergangenen Abend kennengelernt hatte. Der Mann mit dem seltsamen Dialekt und dem kantigen Gesicht, der seine Liebste besuchen wollte. Seine ganze Haltung drückte Ablehnung und Zorn auf die Welt aus, die Hände zu Fäusten geballt, die Schultern verkrampft nach vorn gezogen. »Suppe und Brot, Wirt«, warf er dem Mann hinter der Theke hin. »Aber zügig, wenn's geht.« Dann ließ er sich auf einem Hocker in der Nähe von Alexander nieder und starrte zu ihm herüber. »Du bist hier wohl Dauergast«, brummte er.

Ja, das war er tatsächlich, aber das von dem merkwürdigen Kerl gesagt zu bekommen, gefiel ihm gar nicht. Er richtete seinen Mantelkragen, strich mit zwei Fingern die Haarsträhne zurück, die ihm in die Stirn gefallen war. Allein äußerlich unterschied er sich von dem Fremden mit dem herausgewachsenen Haarschnitt und der Filzjacke. Der sollte bloß nicht annehmen, sich mit ihm verbrüdern zu können, nur weil sie zur selben Zeit an einer Kneipentheke hockten. »Und du? Hat dich dein Mädchen nach Hause geschickt?«

Einen Moment sah es aus, als wollte der Kerl den geringen Abstand zwischen ihnen mit einem Sprung überwinden, um Alexander an die Kehle zu gehen. Er bereute schon, ihn provoziert zu haben, auf eine Schlägerei wollte er es nicht ankommen lassen.

Doch der Fremde beruhigte sich. »War noch gar nicht da! Aber heute ist es so weit. Dann sind wir endlich wieder zusammen.«

Der Wirt kam mit einem Tablett mit einer dampfenden Suppenschüssel und einem Holzbrett voller Brotscheiben aus der Küche, umrundete die Theke und deckte einen Fensterplatz für die Mahlzeit ein. »Recht so?«, wandte er sich an den Fremden. Der stand wortlos auf und ließ sich vor der Schüssel nieder. Kurz darauf erfüllten sein Schlürfen und Schmatzen die Stube. Angeekelt warf Alexander ein paar Münzen auf das polierte Holz neben seinen Krug, nickte dem Wirt zu und verabschiedete sich. In dieser Gesellschaft wollte er nicht auf seine Mitspieler warten. Diese Würde hatte er sich bewahrt.

Der Wirt beugte sich vertraulich über den Tresen. »Ich nehme mal an, den Kerl werden Sie nicht los. Scheint, als hätte er sich mit Ihrer Verwandtschaft eingelassen. Ist Ihre Frau nicht eine geborene Schinder?«

»Was soll das heißen?«

Der Wirt winkte ihn mit gekrümmtem Zeigefinger noch näher heran. »Er hat sich bei mir erkundigt, wo genau er den Schinderhof findet.«

Einer von Marthas Verflossenen? Aber so ein Kerl? Wen sollte er sonst auf dem Schinderhof suchen? Helena? Meiningers Schwester Cilly, die manchmal dort war? Das wäre möglich.

So oder so, er würde Gwendolyn am Abend davon erzählen, dachte er sich, nachdem er sich vom Wirt verabschiedet hatte und mit dem Ford zurück Richtung Ornbach fuhr. Ein Gespräch über etwas anderes als die Firma, die Pflichten, das Kinderkriegen. Vielleicht genau das, was sie brauchten?

Als er auf Gut Theresienberg einfuhr, eilte seine Mutter aus dem Haupthaus, als hätte sie, hinter der Gardine spähend, auf ihn gewartet. »Alexander, endlich! Wo um Himmels willen warst du nur! Ein furchtbares Unglück ist in der Fabrik passiert. Gott sei Dank haben wir Gwendolyn, sie hat sich um alles gekümmert!«

Er warf dem Stallburschen Micha die Autoschlüssel zu. Es gehörte zu den besonderen Vergnügungen des Jungen, den Wagen auf dem Privatgrundstück eigenhändig in die Scheune zu kutschieren, wenn der Chef zu beschäftigt war, um es selbst zu tun.

»Was ist passiert?«, stieß Alexander hervor.

»Jiri Dvorak, der Techniker … Er wollte einen Kessel reparieren und hat sich dabei schwerste Verbrennungen zugezogen, die er nicht überlebt hat. Er ist tot, Alexander! … Ich konnte mir das nicht ansehen. Ich habe mich ins Haus zurückgezogen. Und ich habe gebetet, dass du bald kommst. Gwendolyn braucht dich jetzt! Sie schafft das nicht allein!«

Ein Orkan an Gefühlen tobte in ihm, während er ausholend auf die Fabrik zu stapfte. Seine Mutter, die sich nur eine Stola übergeworfen hatte, konnte neben ihm kaum Schritt halten, aber ihn zog alles zu Gwendolyn. Was für ein tragischer Unfall! Er kannte Jiri Dvorak, schätzte ihn als umsichtigen Mitarbeiter und als Ehemann der Frau, die seinen Vater bis zu seinem Tod gepflegt hatte. Was wurde nun aus seiner Familie? Sicher hatte Gwendolyn Himmel und Hölle in Bewegung gesetzt, um die Angelegenheit heute noch zu klären, obwohl auch sie gegen den unendlichen Schmerz, den solch ein Unglück auslöste, nichts auszurichten vermochte. Sie brauchte ihn jetzt, seine Stärke, seinen Halt, seine Wärme. Er wollte sie umarmen und wiegen und ihr versichern, dass sie sich auf ihn verlassen konnte. Dass die Zeiten vorbei waren, in denen er sich feige davongeschlichen hatte, weil der Boden unter seinen Füßen bröckelte wie morsches Holz und er keine Ahnung hatte, wie er sein Leben gestalten sollte.

Sie erreichten die Fabrik, hasteten durch das weit offen stehende Tor – und im nächsten Moment kam Alexander sich vor, als hätte jemand einen Kübel Eiswasser über ihm geleert. Da stand Gwendolyn inmitten der Eingangshalle, umgeben von den ratternden und zischenden Maschinen und schlang die Arme in inniger Verbundenheit um Christian Lambert, diesen vorlauten Kerl, den er lieber heute als morgen vor die Tür setzen würde. Hätte er das mal längst getan! Jetzt schien alles zu spät. Die Erkenntnis floss wie Arsen durch seine Adern und vergiftete seinen Verstand. Seine eigene Stimme klang fremd in seinen Ohren, als er sich rufen hörte. »Störe ich?«

Nein, Alexander würde sie nicht in Verlegenheit bringen. Obwohl sich Gwendolyn erschrocken hatte, als er unvermittelt aufgetaucht war und sie in der Umarmung mit Christian gesehen hatte, fühlte sie sich im Recht, und genau das würde sie ihm vermitteln. »Lass uns spazieren gehen«, bat sie. Alexander nickte mit verkniffener Miene.

»Christian, begleitest du meine Schwiegermutter bitte zurück ins Haus?«, fragte sie mit Blick auf Annegret, die leichenblass war und deren Unterlippe zitterte. Dann klaubte sie ihre Kleidung zusammen, die sie in der Eile des Unglücks von sich geworfen hatte, und wenig später schlenderte sie schweigend an Alexanders Seite zu den Pferdewiesen. Er hatte die Fäuste in den Manteltaschen vergraben, sie kreuzte die Arme vor der Brust. Beide waren darauf bedacht, keine Nähe zuzulassen, indem sie sich womöglich an den Händen hielten, wie sie es sonst immer taten, wenn sie nebeneinanderher liefen.

»Was ist zwischen dir und diesem Mann?«, brach Alexander schließlich das unangenehme Schweigen. »Er scheint eine wichtige Rolle in deinem Leben zu spielen. Warum lässt du es zu, dass er dir dermaßen nahekommt?«

»Du hast keine Vorstellung davon, wie entsetzlich es war, was heute passiert ist! Was ich gesehen habe! Und erlaubst dir trotzdem, ein Urteil über mich zu fällen! Nie habe ich mir mehr gewünscht, dich bei mir zu haben als in diesen Stunden, Alexander. Ich war durcheinander und erschüttert, ich habe Trost gebraucht, und Christian hat ihn mir gegeben, während du ...« Sie unterbrach sich, musterte ihn von der Seite. »Warst du bei Lisa und dem Jungen?«

»Ja, ich war auf dem Köhlerhof. Woher weißt du das?«

Gwendolyn fühlte sich, als schwanke der Pfad unter ihr. Sie hatte es geahnt, aber die Wahrheit aus seinem Mund zu hören, verletzte sie mehr als gedacht. »Du warst oft dort in den letzten Tagen, nicht wahr?« Ihre Stimme klang tonlos.

Überrascht wandte er sich ihr zu. »Wie kommst du darauf?

Nein, ich war heute zum ersten Mal da, seit Lisa dort wohnt.«
Dann schien er zu begreifen. »Du glaubst, Lisa und ich ...
Himmel, Gwendolyn, tu mir den Gefallen und vergleiche dich
nicht mit ihr. Ich liebe dich, nur dich!« Er rang nach Worten.
»Zwischen Lisa und mir war eine Brise, zwischen uns beiden
fegt ein Orkan. Das musst du mir glauben! Du allein bist die
Liebe meines Lebens! Ich ... ich wollte den Jungen sehen, ich
wollte herausfinden, was ihn mit mir verbindet, ob es Ähnlich-
keiten gibt. Lisa bin ich nur kurz begegnet. Die meiste Zeit
habe ich mich mit Florian unterhalten und versucht, einen Zu-
gang zu Matti zu finden. Er wendet sich ab von mir ...«

Konnte sie seinen Worten glauben? Ein Satz Christian Lamberts kam ihr in den Sinn: *Er ist nicht erst seit gestern so.* War
er also wirklich nur heute dort gewesen? Lag ihm wirklich
nichts an Lisa, und es hatte ihn nur zu seinem Jungen gezogen?
Konnte sie ihm das vorwerfen? Gegen ihren Willen musste sie
lächeln, überwältigt von dem Sturm an Gefühlen, der sie in
den letzten Sekunden hin und her geworfen hatte. »Die Beziehung zwischen Vater und Sohn stellt sich nicht aufgrund gleicher Erbanlagen ein, die muss wachsen durch Zuwendung und
Nähe.« Sie senkte den Kopf, als er nichts dazu sagte. »Zuerst
wolltest du sie wegschicken, jetzt willst du Matti doch in deinem Leben haben?«

»Nein ... ja ... ich weiß es nicht!« In einer hilflosen Geste
hob er die Arme, dann blieb er stehen und wandte sich ihr
zu. »Er ist der lebende Beweis, dass ich ein Kind zeugen kann.
Meine Eltern haben es lange versucht, bis sie mich bekommen
haben, und vielleicht ist es bei mir schlimmer, und es ist meine
Schuld, dass du ...«

»Von Schuld sollten wir nicht reden«, unterbrach sie ihn,
ließ es zu, dass er sie an sich zog, roch seinen vertrauten Duft
und Biergeruch in seinem Atemhauch. Vielleicht sollten sie

überhaupt nicht mehr miteinander diskutieren, nur ihre Körper und ihre Leidenschaft sprechen lassen. Sie sehnte sich auf einmal danach, dass es Nacht wurde und sie in seiner Umarmung alles vergessen würde, was zwischen ihnen stand. »Du warst den ganzen Tag auf dem Köhlerhof?«

Überraschend löste sich Alexander von ihr. »Nein, das …« Diesmal senkte er den Blick, zutiefst beschämt, wie es Gwendolyn erschien. Nicht nur die Zweifel, ob er ihr ein Kind schenken könnte, belasteten ihn. Da war noch viel mehr. Er schüttelte den Kopf. »Ich war auch in Deggendorf. Wie so häufig in den letzten Wochen. Ich habe dich belogen. Meistens hatte ich keine beruflichen Termine. Ich wollte fliehen vor all dem, was mich auf Gut Theresienberg bedrückt. Ich … ich kehre oft in den Engel ein. Trinke. Spiele im Hinterzimmer. Um zu vergessen.« Es schien ihm schwerzufallen, es ihr gegenüber in Worte zu fassen. Aber der Anfang war getan, sie nahm seine Hand in ihre. Wenn sie nur miteinander sprachen und ehrlich zueinander waren, konnten sie das alles überwinden und hinter sich lassen.

»Daher die ungeklärten Beträge in der Buchhaltung. Ich habe mir schon eine Notiz gemacht, nachzuforschen.« Sie nickte. »Nur geringe Mengen. Aber es hätte schlimmer ausgehen können. Du wärst nicht der Erste, der durch das Glücksspiel Haus und Hof verliert.«

»Ich werde damit aufhören, das verspreche ich dir! Und ich werde das verspielte Geld wieder hereinholen.«

Sie lächelte ihn an. »Wenn wir gemeinsam die Firma leiten, Hand in Hand, dann kann uns nichts passieren.«

»Für mich waren die Besuche im Engel eine Flucht. Ich habe den Weg des geringsten Widerstandes gewählt. Vergessen und verdrängen und meine Liebsten mit Lügen täuschen.« Er wischte sich über die Stirn und nahm einen tiefen Atemzug.

»So weit wird es nie wieder kommen, Gwendolyn, das schwöre ich dir.«

»Du warst auch heute dort?«, fragte sie, bemühte sich, keinen Missklang auftreten zu lassen, obwohl es sie schmerzte, dass er sie über einen langen Zeitraum angelogen hatte. Aber sie glaubte ihm, dass er eine Veränderung wollte und dass er an sich arbeiten würde.

»Nur auf ein Bier diesmal. Das Hinterzimmer war noch nicht geöffnet. Dabei ist mir ein Kerl begegnet, den ich bereits gestern getroffen habe. Ein komischer Kauz, der die Zähne nicht auseinanderbekommt, wenn er spricht. Hat in seinem merkwürdigen Dialekt etwas davon genuschelt, dass er sein Mädchen besuchen will.«

Gwendolyn hörte ihm verwundert zu. Worauf wollte er hinaus? »Der Wirt hat erfahren, dass diese Frau angeblich auf eurem Schinderhof wohnt. Ich konnte das erst nicht glauben, aber dann fiel mir ein, dass es zu Martha passen würde, einen Verflossenen aus dem Hut zu zaubern, um ihrem Ehemann eins auszuwischen. Ich vermute, deine Schwester hat diesen Kerl in einem Brief hergelockt und legt es auf eine Konfrontation der beiden Männer an.«

Ein Stromstoß schien durch Gwendolyn zu fahren. Von einer Sekunde auf die andere hatte sie ihre eigenen Probleme und das Drama dieses Tages vergessen. Sie packte Alexander an den Armen, schüttelte ihn fast, damit die Worte schneller aus ihm herauspurzelten. Eine böse Ahnung nahm immer mehr Raum in ihr ein und schien sie ersticken zu wollen. »Wie sah er aus?«

Er hob die Schultern. »Nichts Besonderes, was mich wundert. Martha guckt ja schon nach Äußerlichkeiten, und …«

»Wie sah er aus?« Ihre Stimme überschlug sich.

Alexander war das Erstaunen über ihren aufgeregten Zustand deutlich anzusehen.

»Lang, knochig, unsauberer Haarschnitt, …«

Gwendolyn fühlte sich wie im freien Fall. »Und sein Dialekt. Konnte das Schweizerdeutsch gewesen sein?«

Alexander tippte sich mit dem Finger nachdenklich ans Kinn. »Jetzt, wo du es sagst …«

Sie trat einen Schritt zurück, auf einmal überlegt und beherrscht, obwohl sie innerlich zu verbrennen drohte. Sie streckte die Hand aus. »Die Autoschlüssel.«

»Die hat Micha.«

Gwendolyn wirbelte ohne weitere Erklärung herum und rannte, als sei der Teufel hinter ihr her, zur Scheune. Sie spürte Alexanders Blick in ihrem Rücken und dass er ansetzte, ihr nachzulaufen, dann aber verlangsamte und sie ziehen ließ. »Gib mir Bescheid, wenn du Hilfe brauchst!«, rief er ihr verzweifelt hinterher. Sie hob nur die Hand zum Zeichen, dass sie ihn verstanden hatte. Es war nicht die Zeit für langwierige Erklärungen und Nachfragen. Sie musste handeln. Sofort.

Zwei Minuten später brauste sie mit quietschenden Reifen vom Gut Theresienberg auf die Straße nach Polderfeld.

16

Polderfeld

Wie weitläufig das Haus war, wenn man es allein bewohnte. Martha hatte nicht vermutet, dass sie sich bereits nach kurzer Zeit einsam fühlen würde. Wie viele Tage war es her, seit sie Benno und Helena vertrieben hatte? Keine zwei Wochen, doch ihr kam es vor wie ein halbes Jahr. Wenn sie abends ins Bett kroch, war es kalt, und es erwärmte sich auch nicht in den Nachtstunden. Als reiche ihre eigene Körpertemperatur dafür nicht aus. Die Küche war ebenso kühl, obwohl der Holzofen bollerte wie sonst, wenn Benno und Helena herumliefen, ihre munteren Reden führten und in die Töpfe guckten, während Martha sich an einem Eintopf versuchte.

Gekocht hatte sie gar nichts, seit die beiden sie alleingelassen hatten. Sie brauchte nicht viel zum Essen, schnitt sich ab und zu einen Kanten Brot und ein Stück Käse ab und trank ein Glas Ziegenmilch. Manchmal ließ sie die Tür offen stehen und wunderte sich, warum Wastl nicht hereingetrappelt kam, weil er es doch gewohnt war, sich in der Nähe der Menschen aufzuhalten. Dann fiel ihr ein, dass Helena den Gänserich mitgenommen hatte zu Onkel Max. Es erstaunte sie selbst, dass ihr das Vieh fehlte, das sie in früheren Zeiten am liebsten am Hals gepackt und nach draußen geworfen hätte, weil es ihr zwischen den Füßen herumwuselte.

Gestern hatte es eine Zusammenkunft in der Scheune gegeben. Sie hatte den Flickschuster Herbert und den Bäckersohn Quirin eingeladen, um zu besprechen, wie sie das nächste Saccharin aus der Schweiz verladen würden. Die beiden hatten sich zu ihren Getreuen in der Bande gemausert. Der Termin Anfang Dezember stand schon lange, aber alles lag diesmal im Ungewissen, weil Helena mit ihrer launischen Art womöglich die besten Lieferanten vergrault hatte. Zwar hatte Martha den Brunners geschrieben, eine Antwort war noch nicht eingetroffen.

In der Scheune hatten sie überlegt, ob sie die Ware in ausgehöhlten Baumstämmen oder in Umzugsgut verstauen sollten und hatten sich für Bierfässer entschieden, die der Wirt aus dem Dorfkrug ihnen zur Verfügung stellen würde. Der Flickschuster hatte beste Kontakte zu allen wichtigen Leuten. Beinahe wie Benno, doch der zog es ja vor, beleidigt in seiner Bude zu hocken. Wann immer er ihr in den Sinn kam, fühlte Martha ein Stechen in der Brust. Zweimal war er in der Zeit da gewesen, hatte sich Bettwäsche und Kleidung geholt und sie gefragt, ob es ihr an irgendetwas fehlte, ob er etwas tun könnte. Innerlich hatte sich alles in ihr nach seiner Umarmung gesehnt, nach einer Versöhnung. Aber sie kam nicht aus ihrer Haut, schaffte es nicht, über ihren Schatten zu springen, und drehte ihm den Rücken zu, als interessiere er sie gar nicht mehr. Vom Küchenfenster aus hatte sie beobachtet, wie er davongegangen war. Dabei hatte sie eine Hand auf ihren Leib gelegt, weil sie einen Anflug von Schmerz gefühlt hatte. Hatte in sich hineingehorcht …
War es möglich, was sich seit wenigen Wochen abzeichnete? Die Übelkeit am Morgen, die Empfindlichkeit der Brüste, das Ausbleiben der Menstruation … Das alles konnte auch damit zusammenhängen, dass der hässliche Streit mit Benno und Helena sie aus der Bahn geworfen hatte.

Und es konnte etwas anderes, etwas Großes bedeuten.

305

So groß, dass sie sich nicht gestattete, den Gedanken weiter zu verfolgen und über die Zukunft zu spekulieren. Kinder kamen und gingen. Sie hatte genügend junge Frauen erlebt, die sich in anderen Umständen wähnten und dann blutend zusammengebrochen waren, weil sich die Frucht nicht in ihnen eingenistet hatte. Sie war nicht zur Mutter geboren. Warum sollte es ausgerechnet bei ihr gut gehen. Sie wollte kein Kind, und sie wollte nicht, dass Benno zu ihr zurückkam, nur weil ihm sein Sohn oder seine Tochter etwas bedeuteten. Wenn er zurückkehrte, dann aus Liebe zu ihr.

Helena hatte sich gar nicht blicken lassen. Kein Wunder, bei Onkel Max konnte sie, wohlwollend von ihm beobachtet, schalten und walten, wie sie es möglicherweise auch auf dem Schinderhof getan hätte. Aber hier war immer Martha, die das Sagen hatte und ihr klarmachte, dass sie nur die kleine Schwester war, die nichts zu verantworten hatte. Vielleicht hätte sie anfangen sollen, Helena mehr zuzutrauen. Es war schwierig, sich von dem Bild des tollpatschigen Mädchens zu verabschieden. Mit ihrer Verträumtheit hatte sie ihnen diese eine Schmuggeltour vor nunmehr fünfeinhalb Jahren vermasselt, bei der die Mutter ums Leben gekommen war, gejagt vom selben Grenzer, der mit dem Vater später den Tod gefunden hatte. Hatte Martha den Punkt verpasst, an dem Helena vom Mädchen zur jungen Frau herangereift war? Eine Frau, deren Gefühle man ernst nehmen sollte, wenn man sie nicht für immer vergraulen wollte.

Die kritischen Gedanken, auch über ihr eigenes Verhalten, rumorten in Martha und stahlen ihr die Ruhe. Aber es war, als läge ihr Innerstes in einer eisernen Rüstung, die nicht zu durchbrechen war. Für nichts in der Welt würde sie diejenige sein, die vor Benno oder Helena zu Kreuze kroch. Sie sollten um Entschuldigung bitten und auf ihre Milde hoffen. Wenn sie bloß kämen! Sie würde sie nicht allzu lange zappeln lassen, und dann wäre alles wie früher.

Nach dem Treffen in der Scheune hatte sie Herbert und Quirin gefragt, ob sie sich nicht auf einen Krug Bier zu ihr in die Küche gesellen wollten. Es wäre schön, wenn der Raum wieder einmal mit Leben gefüllt wäre. Vielleicht würde sie dann später nach der munteren Gesellschaft leichter in den Schlaf finden. Beide hatten abgelehnt, der Flickschuster mit einem anzüglichen Zwinkern. Er hatte eine ältere Witwe aus Fellenau kennengelernt, die ihn jeden Abend heißblütig auf ihrem Hof erwartete und ihm Hoffnungen darauf machte, ihr nicht unerhebliches Vermögen mit ihm zu verprassen, solange seine Manneskraft nicht nachließ. Diese Chance ließ sich Herbert nicht entgehen, er würde die Dame nicht erzürnen, indem er zu spät bei ihr erschien. Martha fragte sich bang, wie lange sie auf ihn als treuen Schmuggelgefährten zählen konnte. Vielleicht hatte er es bald nicht mehr nötig, und aus alter Verbundenheit bliebe er sicher nicht an ihrer Seite.

Quirin hingegen gab an, seinem Vater in der Backstube helfen zu müssen. Dabei wusste doch jeder, dass die Bäcker erst in den frühen Morgenstunden begannen, nicht am Vorabend. Martha konnte sich des Eindrucks nicht erwehren, dass man auf ihre Gesellschaft nicht mehr viel Wert legte. Sie erinnerte sich daran, wie hartnäckig Quirin vor zwei Jahren an Gwendolyns Rockzipfel gehangen hatte. Ihr gegenüber war er zwar zuverlässig und findig, gab sich jedoch gleichzeitig distanziert und kühl und forderte seinen Anteil am Geschäft auf Heller und Pfennig ein. Irgendwie hatte sie angenommen, Quirin würde sich jedem weiblichen Wesen zu Füßen werfen, das ihm ein Mindestmaß an Interesse entgegenbrachte. Aber sie hatte sich getäuscht.

In einen Teil ihres Herzens fraß sich die Befürchtung, sie

könnte sich verändert haben. Die Menschen sähen sie mit anderen Augen als zu der Zeit, wo sich die jungen Kerle darum gerissen hatten, auf den Dorffesten mit ihr zu tanzen. Ja, vielleicht war sie härter geworden, aber es war gut so. In dieser Welt fielen die Weichherzigen auf die Nase, nicht die Macher.

An diesem frühen Abend wischte sie lustlos über den Tisch und die Arbeitsplatte. Der Lappen blieb sauber. Wer sollte denn hier etwas verschmutzen? Gleich würde sie nach den Tieren sehen, die Pferde füttern, die Hühner ins Haus treiben, die Ziegen in den Stall führen. Und dann? Auf der Eckbank lag die Handarbeit, die sie in einen Stickrahmen gespannt hatte. Ein Küchentuch mit grünen Ranken und rosa Blüten. Sie stieß ein Stöhnen aus. Gab es eine langweiligere Abendbeschäftigung? Sie nahm den Rahmen und schmetterte ihn gegen die Wand. Das Holz hielt dem Aufprall stand, flog auf die Bodenfliesen und rutschte in eine Ecke. Es wurde Zeit, dass die Tour begann. Im Geiste rechnete sie nach. Noch sechs Tage, dann ging es los, und sie würde endlich die lästigen Gefühle von Einsamkeit und Ablehnung abschütteln können.

Ein Geräusch auf dem Hof weckte ihre Aufmerksamkeit. Sie eilte zum Küchenfenster, schob die Gardine zur Seite. Der Ford der Wallendorfs. Kurz überlegte sie, ob Alexander zu Besuch kam, warum auch immer. Der hätte ihr gefehlt nach all dem Trübsinn an diesem Tag.

In der nächsten Sekunde stieg Gwendolyn auf der Fahrerseite aus, und – sieh mal an – gar nicht wie aus dem Ei gepellt, wie sie sich als Zuckerbaronin stets präsentierte, sondern mit aufgelösten Haaren, ohne Hut und mit nur halb zugeknöpftem Mantel. Sie stürzte auf die Haustür zu, die Klinke fuhr herunter, doch seitdem kein Mann mehr im Haus war, hatte Martha stets den Riegel vorgeschoben. Gwendolyn wummerte mit der Faust gegen das Holz. Martha nahm sich die Zeit, sie ein weiteres Mal klopfen zu lassen, strich sich die Strähnen, die sich aus ihrem Zopf gelöst hatten, hinter die Ohren, richtete ihre Bluse und den Rock. Dann schritt sie gemächlich auf die Tür zu, um sie zu öffnen.

Gwendolyn flog ihr fast entgegen. »Wo ist Helena?«, keuchte sie, lief hektisch in der Küche umher, sprang, immer zwei Stufen auf einmal nehmend, die Stiege zu Helenas Zimmer hinauf.

»Was fällt dir ein? Du kannst hier nicht einfach hereinplatzen und durchs Haus stürmen! Du wohnst hier nicht mehr, schon vergessen?« Martha spürte die Wut über Gwendolyns Eindringen in sich aufsteigen. Gleichzeitig war sie neugierig, was der Grund ihres plötzlichen Auftauchens war. Dermaßen aufgebracht hatte sie sie noch nie erlebt. »Und was willst du überhaupt von Helena?«

Gwendolyn antwortete nicht, setzte die Durchsuchung des Hauses fort. Erst Minuten später stand sie schwer atmend vor Martha und starrte ihr ins Gesicht. »Ich muss sie finden.«

Ein süßes Gefühl von Macht ergriff Martha, als sie ihre Fingernägel betrachtete und hochmütig die Brauen hob. »Ja, wo mag sie denn sein, unsere Kleine? Hat unsere allseits verehrte Zuckerbaronin einmal keinen Überblick?«

Sie spürte Gwendolyns Hände knochig an ihren Oberarmen, als sie sie packte und schüttelte. »Hör auf mit dem Theater, Martha! Dafür ist jetzt keine Zeit! Dieser Schweizer … Andrin Brunner ist in der Gegend und auf der Suche nach ihr!«

Langsam begann Marthas Verstand zu arbeiten. Andrin? Dermaßen abgöttisch war seine Liebe, dass er ihr hinterherreiste? Ob er Helena durch seine Hartnäckigkeit und die Mühen, die er auf sich nahm, doch noch überzeugen konnte? »Er scheint sie sehr zu lieben«, sagte sie aus ihren Gedanken heraus.

»Du verstehst gar nichts!« Gwendolyns Stimme überschlug

sich. »Dieser Mann ist eine Gefahr für sie! Das musst du doch mitbekommen haben! Er ist verrückt und krankhaft eifersüchtig.«

»Und woher weißt du das mal wieder alles so genau?« Martha funkelte Gwendolyn kampfeslustig an.

»Weil sich Helena mir anvertraut an! Und im Gegensatz zu dir glaube ich ihr jedes Wort: Dieser Mann hat einen Hang zur Gewalt, wenn er seinen Willen nicht durchsetzt. Er betrachtet Helena als seinen Besitz, und dieser Wahn geht offenbar so weit, dass er sie jetzt holen will. Mach die Augen auf, Martha! Du bist verblendet von der Schmuggelei und deinem Profitdenken! Ich habe es dir immer prophezeit, aber du wolltest nie auf mich hören: Irgendwann würden uns diese kriminellen Machenschaften in Gefahr bringen. Jetzt ist es so weit, und wir müssen handeln. Also? Wo ist sie?«

»Ich …«

Sie wandten sich beide alarmiert um, denn in diesem Augenblick fiel von der Tür her ein Schatten auf sie. Breitbeinig, mit fettigen Haaren, Hakennase und Filzjacke stand Andrin Brunner da. Wenn man vom Teufel sprach! Martha schlug sich die Hände vor den Mund, ging zögernd auf ihn zu. »Andrin, um Himmels willen! Was machst du denn hier?«

Sein versteinerter Gesichtsausdruck und das Feuer in seinen Augen ließen keinen Zweifel daran, dass er kaum Herr seiner Sinne war. Martha näherte sich ihm vorsichtig, streckte ihm eine Hand entgegen, hoffte, ihn beruhigen zu können. »Komm, setz dich her, ich mache uns eine heiße Milch mit Honig, die wird dir guttun. Und dann reden wir in aller Ruhe.«

Sie war nahe genug heran an ihm, dass sie seinen sauren Schweißgeruch und den Gestank nach ungewaschenen Klamotten riechen konnte. Dieser Mann hatte nichts mehr mit dem gemein, den sie ihrer Schwester Helena wohlmeinend ans Herz gelegt hatte. Vor ihr stand ein unberechenbarer Kerl, und in der nächsten Sekunde bewies er, dass mit ihm nicht zu spaßen war. Mit einer kraftvollen Bewegung schubste er Martha, sodass sie ins Wanken geriet und hingefallen wäre, wenn sie nicht mit dem verlängerten Rücken gegen ein Regal gestoßen wäre. Sein Hieb hatte sie oberhalb des Bauchs erwischt, und ein beißender Schmerz flammte auf. Instinktiv legte sie beide Hände auf den Unterleib, krümmte sich, um ihr Innerstes zu schützen.

Sie hob den Kopf und sah, dass er Gwendolyn nicht weniger brutal zur Seite schob und dann mit stapfenden Stiefeln, die Dreckklumpen im ganzen Haus verteilend, jeden Winkel nach Helena absuchte.

»Was erlauben Sie sich!«, schrie Gwendolyn ihm hinterher. »Das wird Sie teuer zu stehen kommen! Sie können nicht einfach in unser Haus einbrechen!«

Gegen ihren Willen bewunderte Martha Gwendolyn – und nahm wahr, dass sie immer noch von *unserem* Haus sprach. Da hatte sie also trotz allem Prunk und Protz doch nicht vergessen, wo ihre Wurzeln lagen. Allerdings würde Martha sich eher auf die Zunge beißen, als über ein so schwächliches Gefühl zu reden! Jetzt schon gar nicht, wo Andrin sich dicht vor Gwendolyn stellte, ihr Kinn mit zwei Fingern anhob. Gwendolyns Gesicht verzog sich vor Furcht und Ekel.

»Wer will mir da drohen?«, zischte Andrin wie eine Schlange, trat näher an Gwendolyn heran, sodass sich ihre Fußspitzen berührten.

Marthas Blick flog zum Holzofen. Mit zwei schnellen Schritten war sie dort, riss den Schürhaken von der Wand und hob ihn mit beiden Händen hoch. »Mach, dass du hier fortkommst, Brunner! Ich schwöre, ich zieh dir das Eisen über den Schädel, wenn du nicht auf der Stelle verschwindest.«

»Hoho!« Andrin machte drei Schritte rückwärts, die Arme

erhoben, sein Gesicht zeigte eine ungesunde gelbliche Verfärbung, sein Adamsapfel hüpfte. »Ich wusste doch, was für ein Temperament in dir steckt. Ich will nur wissen, wo ich Helena finde. Ich liebe sie, das weißt du, Martha.«

»Sie dich aber nicht, sieh das endlich ein! Ich weiß nicht, wo sie ist, aber sie will dich nie wiedersehen. Und jetzt verstehe ich auch warum.«

Andrin zog sich rückwärts zur Tür zurück. Martha setzte ihm zwei Schritte hinterher, da wirbelte er herum und verschwand so schnell, wie er gekommen war. Sofort war sie an der Tür, warf sie ins Schloss und schob den Riegel vor. Dann lehnte sie sich mit dem Rücken dagegen, hielt sich mit geschlossenen Augen die Hände auf den Leib und atmete lang gezogen aus.

Gwendolyn kam auf sie zu, zog sie an sich. Für einen Moment war es, als hätten sie sich niemals voneinander entfremdet. Wie vertraut sich die Schwester anfühlte, wie gut sie roch, wie tröstend ihre Hände auf ihrem Rücken waren. Martha gestattete sich ein paar Sekunden lang diese Schwäche, dann löste sie sich sanft, aber bestimmt.

»Weißt du wirklich nicht, wo Helena ist?« Gwendolyn studierte eingehend ihr Gesicht. »Hat sie nicht gesagt, wo sie hinwill? Zu Cilly vielleicht, nach Deggendorf?«

»Natürlich weiß ich, wo sie ist!«, entgegnete Martha barsch. Schon wuchs erneut die alte Rivalität zwischen ihnen. Wollte Gwendolyn ihr etwa vorwerfen, sich nicht verantwortungsbewusst um die Jüngere zu kümmern? »Sie ist bei Max Arenburg und dort in den besten Händen, oder siehst du das anders? Sie wohnt seit einigen Tagen da, es hat … ein bisschen Streit gegeben, doch sie wird sicher bald zurückkommen.« Aus dem Augenwinkel meinte sie, einen Schatten am Küchenfenster zu sehen, aber wahrscheinlich war es nur eine Wolke, die den letzten Glanz der fast versunkenen Sonne abgehalten hatte.

Gwendolyn stieß die Luft aus, als hätte sie sie eine Minute lang angehalten. »Gut, dass du es diesem Kerl nicht gesagt hast. Ich hoffe nur, er kommt nicht wieder. Aber er wird nicht so schnell aufgeben, oder? Er ist ja völlig durchgedreht! Wir müssen ihn der Polizei melden. Und wo ist überhaupt Benno?« Martha schürzte die Lippen, wandte sich zum Herd, als wäre es plötzlich wichtig, Wasser im Kessel aufzusetzen. »Der wohnt vorübergehend in seinem alten Haus im Dorf.«

»Heißt das … ihr plant zurzeit keine weiteren kriminellen Geschäfte?«

Martha wirbelte herum und warf beide Arme in die Luft. »Was glaubst du! Denkst du, ich brauche ihn dafür? Von mir aus kann er bleiben, wo der Pfeffer wächst! Ich werde das Erbe unseres Vaters weiterführen und ihn stolz machen.«

Gwendolyn trat auf sie zu, blickte ihr in die Augen. Dann wies sie mit dem Kinn auf ihren Leib, den Martha erneut beschützend umfasste. »Weiß Benno denn Bescheid?«

Hitze stieg in Marthas Wangen. Gleichzeitig spürte sie ein Flattern im Bauch. »Was … was meinst du?«

Eine Weile lastete das Schweigen auf den Schwestern wie eine bleischwere Regenwolke. »Möchtest du wirklich, dass dein Kind das erste einer neuen Generation von Schmugglern wird?«, fragte Gwendolyn.

Martha machte sich nicht die Mühe, es abzustreiten. »Es hat uns allen nicht geschadet, oder? Wir hatten eine schöne Kindheit und Jugend auf dem Schinderhof, aber du musstest ja nach den Sternen greifen und dir einen Wallendorf schnappen, einen von unseren Erzfeinden. Du hast alles zerstört, Gwendolyn.«

»Darf ich dich daran erinnern, dass du die Erste warst, die sich für Alexander interessiert hat? Aber es war von vornherein klar, dass ihr nicht zusammenpasst.«

»Dann hoffe ich für dich, dass du glücklich geworden bist«, presste Martha hervor und wusste selbst nicht, wie viel an ihren Worten Wahrheit und wie viel Spott war. In diesen Minuten auf dem Schinderhof spürte sie trotz aller Unterschiede zu Gwendolyn, dass sie immer noch ein Band zusammenhielt, ihre gemeinsamen Erinnerungen an Vater und Mutter, an die guten alten Zeiten. Doch wie es schien, war zu viel geschehen.

Gwendolyn richtete ihren Blick für ein paar Sekunden an die Decke. Als sie den Kopf senkte und wieder sprach, klang ihre Stimme gefestigt. »Lass uns nicht streiten, Martha. Ich bete jeden Abend dafür, dass wir das alles vergessen können. Es wird uns beiden viel abverlangen. Jetzt aber ist erst einmal Helena wichtig.«

Martha nickte, plötzlich von Müdigkeit durchdrungen. Sie ließ sich auf der Eckbank nieder, faltete die Hände auf dem Küchentisch. »Bei Onkel Max kann ihr nichts passieren. Erst einmal müsste Brunner sie dort aufspüren, und dann müsste er an Max vorbei. Auch mit wehem Bein würde er kämpfen wie ein Löwe, um Helena zu beschützen.«

»Trotzdem sollten wir sie warnen. Und die Polizei informieren. Wer weiß, wozu der Kerl fähig ist.«

Martha schaute auf und hatte Mühe, die Lider zu heben. Sie sehnte sich danach, sehr lange zu schlafen und in sich hineinzuhorchen, ob das, was da in ihr wuchs, dies alles unbeschadet überstanden hatte. Der Schmerz zog erneut durch ihren Leib. Aber Gwendolyns Vorschlag? Nein. »Der Gendarmerie müssten wir erklären, welcher Art unsere Handelsbeziehungen zu den Brunners sind.«

Gwendolyn tat einen Schritt auf sie zu. Sie hob die Hand, und kurz sah es aus, als wollte sie Marthas Wange streicheln. Martha wusste nicht, ob sie sich das wünschen sollte oder nicht, doch der Augenblick verflog. Aus Gwendolyns Gesicht verschwand das Weiche und wich einer kühlen Sachlichkeit. »Die Geschäfte, natürlich. Wie immer stehen sie an erster Stelle. Aber sag, ich kann dich hier ohne Gesellschaft lassen?«

Martha nickte. »Ich lege mich einen Moment hin, dann werde ich mich gleich besser fühlen.«

»Lass die Tür verriegelt und zieh die Fensterläden zu. Man weiß nie, was im Gehirn eines derart kranken Menschen vor sich geht. Nachher kehrt er noch um, wenn er Helena nicht findet.«

Martha schluckte. »Ich nehme den Schürhaken mit ans Bett. Den mag er nicht«, fügte sie mit einem halben Grinsen hinzu. Zu scherzen half, obwohl es keinen Grund zur Zuversicht gab.

Gwendolyn war schon an der Tür. »Ich fahre jetzt zu Onkel Max und warne ihn und Helena. Wenn die beiden es für richtig halten, nehme ich Helena mit auf Gut Theresienberg.«

Martha verengte die Augen zu schmalen Schlitzen, als sie Gwendolyns herausfordernden Blick hielt. Kurz flammte der Zorn auf ihre Eigenmächtigkeit auf und darauf, dass sie immer ganz genau zu wissen schien, was richtig war und was falsch. Dann endlich nickte sie schicksalsergeben, strich über den Bauch, der sich erneut verkrampfte. Sie erhob sich und schleppte sich ins kalte Schlafzimmer. Für heute hatte sie genug gekämpft.

»Du ertränkst ihn ja!« Max Arenburg hielt sich den Bauch vor Lachen. Sein Ausruf spornte Helena an, einen weiteren Schluck kräftig gelber Vanillesoße über den gedeckten Apfelstrudel auf seinem Teller zu gießen. Mit Schwung schwenkte sie die Sauciere aus weißem Porzellan im Halbkreis.

Sie hatte die Elstar im Keller gefunden, gleich neben den Kartoffeln, die er sich für die Tage hatte einlagern lassen, die er in der Heimat verbrachte. Eine Reihe von eingewecktem

Gemüse und Obst in einem Regal stellte sicher, dass er auch dann etwas zu beißen hatte, wenn er spätabends kam und die Läden oder die Küche im Dorfkrug schon geschlossen hatten. Die Äpfel hatten Helena mit ihrer glänzenden Schale förmlich gedrängt, ihm als Dankeschön dafür, dass er sie ohne Zögern aufgenommen hatte, ein kleines Festmahl anlässlich seiner Rückkehr zu bereiten.

Anders als geplant hatte Max nach Helenas Einzug Polderfeld kurzfristig erneut verlassen müssen. Eine Nachricht des Mitgründers der Saccharin-Fabrik hatte ihn nach Salbke bei Magdeburg geholt.

In den Tagen seiner Abwesenheit war Helena in Max' Haus ein bisschen die Decke auf den Kopf gefallen.

Selbstverständlich dankte sie dem Onkel nicht nur mit den Schweinelendchen, die sie vom Schlachter geholt und mit den Kartoffeln serviert hatte. Sie hatte alle Arbeiten verrichtet, die in einem Haus anfielen, aber da Max allein lebte und ohnehin die meiste Zeit in Berlin verbrachte, lag die größte Aufgabe darin, einmal ordentlich durchzulüften und Staub zu wischen. Außerdem gab es bei ihm, anders als auf dem Schinderhof, keine Tiere zu versorgen. Die Ausnahme bildete Wastl, dem sie mit Stroh ein Lager in der Hütte hatte richten dürfen, in der Max sonst Spaten, Rechen und Schubkarre für den Garten hinter dem Haus aufbewahrte. Aus Rücksicht auf ihren Gastgeber nahm sie den Gänserich nicht mit nach drinnen, obwohl sich das Tier lauthals schnatternd beschwerte, wenn sie die Tür vor seinem Schnabel schloss.

Max rieb sich weiter den Bauch. »Wenn du mich so mästest, musst du mich nach Berlin rollen.«

Helena lachte. »Erwarte nicht, dass ich dich immer so verköstige wie heute.« Sie stockte. »Du wirst doch ein paar Tage bleiben?«

Für einen Moment sah sie in seinen Augen den Wunsch, genau das zu tun. Max war mit Leib und Seele Sozialdemokrat und setzte sich, seit er vor nunmehr beinahe dreißig Jahren zum ersten Mal als Vertreter Niederbayerns in den Reichstag gewählt worden war, mit Eifer für die Belange der kleinen Leute ein. Oft genug stand er auf verlorenem Posten, und irgendwann musste auch dem größten Kämpfer für die soziale Sache der Gedanke kommen, dass in seinem Leben nicht nur die Politik Bedeutung haben sollte. Ein Sehnen lag in seinem Blick, abends von jemandem erwartet und umsorgt zu werden, ganz wie Helena es an diesem Tag getan hatte. Irgendwo auf dieser weiten Welt musste es doch eine Seele geben, die ihr Herz an einen anständigen Menschen wie Max verlor. Ungeachtet seiner körperlichen Beeinträchtigung, die sich auch jetzt zeigte: Mit einem Stöhnen öffnete er die Schnallen am engen Spezialschuh, der ihm in Verbindung mit seinem Stock ein beinahe normales, aber ermüdendes Vorankommen ermöglichte. Helena wünschte ihm, dass eine Frau in sein Leben trat, die ihres mit ihm teilen und für ihn da sein würde, wenn seines beschwerlicher wurde. Er hätte es verdient.

Trotz des vollen Magens langte Max auch beim Nachtisch zu. Er schob sich ein dampfendes Stück Strudel in den Mund, leckte die Soße vom Löffel und verdrehte genüsslich die Augen. Dann kam er auf Helenas Frage zurück: »Ich muss den Genossen von meinem Gespräch mit Moritz List berichten.«

»Was ist passiert?« Helena wusste, dass es um Saccharin ging.

»In den letzten Wochen hat sich einiges getan«, klärte er sie auf, ständig unterbrochen vom nächsten Bissen, der in seinen Mund wanderte. »Die Amerikaner haben darüber diskutiert, ob sie die Verwendung von Saccharin einschränken oder es als Zusatz zu Lebensmitteln ganz verbieten sollen. Das hätte die Fabrik nach Moritz Lists Meinung schwer getroffen.«

»Und nun wurde darüber entschieden.« Seit Helenas unerfreulichem Aufenthalt in der Schweiz war ihr Interesse an allem, was mit dem Süßstoff zusammenhing, stark gesunken. Er war mit der Geschichte der Schinderfamilie verknüpft wie mit keiner anderen, und noch vor ein paar Wochen hatte Helena den Schleichhandel Gwendolyn gegenüber als Willen des Vaters verteidigt, dem sie unter allen Umständen folgen würde. Aber konnte man seine Meinung nicht ändern? Mussten die Dinge stets beim Alten bleiben? Dass sie sich erkundigte und Max zum Reden brachte, war wie das Essen und der Haushalt eher ein Gefallen für ihn, als dass sie selbst darauf brannte.

»Dafür wäre kein Treffen nötig gewesen.« Max schob den leeren Teller mit einem zufriedenen Ächzen von sich. Er lehnte sich auf der Bank zurück und strich über seinen Bauch, der sich prall unter der Weste abzeichnete. Helena wollte abräumen, aber er legte seine Hand auf ihre und tätschelte sie. »Du hast schon genug für mich getan. Und bevor du etwas anderes sagst, dies ist mein Haus und hier werde ich den Abwasch erledigen. Das ist das Mindeste. Hast du nach eurem Zerwürfnis schon mit Martha gesprochen?«

Natürlich war kein Tag vergangen, an dem sie nicht daran gedacht hatte, auf den Hof zurückzukehren. Doch nach allem, was Benno bei seinen Besuchen berichtete, die er Helena regelmäßig abstattete, zeichnete sich kein Einsehen bei ihrer älteren Schwester ab. Und auf einen weiteren Streit konnte sie verzichten. »Nein«, sagte sie. »Aber erzähl, was es in Amerika und Salbke Neues gibt.«

Das Ablenkungsmanöver war leicht zu durchschauen. Max war taktvoll genug, darauf einzugehen. Mit einem Nicken setzte er an: »Das Verbot ist vom Tisch. In Übersee ist man sich einig, was das Saccharin betrifft.«

Nun regte sich doch die Neugier in Helena. Wenn der Export gesichert war, wo lag dann das Problem? Wieso hatte man Max nach Salbke gebeten?

»Moritz und ich sind uns über unseren gemeinsamen Cousin einige Male begegnet«, sagte Max.

»Constantin Fahlberg«, wusste Helena.

»Richtig. Nachdem der die Firma verlassen hat, hat ein Mann namens August Klages die technische Leitung übernommen. Ein Chemiker wie Fahlberg und List, blitzgescheit, wie man hört. Allerdings sieht er die Zukunft des Konzerns nicht in der Herstellung von Saccharin. Er beabsichtigt, die Produktion auf Schwefelsäure umzustellen. Langfristig will er ein Pflanzenschutzmittel entwickeln. Genau dafür wollte er meinen Cousin mit im Boot haben.«

»Was nicht funktioniert hat«, vermutete Helena.

Max lachte. »Clever bist du. Eine echte Schinder. Nein, Moritz hat getobt. Du hättest ihn sehen sollen. Hat kein gutes Haar an diesem Klages gelassen.«

»Und was wollte er von dir?«

»Moritz weiß, wie sehr ich mich im Reichstag für das Saccharin einsetze. Und in ihm hat sich ein Zweifel gemeldet, ob Klages mit seiner düsteren Einschätzung über die Zukunft des Süßstoffs nicht doch richtigliegt. Er hat meinen Rat erbeten.«

Für Helena klang das nach der Politik, über die der Vater stets gewettert hatte. Aber sie verstand das Dilemma, in dem Moritz List steckte. Sollte er die Tradition wahren oder offen für Neues sein?

»Was hast du ihm gesagt?«

»Ich stimme mit den Amerikanern überein, dass Saccharin Gold wert ist für Mensch und Wirtschaft, und würde mir wünschen, dass man das auch im Deutschen Reich erkennt. Aber mit zunehmendem Alter sehe ich die Dinge auch pragmatischer. Es tut sich in dieser Angelegenheit kaum noch etwas. Die Genossen verdrehen schon die Augen, wenn ich einen neuen Vorstoß in Sachen Süßstoffgesetze wage. Klages scheint ein Mann mit Weitsicht zu sein. Also habe ich List geraten, mit der Zeit zu gehen. Er wird sich weiter in der Firma engagieren, obwohl Saccharin dort bald kaum noch eine Rolle spielen ...«

»Wo spielt Saccharin keine Rolle mehr?«

»Benno!« Helena sprang auf und fiel ihrem Schwager um den Hals. Er war in der Tür zur Stube aufgetaucht, ohne dass sie oder Max sein Kommen bemerkt hatten. Nun umarmte er sie, blickte dann aber mit umwölkter Stirn zu Max und wartete auf eine Antwort. Auch er reagierte seit der Auseinandersetzung mit Martha empfindlich auf alles, was mit dem Thema Süßstoff zusammenhing.

»In der Firma von Moritz List«, beruhigte Max ihn und bot ihm mit einer Geste einen Stuhl an. »Ich war dort, um ...«, wollte er langmütig ausführen, aber Benno winkte mit beiden Händen ab und brachte Helena damit zum Lachen. Benno beschäftigte anderes, wie unschwer an seiner Miene abzulesen war, als er sich setzte. Martha? Auch Helenas Gedanken kreisten um die Schwester, aber den heutigen Abend wollte sie sich nicht von ihr verderben lassen. Zu gemütlich war es, wie sie so zu dritt beieinandersaßen.

»Wie geht es Cilly?«, erkundigte sie sich daher schnell, um Benno abzulenken. »Wird sie nächstes Wochenende endlich, endlich kommen?« Sie erkannte den Fehler, kaum dass sie die Frage gestellt hatte. Ihre Freundin aus Kindheitstagen hatte den Bruder schon mehrfach versetzt, und auch diesmal schien es keine frohen Nachrichten zu geben.

»Sie hat es zwar versprochen, aber ich glaube es erst, wenn sie da ist. Langsam habe ich den Verdacht, dass nicht nur die Ausbildung zur Stenotypistin sie in Deggendorf hält«, sagte Benno.

Ein Mann in Cillys Leben? Vor Jahren hatte sie sich auffallend oft über einen Jungen aus dem Internat beschwert. Vielleicht hatte sie inzwischen erkannt, dass sich hinter der oberflächlichen Abneigung mehr verbarg? Natürlich konnte sie auch einen anderen kennengelernt haben. Helena hoffte, sie bald ausfragen zu können, wenngleich ihr eigenes Interesse an Liebesdingen ebenso wie das am Saccharin vorerst verflogen war.

Max räumte die Teller zur Spüle und begann mit dem Abwasch. Er warf Benno ein Geschirrtuch zu, das dieser brummend fing, bevor er sich bereitwillig dem Abtrocknen widmete. Anders als die meisten Männer war Benno die Hausarbeit gewohnt, hatte er sich und Cilly doch früh selbst versorgen müssen. Als alles erledigt war, holte Max drei Gläser und eine Flasche Wein. Für Helena stellte er Apfelsaft auf den Tisch. Noch einer, der dachte, sie wäre ein Kind. Dabei bewegte er sich sicher in seiner Stube, in der die Möbel mit Absicht so angeordnet waren, dass er sich ohne Stock zurechtfand. Immer stand eine Kommode, ein Stuhl oder Ähnliches in Griffweite, woran er sich stützen konnte. Zum Schluss holte er einen abgegriffenen Satz Spielkarten aus dem Schrank. Er grinste breit in die Runde. »Jetzt lasst uns ein wenig Spaß haben in diesen unsicheren Zeiten. Wie wäre es mit einer Partie Schafkopf?«

Im Hause Schinder war nie gespielt worden, aber wenn die zwei ihr die Regeln erklärten, wieso nicht? Max begann sogleich, und Helena merkte sich die absteigende Reihenfolge der Karten vom Ass über den König, Ober, Unter und die Zehn bis zur Neun. Die Achter und Siebener sortierte Max aus, da sie nur zu dritt waren. Schwierig klang das Spiel nicht. »Und da tut ihr Männer immer, als wäre es wahnsinnig kompliziert.«

Ihr Kommentar entlockte Benno ein Grinsen. »Warte nur, bis wir mit den Besonderheiten kommen. Aber lass uns erst ein paar Runden spielen.« Er nahm Max die Karten ab, mischte und teilte aus. Ganz bei der Sache war er nicht, am Ende hatte er neun Karten auf der Hand, Helena nur sieben. Schnell wurde neu gegeben. Der Fehler schien Benno dennoch zu beschäftigen. Oder war es doch wieder Martha, die ihm im Kopf herumspukte?

»Es wird schon alles ins Lot kommen«, sagte Helena liebevoll, ihrem Bauchgefühl folgend, während sie eine Neun auf Max' Unter legte. Die wertvollen Karten auf der Hand hob sie sich noch auf. Bennos Nicken zeigte ihr, dass sie ins Schwarze getroffen hatte, also sprach sie weiter: »Sie kann engstirnig sein. Aber sie liebt dich, Benno! Obwohl sie selbst vielleicht nicht weiß, wie sehr.«

Er übertrumpfte sie und nahm den Stich an sich. Schnell warf er eine neue Karte aus. »Und genau darüber wollte ich mit dir reden, Helena.«

Benno beobachtete Helena. Sie wusste, dass er in den letzten Tagen einige Male auf dem Hof gewesen war, Martha seine Hilfe angeboten und sie ihm nur die kalte Schulter gezeigt hatte. Martha war immer schon starrsinnig gewesen. Aber diesmal schien etwas Neues zwischen ihnen zu stehen, etwas Unausgesprochenes. Benno hatte aufmerksam in sich hineingehorcht. Statt Zweifel an Marthas Liebe zu ihm hatte ihn eine seltsame Gewissheit gepackt, dass sie gestärkt aus dieser Krise hervorgehen konnten, wenn er nur das Richtige tat. Martha war zu stolz dafür, und auch dieses Neue, nicht Greifbare, verhinderte, dass sie den ersten Schritt tat. Es war seine Aufgabe, das Ruder in die Hand zu nehmen, um ihre Ehe zu retten.

Den Anfang hatte er gleich am Abend des Auszugs unternommen, als er Helena mitgeteilt hatte, dass er das Fuhrunternehmen der Schinders, das sie seit Jahren hauptsächlich zum Schein führten, wieder aufbauen wollte.

»Du warst bei der Bank?«, fragte er und musste Max den Stich schenken, wenn er nicht seinen letzten Trumpf ausspielen wollte. Helena schien Gefallen am Schafkopf zu finden, beobachtete aufmerksam, wie Benno und Max als erfahrene Spieler vorgingen.

»Hast du schon ein Gespann ausgesucht, das du kaufen möchtest?«, fragte sie.

»Kein Gespann, einen Lastkraftwagen.«

Helena und Max senkten gleichzeitig die Karten, sahen ihn mit großen Augen an. Max schürzte die Lippen, dann nickte er. »Du gehst mit dem Fortschritt. Mir scheint, das kommt nicht aus einer Laune heraus. Du hast es dir reiflich überlegt?«

»Das habe ich«, bestätigte Benno. Max' Zuspruch war Balsam für ihn. Nach dem frühen Tod von Bennos Eltern hatte Korbinian Schinder die Rolle eines Vaters übernommen, wenngleich seine Form der Anerkennung sich weniger durch Worte als durch eine auf die Schulter gelegte Hand oder ein wohlwollendes Nicken gezeigt hatte. Jetzt war es der deutlich ältere Max, auf dessen Urteil er zählte. »Immer mehr Bauern oder Handwerker legen sich welche zu. Sogar der Krämer Ludwig denkt über ein motorisiertes Fahrzeug nach. Er will damit einmal die Woche die abgelegenen Höfe anfahren und den Leuten dort das Wichtigste bringen, das sie nicht selbst herstellen.«

Max verzog anerkennend den Mund über die Geschäftsidee.

»Ich habe mich also gefragt«, fuhr Benno fort, »was ein Fuhrunternehmen mit Pferdekarren noch taugt, wenn die Menschen ihre Güter schneller mit dem eigenen Wagen von hier nach dort bringen können. Nein, wir müssen das ebenso rasch erledigen. Nur dann lohnt es sich für sie, uns zu engagieren.«

»Ein Lastwagen ist nicht billig«, warf Helena ein und legte die verbliebenen Karten mit der Rückseite nach oben vor sich ab. Benno kannte sie gut. Er wusste, dass sie nicht mit einem Zahlengedächtnis gesegnet war, aber Gwendolyn hatte ihr alles beigebracht, was sie für die Buchführung brauchte. Sie besaß zudem einen guten Überblick über die Finanzen der Familie Schinder.

»Das Vermögen ist im Lauf der Jahre stetig gewachsen«, sagte sie, wog mit einem Blick auf Benno offenbar jedes Wort sorgfältig ab. »Aber mehrere Male hat es auch Ausgaben gegeben. Das Scheunendach, die Pumpe am Brunnen. Und damit ist noch längst nicht alles gerichtet, was gerichtet gehört.«

»Das weiß ich doch, Helena. Ich kenne mich bestens auf dem Hof aus. Vieles werde ich selbst erledigen, wenn … sobald Martha zu Sinnen gekommen ist. Und ich will, dass immer ein ausreichendes Polster für unvorhersehbare Ausgaben bleibt.«

»Dann übersteigt ein Lastwagen das, was ich ohne Weiteres abheben könnte, befürchte ich.«

Benno nickte. Es wurde Zeit, sie und Max in sein Vorhaben einzuweihen. »Das habe ich mir schon gedacht. Deshalb war ich bei Pfarrer Lindemann.« Der Geistliche hatte nicht schlecht gestaunt, als Benno bei ihm aufgekreuzt war. Benno hatte durch den Tod der Eltern zum Glauben gefunden und war ein eifriger Kirchgänger. Außerhalb der Messe hatte er jedoch nie um Beistand gebeten. Benno hatte sich erkundigt, ob das Angebot für sein Haus noch stehe, das der Pfarrer zuletzt bekräftigt hatte. Der Gottesmann hatte ihn ins Pfarrhaus gebracht, und eine halbe Stunde später hatten sie sich die Hände auf das Geschäft gegeben. »Gleich nächste Woche geht es zum Notar. Lindemann kümmert sich um alles. Es gibt kein Zurück mehr.«

Max sog die Luft ein. »Das ist … mutig.« Er nahm einen kräftigen Schluck Wein. »Aber was ist mit Cilly, wenn sie zu Besuch kommt? Was, wenn es sie nach ihrer Lehre zurück nach Polderfeld zieht?«

Ähnliche Gedanken schienen Helena zu bewegen. Sie betrachtete Benno nachdenklich.

»Ich denke, es gibt da jemanden, den sie mir bald vorstellen wird. Und es wird eine Weile dauern, bis ich wirklich ausziehen muss. Und sollte ich bis dahin nicht zurück auf dem Schinderhof sein und Cilly dort ein Zimmer bieten können, hatte ich gehofft, sie könnte vielleicht …«

Weiter musste er nicht sprechen, Max hatte schon begriffen.

»Mein Haus steht jedem offen, das weißt du. Cilly ist mir herzlich willkommen.«

Nichts anderes hatte Benno erwartet. Dennoch war er erleichtert, es aus Max' Mund zu hören, ohne als Bittsteller auftreten zu müssen. Er wollte gerade weiterreden, von seinen Plänen berichten, als er die Haustür zufallen hörte. Ein Gedanke schoss ihm in den Sinn, hell wie ein Stern: Martha war gekommen! Allein sein Entschluss, ihr zu beweisen, dass ein rechtes Leben möglich war und er für sie beide darum kämpfte, musste sie irgendwie erreicht haben. Jetzt war sie da, um ihm zu sagen, dass wahre Liebe immer siegen würde. Rasch warf er die Karten auf den Tisch und wollte aufstehen.

»Bleib sitzen, ich sehe nach.« Helena war der Tür zum Flur am nächsten und erhob sich. Vermutlich hatte sich herumgesprochen, dass Max im Dorf war. Ab und zu stellte sich einer der hiesigen Politiker mit einem Anliegen vor, damit Max dessen Forderung in Berlin vertrat. Manchmal klopften Handwerker, Bauern oder Händler an und klagten ihr Leid. Die Leute schätzten, dass Max an ihren persönlichen Geschichten Anteil nahm und sich bemühte, ihre Sorgen zu lindern. Aber normalerweise machte man sich bemerkbar und schlich nicht herein wie ein Dieb.

Es handelte sich wohl um ein schüchternes Seelchen, das

da Rat bei Max suchte, wenn es sich nicht meldete, dachte Helena – und prallte im nächsten Moment gegen einen Schatten, der den Flur auszufüllen schien. Das schale Licht von draußen zeichnete einen Umriss ab, den sie nur zu gut kannte. Wie oft hatte sie ihn von ihrem Zimmer bei Liesel und Martin in der Schweiz unten auf der Straße stehen sehen wie einen albtraumhaften Geist. Die Bedrohung, die von ihm ausging, war aber ebenso real wie die Pranke, die sich auf ihren Unterarm legte.

»Hast du mich vermisst, Helena?«, fragte Andrin Brunner mit kratziger Stimme. Sie wollte schreien, brachte aber keinen Ton zustande. Als kralle er die Finger nicht um ihr Handgelenk, sondern um ihren Hals. »Komm, ich hol dich heim, meine …« Er stockte, legte nachdenklich den Kopf schräg, dann lachte er leise in sich hinein. »… meine Verlobte. Ja, das klingt gut.«

Verlobte? Sie war nicht mal mehr seine Freundin. Gar nichts war sie für ihn, das wusste er doch. Und dennoch tauchte er hier auf, zerrte sie zur offenen Haustür hin. Er wandte den Kopf, und das Licht von draußen ließ den Wahnsinn in seinem Gesicht so klar zutage treten, dass Helena erneut nach Luft schnappte. Andrin war komplett verrückt geworden!

»Der Brief von deiner Schwester«, murmelte er vor sich hin. »Ganz allein hat sie ihn unterschrieben. Kein Wort darin stammt von dir! Ich hab gleich gewusst, dass du meine Hilfe brauchst. Aber jetzt ist alles gut. Ich bin da, und nichts und niemand kann uns mehr …«

»Helena?«, erklang Max' Stimme aus der Stube.

Andrin hielt inne. Eine Welle an Übelkeit erregender Boshaftigkeit rollte über Helena hinweg, als er sich umdrehte und finster nach hinten stierte. »Ist das dieser Max? Woher ich von dem weiß, fragst du dich, was? Na, es lohnt sich eben, an Fenstern zu lauschen und dummen Schwestern zuzuhören, wenn sie meinen, man sei schon auf und davon. Und sich dann in eurem Dorfkrug ein Bier zu genehmigen und sich nebenbei nach Max Arenburg zu erkundigen. Viel Mühe hat das nicht gekostet, rauszufinden, wo er wohnt. Den kennt hier wohl jeder, und alle erzählen gern von ihm. Und dass er seit Kurzem Gesellschaft hat. Hast gedacht, ich komme nicht dahinter, hä?« Er hob die freie Hand, Helena stockte der Atem in Erwartung des Schlags. Doch von einer Sekunde zur nächsten legte Andrin ihr die Finger an die Wange, streichelte sie, und der Gedanke, dass sie diese Liebkosung einmal genossen hatte, verursachte ihr Würgereiz. Ihr Magen krampfte, saurer Speichel sammelte sich in ihrem Mund. »Aber du kannst ja nichts dafür. Arme, verwirrte kleine Helena. Erst setzt dir der Meininger Flausen in den Kopf und schleppt dich mit nach Niederbayern. Und jetzt dieser Max, der deine Unerfahrenheit ausnutzt! Ein geiler alter Sack, dem die Aufmerksamkeit einer jungen Frau wie dir gefällt. Ich werde ein ernstes Wörtchen mit ihm reden müssen. Ihm zeigen, was einem wie ihm blüht, wenn er sich an der Falschen vergreift. Und dann gehen wir.«

»Nein!«, rief Helena.

Aus der Küche hörte sie das Aufsetzen des Stocks. Max! Gewachsen war er Andrin nie und nimmer. Sie musste verschwinden, den Kerl ins Freie locken! Wenn sie sich beeilte und mit Andrin draußen war, bevor Max sie sah, würde ihm nichts geschehen. Doch ihre Beine gehorchten ihr nicht, ihr Körper versteifte sich, und schon war es zu spät: Max erschien in der Türöffnung, erfasste die Situation mit einem Blick. »Lassen Sie Helena los, auf der Stelle!«

Helena spürte, wie sie auf die Seite geschoben und an die Wand gedrückt wurde. Als käme es Andrin nicht im Entferntesten in den Sinn, dass sie den Augenblick nutzen und abhauen konnte. Zu ihrem Entsetzen hatte er recht damit. Sie zitterte ununterbrochen, und so nah die Haustür auch war, so weit schien sie gleichzeitig entfernt. Wohin sollte sie denn laufen? Andrin hatte sie hier aufgespürt, er würde sie überall finden. Sie konnte sich in einem Mauseloch verkriechen, er würde sie ausgraben.

»Verschwinden Sie aus meinem Haus!«, hob Max derweil an. Begriff er denn nicht, in welcher Gefahr er schwebte? Immerhin richtete er den Stock auf Andrins Brustkorb wie ein Schwert. Für einen Augenblick flammte die Hoffnung in Helena auf, dass Andrin sich davon beeindrucken ließ. Dann fegte sein Arm durch die Luft wie die Schwinge eines Raben, packte den Stock und stieß, als Max ihn zurückziehen wollte, mit aller Kraft zu. Helena hörte, wie Max der Atem entwich, als ihm der Knauf in den Bauch fuhr. Er ließ den Stock los, Andrin hielt ihn in der Hand, schleuderte ihn achtlos fort. Mit einem Klappern landete er auf dem Boden drei Schritte von Helena entfernt. Während Max noch um Luft rang, flog Andrins Faust schon nach vorn. Der Schlag zielte mitten auf Max' Gesicht, mit letzter Geistesgegenwart drehte der sich zur Seite. Andrins Faust streifte nur seine Schläfe, doch das reichte aus. Mit einem dumpfen Ächzen sank Max in sich zusammen.

Inzwischen war Benno vom Lärm an der Haustür alarmiert worden! Er sprang in den Flur, schlang in der letzten Sekunde die Arme um Max, bevor er auf den Boden knallen konnte, und ließ ihn langsam herab. Dann versperrte Andrins massige Gestalt Helena den Blick auf das Geschehen. Sie hörte nur seine drohende Stimme.

»Mit dir hab ich auch noch ein Hühnchen zu rupfen, Meininger.«

Seine Faust fuhr nach unten, Blut spritzte an die Wand und endlich löste sich Helenas Erstarrung. Ein spitzer Schrei rang sich aus ihrer Kehle: »Hör auf!« Sie machte einen Schritt, stolperte fast über Max' Stock, erhaschte aber einen Blick auf

Benno, dem das Blut aus der Nase schoss und das Hemd hinablief. Andrin hatte sie mit einem Hieb gebrochen. Schachmatt hatte das Benno aber nicht gesetzt! Er hob die Arme, schützte sich vor weiteren Schlägen und rappelte sich auf. Aus dem Nichts boxte auch er zu, kurz und gerade, und traf. Den Moment der Überraschung nutzend schwang er die Faust von schräg unten gegen Andrins Kinn. Ein sattes Klatschen, das jeden anderen in die Bewusstlosigkeit geschickt hätte. Andrin ließ es nur noch irrer lächeln. Von rasender Wut getrieben bedachte er Benno mit einer Reihe von Schlägen – in die Seite, in den Bauch, am Hals. Dabei brüllte er wie von Sinnen. Keine Worte, es klang eher wie das Bellen eines tollwütigen Hundes. Helena fragte sich, ob es überhaupt noch um sie ging oder ob sich hier entlud, was schon jahrelang in Andrin geschwelt und nur auf eine Gelegenheit gewartet hatte, auszubrechen.

»Hör auf, du schlägst ihn ja tot!«, rief sie, um ihn zur Besinnung zu bringen. Vergebens. Panisch sah sie sich um. Ihr Blick fiel auf die offene Tür. Waren die Nachbarn denn taub? Jemand musste doch die Schreie hören! Ihre Gedanken eilten zu Gwendolyn, der Schwester, die immer ein besonderes Auge auf sie gehabt hatte. Aber sosehr sie es sich wünschte, sie war nicht hier, sie musste sich selbst helfen, und zwar schnell. Sie stürzte nach vorn, die Angst im Nacken, dass es zu spät sein würde, bis sie Verstärkung geholt hatte. Wieder stolperte sie über Max' am Boden liegenden Stock. Der massive Knauf blitzte in dem von draußen hereinfallenden Licht auf. Helenas Herz hämmerte ihr von innen gegen die Rippen.

Sie würde nicht zulassen, dass Andrin einem ihrer Lieben etwas tat. Er würde sie auch nicht mit in die Schweiz nehmen. Niemals! Sie bückte sich, ergriff den Stock und schwang ihn hoch über ihren Kopf.

Max' Haus lag auf der anderen Seite von Polderfeld. Zu Fuß war es eine halbe Stunde vom Schinderhof aus, mit dem Wagen legte Gwendolyn die Strecke in wenigen Minuten zurück. Die Begegnung mit Andrin hatte sie aufgewühlt, aber die Erkenntnis, dass Martha schwanger war, versetzte sie in einen Taumel. Konnte das Leben so ungerecht sein? Sie gönnte es ihrer Schwester, würde sich von Herzen für sie freuen, wenn sie sich denn ein Kind wünschte! Ihrem Verhalten nach zu urteilen war es jedoch eher ein Unfall gewesen, ein Versehen, das sie nicht geplant hatte und das nicht in ihre Vorstellungen von einem freien Leben passte. Ein unerfreuliches Hindernis. Demgegenüber standen sie, Gwendolyn und Alexander, die seit ihrer Hochzeit versuchten, ihr Glück zu krönen. Und jämmerlich scheiterten. Warum war ihr Leben nur dermaßen kompliziert? Sie war doch bloß ihrem Herzen gefolgt und hatte ihren Gefühlen für Alexander nachgegeben ... Sie schrak zusammen, als der rechte Vorderreifen über Gras schlitterte. Schnell brachte sie den Wagen zurück auf die Fahrbahn und schalt sich, besser aufzupassen. Jetzt zählte nur Helena! Erst wenn die Sache mit diesem furchtbaren Andrin geklärt war, würde sie sich weiter um ihre eigenen Probleme kümmern. Das Gespräch mit Alexander war ein Anfang gewesen, besonders diese Offenheit, was seine Lügen über die Termine mit Geschäftspartnern betraf. Sie würden auch den Rest aus der Welt schaffen können.

Sie wollte Helena anbieten, sie auf Gut Theresienberg zu begleiten. Dort würde man in Ruhe beraten, was man gegen Andrin Brunner ausrichten konnte, Dass Martha die Behörden nicht einschalten wollte, rief einen weiteren Sturm widersprüchlicher Empfindungen in Gwendolyn wach. Die Schinders hatten die Obrigkeit stets gemieden, und auch jetzt bestand die Gefahr, dass ein übereifriger Gendarm stutzig wurde und sich nach der genauen Art der Beziehungen zu den

Brunners aus der Schweiz erkundigte, wenn einer von ihnen Helena nachreiste. Aber Himmel, die Sicherheit ihrer jüngsten Schwester stand auf dem Spiel, vielleicht hatte das Schicksal es so vorgesehen und es war notwendig, um diesen Spuk ein für alle Mal zu beenden?

»Verfluchtes Saccharin!«, stieß Gwendolyn aus. »Hätte man das Zeug bloß nie entdeckt!« Sie hieb mit der flachen Hand aufs Lenkrad, der Wagen schlingerte, sie brachte ihn erneut zurück in die Spur.

Wie Benno wohl über diese Sache dachte? Er gehörte schon lange zu ihrer Familie, und es wäre sinnvoll, ihn mit zu Max und später aufs Gut mitzunehmen. Alexander würde einsehen, dass Bennos Meinung in dieser Angelegenheit zählte.

Gwendolyn bremste ab, bog in einen Seitenweg, der zurück ins Dorf führte. Sie passierte die Kirche und den Dorfkrug, rollte durch eine weitere Gasse, vorbei an der stillen Bank, auf der sich außer den geschätzten Gemeindemitgliedern in besonderen Nächten Liebespaare niederließen, und kam wenig später vor Bennos Haus zum Stehen. Sämtliche Fenster waren dunkel. Wenn sie schon hier war, würde sie auch nachsehen, obwohl Benno vermutlich im Bett lag. Oder war er auf ein Bier in den Dorfkrug eingekehrt, an dem sie gerade vorbeigefahren war? Sie klopfte, erhielt aber keine Reaktion von drinnen. Sollte sie umkehren und noch einmal am Wirtshaus halten?

Völlig überraschend durchdrang sie plötzlich ein Gefühl von Dringlichkeit, für das sie keine Erklärung hatte. Ihre Hände zitterten, ihre Beine bewegten sich wie von allein, ihr Herz schlug in unerklärlicher Aufregung. Sie rutschte auf den Fahrersitz, bemühte sich um einen gleichmäßigen Atem, aber jeder Versuch, sich zu beruhigen, verstärkte nur dieses eigenartige Gespür, diese Ahnung, dass ihr die Zeit davonrann. Benno konnte sie später holen.

Der Motor heulte auf, als Gwendolyn zu viel Gas gab. Der Ford hüpfte nach vorn, sie kurbelte erschrocken am Lenkrad, um nicht gegen die Mauer des Nachbarhauses zu krachen. Dann bekam sie den Wagen unter ihre Kontrolle, schlängelte sich durch den Dorfkern, bis sie die Ausfallstraße zur letzten zu Polderfeld gehörenden Ansammlung von Häusern erreichte. Anders als bei Benno brannten bei Max Lichter in der Stube im Erdgeschoss. Seltsam nur, dass die Haustür weit offen stand. Gwendolyn brachte den Ford erneut zum Stehen. Sicher hatte man den Wagen drinnen schon gehört. Also dachte sie sich nichts, als aus dem im Dunkeln liegenden Flur eine Gestalt ins Freie trat. Max, der sie begrüßen wollte? Der Schemen wirkte zu groß, zu wuchtig, und auch Benno war von anderer Statur. Auf jeden Fall war der Besucher betrunken, er taumelte wie ein Riese mit Schlagseite, griff sich mit der Hand immer wieder in die Haare und … Der Schreck fuhr Gwendolyn in die Glieder, als sie Andrin Brunner erkannte. Und das Blut, das an ihm hinablief.

Hinter Andrin tauchte Helena auf, setzte ihm nach. Ihre Stimme hallte über den Hof. »Verschwinde aus meinem Leben! Lässt du dich noch einmal in Polderfeld blicken, schlag ich nicht nur die Wand neben deinem Schädel ein! Das verspreche ich dir, so wahr ich Helena Schinder heiße!«

Mit Erleichterung erkannte Gwendolyn, dass Andrin das Blut nicht aus einer Wunde am Kopf floss, sondern nur an seinen Händen klebte. Doch selbst das war schlimm genug! Wer war hier verletzt? Helena zumindest schien der Schweizer kein Haar gekrümmt zu haben – abgesehen von den seelischen Schäden, die er hinterlassen hatte. Max? Gwendolyn sah ihn vor ihrem geistigen Auge schon schwer verletzt im Flur liegen.

Wie Helena dastand, zu voller Größe aufgerichtet, und die Reste des in der Mitte zerbrochenen Krückstocks drohend hob!

Andrin starrte sie fassungslos an. Dann wirbelte er herum und rannte im nächsten Moment wie ein geprügelter Hund davon. Wenige Sekunden später hatte der nahe Wald ihn verschluckt.

Helena verharrte noch einen Wimpernschlag auf ihrer Position wie eine Kriegerin, die die Schlacht ihres Lebens geschlagen hatte. Dann schien alle Kraft aus ihr zu weichen. Ihre Beine knickten ein, sie sackte zusammen, und Gwendolyn stieß die Tür des Fords auf, um zu ihr zu eilen.

»Helena!«, rief sie.

Ihre Schwester streckte, bereits auf dem Boden liegend, die Arme nach ihr aus. Ihre Augen füllten sich glänzend feucht. Ob es Tränen der Angst oder Erleichterung waren, die sie unter krampfhaftem Schluchzen vergoss, konnte Gwendolyn nicht sagen. Sie fiel auf die Knie, zog Helena an sich und gab ihr und sich selbst in dieser Umarmung das stille Versprechen, die Dinge, die mit dem Schmuggel des Vaters seinen Anfang genommen hatten, in Ordnung zu bringen. Für immer. So schmerzhaft das für sie alle auch sein würde.

Teil 4

Dezember 1911 – Juni 1912
Schweiz, Bayerischer Wald bei Deggendorf, Aichach

Wendepunkte

17

Dezember 1911, Buchel auf der schweizerischen Seite der Grenze

»Was ziehst du für ein Gesicht, Bruder?« Loris Brunner trat aus dem Mühlenhaus und knöpfte mit flinken Fingern den langen Lodenmantel zu, bevor er die Hände in dick gefütterte Fäustlinge steckte. Die Wangen glänzten rot von der warmen Stube, sein Atem ließ die langsam fallenden Schneeflocken vor seinem Mund tanzen. Viel kam nicht vom grau verhangenen Himmel. Den Kindern aus Buchel und den umliegenden Höfen reichte die zarte Schicht. Ihre hellen Rufe drangen vom Hügel, der hinter der Mühle in einem langen Schwung auslief und an dem sich schon Generationen von Knaben und Mädchen vor ihnen zum Rodeln getroffen hatten, sobald nur ein Hauch von Weiß ihn bedeckte.

Auch Andrin und Loris waren ihn als Kinder auf ihren Schlitten hinabgesaust. Dabei hatten sie den unausgesprochenen Wettstreit ausgefochten, wer als Letzter vor dem oberen Mühlgraben abbremste, um nicht hineinzufallen – ein an einem Wehr zweihundert Meter entfernt vom Bach abgezweigter Kanal, der die Mühle mit Wasser versorgte. Bis auf dieses eine Mal hatte Loris immer gewonnen, hatte die Füße erst in den Boden gestemmt, dass der Schnee hoch vor ihm aufgestoben war, wenn Andrin schon längst stand. Doch einmal hatte der Graben Eis getragen, weil der Müller ihn nicht schnell genug davon befreit hatte, und Andrin hatte sich mit dem Schlitten die steile Böschung hinabgestürzt. Danach hatte er nicht mehr sagen können, was ihm die Gewissheit gegeben hatte, dass er diese tollkühne Aktion überleben würde. Vielleicht war er sich gar nicht sicher gewesen und hatte herausfinden wollen, was geschah, wenn er sich täuschte und das Eis ihn nicht trug. Manchmal hörte er in stillen Momenten noch das Knacken unter sich, das Geräusch des drohenden Brechens der Eisschicht. Dann genoss er die wohlige Gänsehaut, die es ihm bescherte und ihn auf eine Art erregte, wie es sonst nur der Anblick einer schönen zarten Frau tat. Ebenso gern dachte er an Loris' erschrockenen Schrei, als er fiel. An seine weit aufgerissenen Augen, das maßlose Staunen, nachdem Andrin auf der anderen Seite des Kanals in eine Schneeverwehung bis zu einem Baumstumpf hindurch gekracht war und sich mit gebrochenem Arm, aber lauthals lachend, daraus befreite.

Heute hingen keine Eiszapfen vom Mühlrad, das Wasser rauschte von der hölzernen Rinne am Ende des Kanals, füllte dem Rad die Zellen und trieb es an. So wie es sich immer drehte, waren die Jahre vergangen, und Andrin glaubte nicht, dass Loris sich noch an das gemeinsame Erlebnis erinnerte. Auch Andrin suchte heute vergeblich nach der Befriedigung, die er damals trotz der Schmerzen verspürt hatte. Nicht einmal Loris' offensichtlich zur Schau getragene gute Laune wirkte ansteckend auf ihn. Die trüben Gedanken, denen er nachhing, seit er die beiden Gäule des Onkels angeschirrt und sich auf den Kutschbock gesetzt hatte, blieben. Loris' dümmliches Grinsen zerrte an seinen Nerven. Am liebsten hätte Andrin mit den Zügeln geknallt und das schwer beladene Fuhrwerk vor der Mühle gewendet. Sollte Loris bei seiner Bernadette bleiben, wenn es ihm dort besser gefiel! Da, kaum dachte man an die Frau, schon trat sie ins Freie und umschlang ihren Fang mit ihren fetten Armen. Loris wandte sich um, küsste sie innig, als kehre er von einer monatelangen Reise heim. Dabei war er vor gerade einmal einer Minute vor die Tür getreten, um für ein paar Stunden mit dem Bruder ihren Geschäften nachzugehen. Ihr feuchtes Schmatzen klang bis zu Andrin. Und da sollte einem nicht speiübel werden!

»Dass du mir bloß auf meinen Mann aufpasst!«, rief Bernadette Andrin zu, als sie endlich mit der Turtelei fertig waren. »Er wird hier noch gebraucht.«

Loris lachte, umfasste sie erneut und murmelte, leider zu laut, sodass Andrin es mit anhören musste: »Wer genau braucht hier was von mir?« Und schon ging es wieder los.

Andrin spuckte in den Schnee aus. Früher oder später würde es auch für Loris das böse Erwachen geben. Was für eine alberne Vorstellung, dass der Himmel ewig voller Geigen hing. Genau genommen war die Liebe an sich ein dummer Gedanke. Das hatte Andrin inzwischen begriffen und dem Bruder damit voraus.

Seine Heimkehr aus dem Bayerischen Wald hatte einer Flucht geglichen. Er war in der Nacht noch nach Deggendorf gewandert, hatte in einer unbeleuchteten Gasse nahe des Bahnhofs übernachtet und sich am nächsten Morgen, verstohlen nach allen Seiten blickend, ein Ticket gekauft. Doch kaum war er im Zug einige Kilometer gefahren, hatte er erkannt, dass ihn weniger die Angst trieb, dass Helena, Benno oder dieser Max Arenburg ihm die Gendarmerie auf den Hals hetzten. Was ihn wie einen vom Teufel Gejagten aus Polderfeld hatte laufen lassen, war Scham gewesen! Wie hatte er sich dermaßen in Helena täuschen können? Ein zerbrechliches Wesen, das seines Schutzes bedurfte? Von wegen! Eine Furie hatte er sich da auf der Hochzeit des Bruders angelacht, die ihre wahre Natur sorgfältig hinter fast kindlichen Zügen versteckte. Und wer wusste, was sie sonst noch vor ihm verborgen hatte! Man musste sich doch fragen, welche junge Frau mit einem alten Kerl wie Arenburg unter einem Dach wohnte und abendlichen Besuch vom eigenen Schwager ohne dessen Gemahlin erhielt! Da stiegen Bilder auf, die allem Anstand widersprachen! Die Vorstellung, was in Arenburgs Haus geschah, verstärkte Andrins Abscheu. Wie gedankenlos er Helena auf den Leim gegangen war! Wahrscheinlich hatte sie heimlich geplant, ihn in dieses gottlose Treiben einzubeziehen. Und er war ihr fast in die Falle getappt!

Umso stärker spürte er den Widerwillen gegen die heutige Tour über die Grenze. Andrin hoffte, dass sie es rasch hinter sich brachten.

»Habt ihr es bald?«, rief er dem vor Glück blinden Paar oben an der Mühle zu und bemerkte mit einer gewissen Befriedigung, dass sie sich voneinander lösten. Er wartete, bis Loris, immer noch dämlich grinsend, zu ihm auf den Bock kletterte.

»Muss es ausgerechnet die Schinderbande sein?«, knurrte er, nachdem das Fuhrwerk angerollt war und sie die Mühle im Rücken hatten. »Es gibt genug andere Abnehmer.« Dass die Brunners zuverlässig Saccharin besorgten, war in den einschlägigen Kreisen bekannt. Erst letzten Monat hatte eine Bande aus dem Allgäu über einen Mittelsmann Kontakt zu ihnen aufgenommen. Es schien sich um clevere Burschen mit vielversprechenden Plänen zu handeln. Nach den neuesten Entwicklungen hätte Andrin das Geschäft gern mit ihnen eingefädelt, aber Loris hatte abgelehnt.

Auch jetzt bekräftigte Loris seine Entscheidung: »Die Fuhre war Martha versprochen, und in ihrem Brief hat sie darum gebeten, dass die privaten Dinge keinen Einfluss auf unseren Handel haben. So sehe ich es auch, deshalb habe ich ihr telegrafiert, dass alles beim Alten bleibt.« Er musterte Andrin von der Seite. »Hör mal, ich finde es nicht verkehrt, die Ohren offen zu halten. Aber was weißt du über die Allgäuer? Auf die spielst du doch an, oder? Wer sagt, dass sie uns nicht hereinlegen? Auf die Schinders konnten wir uns immer verlassen. Früher auf Korbinian, heute auf Martha. Sie bezahlt gut, und damit hat es sich. Und was ihre jüngste Schwester angeht … Willst du mir nicht endlich erzählen, warum es am Ende doch nicht gepasst hat zwischen euch?«

Sicher nicht! Andrin warf Loris einen Blick zu, der ihn zum Schweigen bringen sollte, Andrin aber nur einen Stoß mit dem Ellbogen in die Rippen einbrachte. Lachend bohrte Loris nach: »Auf der Hochzeit hast du sie mit den Augen fast verschlungen. Und wo deine Hände waren, will ich gar nicht wissen. Die Wochen danach war es nicht besser, wie man hört. Onkel Beat konnte kaum was mit dir anfangen, hat er erzählt. Du warst mit den Gedanken ständig woanders. Wenn du überhaupt im Geschäft aufgetaucht bist! Und dann, mit einem Mal …« Er hielt inne, runzelte die Stirn. Hatte er begriffen, dass er das Thema fallen lassen sollte? Es schien nicht so. Er zögerte, bevor er fragte: »Sag, hat sie etwa einen anderen in der Heimat? So schnell, wie du zurück warst?«

»Und wenn sie mit ganz Niederbayern in die Kiste steigt!«, fuhr Andrin auf. »Mir ist es egal. *Sie* ist mir egal!« Loris rutschte auf dem Bock weit weg von ihm, hob die Hände, entschuldigend und abwehrend zugleich. Andrin spürte dieselbe Rage in sich aufsteigen, die ihn über Benno und Arenburg hatte herfallen lassen, und hielt sich seinem Bruder gegenüber nicht länger zurück. »Hör mal«, äffte er seine besserwisserische Art nach, »wenn du mir auf die Nerven gehen willst, mach nur weiter so. Aber dann musst du auch das Echo aushalten. Oder wollen wir das hier hinter uns bringen und die Schinders danach vergessen?«

Wenn der Ausbruch Loris überraschte, ließ er es sich nicht anmerken. Ein paar Sekunden Schweigen, schon fand er zu sei-

341

ner unbekümmerten Art zurück. Als wäre nichts geschehen. Er drehte sich um und inspizierte die Ladefläche. »Das Saccharin ausgerechnet in Zuckersäcken über die Grenze zu bringen, fällt sicher keinem ein außer uns!«

»Keiner ist so blöd, meinst du«, blaffte Andrin. Dass Loris seine letzte Frage nicht beantwortete, hinterließ einen bitteren Beigeschmack.

Loris rutschte wieder näher, klopfte Andrin auf die Schulter. »Wagemutig.«

»Idiotisch. Vogel wird uns schnappen. Das ist so sicher wie das Amen in der Kirche.«

»Verwegen. Und nein, wird er nicht.« Loris rieb sich die Hände in Vorfreude auf die Begegnung mit dem Zöllner. »Was wird der für ein Gesicht machen, wenn er die untersten Säcke kontrolliert.« Ein weiterer Einfall von Loris: Hegte Vogel noch immer Verdacht gegen sie, würde er annehmen, sie hätten das Saccharin unter etliche Lagen echter Zuckersäcke geschoben. Er würde sich also einen von unten geben lassen – in dem er nichts anderes als süßen, reinen Zucker aus Onkel Beats Vorratshalle finden würde, während die Schmuggelware oben auf dem Stapel lag. Loris schien fast darauf zu hoffen, dass Vogel sie anhielt.

Die Schlittenfahrt blitzte in Andrins Erinnerung auf. Der Graben, der näher schoss. Loris, der herübersah und nicht verstand, warum der jüngere Bruder nicht bremste. Das knackende Eis. Die dünne Schicht, die Andrins Leben vom Tod trennte.

»Da vorn ist die Grenze«, holte ihn Loris' Stimme zurück in die Gegenwart. Der einsame Posten auf der Schweizer Seite winkte sie nur müde aus seiner Hütte heraus durch. Wieso sollte er seinen warmen Platz vor dem Bollerofen verlassen? Ihm war es gleich, was das Land verließ. Dafür war vor dem von Rupert Vogel tadellos in Schuss gehaltenem Häuschen der Schlagbaum unten, wie es sich gehörte. Andrin zog die Zügel an, die Pferde verlangsamten, schließlich hielt der Wagen. Die Tür ging auf und heraus trat … nicht Vogel.

»Hast du den schon mal gesehen?«, flüsterte Loris Andrin zu. Andrin hob zur Antwort nur die Schultern und musterte den jungen Mann. Kaum Flaum am Kinn, die Arme jugendlich schlaksig, eine Pistole am Gürtel. Vogels Lehrling? Andrin hatte etwas läuten hören, dass der Alte jemanden anzulernen gedachte. Den Neuen aber gleich allein zu lassen, passte nicht zu ihm.

»Grüß Gott, Herr …«, setzte Loris an, mit einem Mal wieder fröhlich. Wenn er den Spaß nicht mit Vogel treiben konnte, musste eben ein anderer herhalten. Der Junge sah auf, tippte sich kurz an die Mütze – und drückte ohne ein Hallo oder einen Blick auf die Ladefläche den Schlagbaum nach oben.

Andrin gab den Pferden die Zügel, das Fuhrwerk rollte auf deutschen Boden. Loris war die Enttäuschung über die unspektakuläre Überquerung der Grenze anzusehen. Er hatte sich vermutlich mehr Nervenkitzel erhofft, wenn er den Freuden des Ehelebens für einen Nachmittag entsagte und mit auf Tour ging. Seinen frechen Kommentar, mit dem er Vogel oder einen anderen zur Inspektion reizte, hatte er sich umsonst überlegt.

Andrin hingegen war es recht, wie mühelos es verlaufen war. Er steuerte auf Englingen zu und ließ die Gedanken treiben. Martha Schinder mochte mit seinem Bruder gern weiterhin Geschäfte machen. Über ihn, Andrin, hatte sie in ihrem Brief, in dem sie ihr Kommen angekündigt hatte, kein Wort verloren. Natürlich nicht, die Nachricht war vor seinem Eindringen in ihr Haus geschrieben worden, vor der Auseinandersetzung mit diesem Max, mit Benno, dessen Nase fast so geknackt hatte wie das Eis im Mühlgraben, als Andrin sie ihm gebrochen hatte.

Aber sie hätte danach telegrafieren und alles abblasen können. Wieso hatte sie es nicht getan? Nun, er würde es herausfinden. Obwohl sie diesmal keinen Leichnam oder einen mit Saccharin gefüllten Sarg transportierten, hatten sie erneut den Friedhof als Treffpunkt vereinbart. Selbst im Winter waren die Hecken ringsum holzig und dicht genug, dass sie vor neugierigen Blicken schützten. Voraus entdeckte Andrin das Türmchen der Kapelle, und dort stand schon das Fuhrwerk der Schinders, plus ein weiteres Gespann, von dem nun, da sie sich ihm näherten, eine Handvoll Männer sprang.

»Sieht aus, als hätte Martha ihre ganze Bande dabei«, sagte Loris, und zum ersten Mal hörte Andrin eine Spur Unsicherheit in seiner Stimme. Er spürte den Blick des Bruders auf sich. »Sag, Andrin, du hast doch in Polderfeld keine Dummheiten angestellt?«

Martha legte schützend die Hand auf ihren Bauch, als sie um das Fuhrwerk herumging und Andrin erblickte. Mit verschlossener Miene hockte er auf dem Bock, zog die Zügel an und brachte die Gäule zum Stehen. Er bedachte sie mit einem durchdringenden Blick. Ein Frösteln kroch ihr über den Rücken. Der Schreck über den Stoß, den er ihr verpasst hatte, kam wieder hoch. Vor allem aber der Kampf geisterte ihr durch den Kopf, von dem Gwendolyn noch am selben Abend berichtet hatte. Sie war mit Helena auf dem Beifahrersitz des Ford angerauscht, wollte nicht eher Ruhe geben, bevor sie nicht nachgesehen hatte, ob Andrin nicht zum Schinderhof zurückgekehrt war und seine Wut an Martha ausgelassen hatte. Alles in ihr hatte danach geschrien, zu Benno zu eilen, von dessen blutender Nase sie ihr auch erzählten. Aber die beiden hatten sie beruhigt, dass er bei Max, der sich rasch erholt hatte, in besten Händen war. Gwendolyn hatte Martha gedrängt, sich zu schonen, doch sie hatte nur schwer Ruhe gefunden und schnell war die Frage in ihr aufgetaucht, ob Benno sie überhaupt noch sehen wollte. Wahrscheinlich gab er ihr die Schuld an allem, was geschehen war, genau wie Gwendolyn. Sie hatte es nicht aussprechen müssen. Martha hatte es in ihren Augen gesehen – und sofort den altbekannten Impuls verspürt, sich nicht von ihr vorschreiben zu lassen, was sie zu denken und zu fühlen, wie sie ihr Leben zu leben hatte.

Sie straffte den Rücken. Sie waren hier, um ein Geschäft abzuwickeln und dann bis zum nächsten Mal jeder ihrer Wege zu gehen. Dass Loris, dem sie sich wegen seiner Lust am Abenteuer stets näher gefühlt hatte als Andrin, beteiligt war, zeigte, dass er ihre Ansicht teilte. Und was Andrin betraf – Martha war nicht allein. Der Flickschuster, Quirin und die anderen wussten Bescheid, auf wen sie achten sollten. Eine unbedachte Bewegung von ihm, und sie würden eingreifen.

Der Himmel war wolkenverhangen, eine graue Decke lag über dem Türmchen der Friedhofskapelle. Das Kreuz obenauf war nur zu erahnen, als Martha auf den Wagen zutrat. »Hallo, Loris.«

Unter anderen Umständen hätte sie ihm die Hand gereicht, ihn zur erfolgreichen Überquerung der Grenze beglückwünscht und sich schildern lassen, wie er und sein Bruder den alten Zöllner diesmal an der Nase herumgeführt hatten. Dass sie es nicht tat, schien Loris zu verwirren. Mit gerunzelter Stirn schaute er abwechselnd zwischen ihr, den Männern und seinem Bruder neben sich hin und her.

»Martha«, sagte er knapp und sprang vom Bock. Sie machte einen Schritt auf ihn zu, achtete aber darauf, sich nicht zu weit von ihren Leuten zu entfernen. Die meisten gehörten seit Jahren zur Bande, einige Tagelöhner waren darunter, die sie eigens für diese Reise angeworben hatte. Den regulären Lohn, der ihnen damit entging, würde sie zahlen müssen, auch Quirin und der Flickschuster mussten für ihren Verdienstausfall entschädigt werden. Das schmälerte Marthas Gewinn beträchtlich, aber allein zu kommen hätte sie nicht gewagt. Gut, dass Loris und vor allem Andrin sahen, mit wem sie es zu tun hatten. Martha Schinder, Tochter von Korbinian Schinder, dem verstorbenen Schmugglerkönig vom Bayerischen Wald, war keine unbedeutende Banditin. Sie war die rechtmäßige Schmugglerprinzessin.

Loris deutete grinsend nach hinten zur Ladefläche. »Das musst du dir unbedingt anschauen.« Er schritt voraus, Martha zögerte, wollte ihm dann folgen.

Quirin trat neben sie, berührte sie am Arm. Der Bäckersohn mit dem vernarbten Gesicht war in den letzten Monaten in die Höhe geschossen. Sein Kreuz war unter der Last der Mehlsäcke, die er in der Backstube schleppen musste, breit geworden, die Unterarme muskulös vom Teigkneten. Aber auch sein Verantwortungsgefühl war gewachsen. Nichts erinnerte mehr an den unbeholfenen Jungen, den Gwendolyn irgendwann angeschleppt und mit ihrer Bücherliebe angesteckt hatte.

»Bist du dir sicher?«, flüsterte er.

Martha nickte, wies mit dem Kinn auf Andrin, der wie versteinert auf dem Kutschbock hockte, als ginge ihn die Übergabe nichts an. Allein seine Hände, die die Zügel hielten, zeigten, wie es in ihm aussah. Sie zitterten. »Achtet nur auf den da. Wenn er was Dummes macht, schlagt Alarm«, flüsterte sie zurück.

Sie schritt zur Ladefläche. Loris klappte munter die rückwärtige Wand herunter. Nein, er wusste nicht, was zwischen Helena und seinem Bruder vorgefallen war, da war sich Martha plötzlich sicher. Wie sehr Andrin sich in Polderfeld hatte gehen lassen, schon zehnmal nicht. Er bemühte sich redlich, die alte Vertrautheit zwischen ihnen wieder herzustellen. Martha verspürte Erleichterung. Sie betrachtete die auf der Ladefläche gestapelten Säcke. »Zucker?«, las sie die auf den Stoff gedruckte Schrift – und lachte laut auf. Die Brunners waren verrückte Kerle, jeder auf seine Art. Loris gefiel ihr. »Ein sehr süßer Einfall«, scherzte sie und brach damit endgültig den Bann. Loris' Lächeln wurde breiter. Er grinste feixend, freute sich sichtlich über das Lob. »Und Vogel war nicht misstrauisch?«, fragte sie. »Dass ihr plötzlich vom Bestattungswesen umsattelt?«

Loris verzog das Gesicht. »Vogel war gar nicht auf dem Posten. Er hat das Feld einem Jungen überlassen, der nicht mal grün hinter den Ohren ist. Wahrscheinlich sein Lehrling. Na, dem muss er noch einiges beibringen. Hat nicht einmal gefragt, ob wir die Fuhre ordnungsgemäß angemeldet haben, wie es um die Steuer steht, wo wir hinwollen. Dabei habe ich alles bestens vorbereitet. Und dann lässt uns der Kerl mir nichts, dir nichts durchfahren!«

Martha schüttelte ungläubig den Kopf. Sie kannte Vogel. Einer, der mit dem Gesetzesbuch unter dem Kopfkissen schlief. Ungewöhnlich, dass er dem Jungen nicht von Anfang an einbläute, wie er seinen Dienst zu versehen hatte. Was mochte den alten Grenzer veranlasst haben, heute nicht das Deutsche Reich vor dem Untergang durch die unerlaubte Einfuhr von Saccharin zu bewahren?

»Martha?« Loris senkte die Stimme, sah prüfend über ihre Schulter. Dann blickte er sie ernst an. »Seit seiner Rückkehr aus Niederbayern ist Andrin noch verstockter als sonst. Es ist dort doch nichts …?«

Weiter kam er nicht.

Andrin? Der Flickschuster? Schwer auszumachen, wer da schrie, zu viele Stimmen riefen auf einmal durcheinander. Dann schälten sich mehrere heraus, die ein ums andere Mal dasselbe skandierten: »Gendarmerie, halt, stehen bleiben!«

Loris riss die Augen auf. »Du … du hast uns in eine Falle gelockt!«

»Ich … was … nein!«, stammelte Martha, trat einen Schritt zurück – und wurde von einem der Tagelöhner beinahe über den Haufen gerannt, der die Beine in die Hand nahm und davonflitzte. Ihm dicht auf den Fersen gleich zwei Polizisten. Nach fünf Metern holten sie ihn ein, rangen ihn zu Boden, einer hob den Knüppel und ließ ihn auf den Mann niedersausen, als der sich wehrte.

Unvermittelt ruckte das Fuhrwerk an. »Loris!«, brüllte Andrin wie Donnergrollen von vorn. Die Zügel knallten. »Komm hoch!«

Martha sah ihre Leute zur Seite springen, als Andrin auf sie zurollte. Gerade noch rechtzeitig zog Quirin sein Bein zurück, bevor ihn das Rad erwischte. Andrin griff hinter sich, holte eine Peitsche und schlug sie auf die Pferderücken, um sie anzufeuern. »Loris, wo bleibst du?«, brüllte er, hielt auf drei Gendarmen zu, die ihm mit erhobenen Händen den Weg versperren wollten und dann doch zur Seite hechteten.

Martha spürte eine Hand hart im Rücken. »Wir müssen weg.« Der Flickschuster Herbert, das schöne Gesicht in Panik verzerrt, aber geistesgegenwärtig genug, zur Kapelle zu nicken. Ein Törchen führte auf den Friedhof. »Da lang, Martha, los!«

Sie raffte das Kleid, rannte, während hinter ihr das Chaos tobte. Sie warf Blicke über die Schulter zurück, verstand nicht, was hier passierte. Sie sollte die Brunners verraten haben? Niemals! Ihren Leuten ging es doch genauso ans Leder: Quirin hatte sich ergeben, plötzlich wieder der Junge, dem durch das Auftauchen der Gesetzeshüter bewusst geworden war, dass dies kein lustiges Abenteuer aus einem seiner Romane war, das man beendete, indem man das Buch zuklappte. Andere wehrten sich nach Kräften, aber ohne Chance gegen die Übermacht an

Uniformierten. Himmel, was für ein Aufgebot! Knüppel sausten nieder, Fäuste flogen, das Fuhrwerk der Brunners rumpelte immer noch, doch Andrin musste sich gleich gegen drei Polizisten wehren, die zu ihm auf den Bock geklettert waren. Er trat mit den Füßen nach ihnen, hieb mit der Peitsche. Loris mühte sich derweil, von hinten auf die Ladefläche zu gelangen und seinem Bruder zu Hilfe zu eilen. Er krallte die Hand in den obersten Beutel, wollte sich hochziehen. Da holperte der Wagen über einen Stein, Loris verlor den Halt und fiel, den Sack mit sich nach unten ziehend, auf die Erde. Eine Naht, die schon einmal bearbeitet worden sein musste, riss, gelbe Pakete von Saccharin verteilten sich auf dem Weg. Dann hatten die Grenzer auf dem Kutschbock Andrin überwältigt und stoppten den Wagen.

»Weg von mir, ihr Hunds…!«, knurrte Andrin, aber Loris hatte sich aufgerappelt und den Zöllnern mit erhobenen Händen zu verstehen gegeben, dass er sich nicht wehren würde.

»Andrin!«, rief er. »Lass gut sein, bevor du noch jemanden verletzt. Es ist vorbei.«

Andrin schaute einen Moment wie ein in die Enge getriebenes Tier, ein Speichelfaden hing ihm aus dem Mund. Dann veränderte sich seine Miene, er atmete ruhiger, sah sich um. Als frage er sich, was in den letzten Minuten geschehen und wie er hierhergekommen war.

»Martha!«, zischte der Flickschuster, schon halb von den ersten Grabsteinen verborgen. »Geh in Deckung!« Er selbst ließ sich nieder, krabbelte davon – und hielt an, noch immer auf den Knien, als ein Uniformierter hinter dem Mausoleum einer wohlhabenden Familie hervortrat.

Rupert Vogel blickte lächelnd auf Martha hinab. Er spitzte die Lippen, stieß einen Pfiff aus. Schon eilten weitere Grenzer heran, packten den Flickschuster und hoben ihn auf die Beine.

Auch nach Martha griffen Hände, aber sie wehrte sie mit einem unwirschen Schütteln ab.

»Ich kann allein aufstehen.«

»Mitkommen!«, befahl Vogel knapp und stolzierte mit hinter dem Rücken gehaltenen Armen auf den Weg, als schritte er zu einer alltäglichen Inspektion eines Wagens an seiner Grenze. Dabei triefte ihm der Triumph aus jeder Pore.

Vor dem aufgeplatzten Sack mit dem Saccharin blieb er stehen, betrachtete die Päckchen, schaute zum Fuhrwerk. Er wandte sich Loris zu, den zwei Beamte festhielten. »Ich wusste es. Die ganze Zeit. Fast hatte ich mich damit abgefunden, dass ich es euch nie beweisen kann und ich unverrichteter Dinge in den Ruhestand gehen muss. Und dann erreicht mich gerade zur rechten Zeit ein Hinweis, wann und wo ich mich auf die Lauer legen muss.«

Immerhin schien Loris begriffen zu haben, dass dieser Tipp nicht von Martha stammte. Zwei Polizisten flankierten sie, damit sie keine Dummheiten beging und ihr Glück noch einmal in der Flucht versuchte. Er warf ihr einen fragenden Blick zu. Martha zuckte die Achseln.

»Sagt«, fuhr Vogel fort. »In den Särgen … Ich habe die Leiche gesehen, aber …?«

Eine Gänsehaut kroch Martha unter die dicken Kleider, wanderte ihr Rückgrat nach oben, als Loris plötzlich breiter grinste als je zuvor. Hatte sie nur Andrin für verrückt gehalten? Auch in seinem älteren Bruder hockte der Wahnsinn, wenngleich auf andere Art und Weise. Er schien beinahe fröhlich darüber, dass er Vogel endlich gegenüberstand. »Saccharin? Jede Menge, Herr Oberwachtmeister! Und die Braut aus dem Sommer dürfen Sie nicht vergessen. Die war süßer, als die Polizei erlaubt! Und wissen Sie noch, als wir mit …?«

»Still, Brunner!«, zischte der Flickschuster, dem man Hand-
schellen angelegt hatte. »Du bringst uns alle in den Knast.«

»Oh«, machte Vogel und schien belustigt über den Einwand.
»Da werdet ihr ganz sicher landen. Allesamt. Die Frage ist nur,
wer von euch Halunken dafür verantwortlich ist, abgesehen
von den beiden hier, die wir den Schweizer Kollegen überstel-
len werden.« Er sah sich um, blickte jedem von Marthas Männern und zuletzt auch ihr tief in die Augen. »Na, wer mag sein
Gewissen erleichtern und sich ein paar Wochen oder Monate
Zuchthaus ersparen, indem er mir verrät, wer der Kopf dieser
Bande ist?«

18

Dezember 1911

Puderige Schneeflocken taumelten vom Himmel herab, legten sich auf die Dächer und Wege, Wiesen und Plätze. Der Schnee hatte sich schon seit ein paar Tagen angekündigt, schwere Wolken waren über Niederbayern hinweggezogen, aber an diesem Morgen entleerten sie sich endlich und verwandelten die Hügel und Täler in ein Winterzauberland.

»Nicht kehren, Mama! Du machst alles kaputt!« Matti umklammerte das Bein seiner Mutter, als Lisa mit der Schneeschaufel die weiße Masse in einem Streifen zu einem Berg am Hoftor aufschichtete. Der Junge trug einen dicken Mantel und gefütterte Stiefel. Beides hatte ihm Brigitte Köhler aus Deggendorf mitgebracht, zum Dank dafür, dass Lisa alle anfallenden Arbeiten übernommen hatte, während sie mit der Grippe gelegen hatte. Jetzt fing Matti an zu weinen.

Lisa lehnte die Schaufel an die Werkstattwand und ging in die Knie, um Matti beim Reden in die Augen schauen zu können. »Der Schnee ist rutschig, ich …«

»Ich will rutschen!«, unterbrach Matti sie, Tränen liefen über sein Gesicht.

»Aber die Oma nicht!«, gab sie zurück. »Sie ist alt, und wenn sie auf dem glatten Schnee hinfällt, kann sie sich schlimm wehtun. Deswegen kehre ich und schaufele einen Weg für sie frei.«

Matti wischte sich mit der Hand unter der Nase entlang und schniefte ein letztes Mal. »Oma soll sich nicht wehtun.«

Lisa zog ihn an sich. »Du bist mein großer Junge. Und jetzt lauf zu Florian in die Werkstatt.«

Sie hatte immer ein schlechtes Gewissen, wenn Matti sich bei Florian aufhielt. Störte er ihn nicht, wenn er gemeinsam mit seinem Vater die Aufträge erledigte? Die Familie war darauf angewiesen, dass die beiden zügig die lukrativen Arbeiten schafften. Dennoch fand Florian die Zeit, immer auch Spielsachen für Matti anzufertigen. Und er versicherte ihr, dass der Junge ihn nicht vom Arbeiten abhalte. Im Gegenteil, mit seinem Plappern und Lachen im Hintergrund bereite ihm das Tischlern noch mehr Vergnügen. Wie immer, wenn er so wundervolle Sachen sagte, flog ihm Lisas Herz zu. Gleichzeitig wuchsen die Scham und die Angst vor der Zukunft in ihr.

Seit Alexander auf dem Köhlerhof aufgetaucht war, hatte Lisa keine ruhige Minute gehabt. Sie betätigte sich tagein, tagaus in Oma Mariannes Haushalt, half bei der immer noch geschwächten Brigitte aus, wenn es notwendig war, oder schaufelte Schnee wie an diesem Vormittag. Sie tat alles mit dem nötigen Pflichtbewusstsein und der gebotenen Sorgfalt, aber innerlich tobte ein Orkan in ihr, von dem niemand etwas ahnte.

Hatte Alexander Florian erzählt, dass Matti sein Kind war? Und hatte er damit die Lüge, die sie nach Niederbayern mitgenommen hatte, auch außerhalb der Familie Wallendorf in Umlauf gebracht, ihr damit ein Gewicht gegeben, das sie und ihren Jungen letzten Endes erdrücken würde?

Ihr wurde die Luft knapp, wenn sie sich vorstellte, dass ihre falsche Behauptung in Fellenau, Ornbach, Polderfeld und Dietelfink weitergetragen wurde. Dass sie an Schwere zunahm wie ein Schneeball, der ins Rollen kam – und sie am Ende wie eine Lawine unter sich begraben würde.

Sie spürte den unwiderstehlichen Drang, ihre Welt in Ordnung zu bringen, bevor sie durch ihren Betrug in tausend Scherben zersprang. Doch wo sollte sie beginnen? Wie sollte sie sich darauf vorbereiten, ohne befürchten zu müssen, dass die Familie Köhler sie vom Hof jagte, sie, die Betrügerin, die sich Wohlstand und ein Zuhause mit einer Lüge zu erschleichen versucht hatte. Nachts wälzte sich Lisa in ihrem Bett hin und her, und nur das gleichmäßige Atmen ihres Sohnes, der im Doppelbett neben ihr schlief, beruhigte sie ein wenig.

Nun wollte Matti durch den Schnee, der inzwischen drei Handbreit hoch lag, zur Werkstatt flitzen, aber da erschien Florian im Tor. In seinen Armen hielt er ein monströses Holzkonstrukt, bei dessen Anblick Lisa der Mund aufklappte. Er hob es in die Höhe. »Tadaa! Jemand hier, der Lust auf eine Schlittenpartie hat?«

Matti sprang an ihm hoch, in dem aussichtslosen Versuch, den Schlitten zu berühren. Aber da ließ Florian ihn schon herab, stellte ihn auf den Schnee und blickte mit strahlenden Augen zu Lisa, als Matti sich daraufhockte.

Lisa schlug die Hände vor den Mund. »Was hast du da gezaubert, Florian! Ein Schlitten! Und was für ein großer! Du bist ein Künstler!« Das Gefährt hatte gebogene Hörner als Haltegriffe und eine gedrechselte Zugstange, an die eine lange Kordel geknotet war.

Florian winkte bescheiden ab. »Gelernt ist gelernt, alles gutes Handwerk, mehr nicht.« Er beugte sich zu Matti, der auf dem Schlitten bereits hin und her rutschte und vergeblich versuchte, ihn in Bewegung zu bringen. »Was meinst du? Wollen wir ihn gleich ausprobieren?«

Matti stieß Jubelrufe aus, und Florians Blick glitt zu Lisa. »Kommst du mit?« Auf einmal wich die Aufregung aus seiner Stimme, machte einer Gehemmtheit Platz, einer Unsicherheit, die sich auch in seinen Augen spiegelte. Sie sah das Flackern darin und die Ungewissheit, ob seine Frage zu etwas Gutem führte.

Lisa wies vage mit dem Kinn auf den schneebedeckten Hofplatz. Sie hatte erst wenige Meter freigeschaufelt. »Ich muss das zu Ende bringen.«

Florian fuhr herum, eilte in die Werkstatt und stand Sekunden später mit einer zweiten Schneeschaufel neben ihr. »Auf geht's, das schaffen wir gemeinsam.«

Eine Viertelstunde später türmte sich der Schnee an den Hauswänden und die Gehwege waren frei. Oma Marianne kam aus ihrem Haus gelaufen und brachte eine Decke für den Schlitten, auf die Matti sich setzen konnte.

Kurz darauf stapften Lisa und Florian durch den Schnee in Richtung eines nahen Hügels. Beide hielten sie die Zugleine. Ihre Arme berührten sich durch den Stoff ihrer Winterjacken, und hinter ihnen rief Matti, die Füße auf den Kufen, die Finger in den Handschuhen am vorderen Holz: »Hüa!«

So eng nebeneinander fühlte Lisa sich Florian nicht nur körperlich nah. Wie gut es tat, neben einem tatkräftigen, warmherzigen Mann zu spazieren, Mattis munteres Geschrei in ihrem Rücken. Sie hatte Männer kennengelernt, jungenhafte wie Alexander, die nie an einer Bindung interessiert waren, väterlich-joviale, die sich von ihrer Jugend angezogen fühlten, und Mistkerle, die sich ohne Rücksicht nahmen, wonach ihnen gelüstete. Aber nie hatte sie einen wie Florian getroffen, einen mit verhangenem Blick, als traue er der Liebe nicht mehr über den Weg und sehne sie doch herbei. Einer, der Matti behandelte wie einen eigenen Sohn. Einer, der ihr das Gefühl gab, ihr Herz sei mit Samt ausgeschlagen.

Die Stunde war gekommen, in der sich entscheiden musste, wie es für sie und Matti weiterging. Keinen Tag länger wollte sie mit der Lüge leben, die sie in ihrer Verzweiflung in die Welt gesetzt hatte.

»Alexander war letztens zu Besuch.« Sie räusperte sich, um ihrer Stimme mehr Festigkeit zu verleihen.

»Er kommt nur noch selten. Früher waren wir öfter zusammen.« Florian hob die Schultern, und sie sah das Bedauern in seinen Zügen. Aber ihr lag nicht an der Wiederbelebung der Männerfreundschaft, obwohl sie sich für Florian gefreut hätte, wenn es den beiden gelänge.

»Habt ihr über Matti gesprochen?« Im zweiten Teil des Satzes kippte ihre Stimme.

Florian sah sie erstaunt von der Seite an und schlug einen kaum sichtbaren Pfad nach rechts ein, der an einem sanften Hügel vorbeiführte.

»Schneller!«, rief Matti, aber Florian und Lisa behielten ihren Rhythmus bei.

»Nun ja, ich habe ihm erzählt, was ich schon alles für ihn geschnitzt habe.«

»Mehr nicht?«

Florian zog die Brauen hoch, sodass sie den Mützensaum berührten. »Was sonst?«

Lisa stieß die Luft aus, als hätte sie sie in den letzten Minuten angehalten. »Ich … ich muss dir etwas erzählen, Florian, und ich hab Angst, dass du danach nichts mehr mit uns zu tun haben willst.«

»Nie … nie würde das passieren, Lisa!«, sagte er so ehrlich entsetzt, dass sie die Erleichterung wie eine Flutwelle in sich spürte. »Ich habe gedacht, nach Annalena würde ich niemals mehr glücklich sein. Ich nehme an, Gwendolyn hat dir von ihr erzählt?«

Sie nickte, blieb stehen und stand mit einem Mal Florian gegenüber. Matti hinter ihr zog am Seil, bis sie es losließen, und aus dem Augenwinkel bekam Lisa mit, dass er mit dem Schlitten ein Stück weit den Hügel erklomm. Hier war es ungefährlich, und er lief auch nicht bis ganz nach oben, rutschte schon nach wenigen Metern hinab, um das Holzgefährt erneut hochzuziehen.

»Sie hat gesagt, dass es da eine Frau gab, die dich verletzt hat.« Er wischte sich über die Stirn, als wollte er die Erinnerungen wegfegen. »Weißt du, ich war immer jemand, der mit den Frauen gespielt hat, wie es sich gerade ergab. Und so haben sie mich auch gesehen: als den fröhlichen Florian, mit dem man sich auf Dorffesten amüsieren konnte, ohne eine Verpflichtung einzugehen. Mit Annalena war es anders. Ich wollte mir eine Zukunft mit ihr aufbauen, hier in meiner Heimat, aber sie zog es fort. Das Fernweh war stärker als ihre Liebe zu mir. Seit ich die paar Zeilen gelesen hatte, die sie mir zum Abschied schrieb, habe ich mich von allem zurückgezogen wie eine Schnecke in ihr Haus. Ich wollte nicht noch einmal Hoffnung in eine Frau setzen, aber die Zeit des lockeren Spielens war vorbei.« Er hob einen Mundwinkel. »Ehrlich gesagt, habe ich mich schon als alten, alleinstehenden Eigenbrötler auf dem Hof meiner Eltern gesehen.« Sein Gesicht erhellte sich. »Und dann seid ihr aufgetaucht, und mit euch ist das Licht in mein Leben zurückgekehrt. Ich bin kein Mann großer Worte, Lisa, verzeih, wenn ich mich schwülstig ausdrücke, aber das ist das, was ich fühle.« Er legte seine Hand auf die linke Brustseite. »Du und Matti, ihr habt dieses Wunder vollbracht. Mit euch beiden ist das Leben auf dem Köhlerhof unendlich viel reicher.«

Lisa unterdrückte die Tränen. »Das macht mich glücklich, Florian«, sagte sie. »Und ich werde deine Worte immer in meinem Herzen tragen, obwohl du mich nach dem, was ich dir jetzt sagen muss, mit anderen Augen sehen wirst und sie vielleicht zurücknehmen willst.«

357

Er starrte sie an, hielt ihren Blick, wartete.

Sie nahm einen tiefen Atemzug. »Ich habe den Wallendorfs erzählt, dass Matti Alexanders Sohn ist.« Jetzt war es heraus, und einen Moment lang fühlte sie sich, als würden ihre Knie nachgeben und sie vor Florian ohnmächtig in den Schnee sinken. Aber es war wichtig, dass sie bei vollem Bewusstsein blieb. Sie musste diese Sache ein für alle Mal aus der Welt schaffen, auch wenn das bedeutete, dass die märchenhafte Zeit auf dem Köhlerhof zu Ende sein würde.

Der Schrecken hockte in ihrer Brust, als er einen halben Satz nach hinten machte. »Matti ist Alexanders Sohn?« Seine Stimme klang tonlos.

Lisa schüttelte den Kopf. »Eben nicht. Ich habe diese Lüge in die Welt gesetzt, weil ich keinen Ausweg mehr wusste für mich und Matti. Ich dachte, Alexander würde sich uns gegenüber verpflichtet fühlen und uns helfen, wieder auf die Beine zu kommen.« Sie senkte die Lider. »Und letztlich ist es ja auch so gekommen. Ohne die Wallendorfs wären Matti und ich nicht bei euch. Aber es ist falsch gelaufen. All das, was zwischen uns ist, beruht auf einer Lüge. Ich habe das Glück mit dir und deiner Familie nicht verdient. Ich kann verstehen, wenn ihr uns jetzt vom Hof jagt. Und mach dir keine Gedanken …« Sie lächelte traurig. »Leute wie ich kommen immer irgendwie durch.«

Florian blickte sie sprachlos an. Sie sah, wie es hinter seiner Stirn arbeitete, und sehnte sich danach, dass er sie in die Arme zog, aber er tat es nicht, versuchte offenbar, zu verarbeiten, was sie ihm soeben mitgeteilt hatte. »Warum bist du nicht zu Mattis wirklichem Vater gegangen?«

»Das … das ging nicht«, sagte sie – und berichtete schließlich, anfangs stockend, dann immer schneller von der grauenvollen Begegnung mit dem Zimmermann nachts vor dem

Auerbachs Keller. Als hätte sie lange darauf gewartet, endlich von jemandem gehört zu werden, der sie verstand. Sie sei sicher, dass dieser Fremde Mattis Vater war, weil ihr Sohn dasselbe Muttermal an der gleichen Stelle habe. »Ich habe es von Anfang an gewusst. Aber an meiner Liebe zu meinem Sohn hat das nichts geändert. Ein unschuldiges Kind kann doch nichts dafür, wenn der eigene Vater ein Verbrecher ist.«

Matti fuhr mit dem Schlitten fast in sie hinein, lachte übers ganze Gesicht und flitzte erneut den Berg hinauf. »Nicht so weit!«, rief Lisa ihm hinterher.

Endlich trat Florian einen Schritt auf sie zu, hob die Hand und streichelte ihre Wange. In seiner Stimme schwang all die Zuneigung mit, die er für sie empfand. »Mein Liebes, was hast du da durchgemacht.«

Ihr Herzschlag stolperte. »Das heißt ... du verzeihst mir?«

»Da gibt es nichts zu verzeihen. Du hast gehandelt wie eine liebende Mutter, die für ihr Kind kämpft. Du bist noch zur rechten Zeit mit der Wahrheit herausgerückt. Jetzt wird alles gut, Lisa. Sorg dich nicht länger.«

Sie blickte ihn an, las in seinen Zügen. Zuneigung, Feingefühl, Güte. Nie im Leben hätte sie vermutet, dass sie noch einmal einen Mann wie Florian fand. Sie hob sich auf die Zehenspitzen und schlang die Arme um seinen Hals, spürte, wie er sie festhielt. Alles würde gut werden. Irgendwie. Hatte sie wirklich je Zweifel daran gehabt, dass er zu ihr halten würde?

Er packte ihre Hand, und zusammen liefen sie Matti hinterher den Hügel hinauf. Als sie den Kleinen eingeholt hatten, übernahm Florian den Schlitten und führte sie noch weiter nach oben. An der Kuppe setzte er Matti nach vorn, lud Lisa ein, sich hinter den Jungen zu setzen, und nahm als Letzter Platz. Er schob den Rodel mit den Fersen an, bis er ins Rutschen kam, und gemeinsam sausten sie kreischend und lachend zu dritt zum Pfad hinab. Unten purzelten sie nach Florians gewagtem Bremsmanöver in den Schnee. Matti rappelte sich sofort auf, Florian half der mit Schnee bedeckten Lisa auf die Füße. Dann standen sie sich gegenüber, und er beugte sich hinab und küsste sie. Sein Mund war kalt von den Flocken. »Ich will dich nie wieder verlieren, hörst du? Dich nicht und auch Matti nicht. Ihr macht mein Leben lebenswert. Ich bin an deiner Seite. Für immer, wenn du mich so liebst wie ich dich.«

Lisa erwiderte seinen Kuss voller Sehnsucht, freute sich auf all die Stunden, in denen sie seine Zärtlichkeiten empfangen und ihm ihre Liebe beweisen würde.

In diesem Moment der Innigkeit und Vorfreude verdrängte sie den Gedanken daran, dass ihr der schwerste Gang noch bevorstand: zu den Wallendorfs, denen sie ebenfalls beichten musste, dass sie sie betrogen hatte. Sie machte sich nichts vor: Nach wie vor stand ihr neues Glück auf tönernen Füßen. Aber falls sie gehen musste, würde sie bis dahin jede Minute mit Florian genießen, die ihr das Schicksal gewährte.

19

Bei leichtem Frost hielt sich der Schnee bis zum Heiligabend. Der Himmel spannte sich hellblau über die weiß bedeckten Wiesen, Äcker und Wälder. Alle Bauern hatten noch rechtzeitig ihre Rüben in der Fabrik abgeliefert, wo die Maschinen auch an den Feiertagen laufen würden. Abgesehen vom unablässigen Surren der Anlage hing eine Stille über diesem Wintertag, wie sie im Sommer undenkbar war. Kein Vogel zwitscherte in den nackten Bäumen.

In den frühen Morgenstunden spazierten Gwendolyn und Alexander Hand in Hand an den Ställen vorbei, wo sie ihre Pferde begrüßten, bis zur Fabrik hinauf. Etwas war passiert in den letzten Tagen. Gwendolyn hatte Alexander nach ihrem überstürzten Aufbruch zum Schinderhof in alles eingeweiht, was in Polderfeld geschehen war. Sie hatte ihm von Andrin erzählt, der offenbar den Verstand verloren hatte und Helena zu sich in die Schweiz holen wollte. Sie hatte ihm von Max' und Bennos heldenhaftem Kampf gegen ihn berichtet und wie am Ende Helena selbst den Kerl in die Flucht geschlagen hatte.

»Liebes, wie hast du dich dermaßen in Gefahr bringen können! Du hättest mich mitnehmen sollen!«, hatte er ihr an jenem Abend, als sie nebeneinander im Bett lagen, zugeflüstert und Küsse auf ihr Gesicht getupft.

In der Nacht hatten sie sich geliebt wie in den ersten Tagen nach ihrer Hochzeit. Sie hatten sich innig umarmt und gehalten und sich ihrer Liebe versichert, die niemals mehr erschüttert werden sollte. In solchen Stunden spürte Gwendolyn mit jeder Faser, dass sie das Richtige getan hatte, als sie Alexanders Frau geworden war, und dass alle Meinungsverschiedenheiten nichts zählten, solange sie zueinanderstanden. Dass sie danach geweint und sich an ihn geklammert hatte, hatte ihn irritiert, aber er war einfühlsam genug gewesen, ihr Zeit zu lassen, bis sie ihm von sich aus erzählte, was sie innerlich so aufwühlte. Und auch er hatte sich ihr gegenüber weiter geöffnet, hatte ihr anvertraut, wie allein das Spiel ihn von alldem abgelenkt hatte, was auf seiner Seele lastete, wie leid es ihm tat, nicht mit ihr gesprochen zu haben.

An diesem Vormittag spürte Gwendolyn, dass der richtige Augenblick gekommen war, um Alexander auch in das einzuweihen, was sie getan hatte, um die Dinge in Ordnung zu bringen. »Ich … ich muss dir etwas Wichtiges erzählen.«

Er legte den Arm um sie, zog sie an sich. »Dafür bin ich da.« Obwohl seine Worte warmherzig klangen, spürte sie, dass er sich leicht verkrampfte. »Ich kann alles durchstehen, wenn du nur bei mir bleibst«, fügte er hinzu, die Stimme krächzend wie ein Rabe. Sie legte den Kopf auf seine Schulter. »Es geht nicht um uns. Ich bin erleichtert, dass zwischen uns alles im Reinen ist. Ich brauche dich, um all das ertragen zu können, was ich selbst verursacht habe …«

Jetzt war seine Neugier geweckt, seine Anspannung wich aufrichtigem Interesse.

Sie schwieg einen Moment. Dann sagte sie ohne Umschweife: »Es ist meine Schuld, dass Martha im Gefängnis sitzt.«

Alexander zuckte zusammen, blieb abrupt stehen. Gwendolyn wandte sich ihm zu, sah zu ihm auf, voller Angst, ob er sie verurteilen würde. Mit keiner Menschenseele hatte sie über das gesprochen, was sie getan hatte, hatte es erst mit sich allein klären müssen. Sie war hin- und hergerissen, ob sie richtig oder falsch gehandelt hatte, aber es würde eine enorme Erleichterung sein, wenn sie endlich den Mann, den sie liebte, in diese furchtbare Sache einweihte. Sie nahm seine Hand, setzte den Weg mit ihm fort. Es ließ sich müheloser reden, wenn sie sich nicht in die Augen sahen.

»Ich habe Martha ständig gesagt, dass der Schmuggel irgendwann gefährlich für unsere Familie werden würde. Nun war es so weit, für Helena wäre es fast schlimm ausgegangen«, sie schluckte, »aber Martha hielt stur an ihren Grundsätzen fest und glaubte, im Sinne unseres Vaters zu handeln, wenn sie die kriminellen Geschäfte mit Saccharin fortführte«, sagte sie, während ihre Absätze im gefrorenen Schnee auf dem Pfad an den Pferdewiesen vorbei knirschten. Ihre Nasenspitze fühlte sich frostig an, ihre Wangen brannten, obwohl sie sich gegen die Kälte mit einer Fellmütze und einem dicken Strickschal schützte. In der Luft schien ein kaum wahrnehmbares Klingeln und Sirren zu liegen, als bereite sich auch die Natur auf den Heiligabend vor. Der Geruch aus der Fabrik mischte sich mit dem Duft nach Holzrauch und Tannenzapfen, Zimtsternen und Mandelkuchen. »Ich habe gespürt, dass ich mit Worten nicht mehr zu ihr durchdringe, deswegen musste ich Taten folgen lassen. Vor allem, weil ein Kind in ihr heranwächst, das von Geburt an in dieselben kriminellen Machenschaften verstrickt sein würde. Wie könnte ich zulassen, dass das Kleine überhaupt nicht die Chance erhält, als junger Mensch einen redlichen Weg einzuschlagen?«

»Was ist passiert?« Alexander schien das plötzliche Schweigen kaum ertragen zu können. Er drückte ihre Hand.

Es gab kein Zurück mehr. »Ich habe Martha und ihre Bande an die Polizei verraten. Wegen mir sind sie in Englingen geschnappt und verurteilt worden.« Jetzt war es heraus, und es fühlte sich an, als hätte sie einen Sack mit Steinen von den Schultern gestreift. Gleichzeitig war ihr bang ums Herz, weil die winzige Furcht blieb, dass Alexander sie deswegen verurteilen würde. Welche Frau lieferte die eigene Schwester aus und sorgte dafür, dass sie im Gefängnis landete! Würde er ihre Beweggründe verstehen?

Er sog scharf die Luft ein. Dann blieb er erneut stehen, wandte sich ihr zu, zog sie an sich. Mit hängenden Armen legte sie die Wange an seine Schulter, lauschte auf ihre eigenen Herzschläge.

»Was für ein mutiger Schritt, Gwendolyn.« Seine Stimme klang fremd in ihren Ohren, bis er sich räusperte. »Ich verstehe, dass du aus einer Ohnmacht heraus gehandelt hast.«

»Ich kenne den Zöllner Rupert Vogel aus den früheren Erzählungen meiner Familie und habe darüber hinaus Erkundigungen über ihn eingezogen. Er ist ein gewissenhafter Beamter. Was einerseits bedeutet, dass er sein Leben dem Aufgreifen von Schmugglern gewidmet hat, weil ihm die Gesetze unseres Landes heilig sind. Andererseits heißt es auch, dass er kein Mann von unüberlegten Handlungen ist. Ich konnte sicher sein, dass er Martha kein Haar krümmt, er hat keinen Hang zur Impulsivität. Sein größter Triumph war es nicht, die Schmugglerbande zur Strecke zu bringen, sondern sie dem Haftrichter vorzuführen. So habe ich mir das vorgestellt. Weißt du, Alexander, ich wusste mir keinen Rat mehr. Meine letzte Hoffnung ist, dass Martha in der Haft zur Besinnung kommt. Dass sie merkt, dass der Schmuggel nie zu etwas Gutem führt. Sie soll sich auf ihr Kind konzentrieren, auf den Mann, den sie liebt, auf ihre Familie. Solange ihre Gedanken vom Schleichhandel besetzt sind, ist für nichts anderes Platz. Im Gefängnis hat sie die Zeit, in sich zu gehen und umzudenken.«

Alexander nickte. »Sie hat nur wenige Monate bekommen.

Der Richter hat den Fall schnell abgehandelt und war ungewöhnlich milde.« Beinahe hörte es sich an, als zweifelte er, dass das halbe Jahr Frauengefängnis, das sie absitzen musste, für einen derartigen Umschwung in ihrem Geist reichen würde. Gwendolyn war dennoch froh, dass es nicht schlimmer gekommen war.

»Ja, zum Glück muss sie nur bis April in Aichach bleiben. Wäre es eine längere Strafe gewesen, hätte ich keine Skrupel besessen, persönlich als Zeugin aufzutreten und unseren tadellosen Ruf in die Waagschale zu werfen. Davon abgesehen habe ich mir überlegt, Max Arenburg einzuschalten, falls der Richter mit Härte durchgegriffen hätte, um für andere Banden ein abschreckendes Beispiel zu geben. Mein Onkel ist ein hohes Tier im Reichstag in Berlin, sein Wort hätte Gewicht gehabt. Ich habe wirklich versucht, alles zu bedenken.« Sie lächelte Alexander an, der sich hinabbeugte und sie küsste.

»Wirst du sie besuchen?«

Gwendolyn zögerte. »Einerseits zieht es mich zu ihr. Ich sehne mich danach, mich mit ihr auszusöhnen. Aber ich glaube, dass sie Zeit braucht, damit sich in ihrem Denken etwas ändern kann. Sie ist ja nicht allein – Onkel Max und Helena fahren regelmäßig zu ihr. Bis zu ihrer Freilassung bete ich, dass sich ihre Einstellung ändert. Benno wird dazu beitragen, seine Liebe ist unerschütterlich. Er war schon mehrere Male bei ihr. Die drei Stunden Fahrt nach Aichach belasten ihn nicht, wenn er nur bei ihr sein kann.«

»Eine große Liebe«, bemerkte Alexander sinnend.

»Wie unsere«, sagte Gwendolyn mit einem plötzlich hochschwappenden Glücksgefühl. Sie hatte gewusst, dass Alexander sie verstehen würde! Er reagierte genauso, wie sie es sich gewünscht hatte, und ihr schlechtes Gewissen war kaum noch zu spüren.

Wieder küssten sie sich, spazieren dann Arm in Arm im gleichen Takt weiter. »Fünf Monate Haft. Ihre Kumpane haben jeweils zwei bekommen, weil schnell klar war, dass Martha alles lenkt, obwohl die anderen sie nicht verraten haben. Ich nehme an, sie hat selbst mit erhobenem Kopf ihre Taten zugegeben, stolz darauf, wie sie die Polizei so lange an der Nase herumführen konnte.«

»Was ist mit den Schweizern?«

Gwendolyn hob die Schultern. »Ich schätze, die Eidgenossen lassen die Brunner-Brüder mit einer Verwarnung davonkommen. Denen ist es recht gleichgültig, ob Saccharin das Land verlässt oder nicht. Die Deutschen sind die knurrenden Hunde, die keinen damit durchkommen lassen wollen. Außerdem hoffe ich nur, dass sich keiner der beiden noch einmal nach Bayern verirrt. Andrin hat sich hier wahrlich keine Freunde gemacht, und was Benno betrifft, kann ich für nichts garantieren, wenn er ihm zwischen die Finger geraten sollte. Ein zweites Mal lässt Benno sich nicht von ihm überrumpeln.«

»Verständlich.« Alexander grinste. »Aber zum Glück sind auch die Schinderschwestern für ihre rabiate Gegenwehr bekannt.«

Gwendolyn löste sich von ihm, knuffte ihm spielerisch auf den Arm und lachte. Sie fühlte sich auf einmal federleicht. »Du weißt, dass ich für morgen zum Gänsebraten meine Leute eingeladen habe? Nicht nur Helena, sondern auch Onkel Max, Benno und Cilly. Ich freue mich so darauf!«

»Ja, das wird bestimmt schön, aber denk dann bitte nicht die ganze Zeit an Martha. Genieße das Zusammensein mit deiner Familie.«

»Ich werde es versuchen. Helena und Cilly verbringen den Heiligabend bei Onkel Max.« Sie lachte kurz auf. »Die beiden Mädchen haben aus dem alten Haus mit Lametta, Kerzen und

Tannenzweigen ein glitzerndes Weihnachtsparadies geschaffen und wollen heute Abend mit Kartoffelsalat und Würstchen feiern. Max wird begeistert sein, schätze ich. Benno ist bei Martha im Gefängnis.« Sie lächelte. »Helena hat erzählt, er hat einen winzigen Weihnachtsbaum im Topf mitgenommen, den er mit Strohsternen geschmückt hat. Hoffentlich lassen ihn die Wärter damit in den Besucherraum.«

»Nach allem, was man hört, sind die Angestellten in der Justizvollzugsanstalt Aichach keine Unmenschen. Mach dir keine Sorgen. Die beiden werden einen einzigartigen Heiligabend feiern, den sie niemals mehr vergessen werden. Da bin ich mir sicher. Und es wird ihre Liebe stärken.«

Gwendolyn lächelte ihn dankbar an. Es war gut gewesen, ihren Ehemann einzuweihen. Er fand genau die passenden Worte, um ihr zu versichern, dass sie richtig gehandelt hatte und dass ihr Plan, Martha zum Umdenken zu bewegen, aufgehen würde. »Ich selbst warte noch, bis ich Martha besuche. Ich …« Sie unterbrach sich mitten im Satz, als sie die Werkhalle fast erreicht hatten und ihnen drei in Mäntel, Schals und Mützen gehüllte Gestalten entgegenkamen. Sie sahen aus wie die Orgelpfeifen. Die kleinste trug eine bunte Jacke, die wirkte, als hätte sie ihr jemand aus einem Fenstervorhang genäht. Die beiden älteren steckten in Mänteln von einem Erwachsenen. Die Ärmel waren zu lang, die Schulternähte hingen bis zu den Oberarmen, der Saum schwang knapp über den Knien.

Gwendolyn kniff die Augen zusammen, versuchte, zu erkennen, wer die drei waren. Kannten sie sie?

»Das ist Irma Dvorak mit ihren Brüdern, die Kinder von Tereza und Jiri«, sagte Alexander neben ihr, ohne den Blick von den dreien zu lassen. Seine Schritte wurden länger, als er auf sie zuging. Gwendolyn musste ein kurzes Stück laufen, um mit ihm mitzuhalten.

367

»Woher kennst du sie?«

Alexander warf ihr einen überraschten Blick zu. »Hast du Irmi nicht bei uns auf dem Gut gesehen? Tereza hat sie ab und zu mitgebracht. Sie hat dann in der Bibliothek gesessen und gelesen. Ich habe ihr ein paarmal Romane aus den oberen Reihen der Regale geholt. Sie kam mit der Leiter nicht gut zurecht. Dabei haben wir uns manchmal über dies und das unterhalten.«

»Das wusste ich gar nicht«, erwiderte Gwendolyn überrascht. »Du hast nie davon erzählt.«

Er lachte. »Es ist ja auch nichts, was sich zu erzählen lohnt. Wir hatten immer andere Themen, oder?«

Innerlich gab Gwendolyn ihm recht. Alles, was die Firma betraf, hatte oberste Wichtigkeit in ihrem Zusammensein gehabt. All die schönen Details, die zum Leben gehörten, hatten sie völlig vernachlässigt – und damit selbst die Leichtigkeit aus ihrer Beziehung vertrieben.

Als sie die Kinder erreichten, stellte sich Alexander ihnen in den Weg. Das älteste war fast so groß wie Alexander, Flaum stand an seinem Kinn, aber die Wangen waren noch kindlich rund, die Unterlippe trotzig vorgeschoben. In seinem Blick lag der eiserne Wille, sich nicht unterkriegen zu lassen. »Du bist Johann, nicht wahr?«, sprach Alexander ihn an.

Die Miene des Jungen, vielleicht war er fünfzehn Jahre alt, blieb unbewegt, während er Alexanders Blick stumm erwiderte, die Augen wie von Gewitterwolken verhangen.

Der Mittlere, etwa zwei Jahre jünger, antwortete für ihn. Dunkelblonde Locken kringelten unter seiner Mütze hervor, in den blaugrünen Augen stand Hoffnung. »Ja, er ist der Johann, ich bin Wolfgang und meine Schwester heißt Irmi.«

Gwendolyn sah, dass das circa zehnjährige Mädchen Alexander zulächelte. Offenbar erkannte sie ihn.

»Warum lauft ihr hier herum?«, fragte Gwendolyn. »Solltet ihr nicht der Mutter helfen, die Stube zu putzen und den Weihnachtsbaum zu schmücken? Heute Abend kommt das Christkind, heißt es.«

Die Miene des Ältesten drückte Herablassung aus, der Mittlere grinste, Irmis Gesicht hellte sich auf.

»Wir glauben nicht an Wunder«, presste Johann da hervor, seine Stimme war tief wie die eines Mannes. »Und geschenkt bekommen wir von niemandem etwas.«

Gwendolyn schrak zusammen ob der Bitterkeit. Ein Fünfzehnjähriger sollte nicht dermaßen zynisch klingen. Sie hatten ihren Vater verloren, das war schlimm. Aber sie mussten auch ins Leben zurückfinden.

Wolfgang, der Mittlere, war offenbar derjenige in der Geschwisterreihe, der für den Frieden und das Schlichten zuständig war. Er hob die Stimme, um die Worte seines Bruders zu erklären: »Johann ist sauer, weil er gehofft hat, eine Lehrstelle in der *Donau Zucker* zu bekommen. Aber der Chef hat gesagt, er nimmt keine Lehrlinge, die stehen ihm nur auf den Füßen herum. Und mich wollte er nicht als Helfer nach der Schule. Ich hätte kehren und wischen können, und schwer schleppen kann ich auch. Wir hätten gern etwas getan, damit Mama am Heiligabend nicht nur weint.« Irmi nickte beifällig, Johann kniff die Augen zu schmalen Schlitzen zu, während er Alexander anstierte.

Der wandte sich an den Älteren. »Warum willst du eine Lehre machen? Deine Schwester hat erzählt, du besuchst das Gymnasium und willst später Technik studieren.«

»Das war mal«, gab Johann zurück. »Wir verlieren unser Zuhause im Zuckerquartier, wenn keiner von uns in der Fabrik arbeitet.« Beim Schlucken sammelten sich Tränen in seinen Augen, die er mit einer unbeherrschten Handbewegung wegwischte. Ein Junge, der keine Schwäche zeigen wollte, der zu schnell hatte erwachsen werden müssen. Gwendolyn ging das Herz auf beim Blick in seine blasse Miene. Mit seinen knochigen Zügen und den dunkel in den Höhlen liegenden Augen hatte er viel von seinem Vater.

Gwendolyn und Alexander sahen sich an, im stummen Einvernehmen nickten sie sich zu. »Das heißt, du würdest eine technische Ausbildung bei uns machen und *danach* ein Studium beginnen?«

Johann zuckte die Achseln, seine Züge immer noch misstrauisch.

»Johann ist der Schlauste von uns, der soll mal ruhig studieren irgendwann«, warf sein Bruder ein. »Ich will nur bald die Schule beenden und dann Zuckerkocher werden. Davon träume ich, seit Papa mich mal mit in die Firma genommen hat und ich gesehen habe, wie Zucker entsteht.«

»Und ich heirate mal einen Zuckerkocher«, warf Irmi ein, und Gwendolyn streichelte ihre Wange.

»Heirate, wen du willst, aber bau dir selbst eine Zukunft auf«, sagte sie liebevoll. »Du hast bestimmt das Zeug dazu.«

Johann gab seinen Geschwistern einen kleinen Schubs. »Jetzt kommt. Mutter wartet. Es ist ohnehin alles entschieden.«

Alexander hob eine Hand. »Moment«, sagte er mit fester Stimme. »Mit wem habt ihr gesprochen?«

»Mit Lambert, dem Vorarbeiter.«

»Der ist nicht der Chef«, erwiderte Alexander. »Das bin ich.« Er machte eine ausholende Armbewegung. »Kommt mit.«

Zu fünft stiefelten sie zur Fabrik. Gwendolyn sah, dass die drei Geschwister aufgeregt miteinander tuschelten. Johann hatte seine kühle Fassade abgelegt, seine Lider flackerten, sein Blick flog von Alexander zur Werkshalle und zurück.

Lambert trafen sie am Aufgang zu den Büros der Fabrik.

Er hatte sich gerade die Mütze aufgesetzt und begonnen, den Mantel zuzuknöpfen. Gwendolyn fragte sich, wie er Weihnachten verbringen würde. Sie wusste ja, dass er allein lebte und sich in seiner Wohnung einsam fühlte. Seine Mutter wohnte in Bamberg. Möglicherweise würde er sie besuchen oder, wie viele, die keine Leute hatten, mit denen sie an den Festtagen feiern konnten, in ein Gasthaus gehen und sich das Leben schöntrinken. Obwohl, das passte nicht zu ihm, pflichtbewusst, wie er war. Vielleicht verschlief er den Heiligabend und hatte sich für die Feiertage zum Dienst eingetragen. Das war ihm eher zuzutrauen.

Er machte ein erstauntes Gesicht, als Gwendolyn mit Alexander und den Dvorak-Kindern in der Halle erschien. Sie schleppten die Kälte von draußen wie Nebelschwaden hinter sich her.

Gwendolyn wollte zu einer Erklärung ansetzen, aber Alexander kam ihr zuvor. »Herr Lambert, Johann hat uns erzählt, dass Sie es abgelehnt haben, ihn in einen Lehrberuf in der *Donau Zucker AG* zu übernehmen.«

»Korrekt. Wir haben einen Lehrling, der sich dumm genug anstellt und uns mit seiner Fragerei ständig aufhält. Ich brauche Fachleute, keine Kinder, um den Betrieb am Laufen zu halten.«

»Zum einen sind die Dvorak-Brüder keine Kinder mehr, zum anderen sind junge, arbeitswillige und intelligente Leute unsere Zukunft, Herr Lambert. Ich möchte, dass Sie dies künftig berücksichtigen. Personalentscheidungen stehen Ihnen ohnehin nicht zu, dafür bin entweder ich zuständig oder Sie halten sich an meine Frau oder meine Mutter. Johann Dvorak beginnt hier zum nächstmöglichen Zeitpunkt seine Ausbildung zum Industrietechniker. Sein Bruder Wolfgang wird an den Nachmittagen und Abenden als Helfer bei Putzarbeiten und im Lager eingesetzt. Voraussetzung ist, dass Johann nach der Lehre ein Studium absolviert, um sich fortzubilden, wie er es ursprünglich geplant hat, und Wolfgang wird nach Schulabschluss bei unseren Zuckerkochern ausgebildet. Sie werden beide ein angemessenes Lehrgeld erhalten, das meine Mutter noch festlegen wird, und sie werden von Ihnen und den anderen Mitarbeitern mit allem gebotenen Respekt behandelt. Ich hoffe, ich habe mich klar genug ausgedrückt.«

Gwendolyn blickte voller Staunen zwischen ihrem Mann und Christian hin und her und konnte nicht glauben, mit welcher Stärke Alexander sich hier präsentierte. Wie oft hatte sie sich ein solches Auftreten gewünscht, mit dem er sich Autorität und Anerkennung verschaffte! Die Kinder flüsterten zischend miteinander, Irmi hüpfte wie ein Gummiball mit durchgedrückten Armen auf der Stelle, Wolfgang hieb in einer Siegesgeste mit der Faust durch die Luft. Johann schob sich die gefütterte Kappe in den Nacken und stierte Alexander mit offenem Mund an.

Mit einem Hauch von Angst wartete Gwendolyn auf Christians Reaktion. Die Stille hing für ein paar Herzschläge schwer über ihnen, das Rattern der Maschinen nahm sie kaum noch wahr. Sie spürte seinen Blick, enttäuscht, traurig, und als er sich Alexander zuwandte, trat eine kühle Sachlichkeit in seine Augen, verbunden mit einem Anflug von Respekt. »Ganz wie Sie wünschen, Herr Wallendorf. Ich werde zwei Männer bestimmen, die sich um die Jungen kümmern und sie in alles einweisen.« Er verzog den Mund. »Ich fürchte, mir selbst fehlen die Geduld und das nötige Fingerspitzengefühl.«

Alexander lächelte ihn an, versöhnlich und auf Frieden hoffend, wie es Gwendolyn erschien. »Dafür sind Sie in anderen Belangen für uns unersetzlich.« Er löste sich aus der kleinen Gruppe, trat auf Christian zu und reichte ihm die Hand. »Ich danke Ihnen und würde mich freuen, wenn wir in Zukunft ein ähnliches Vertrauensverhältnis aufbauen könnten, wie Sie es bereits zu meiner Frau haben.«

Christian Lambert zögerte noch einen Moment, dann schlug er ein.

Draußen vor der Werkshalle stieß Johann ein aus tiefstem Herzen kommendes »Danke!« aus, bevor er links und rechts seine Geschwister an den Händen packte und mit ihnen den Berg hinab zum Zuckerquartier lief. Irmi drehte sich auf halbem Weg im Laufen noch einmal um. »Frohe Weihnachten!«, rief sie, und ihre klare Mädchenstimme hallte über die Ornbacher Wiesen und Wälder und die Dächer der Siedlung bis zum Gut Theresienberg.

Gwendolyn fühlte sich auf einmal so befreit, dass sie am liebsten selbst gelaufen wäre wie die Dvoraks. Aber Alexander hatte den Arm um sie gelegt, sie spürte seinen warmen Körper neben sich und das Glücksgefühl in sich rauschen, dass sie es am Ende doch miteinander schaffen würden. Dass sie beide bereit waren, an sich zu arbeiten, und ihre Liebe alles überwinden würde.

Mutter Annegret erwartete sie im Eingang des Gutshauses, in ein festliches blaues Kleid gehüllt, hochgeschlossen und mit feiner dunkler Spitze an den Ärmeln verziert. Wie immer trug sie flache Schuhe dazu, weil sie auch ohne Absätze groß genug war. Sie rang die Hände, als sie dem jungen Paar entgegenblickte. Hinter ihr leuchtete der deckenhohe Weihnachtsbaum im Glanz der Kerzen mit silbernen und roten Kugeln, dem Hausmädchen Klara mit einer Girlande aus silbern gefärbtem Tannengrün letzten Schliff verlieh.

»Wo bleibt ihr denn, ihr Lieben! Ihr müsst euch umziehen, und der Fisch ist schon im Ofen!«

Alexander drückte seiner Mutter einen Kuss auf die Wange. »Keine Sorge, wir beeilen uns.«

In der nächsten Sekunde riss Annegret die Augen auf, als sie an ihnen vorbei in die Einfahrt schaute, wo Hufgeklapper und das Rasseln von Rädern auf Kies laut wurden. Sie fasste sich an die Wangen und stieß hervor: »Gott im Himmel, der Karpfen reicht nie und nimmer!«

Gwendolyn und Alexander fuhren herum und sahen, wie Florian Lisa aus dem Einspänner half. Florian grinste in ihre Richtung. »Keine Sorge, wir kommen nicht zum Essen!« Aber er wurde sofort ernst, auf seiner Stirn standen Falten, während sie, Lisa bei ihm eingehakt, auf die Treppe zuhielten.

Nein, sie kamen nicht, um überraschend Weihnachten mit ihnen zu feiern, obwohl Gwendolyn sich über die Gesellschaft gefreut hätte. Aber Matti fehlte. Schwer vorstellbar, dass Lisa ihn an einem solchen Tag nicht bei sich haben wollte. Gwendolyn erfasste die Situation mit einem Blick. Daran gab es nichts zu deuten: Florian und Lisa waren ein Paar. Sie verspürte ein inniges Gefühl von Zufriedenheit. Wenn ihr jemand vorher gesagt hätte, sie versuche, die beiden zu verkuppeln, hätte sie es bis zu ihrem letzten Atemzug abgestritten. Nur sie selbst wusste, dass sie darauf gehofft hatte, dass die beiden, denen das Schicksal übel mitgespielt hatte, zueinanderfinden und sich gegenseitig neuen Lebensmut geben würden. Allerdings wirkten sie, als sie das Foyer des Gutshauses betraten und Annegret die Tür hinter ihnen schloss, nicht auffallend glücklich. Irgendetwas brannte ihnen auf der Seele.

»Kommt doch rein!« Alexander machte eine einladende Bewegung in Richtung des Salons. Klara knickste vor den Gästen und huschte dann zurück in die Küche. Der Baum präsentierte sich prachtvoll geschmückt und verbreitete sein heimeliges Licht in dem mit Holz getäfelten Eingangsbereich. Aus den Augenwinkeln bemerkte Gwendolyn belustigt, dass der Blick ihrer Schwiegermutter zur Standuhr flog, deren Pendel gleichmäßig den Takt der Zeit schlug. Für Annegret waren Rituale an Familienfesten wichtig, es ging auf gar keinen Fall, dass man zu spät zu Tisch saß! Sie war ungehalten über die Störung, aber Gwendolyn würde sich nicht hetzen lassen. Sie wollte jetzt wissen, was die beiden zu diesem ungewöhnlichen Zeitpunkt auf Gut Theresienberg getrieben hatte.

»Wir bleiben nicht lange, wir müssen euch nur etwas Wichtiges sagen, etwas …«, begann Florian und legte schützend den Arm um Lisas Schultern.

Die trat mit einem Schritt nach vorn aus seinem Schatten, ohne den Blick von Alexander zu lassen. Mit plötzlicher Furcht schaute Gwendolyn zwischen den beiden hin und her.

»Ich habe gelogen«, begann Lisa. Ihre Wangen glühten rot, die Lippen blass. »Und ich wollte nicht das erste Weihnachtsfest mit dem Mann, den ich liebe, feiern, ohne zwischen uns beiden reinen Tisch zu machen.«

Oh, Gott, war da doch noch etwas zwischen den beiden gewesen? Gwendolyn tastete Halt suchend nach der Kommode neben der Garderobe.

»Ich verstehe nicht.« Alexander runzelte die Stirn. Mutter Annegret drückte die Fingerspitzen auf ihren Mund.

»Ich habe dir weisgemacht, dass Matti dein Sohn ist. Aber das ist er nicht. Ich weiß es ganz genau, weil er ein eindeutiges Muttermal von seinem leiblichen Vater geerbt hat. Matti ist …« Sie räusperte sich, senkte kurz den Blick. »Matti ist entstanden, kurz nachdem du Leipzig verlassen hast.«

»Du hattest eine weitere Liebschaft«, stellte Alexander tonlos fest.

Nun übernahm Florian wieder. »Was damals geschehen ist, möchte Lisa für sich behalten. Für dich ist lediglich von Belang, dass du nicht Mattis Vater und insofern auch von jeder Verpflichtung befreit bist.« Er lächelte zaghaft. »Wir hoffen, dass dies eine gute Weihnachtsbotschaft für dich ist. Für Matti und Lisa ist gesorgt. Ich kann mir nichts Schöneres vorstellen, als Matti wie einen Sohn aufzunehmen und den Rest meines Lebens mit Lisa und ihm zu verbringen.«

»Oh, ich freue mich für euch!« Für Gwendolyn gab es kein Halten mehr. Sie umarmte erst Lisa, dann Florian. Auch Annegret lächelte, wischte sich eine verschwitzte Strähne, die sich aus ihrer Frisur gelöst hatte, zur Seite und nickte den beiden zu. »Meinen herzlichen Segenswunsch«, sagte sie.

Alexander presste die Lippen aufeinander. Seine Wangenknochen traten kantig hervor. »Dann ist ja alles in bester Ordnung. Meinen Glückwunsch.« Damit wandte er sich ab und eilte mit steifen Schritten davon. Auf dem Weg nach oben nahm er immer zwei Stufen auf einmal, und schließlich hörten sie auf der ersten Etage eine Tür klappen.

Alles war gesagt, Lisa und Florian verabschiedeten sich und wünschten frohe Weihnachten.

Gwendolyn wunderte sich über Alexanders Verhalten, aber es war nicht die Zeit für eine lange Aussprache. Sie kleideten sich festlich für das Weihnachtsessen und genossen zu dritt den zarten Karpfen und das gedämpfte Gemüse, das Klara ihnen servierte. Später am Abend spielte Annegret auf dem Klavier Weihnachtslieder, Gwendolyn stimmte mit ihrer schönen Gesangstimme ein. Freudige Gesichter gab es bei der Bescherung, als Alexander und Gwendolyn Annegret eine weiche Strickstola und die Buddenbrooks von Thomas Mann überreichten. Gwendolyn freute sich über einen mit Perlen besetzten Schmuckkamm und schenkte Alexander edle Lederhandschuhe, die seine Finger am Lenkrad des Fords warm halten würden. Die Stimmung zwischen ihnen war entspannt, jeder gab sich Mühe, zu einem feierlichen Abend beizutragen, aber Gwendolyn spürte, dass Alexander etwas bedrückte. Deswegen war sie erleichtert, als Annegret sich mit Wangenküssen von ihnen verabschiedete und für den wunderschönen Abend dankte. So habe sie sich den Heiligabend gewünscht, sagte sie mit einem beseelten Lächeln, bevor sie sich mit einem unterdrückten Gähnen zurückzog.

Alexander lehnte auf der Chaiselongue, Gwendolyn saß neben ihm. Nun streifte sie die hochhackigen Schuhe ab, im gleichen Cremeweiß gehalten wie das weich fließende Kleid mit der hoch angesetzten Taille. Sie zog die Beine an und schmiegte sich an seine Schulter. »Was ist los? Dich belastet doch etwas.«

Er lockerte sich die Krawatte, öffnete den ersten Knopf des Stehkragens und die Weste. Gwendolyn mochte es, wenn er sich Mühe mit seinem Äußeren gab, aber sie liebte es auch, wenn er es sich in ihrer Nähe bequemer machte. »Du hast es gehört, Matti ist nicht mein Sohn.«

Gwendolyn ließ seine Worte und den Klang seiner Stimme auf sich wirken. »Du meinst, wir hätten Lisa nie helfen müssen?«

Sie war dankbar für seine spontane Reaktion: »Selbstverständlich war es unsere Menschenpflicht, und es hat sich ja auch alles zum Guten entwickelt.«

Sie drückte seinen Arm, schmiegte die Wange an seine Schulter. Diese Seite an ihm, sich um Schwächere zu kümmern, die war ihr niemals mehr als an diesem Tag aufgefallen. »Was ist es dann, was dir Sorgen bereitet?« Sie suchte in seinen Augen nach einer Antwort.

»Der Gedanke, dass ich einen Sohn gezeugt habe, war in den letzten Wochen und Monaten mein einziger Halt. Ich hatte das Gefühl, in Treibsand zu versinken, weil ich nicht in der Lage bin, dir ein Kind zu schenken. Matti schien der lebende Beweis zu sein, dass es nicht an mir liegt, wenn du nicht schwanger wirst. Nun … ist das vorbei.« Plötzlich schlug er die Hände vors Gesicht, Gwendolyn vernahm ein trockenes Schluchzen. Dann glitt er vom Sofa hinab, sie richtete sich auf und er kniete sich vor sie hin, umfasste ihre Beine, schaute zu ihr hoch. »Ich bin jetzt sicher, dass wir nie ein Kind haben werden. Ich scheine dazu nicht fähig zu sein. Es tut mir leid. Du wärest die beste Mutter, die man sich vorstellen kann, und ich hasse den Gedanken, dich um dieses Glück zu bringen.«

»Aber … Alexander, bitte …« Sie fasste ihn an den Armen, wollte ihm aufstehen helfen, aber er blieb, wo er war.

»Ich würde verstehen, wenn du mich verlässt.«

Sie begann zu weinen. Schluchzer schüttelten ihren Körper, sie schniefte und wischte sich über ihre Wangen und Augen. »Wie könnte ich ohne dich glücklich sein, Alexander? Ich habe dich in den letzten Wochen furchtbar vermisst, wenn du unterwegs warst, immer mit der Behauptung, Geschäftsfreunde zu treffen. Ich wusste, dass du von Gut Theresienberg fliehst, aber ich wusste nicht, wie ich dich halten sollte.«

Er nickte. »Deine fragenden Blicke, Mutters offene Hinweise auf Säuglingswiegen und Kindermädchen, das Getuschel der Angestellten, die auf neues Leben im Haus warten … Ich war nahe daran, mich komplett aufzugeben, Gwendolyn. Aber wenn ich an Matti gedacht habe, stieg Zuversicht in mir hoch, wir müssten nur oft genug Zeit miteinander verbringen, und irgendwann würde es schon zu einer Schwangerschaft kommen. Diese Hoffnung ist nun vorbei.« Er senkte die Stirn auf ihre Knie.

Sie streichelte seinen dichten Haarschopf. Dann klopfte sie neben sich. »Setz dich zu mir, Alexander.«

Er tat es, griff nach ihren Händen.

Sie verschränkte ihre Finger mit seinen. »Ich will nie mehr hören, dass du mich gehen lässt. Ich bleibe bei dir, Alexander, weil ich dich liebe. Wir mussten Höhen und Tiefen überwinden, doch ich habe nie daran gezweifelt, dass wir beide zusammengehören. Ja, eine Zeitlang habe ich davon geträumt, schwanger zu werden. Aber wenn ich ehrlich bin, war es bei mir nicht anders als bei dir: Ich wollte den Erwartungen gerecht werden. Wenn ich in mich hineinhorche, dann ist da zwar irgendwo der Wunsch, ein Kind der Liebe mit dir zu zeugen, doch da ist noch viel mehr! Ich wünsche mir, dass wir beide zusammenarbeiten, dass wir gemeinsam Großes schaffen, dass wir Menschen Arbeitsplätze bieten und die *Donau Zucker AG* zu internationalem Ansehen bringen. Ich wünsche mir friedvolle Stunden mit dir allein, und ich will mir dir auf Reisen gehen, um die Welt kennenzulernen. All das ist in mir, und ich hoffe, wir können solche Träume teilen und lassen uns nicht davon unterkriegen, dass das Schicksal offenbar jetzt noch keinen Nachwuchs für uns vorgesehen hat. Lass uns das Leben feiern, Alexander, wir beide zusammen.«

Er sah sie an, forschte in ihrer Miene, und in seinen Augen stand all das, was er für sie empfand. Ihre Blicke versanken ineinander, als sie die Stirn aneinanderlegten, lächelten. »Wir beide, ja?«, sagte Alexander.

»Ja, wir beide«, flüsterte sie. Dann küssten sie sich, sanken gemeinsam aufs Sofa und hörten nur das leise Klacken, als Klara die Tür von außen schloss, wortlos. Keiner wollte die zwei jetzt stören. Die Hausangestellten freuten sich auf ihr eigenes Weihnachtsfest. Umso mehr, da auf Gut Theresienberg allem Anschein nach die Liebe und der Frieden zurückgekehrt waren.

20

Vier Monate später, April 1912, Frauengefängnis Aichach

Die Klappe an der Eisentür öffnete sich mit einem metallischen Klacken. »Frühstück!«
Martha konnte die Wärterinnen inzwischen an ihren Stimmen erkennen. Die heutige klang wie ein Reibeisen, also war es Hildegard Janker, eine der eher freundlicheren Beamtinnen im Strafvollzug.

Martha trug bereits das schlichte Kleid und die Schürze, die zu ihrer Anstaltskleidung gehörten, und erhob sich, um das Brot, das Stück Wurst, den Apfel und den dünnen Kaffee auf dem Tablett entgegenzunehmen. Sie transportierte es zu ihrem Bett, stellte es neben sich ab und griff nach dem Becher, um sich die Finger daran zu wärmen. Aber die Kälte, die sie durchdrang, hatte wenig mit der Außentemperatur zu tun.

Am meisten litt Martha darunter, dass andere über ihr Leben bestimmten. Von Kindheit an war sie es gewohnt, dass sie sagte, wo es langging. Nun war sie es, die befolgen musste, wann sie aufstehen oder schlafen, wann sie essen oder arbeiten, wann sie sich die Beine vertreten oder in die Kirche gehen sollte. Sie wusste, dass es sie viel schlimmer hätte treffen können, kannte Erzählungen anderer Schmuggler, die erwischt und verurteilt worden waren und die im Gefängnis die Hölle durchlebten. Sie bekamen karge Mahlzeiten – zum Verhungern zu viel, zum Überleben zu wenig –, erlitten sadistische Quälereien durch die

Wärter und schmerzhafte Auseinandersetzungen mit Häftlingen.

Das Frauengefängnis in Aichach war damit nicht zu vergleichen. Das Gebäude mit seiner zentralen Halle, den vier Flügeln, den Mauern und Ecktürmen war weitläufig, eine gepflegte Anlage mit schneeweißen Außenwänden und rostroten Dächern, die erst vor wenigen Jahren entstanden war. Was für ein Segen, dass Frauen von den Männern getrennt untergebracht waren! Sich unter Frauen zu behaupten war als älteste von drei Schwestern leichtes Spiel für Martha. Gemeinhin wickelte sie auch Männer um den kleinen Finger, die meisten jedenfalls, aber wenn es auf körperliche Überlegenheit ankam, hatte sie keine Chance.

Das Brot war hart, die Wurst fettig und zäh zugleich. Sie würgte beides hinunter. Sie musste bei Kräften bleiben. Nicht für sich, sondern für dieses Wesen, das in ihr wuchs. Genau in diesem Moment spürte sie, wie es in ihr strampelte. Ihr Bauch war bereits deutlich gerundet, das Kind schien besonders groß und schwer zu werden. Es kommunizierte mit ihr. Wenn sie die Hand auf die linke Bauchseite legte, ertastete sie den Fuß, der nach ihr trat. In knapp zwei Monaten sollte es auf die Welt kommen. Dann wäre sie in Freiheit. Martha blickte aus dem vergitterten Fenster in den mit Schauerwolken verhangenen Aprilhimmel. Was für ein Segen, dass die Richter es ihr ermöglichten, das Kind außerhalb des Gefängnisses auf die Welt zu bringen. Dennoch war die Zeit wie bleiern verronnen. Auch Quirin und Herbert waren verurteilt worden, aber sie waren längst auf freiem Fuß. Kein Mal hatten sie Martha besucht, sie wusste nicht, ob sie die Geschäfte inzwischen wieder aufgenommen hatten. Zuzutrauen war es dem Flickschuster, dass er seine Chance sah, sich aus der Abhängigkeit gegenüber seiner älteren Geliebten zu befreien, den Schleichhandel an sich zu reißen und in die eigene Tasche zu wirtschaften.

Martha kaute auf dem letzten Rest Rinde herum und spülte ihn mit der Kaffeebrühe herunter, als ihre Zellentür geöffnet wurde. Janker mit ihrem aschblonden Dutt und dem wallenden Busen in der Uniformjacke nickte ihr zu, die Schlüssel klimperten in ihren Händen. Es war Zeit für die Arbeit.

Von Anfang an hatte man Martha in die Bäckerei des Gefängnisses gesteckt. Ausgerechnet, hatte sie bitter gedacht. Ihre katastrophalen Koch- und Backkünste waren in der Familie Schinder legendär. Aber in der Backstube gab es nicht viel falsch zu machen. Sie knetete den Brotteig, den andere zubereitet hatten, und schob die Laibe auf langen Schaufeln in die Holzöfen. Das schaffte jede Dumme, und es ließ ihr hinreichend Zeit, über die Ungerechtigkeiten des Lebens nachzudenken. Zum Beispiel darüber, warum sie köstlich duftende, weiße Backwaren herstellten, aber in den Zellen immer nur das Schwarzbrot von vergangener Woche ankam.

Öfter jedoch dachte sie über sich selbst und ihre Zukunft nach. Sie wäre nicht bereit, es zuzugeben, aber seit sie inhaftiert war, waren das Erste, was sie morgens dachte, und der letzte Gedanke, bevor sie einschlief, Gwendolyns Worte: *Möchtest du wirklich, dass dein Kind das erste einer neuen Generation von Schmugglern wird?*

Etwas passierte hier mit ihr hinter den vergitterten Fenstern und unter der niedrigen Decke, während sie sich nach dem weiten Himmel über dem Bayerischen Wald sehnte. Etwas veränderte sich, und sie war nicht sicher, wie sie damit umgehen sollte. Es passte nicht zu ihr, einzulenken und zuzugeben, Fehler begangen zu haben, aber das Leben, das sie vor ihrer Zeit in Aichach geführt hatte, passte auch nicht mehr zu ihr.

Das hatte ein bisschen mit Gwendolyn und ihrer hartnäckigen Art zu tun, ihrer Rechtschaffenheit, ihrer Liebe zu ihren Schwestern, ihrer Sehnsucht nach Harmonie und Frieden. Und auch damit, dass sie sie bislang kein einziges Mal im Gefängnis besucht hatte. Die Vorstellung, Gwendolyn könnte sie endgültig abgeschrieben haben, verletzte sie auf überraschend schmerzhafte Art.

Aber viel mehr hatte es mit Benno zu tun. Immer hatte er zu ihr gehalten, wenn sie ihn brauchte, immer war er an ihrer Seite, wenn sie sich nach Nähe und Freundschaft sehnte. Sie dachte auch an die intimen nächtlichen Stunden, in denen er ihr unermüdlich bewies, wie sehr er sie begehrte. Benno war so selbstverständlich in ihrem Leben, dass sie nicht gemerkt hatte, wie stark ihre Liebe zu ihm war. Das spürte sie jetzt, wo ihr Alltag ein eintöniges Grau in Grau in einem Frauengefängnis war und die Höhepunkte ihrer Woche darin bestanden, dass Benno sie besuchte.

In der dampfenden Backstube warf sie einen Blick auf die beschlagene Uhr über der Tür. Gleich Mittag. Diese Mahlzeit nahmen die Frauen gemeinsam in einer Kantine ein, Abendbrot gab es später, ebenso wie das Frühstück, auf den Zellen. Nach dem mittäglichen Eintopf hielten alle Ruhe, bevor erneut die Arbeit rief. Am frühen Abend ließ man Besucher herein, für jeweils eine Stunde in einen eigens dafür eingerichteten Raum, in dem sich zwei Stühle mit einem Tisch in der Mitte gegenüberstanden und einer Wärterin in jeder Ecke.

Keine der anderen inhaftierten Frauen war, soweit Martha erfahren hatte, in Schmuggelgeschäfte verwickelt. Es gab Betrügerinnen und Diebinnen, aber auch solche, die ihre Männer totgeschlagen hatten, und Kindsmörderinnen. Letztere mieden alle nach Kräften. Keine wollte mit einer zusammen gesehen werden, die ihr eigenes Fleisch und Blut getötet hatte. Manche dieser Frauen bekamen täglich Besuch von ihren Männern, Eltern, Freunden, Kindern, andere warteten seit Jahren vergeblich darauf, dass noch jemand an sie dachte.

Martha hatte das Problem, dass sie sich weit weg von ihrer Heimat befand. Mit dem Laster, den Benno angeschafft hatte, legte er die Strecke von Polderfeld nach Aichach in knapp drei Stunden zurück. Sie war unendlich dankbar, dass er diese Strapaze zweimal in der Woche auf sich nahm und bei ihr sein konnte. Einige wenige Male waren auch Onkel Max und Helena zu Besuch gewesen.

An diesem Abend war er aber wieder allein, endlich war es so weit, und Benno betrat den nach Linoleumboden, Desinfektion und kaltem Kaffee riechenden Raum. Martha sprang auf, aber blieb bei ihrem Stuhl stehen, weil die Wärterinnen ihr strenge Blicke zuwarfen. Auf keinen Fall wollte sie riskieren, dass sie diesen Besuch vorzeitig abbrachen, wenn sie sich nicht an die Regeln hielt!

Mit schnellen Schritten war Benno bei ihr, seine blonden Wirbel verstrubbelt, die Arme nach ihr ausgestreckt. Er zog sie an sich, sie atmete seinen Duft nach Seife und Leder ein, fühlte sich in seiner Umarmung für einen Herzschlag so geborgen und glücklich, als wäre sie in Freiheit. Aus dem Augenwinkel sah sie, dass sich eine Wärterin näherte. Berührungen waren geduldet, aber nur, wenn sie nicht zu viel Zeit in Anspruch nahmen. Zeit, in denen Besucher den Häftlingen heimlich Messer und Feilen in die Taschen stecken konnten.

Dann saßen sie sich am Tisch gegenüber, ihre Hände in seinen, sein Daumen streichelte unablässig über ihre Finger, und sie bedauerte, dass sie hier keine Creme besaß. Ihre Hände waren rissig von der Arbeit mit dem trockenen Mehl. Eine ganze Weile genossen sie es, sich stillschweigend in die Augen zu sehen. Nur mit Blicken versicherten sie sich, wie sehr sie einander vermissten, wie sehr sie sich auf die Zeit freuten, wenn keine

Wärterinnen sie beobachteten und sie Haut an Haut nebeneinanderlagen und sich ihre Liebe bewiesen.

»Es ist nicht mehr lang«, brachte Benno schließlich hervor. »Ich zähle die Stunden.« Sein Blick glitt zu ihrem Bauch. Sie wusste, dass er ihn gern berührt hätte, aber sie würden kein weiteres Risiko eingehen, von den Wärterinnen abgestraft zu werden. Statt seiner legte sie ihre Hand darauf, spürte das Lächeln auf ihren Zügen, das instinktiv auf ihrem Gesicht erschien, wann immer sie das Ungeborene fühlte.

»Unser Sohn wird in Freiheit geboren«, sagte sie.

»Ein Junge? Bist du sicher?«

Sie nickte. »Ich spüre es. Und ich freue mich auf unsere Zeit zu dritt.«

»Du wirst dich ganz auf das Kind konzentrieren können. Das Fuhrunternehmen wird gut angenommen in den Dörfern rund um Polderfeld bis nach Deggendorf. Wir haben Aufträge bis weit in den Sommer hinein.« Er lächelte sie an, aber sie sah in seinen Augen die Frage, ob sie das überhaupt interessierte. Oder ob sie nur darauf wartete, wieder in die Schmuggelei einzusteigen.

»Das ist schön, Benno.« Sie horchte in sich hinein, ob sie es auch so meinte. Er hatte keine Sekunde gewartet, ihr Leben in geregelte Bahnen zu lenken, nachdem der Urteilsspruch über sie gefallen war. Sie hatte gewusst, dass er sich nach Normalität sehnte, einem Alltag, in dem er nicht ständig befürchten musste, verhaftet und eingebuchtet zu werden. Er hatte die Zeit ohne sie genutzt, all seine Pläne in die Tat umzusetzen. In was für eine Welt würde sie zurückkehren?

»Die Leute verehren dich wie eine Heldin. Möglich, dass dein Ruf als Märtyrerin für die gute Sache dazu beiträgt, dass uns die Leute die Tür einrennen. Schon erstaunlich, wie wenig die Menschen auf die Justiz geben, dass sie ihre eigenen Moralvorstellungen darüberstellen. Schmuggler gelten immer noch als diejenigen, die den Armen zu ihrem Recht auf ein süßes Leben verhelfen. Kaum einer aus dem einfachen Volk erkennt an, dass es gegen alle Gesetze ist, Saccharin ins Land zu schmuggeln.«

Sie spürte deutlich, wie sehr er sich inzwischen vom Schleichhandel distanzierte. Mit einem Grinsen fuhr er fort: »Du solltest hören, was für Reden der Flickschuster und der Bäckersohn im Krug in Polderfeld schwingen. Alle hängen an ihren Lippen, wenn sie erzählen, welche Schmach sie im Bau erlitten haben. Ich glaube, die beiden mussten seit ihrer Freilassung kein einziges Bier mehr selbst bezahlen.«

Sie lachten beide, ein harmonischer Gleichklang ihrer Stimmen. Obwohl sich die Welt draußen verändert hatte, spürte Martha, dass ihre Seelen wieder im gleichen Takt schwangen.

»Unser furchtbarer Streit ... Es tut mir leid, Benno. Ich war gemein zu dir, rücksichtslos. Ich habe in Wahrheit nie gewollt, dass du mich auch nur einen Tag lang verlässt. Aber ich konnte diesen elenden Zorn nicht abschütteln. Kannst du mir verzeihen?«

»Psst«, machte er, beugte sich herab, küsste ihre Fingerspitzen. »Es ist alles vergessen, als wäre es nie passiert.«

»Und Helena ... Sie war hier, und ich glaube, sie hat mir verziehen, oder?« Sie forschte ängstlich in seinen Zügen, ob er ihr die Wahrheit sagte oder sie nur schonen wollte.

»Ich glaube, da muss mehr passieren, um sie endgültig gegen dich aufzubringen.« Er lachte auf. »Sie kennt dein Temperament seit ihrer Geburt. Mach dir keine Sorgen, sie ist längst auf den Schinderhof zurückgekehrt, kümmert sich um die Buchhaltung, um Haus und Hof, und wenn Max aus Berlin anreist, besucht sie ihn.«

»Hat sie ...?« Martha schluckte. »Hat sie die Sache mit Andrin überwunden?«

Bennos Gesicht verdunkelte sich. »Ich hoffe es. Sie ist lebhaft wie eh und je, aber ich fürchte, bevor sie sich wieder in einen verguckt, werden noch einige Jahre ins Land ziehen. Es ist nicht leicht für ein junges Mädchen, wenn sich die erste Liebe zu einer Katastrophe entwickelt.«

»Zu Hause werde ich mir alle Mühe geben, sie davon zu überzeugen, dass die Liebe unendlich schön sein kann, wenn man nur den Richtigen trifft.«

Ihre Blicke versanken ineinander. Stumm hielten sie Zwiesprache voller Zärtlichkeit.

»Ich will dich nie mehr so lange vermissen, Martha. Versprich mir, dass du niemals wieder ein solches Risiko eingehst.«

Statt einer Antwort beugte sie sich vor, um ihn zu küssen. Pfeif auf die Wärterinnen, dachte sie, als sie seine vertrauten Lippen spürte, seinen warmen Atem. Dicht an ihrem Mund flüsterte er, dass er sie über alles auf der Welt liebe und dass er sie schon übermorgen wieder besuchen werde, weil er es länger ohne sie nicht aushalte.

»Ich kann es kaum erwarten«, flüsterte sie zurück, bevor eine der Wärterinnen eingriff. Es war ohnehin an der Zeit, sich zu verabschieden.

Später blickte sie durch das mit Eisenstäben vergitterte Fenster ihrer Zelle hinaus auf die Straße, wo Benno den Daimler anwarf. *Meininger & Schinder, Fuhrunternehmen, gegr. 1911*, stand auf der Seitenwand der Ladefläche, die man bei Bedarf mit einer Plane abdecken konnte. Mit stolzgeschwellter Brust nahm er hinter dem Lenkrad Platz und winkte aus dem Fenster noch einmal zu ihr hinauf, bevor er den Laster ins Rollen brachte, zweimal die melodische Hupe betätigte und dann in Richtung Deggendorf und Polderfeld davonfuhr. Martha schaute ihm aus ihrer Zelle mit steinschwerem Herzen hinterher, bis er hinter den hohen Mauern der Anstalt verschwunden war.

21

Zwei Wochen später, Polderfeld

»Pass an der Tür auf! Vielleicht müssen wir sie kippen!« Benno hielt den vorderen Teil der hölzernen Wiege, die sie soeben von der Ladefläche des Benz gehievt hatten. An der Rückseite packten Max und Helena mit an. Gemeinsam wuchteten sie das edle Stück, das Benno vom Köhlerhof abgeholt hatte, aus dem Vorgarten in die Stube. Der intensive Duft von Hyazinthen und Narzissen lag in der Luft, die Wiese rund um den Hof war ein gelbes Meer von Löwenzahn. Schäfchenwolken zogen über den blassblauen Himmel, die Schwalben flogen hoch über den Dächern und verhießen eine stabile Schönwetterlage.

Florian Köhler hatte in seiner Schreinerei ganze Arbeit geleistet. Die Wiege war aus feinstem Eichenholz angefertigt, mit gedrechselten Griffen vorne und hinten und kunstvollen Schnitzereien an den Seitenwänden. Sie schafften es, indem sie das Möbelstück schräg neigten, in die Wohnküche zu gelangen. Dann ging es noch ein paar Meter weiter ins Schlafzimmer, wo die Wiege direkt neben Marthas Seite des Ehebettes stehen sollte.

»Ich könnte auch mit Cilly in einem Zimmer schlafen«, sagte Helena. »Sie ist sowieso nur an den Wochenenden da, und dann hätte das Kleine ein eigenes Reich.«

Benno grinste. »Ich verstehe, dass du deinen Neffen dicht bei dir haben möchtest, Helena, aber glaub mir, Säuglingspflege ist kein Zuckerschlecken. Du wirst noch froh sein, wenn du eine Nacht durchschlafen kannst.«

»Ach, bestimmt wird das ein ganz Lieber«, erwiderte Max, der sich auf die Küchenbank setzte, ein Taschentuch aus seiner Hemdjacke holte und sich über die Stirn wischte. Mit seinem Klumpfuß war jede Form der körperlichen Betätigung doppelt anstrengend, aber wo immer er konnte, half er mit, und duldete nicht, dass jemand auf ihn Rücksicht nahm.

»Dein Wort in Gottes Ohr!«, gab Benno zurück und schenkte für sich, Helena und ihn Kaffee aus einer Kanne ein, die zum Warmhalten auf dem Ofen stand.

Max sah sich um. »Wie gemütlich ihr das alles hergerichtet habt.« Er blickte von den Vorhängen, aus demselben Stoff wie das Tischtuch, zu den dazu passenden Kissen auf der Küchenbank. Die Küche war blitzblank, die Töpfe hingen sauber geschrubbt an Haken über der Kochstelle, in den offenen Schränken stapelte sich ordentlich aufgereiht das Geschirr. Das Vorratsregal war gefüllt mit Weckgläsern voller eingemachtem Obst und Marmeladen, ein geräucherter Schinken baumelte an einem Hanfseil daneben. Helena holte aus dem Wäscheschrank im Eingangsbereich ein winziges Federbett und ein flaches Kopfkissen, beides in einem hellgelben zarten Blümchenstoff bezogen, und brachte es zur Wiege, um diese für die Ankunft des neuen Erdenbürgers auszustaffieren. »Du hast wirklich dieses Bedürfnis, ein Nest zu bauen«, sagte Max an Benno gewandt mit einem Schmunzeln. »Ich habe diesen angeblichen Trieb immer für ein Ammenmärchen gehalten.«

Benno stimmte in sein Lachen ein. »Ich habe hier geputzt, bis ich Schwielen an den Händen hatte. Ich habe den Keller mit Vorräten gefüllt, die Fenster im Schlafzimmer erneuert und die Zimmer für Helena und Cilly neu gestrichen. Aber ohne Helena wäre es hier nur halb so schön! Sie hat sämtliche

Näharbeiten übernommen. Cilly hat ihr aus Deggendorf die Stoffe mitgebracht.«

»Martha wird begeistert sein«, meinte Max und fügte dann mit einem Seufzen hinzu: »Ach, Kind müsste man sein und hineingeboren werden in eine Welt, in der Benno Meininger und die Schinders das Sagen haben.«

Sie lachten alle drei. »Wann fährst du los?«, erkundigte sich Max bei Benno.

Der warf einen Blick auf die Standuhr in der Wohnküche. Kurz nach zehn Uhr am Morgen. Martha sollte am frühen Nachmittag das Gefängnis als freie Frau verlassen dürfen. Vor Aufregung hatte er in der Nacht kaum ein Auge zugetan. »Ich habe noch Zeit, in Ruhe mit euch Kaffee zu trinken, und …«

Er unterbrach sich, alle drei lauschten, als auf dem Hof Motorenlärm laut wurde. Helena eilte ans Küchenfenster, schob die Gardine zur Seite. »Es ist Gwendolyn!«, stieß sie hervor und war schon aus der Tür, um die Schwester in Empfang zu nehmen.

Benno erhob sich, um die Schwägerin ebenfalls zu begrüßen. Sie hatten Weihnachten miteinander gefeiert, wollten sich über Ostern gemeinsam an die Kaffeetafel setzen, der Frieden war wieder hergestellt zwischen den Familien, während Martha im Gefängnis saß. Dennoch lebten sie ihr eigenes Leben, und es kam selten vor, dass Gwendolyn unangekündigt auf den Schinderhof fuhr. Sie wusste, dass heute der Tag war, an dem Martha ihre Strafe verbüßt hatte und Benno sie nach Hause holen wollte. Soweit Benno unterrichtet war, hatte sie Martha kein einziges Mal in Aichach besucht. Ob sie ihr doch noch zürnte, obwohl sie behauptete, ihr läge viel daran, dass sie den alten Streit endlich beilegten? Was mochte sie ausgerechnet an diesem wichtigen Tag hier wollen?

Gwendolyn zupfte nervös an dem Tuch, das sie um Haar und Hals geschlungen hatte. Wie belebend, sich bei der Fahrt mit dem Ford den warmen Frühlingswind um die Nase wehen zu lassen, statt trotz Mütze und Schal zu frieren. Sie hatte gegenüber der nietenbeschlagenen Stahltür auf der anderen Straßenseite geparkt, war aus dem Fahrzeug gestiegen und ließ den Gefängniseingang nicht aus den Augen.

Ja, sie hatte gewusst, welcher Tag heute war, als sie am Morgen zum Schinderhof gebraust war.

Den Ausschlag hatte Alexander gegeben.

Die Zeit nach Weihnachten war wie im Flug vergangen und hatte sich wie die ersten Wochen als jung verheiratetes Paar angefühlt. Und doch war auf wundersame Weise alles neu und anders gewesen. Dass Alexander und sie diese Bewährungsprobe für ihre Ehe überstanden hatten, hatte sie noch enger aneinandergeschweißt. Annegret schüttelte mitunter seufzend den Kopf, wenn sie sich beim gemeinsamen Frühstück gegenseitig mit gebutterten Croissants oder Marmeladebrötchen fütterten, um dann wie zwei frisch verliebte Jugendliche zu lachen, wenn etwas danebenging und auf der Tischdecke oder im Schoß landete. Der Frühling mit seinen Düften nach Gras und den ersten Wildblumen, den Frühblühern im Rosengarten, den Konzerten der heimkehrenden Zugvögel und den steigenden Temperaturen tat sein Übriges. Jeder Tag war wie ein Geschenk. Die Erlebnisse des Winters hatten ihnen beiden gezeigt, wie wertvoll jede Sekunde war, die sie miteinander verbrachten. Seitdem liebten sie sich umso inniger, wann immer sie Gelegenheit dazu hatten. Gedanken an einen möglichen Erben, der dabei entstehen mochte oder nicht – es lag nicht in ihrer Hand, und sie überließen es Gottes Fügung, ob ihre Vereinigung Früchte trug. Eine befreiende Einstellung, die die Leichtigkeit in ihr Liebesspiel zurückbrachte. Wenn sie sich im

Bett oder auf dem Teppich davor eng umschlungen wälzten, stand kein Grübeln der Lust im Weg, sich gegenseitig die Erfüllung zu schenken.

Der Wunsch ihrer Schwiegermutter nach einem Enkelkind war allerdings ungebrochen. Ab und zu ließ sie entsprechende Andeutungen fallen, doch anders als im Herbst belastete es weder Gwendolyn noch Alexander. Die Dinge würden ihren Lauf nehmen.

Dass die Gedanken an Nachwuchs sie nicht vollständig losließen, hatte Alexander am frühen Morgen dieses Tages erkannt, aber ihm war sofort klar gewesen, dass sie nicht an ein eigenes Kind dachte. »Heute wird Martha entlassen, nicht wahr?«

Sie lagen noch im Bett, etwas, das sie sich nach dem Ende der Kampagne ohne schlechtes Gewissen gestatteten, obwohl die Sonne schon durch die dünnen Vorhänge blitzte. Ihre Strahlen spielten auf Alexanders nacktem Oberkörper. Gwendolyn strich gedankenverloren mit dem Zeigefinger über seinen Brustkorb, räkelte sich in seinem Arm und genoss seinen Duft. Wie gut er sie kannte.

»Benno wird sie abholen«, sagte sie.

»Nicht mehr lang, dann wird er Vater.«

Gwendolyn horchte, ob Bitterkeit oder Neid in seiner Stimme mitschwangen, aber auch er schien glücklich zu sein, wie es war. »Beschäftigt dich das?«, fragte sie dennoch, rückte ab, um ihn, sich auf den Ellbogen abstützend, aufmerksam zu betrachten.

Er schüttelte den Kopf, sah sie unverwandt an. »Aber dich lässt etwas nicht los, habe ich recht?«

Sie erhob sich, fischte nach dem Nachtkleid, das am Abend auf dem Boden gelandet war. Wie schön es war, sich in der einen Sekunde zu lieben, in der nächsten über alles miteinander sprechen zu können, was einen bewegte. So auch jetzt. »Die Haft hat Martha verändert. Sagt Benno. Sie ist weicher geworden, zugänglicher. Deshalb frage ich mich …«

»Du willst erneut den Schritt auf sie zu machen«, vermutete Alexander. Er lehnte sich zurück, den Kopf auf den verschränkten Armen ruhend, und starrte an die Decke. »Ich halte das für vernünftig.«

»Benno sagt, dass sie regelrecht strahlt, wenn er sie besucht. Als hätte sie begriffen, was im Leben wirklich zählt.«

»Und das ist nicht, der Zuckerindustrie zu schaden?«

Die leichte Skepsis konnte sie ihm nicht verübeln. Martha war so verbissen gewesen, möglicherweise entpuppte sich ihre Milde nur als eine vorübergehende Phase. Womöglich hing sie mit ihrer Schwangerschaft zusammen, und danach würde die alte Martha wieder zum Vorschein kommen. Gwendolyn schlüpfte in ihr Kleid, trat zum Fenster und zog die Vorhänge auf. Sie hob die Schultern. »Es wird sich zeigen. Wie alles. Auf jeden Fall werde ich den richtigen Moment abwarten, um noch einmal mit ihr zu sprechen.« Eine Schwermut erfasste sie, die sich auch in ihrer Haltung spiegelte. Sofort war Alexander aufgestanden und mit wenigen Schritten bei ihr, um sie von hinten zu umschlingen und zu halten.

»Sie wird es verstehen«, sagte er im Wissen um das Geheimnis, das sie nur mit ihm geteilt hatte und das sie seit Monaten mit sich herumtrug – der wahre Grund, warum sie mit Martha reden musste. Wie konnte es zu einer Annäherung zwischen ihnen kommen, solange dies nicht geklärt war?

»Wieso noch länger zögern?«, hatte Alexander überlegt und dann vorgeschlagen: »Geh zu Benno. Frag ihn, ob du sie abholen kannst. Ich glaube, er weiß, dass das die beste Gelegenheit für euch ist, euch auszutauschen. Sie muss ja bei dir einsteigen, wenn sie nach Hause kommen will.«

Sie lachte. »Martha? Die ist fähig, den Weg zu Fuß zu laufen, wenn ihr danach ist!«

Alexander stimmte in ihr Lachen ein. »In ihrem Zustand? Das bezweifle ich. Also, was hältst du davon?«

Auch Benno hatte seine Zustimmung gegeben, als Gwendolyn ihm eine Stunde später auf dem Schinderhof von ihrem Vorhaben erzählte. Ihm war sehr daran gelegen, dass die Schwestern sich endlich aussöhnten, wie er ihr versicherte. Er hasste nichts mehr als Streit und Unfrieden. Doch würde er noch genauso denken, wenn er von Gwendolyns Geheimnis erfuhr? Erst einmal galt es jedoch, Martha die Wahrheit zu sagen.

Nun stand sie also am frühen Nachmittag vor dem Frauengefängnis in Aichach, lehnte mit dem verlängerten Rücken gegen die Karosserie des Automobils und wartete, dass … Da! Die Tür wurde nach innen geöffnet. Aus dem Schatten trat eine Wärterin, stellte einen Koffer ab, schüttelte einer im Durchgang stehenden Frau die Hand und verschwand nach drinnen.

Endlich kam Martha auf die Straße, wenngleich Gwendolyn sie zunächst gar nicht erkannte. Statt abgemagert vom Zuchthausessen, wie sie in manch quälendem Traum befürchtet hatte, war sie rundlicher im Gesicht geworden. Hieß es nicht, dass Schwangere von innen heraus leuchteten? Martha auf jeden Fall tat es – und es stand ihr ausgezeichnet. Und erst der Bauch! Sie sah, wie Martha die Hand auf den Unterleib legte. Als wolle sie das ungeborene Kind vor allem schützen, was es außerhalb der Gefängnismauern erwarten mochte. Benno hatte recht, sie schien ihre Mutterrolle bereits jetzt mit Leib und Seele auszufüllen!

Und doch konnte das den Aufruhr in Gwendolyn nicht besänftigen, als Martha die Augen mit den Händen vor der Sonne abschirmte, den Blick suchend gleiten ließ und sie entdeckte.

Gwendolyns Herz klopfte ihr bis zum Hals. Sie war sicher keine Frau mehr, die sich von ihrer älteren Schwester einschüchtern ließ, aber ihr lag viel daran, dass sie wieder zueinanderfanden. Würde Martha genauso empfinden?

Einen Moment schien sie zu zögern. Dann nahm sie den Koffer auf und überquerte die Straße. Gwendolyn musste lächeln. Früher war Martha stets flotten Schrittes gegangen, nun watschelte sie mit ihrer Körperfülle wie Wastl.

Zwei Meter vor ihr blieb Martha stehen. »Benno wollte mich abholen. Ist mit ihm alles in Ordnung?«

»Es geht ihm gut«, beeilte Gwendolyn sich zu versichern. »Ich war heute Morgen bei ihm und Helena und habe gefragt, ob er etwas dagegen hat, wenn ich fahre. Mit dem Ford bist du doch schneller zu Hause als mit dem Lastkraftwagen.«

»Ist das der einzige Grund?«

Für einen Augenblick befürchtete sie, Martha errichte mit der Frage erneut die Mauer zwischen ihnen, die zuletzt unüberwindbar erschienen war. Ein Stein Abneigung, einer aus Misstrauen, der nächste ein Vorwurf. Dann glitt ihr Blick über die Schulter zum Zuchthaus hinter sich, sie wirkte kurz in sich gekehrt – und trat dann näher an Gwendolyn heran. Sie stellte den Koffer ab, ergriff ihre Hände. »Verzeih, ich wollte nicht barsch klingen. Ich bin froh, dass du da bist.«

»Ach, Martha!« Gwendolyn konnte sich nicht länger zurückhalten, sie zog die Schwester an sich, umarmte sie stürmisch, soweit der Bauch dies zuließ, und hielt sie dann eine Armlänge von sich entfernt, um ihn sich genauer zu besehen. »Da … da … Es bewegt sich!«

Martha lächelte leicht gequält. Die Schwangerschaft war weit fortgeschritten, nicht mehr jede Regung des Kindes war angenehm, vermutete Gwendolyn. Sie nahm ihre Rechte, führte sie zu der Stelle, die sich deutlich ausbeulte.

Gwendolyn schnappte nach Luft, als sich etwas durch den Stoff von Marthas Kleid gegen ihre Handfläche stemmte. Vage erinnerte sie sich an ein ähnliches Gefühl, als ihre Mutter mit Helena schwanger gewesen war. Damals hatten sie beide, Martha und sie, auf die Bewegungen der kleinen Schwester achten dürfen, hatten Kopf an Kopf am Bauch gehorcht und mit ihr gesprochen. Nun erwartete die Erste von ihnen ihr eigenes Kind. »Mutter wäre stolz auf dich«, sagte Gwendolyn über den Kloß in ihrem Hals hinweg und rang die Tränen nieder.

Martha blinzelte mehrmals, dann wandte sie sich nach unten. »Das ist deine Tante Gwendolyn. Bald lernt ihr euch kennen.«

»Das heißt, ich darf zu Besuch kommen und das Kind sehen?«

Martha lachte auf, beinahe wieder die fröhliche junge Frau, die sie einmal gewesen war. Sie wackelte los, um das Auto zu umrunden. »Zu Besuch? Du darfst füttern, Windeln wechseln, Spazierengehen und dir, wann immer du möchtest, eine Nacht um die Ohren schlagen, wenn Benno und ich ausgehen wollen. Das ist deine Pflicht als verantwortungsbewusste Tante!«

»Und das übernehme ich gern!« Gwendolyn lachte, eilte um den Wagen, um Martha beim Einsteigen zu helfen.

Kurz darauf hatten sie Aichach hinter sich gelassen und brausten über die Landstraße Richtung Niederbayern. Zufrieden registrierte Gwendolyn, dass Martha die Fahrt im Ford genoss. Unter anderen Umständen hätte sie der Schwester angeboten, ihr zu zeigen, wie man ein Automobil lenkt, aber mit dem dicken Bauch wäre es zu beengt für sie auf der Fahrerseite. Sie würden es nachholen, sobald Martha entbunden und die erste Zeit mit dem Kind überstanden hatte.

Das Kind. Obgleich es nicht ihr eigenes war, spürte Gwendolyn schon jetzt das Band zu dem kleinen Wunder. Sie würde ihm zur Seite stehen, immer für es da sein, wenn es jemanden brauchte. Eine Idee nahm Gestalt an, während sie die nächste Ortschaft passierten und der Nachmittag in den Abend überging. Gwendolyn schaltete die Lichter ein, schob den Gedanken hin und her, den sie zunächst als zu kühn hatte verwerfen wollen. Aber wieso eigentlich? Wenn Alexander und sie irgendwann selbst Nachwuchs haben würden, wäre es hinfällig, im anderen Fall war es nur von Vorteil für alle. Und es wäre ein Zeichen, dass ihre Familien nach Jahrzehnten des Streits zueinandergefunden hatten. Wie Alexander auf diesen Vorschlag reagieren würde, wusste sie nicht, wohl aber, dass sie selbst umso überzeugter davon war, je länger sie darüber nachdachte.

Blieb die Frage, was Martha sagen würde? Vor allem nach dem, was sie ihr nun beichten musste.

Gwendolyn verlangsamte den Wagen, nutzte eine Einbuchtung, von der ein Feldweg abzweigte, um zu halten. Sie stellte den Motor ab, behielt das Lenkrad umklammert. Als wüsste sie sonst nichts mit den Händen anzustellen. Sie spürte Marthas fragenden Blick von der Seite.

»Ich war es«, sagte sie, und ihr Herz pochte gegen die Rippen. Martha war schlau, sie würde nicht nachfragen müssen, was Gwendolyn meinte. Sie schluckte. Wie eine Welle erfasste sie die Furcht, die zarte Vertrautheit, die sie vor dem Zuchthaus wieder gefunden hatten, zu zerstören. Sie musste sich erklären, rang nach Worten, dann sprudelte es aus ihr heraus: »Ich sah darin die einzige Möglichkeit, alldem ein Ende zu bereiten, Martha! Ich habe es anders versucht, aber du hast nicht auf mich gehört. Ich wollte dir niemals schaden, das musst du mir glauben. Schützen wollte ich dich. Vor dir selbst!«

Martha schwieg, schien nur die einbrechende Dunkelheit mit ihrem starren Blick nach vorn zu durchbohren. In der

Ferne zeichneten sich Schatten ab, die ebenso wenig greifbar waren wie Marthas Gedanken. Himmel, wieso sagte sie nichts?

»Martha, ich …«

»Ich habe es mir schon gedacht«, erwiderte sie schließlich. Sie wandte den Kopf, wirkte nüchtern und klar. »Wer sonst hätte die Details kennen sollen? Wann wo die Übergabe stattfindet, wie viele Leute dabei sein würden. Du hast Vogel geschrieben?«

Gwendolyn schüttelte den Kopf, konnte die Hände endlich in den Schoß legen. Nun blieb ihr nur zu hoffen, dass Martha verstand. »Ich habe von Alexanders Büro aus die zuständige Dienststelle angerufen und ihm eine Nachricht zukommen lassen. Ohne Namen. Dann habe ich schnell aufgelegt. Du musst mir glauben, dass ich …«

Ein Lächeln verwandelte Marthas Gesicht. Sie hob die Hand, streichelte Gwendolyn sanft über die Wange, wie sie es manchmal in ihrer Kindheit getan hatte, als sie noch nicht zu der Schwester geworden war, die meinte, der anderen weit voraus zu sein. Sie war getroffen, das sah Gwendolyn deutlich. Aber auch, dass sie tief in sich wusste, dass Gwendolyn keine Wahl gehabt hatte. Martha verzieh ihr. Dafür brauchten sie keine Worte. Diesmal ergriff Gwendolyn Marthas auf ihrer Wange liegende Hand, schmiegte ihr Gesicht in sie.

Dann nickte sie auf Marthas Bauch, ein Lächeln saß in ihren Mundwinkeln. »Und was dein Kind angeht, habe ich eine Idee, die dir und Benno hoffentlich gefallen wird. Bist du bereit, sie zu hören?«

22

Polderfeld, Schinderhof, Juni 1912

Max tupfte sich mit einem karierten Taschentuch den Schweiß von der Stirn. Das Fenster in der Küche des Schinderhofs stand weit offen, doch mit dem Juni hatte auch der Frühsommer Einzug in Niederbayern gehalten. Die Luft von draußen war warm und brachte kaum Abkühlung. Dazu der Herd, der zwei riesige Töpfe mit der Leberknödelsuppe, die Benno am Morgen gezaubert hatte, auf Temperatur hielt. Ihr Aroma vermischte sich mit dem der Ochsenbacken aus den Schmortöpfen und dem des dampfenden Apfelrotkrauts daneben. Die vorgekochten Kartoffeln warteten in einer Schüssel darauf, nach der Kirche zu Brei verarbeitet zu werden. Max hatte seine Hilfe für diese Aufgabe angeboten, damit Benno sich als Vater des Täuflings auf die Feierlichkeit konzentrieren konnte – und war abgelehnt worden. Auch jetzt achtete Helena in seinem Rücken darauf, dass er sich nicht übernahm.

»Trink einen Schluck, Onkel Max.« Aus einer Karaffe goss sie frisches Brunnenwasser in ein Glas und hielt es ihm hin. »Sonst fängt dein Kopf Feuer, so rot, wie er schon ist!«

Er stimmte in ihr Lachen ein und nahm das Wasser dankend an. Die Hitze in der Küche, dazu das Hemd mit dem gestärkten Kragen, die enge Krawatte, die Weste und der Gehrock – Max fühlte sich selbst, als schmore er im Bräter im eigenen Saft. Gierig löschte er den schlimmsten Durst.

»Übernimm dich bitte nicht, Onkel Max«, bat Helena, ganz die fürsorgliche Aufpasserin, als die sie sich sah, seit sie im vergangenen Winter einige Tage bei ihm gewohnt und mitbekommen hatte, dass ihm die alltäglichen Verrichtungen zusehends schwerer fielen. In Berlin hatte er nach langem Ringen mit sich selbst eine Haushälterin eingestellt, Sibylle Frohwein, eine anpackende Witwe mit mehr Falten im Gesicht, als Max zählen konnte. In Polderfeld konnte er sich darauf verlassen, dass Helena sich um alles kümmerte, sobald er zu Besuch kam. Aber ja, er musste einsehen, dass er bald zu denjenigen gehörte, die man an einem Tag wie diesem in einem stillen Eck wissen wollte, damit sie nicht im Wege standen.

»Vielleicht setze ich mich kurz.« Er schob sich auf die lange Bank am Tisch, das Bein mit dem Klumpfuß ausgestreckt, den neuen Stock, den er sich nach dem Verlust des alten zugelegt hatte, an die Wand gelehnt. Von dort aus betrachtete er Helenas geschäftiges Treiben. Und musste zugeben, dass ihm diese ungewohnte Perspektive gefiel. Angewiesen zu werden, sich zu schonen, war für einen Mann seines Alters nicht das Schlechteste.

Er würde nicht in Grübeleien verfallen, aber er fragte sich, ob es vernünftig gewesen war, sich im Januar erneut in den Reichstag wählen zu lassen. Weitere fünf Jahre im Dienst des Landes. Moritz List hatte er seinerzeit empfohlen, die Zeichen der Zeit zu erkennen und sich nicht gegen Veränderungen zu sträuben. Nach allem, was man hörte, hatte der Rat gefruchtet, List hatte der Umstrukturierung zugestimmt. Doch er selbst setzte sich erneut den Strapazen der politischen Diskussion aus. Vielleicht war es voreilig gewesen. Wäre es nicht verständlich, wenn er seine letzten Jahre in der Heimat verbringen wollte, näher bei den Menschen, die ihm am Herzen lagen, die Familie für ihn waren? Er würde sich den Gedanken noch einmal durch den Kopf gehen lassen.

Helena huschte hinaus, und Max gab sich das stille Versprechen, dass dies seine letzte Amtszeit sein würde. Er hatte nicht genügend Dinge zum Guten gewendet, wie er es sich vorgestellt hatte, aber das Wenige, das er bewirkt hatte, war besser als nichts. Damit konnte sich ein Mann zufriedengeben.

»Was schaust du denn so nachdenklich?«, riss ihn Gwendolyn aus den Gedanken. Wie Helena eilte sie seit Stunden geschäftig auf dem Schinderhof umher. Mehrmals war sie mit ihrem Wagen nach Ornbach gebraust, wenn dies oder das gefehlt hatte. Jetzt trug sie schon ihr bestes Kostüm, bestehend aus einem grünen Kleid mit goldenen Stickereien, einer feinen Bluse, einer dezenten Kette und passenden Ohrringen in Tropfenform. Die Haare hatte sie im Nacken zu einem kunstvollen Knoten geschlungen. »Es ist ein Tag zum Feiern und Freuen, Max!«

Wie immer verstand Gwendolyn ohne Worte, was in ihm vorging. Die mittlere der Schwestern war ihm stets die liebste gewesen mit ihrem wachen Geist und der Neugier auf die Welt. Wie schön, sie wieder öfter hier auf dem Hof zu wissen!

»Ja, ja«, gab Max lachend als Antwort und ließ sie weiterwerkeln. Erinnerungen überfielen ihn. Kein Wunder in dieser Stube. Als die erwachsene Gwendolyn hinaushuschte, kam ihm die Fünfjährige in den Sinn, die sich mit ausgeliehenen Büchern selbst das Lesen beigebracht hatte und mit einem neuen auf ihr Zimmer verschwand. Und als Helena kurz darauf den Kopf hereinstreckte, um nach ihm zu sehen, war ihm, als lächele ihre Mutter Barbara ihn an. Die goldenen Haare, das zarte Gesicht. Die jüngste Schwester ähnelte der Frau sehr, die für seinen alten Freund das Beste gewesen war, was ihm im Leben hatte passieren können.

»Ach, Korbinian.« Max seufzte und sah über den Tisch auf den leeren Stuhl. Dort drüben hatte er immer gesessen, ein

Mann, der auf Menschen, die ihn nicht kannten, mürrisch und verschlossen gewirkt hatte. Einer, dem man lieber nicht zu nahekam – und der doch stets zur Stelle war, wenn es irgendwo brannte. Das Kalb auf dem Nachbarhof, das bei der Geburt feststeckte und dem er auf die Welt geholfen hatte. Das Dach eines Bauern, das er nach einem heftigen Herbststurm mit eingedeckt hatte, bevor es den armen Leuten in die Stube regnete. Den Karren des nächsten, den er mit dem Fuhrwerk aus dem Schlamm herausgezogen hatte, obwohl er längst bei einem Kunden hätte sein sollen … Korbinian hatte seine Ecken und Kanten gehabt, aber heute fehlte er Max ganz besonders.

Max stemmte sich hoch und humpelte etwas ungelenk zum Fenster. Vor der Scheune standen die beiden Lastkraftwagen, über die *Meininger & Schinder* mittlerweile verfügte, nachdem der Strom an Kunden nicht abreißen wollte. Die Schwestern und Benno hatten sie am Vortag auf Hochglanz poliert, damit sie etwas hermachten, wenn später die Gäste kamen.

»Du wärst stolz auf sie«, murmelte Max.

»Wer wäre stolz auf wen?« Martha trat in die Stube, ihren Sohn, schon im traditionellen Taufkleid steckend, auf dem Arm haltend. Sie hatte zwölf Stunden mit ihm in den Wehen gelegen, aufmerksam begleitet von Sofia Haas, der Hebamme, deren Mutter Milla Martha, Gwendolyn und Helena auf die Welt geholfen hatte. Sofia hatte erst einen anderen Beruf gewählt und sich in München zur Krankenschwester ausbilden lassen, hatte ihr Herz dann aber doch an die Neugeborenen verloren. Was lag also näher, als in die Fußstapfen der Mutter zu treten, die langsam zu alt wurde, um die schwangeren Frauen in Polderfeld, Fellenau und Umgebung zu besuchen. Die nachfolgende Generation löste die vorhergehende ab. Der Lauf der Dinge.

»Dein Vater.« Max wandte sich vom Fenster ab und wusste

mit den Gefühlen, die ihm an diesem Tag in ungewohnter Wucht überfielen, nicht anders umzugehen, als Martha an sich zu drücken und ihr den Rücken zu streicheln. Er hatte sie immer gemocht, aber sie war ihm nie so nahe gewesen wie Gwendolyn oder Helena. Das schien sich nun, mit dem Alter, doch noch zu ändern. »Dein Vater wäre stolz auf euch. Auf dich, Martha. Und auf den kleinen Mann besonders.« Er betrachtete die Gestalt in ihren Armen mit den pechschwarzen Haaren, der Nase, die Bennos schon jetzt wie aus dem Gesicht geschnitten schien, und dem wachen Blick der Mutter. Schnell nickte Max hinter sich zum Fenster, als er es feucht in seinen Augen spürte.

Er war ergriffen von dem Namen, den Martha und Benno ihrem ersten Sohn gegeben hatten und auf den Pfarrer Lindemann ihn taufen würde – aber für gefühlsduselig sollte Martha ihn nicht halten. »Ist draußen alles bereit?«

Martha stöhnte auf. »Schön wäre es, wenn einmal etwas ohne Probleme ablaufen würde.« Max wurde hellhörig und forderte mit einem Kinnrucken eine Erklärung. »Die Blumengestecke sind zu schnell gewelkt«, erklärte Martha. »Wer konnte auch ahnen, dass die Nächte bereits dermaßen warm werden? Klara, eine Bedienstete auf dem Gut, hat aber ein Händchen für Arrangements, sie kümmert sich gerade um neue. Der Stallbursche wird sie bringen und auf den Tischen verteilen, während wir in der Kirche sind.«

Auf dem Hof, zwischen Scheune und Hühnerverschlag, hatten sie etliche lange Tafeln aufgebaut. Zwar hatte Gwendolyn angeboten, die Feier auf Gut Theresienberg auszurichten, aber Martha hatte auf den Schinderhof bestanden, und ihre Schwester hatte ihr nach kurzem Überlegen recht gegeben. Der kleine Mann war vielleicht vom Namen her ein Meininger, im Herzen aber ein Schinder, entsprechend sollte auch hier gefeiert werden.

Noch verhielten sich die beiden etwas unbeholfen im Umgang miteinander. Vor allem das erste Aufeinandertreffen von Gwendolyn und Alexander auf der einen und Martha und Benno auf der anderen Seite war zunächst steif verlaufen. Doch die Männer hatten schnell einen Draht zueinandergefunden, hatten sich über geschäftliche Dinge wie die dauerhafte Zusammenarbeit des Fuhrunternehmens mit der *Donau Zucker AG* angenähert und schließlich festgestellt, dass sie bei verschiedenen gesellschaftlichen Themen zumindest ähnliche Ansichten vertraten. Kaum zu glauben bei ihrer Vorgeschichte!

Gwendolyn hatte die feinsten weißen Tischdecken vom Gut hergeschafft, dazu Kisten mit dem teuren Porzellan, silbernem Besteck und den Kristallgläsern.

»Nun, es wird schon alles gut gehen«, fuhr Martha fort. Die Gelassenheit, die sie bereits in der Schwangerschaft gezeigt hatte, begleitete sie auch jetzt. Statt der Hebamme tausend Fragen zu stellen, wie es manche junge Mütter taten, verließ sie sich auf ihr Bauchgefühl. Der Kleine würde ihr zeigen, was richtig und was falsch war, hatte sie mehrfach gesagt und ihn verliebt angeschaut wie das Wichtigste auf dieser Welt. Auch jetzt betrachtete sie den Säugling voller Zuneigung, als er das Mündchen verzog, und nahm ihn von der einen auf die andere Seite.

»Max?«, fragte sie, schon bei der Tür. »Kommst du? Wir müssen los.«

Helena eilte nach hinten in ihr Zimmer. Früher war es Gwendolyns gewesen, Helena hatte ihres im ersten Stock gegenüber Marthas gehabt, aber schon damals hatte sie den Kopf einziehen müssen, um bei der niedrigen Decke nicht gegen die Querbalken zu stoßen. Außerdem konnte Wastl ihr unten besser folgen. Der Gänserich hatte sich von der allgemeinen Aufregung anstecken lassen und verfolgte sie auf Schritt und Tritt. Am Morgen hatte Martha verlangt, dass Helena ihn ausnahmsweise zum anderen Federvieh in den Verschlag sperrte. Eine halbe Stunde später hatte sie ihn selbst wieder befreit, damit Ruhe herrschte, nachdem sein lautstarker Protest nicht abgeklungen war. Nun betrachtete er Helena, die sich umzog, da die Vorbereitungen abgeschlossen waren. Für die Taufe hatte sie sich etwas Besonderes gekauft. Im Hause Schinder war zwar nicht der Reichtum ausgebrochen, doch sich ab und zu Neues zu gönnen, das war möglich. Helena war dafür eigens nach Deggendorf gefahren. Cilly hatte sie nicht begleiten können, aber sie war auch ohne die Unterstützung ihrer besten Freundin in der Auslage des Modehauses Krauth auf das Passende gestoßen. Nicht umsonst war dem Inhaber Anton Krauth jüngst der Titel eines königlich-bayerischen Hoflieferanten verliehen worden. Was für Gesichter ihre Schwestern gezogen hatten, als sie ihnen ihren Fang präsentiert hatte!

»Das … das ist eine Hose«, hatte Martha erkannt, nachdem Helena mit betont großen Schritten in die Stube getreten war und sich einmal mit schwingenden Armen im Kreis gedreht hatte, als wäre der Küchenboden ein Pariser Laufsteg.

»Ein Hosenrock, um genau zu sein«, korrigierte Helena. »Man sagt Jupe-Culottes dazu. Er stammt aus dem Haus Drecoll.«

Martha schüttelte den Kopf. »Ich weiß nicht, ob das dem Anlass angemessen ist. Was wird Pfarrer Lindemann sagen?«

»Seit wann kümmert dich die Meinung eines Kirchenmannes?«, fiel Gwendolyn lachend ein und zupfte prüfend am zur Hose passenden Blazer über der Bluse. »Ich habe in Zeitschriften gelesen, dass die Frau von Welt sich vom Korsett verabschiedet und derlei trägt. Und meine Bekannte Veronika Lanz hat zuletzt geschrieben, dass solche Stoffe in der Textilfabrik ihres Vaters gerade überaus gefragt sind.« Gwendolyn seufzte. »Ich muss ihr unbedingt nach Hamburg antworten. Sie weiß gar nichts von all dem, was in den letzten Monaten in ihrer alten Heimat vorgefallen ist.«

»Die Frau von Welt, so, so.« Martha klang noch immer skeptisch. Dabei gab sie selbst doch nie etwas darum, was die Leute von ihr dachten. Jetzt musste sie sich damit abfinden, dass die jüngste Schwester ihr zumindest in modischen Belangen den Rang ablief. »Hätte es nicht auch ein neues Dirndl getan? Etwas Traditionelleres?«

»So prüde Worte aus deinem Mund!«, neckte Helena, und fast war es wie in den alten Zeiten, als sie Martha allein wegen der Lust an Widerworten geärgert hatte. Nie war es aus boshaftem Willen geschehen, immer hatte sie sich letztlich den Anweisungen der älteren Schwester gebeugt. »Steht es mir denn nicht ausgezeichnet?«

Wenigstens Gwendolyn nickte: »Das tut es, und in Kürze werden sicher alle jungen Damen in Polderfeld deinem Beispiel folgen, Helena, ganz gleich, ob der Pfarrer die Augen verdreht oder nicht.« Sie lächelte mit Blick auf Helenas Frisur. »Allein der Blumenkranz wird für immer nur zu dir gehören.«

Auf den überbreiten Hut mit den gefährlich anmutenden Befestigungsnadeln, den ihr Krauth persönlich empfohlen hatte, hatte sie verzichtet. Stattdessen hatte sie sich für geflochtene Haare und einen Kranz aus schlichten Margeriten entschieden. Ein hübscher Kontrast zum modernen Auftreten, wie sie fand, und eine schöne Erinnerung an unbeschwerte Zeiten, die hoffentlich wieder Einzug hielten.

Marthas Sohn meldete sich vorn im Flur lautstark, entweder weil er die Brust oder frische Windeln wollte. Helena lauschte und tippte auf Ersteres. In den vergangenen Wochen hatte sie genau wie Benno ausreichend Gelegenheit gehabt, die verschiedenen Arten des Nörgelns und Schreiens unterscheiden zu lernen. Der Säugling war jedoch gut zu handhaben, vor allem, da Martha stets genau zu wissen schien, was zu tun war. Nur wenn sie nicht schnell genug auf sein Quengeln reagierte, zeigte sich sein starker Wille. Und kam er damit nicht ganz nach der Mutter?

Helena drehte sich vor Wastl einmal im Kreis. »Na, was meinst du? Gefalle ich dir?« Ihr liebstes Tier bestätigte es mit einem Schnattern und tapste ihr eilig hinterher, als sie nach vorn stürmte. Dort begleitete Onkel Max, der an diesem Tag ungewohnt melancholisch wirkte, Martha gerade hinaus.

»Sollen wir den Ford nehmen?«, fragte Gwendolyn, die sie auf dem Hof erwartete. »Dann kannst du ihn unterwegs stillen.«

»So weit kommt es, dass wir die wenigen Meter fahren!« Martha steuerte die Bank neben der Tür an, auf der der Vater früher oft gesessen hatte, manchmal mit seiner Mundharmonika und einem Lied, manchmal still in die Gegend blickend. »Die paar Minuten haben wir noch.« Sie knöpfte die Bluse auf, drehte sich seitlich und legte sich das Schultertuch über den Kopf des Kindes und ihren Busen, um beides vor neugierigen Blicken zu schützen.

Vom Weg her erklangen das Trappeln von Hufen und das Rattern von Rädern. Alexander Wallendorfs Einspänner rollte auf den Hof. Allerdings saß nicht Helenas Schwager obenauf, sondern der Stalljunge Micha. Die Blumengestecke, wegen denen es viel Aufhebens gegeben hatte, brachte er noch nicht, dafür aber …

»Cilly!« Helena rannte der Eintreffenden entgegen. Benno hatte sie von der Bushaltestelle unten an der Donau abholen wollen, aber es war unklar gewesen, ob er rechtzeitig mit allem fertig sein würde. Alexander hatte kurzerhand angeboten, Micha zu schicken. Er schien große Stücke auf den jungen Mann zu halten, hatte seine Zuverlässigkeit und Loyalität gelobt. Auch jetzt brachte der Bursche das Gespann sicher zum Stehen, tippte sich bei Helenas Anblick an die Mütze und grinste breit. Als gelte die Begeisterung, mit der sie auf die Kutsche zustürmte, ihm! Ja, es war immer angenehm, dem jungen Mann zu begegnen, aber selbst wenn sie sich freute, dachte sie doch im Traum nicht daran, ihm das zu zeigen.

Er half Cilly herunter, Helena fiel ihr um den Hals. »Wie schön, dich zu sehen!«

Cilly erwiderte die Umarmung, und vergessen waren die Wochen und Monate, die sie sich nicht gesehen hatten. Helena hatte Cilly kindlicher in Erinnerung, rundlicher, die Wangen pausbäckiger. Nun stand eine junge Dame vor ihr, eine frisch geprüfte Stenotypistin, die zwar nicht mit modernem Hosenrock aufwartete, dafür mit einer Ausstrahlung, die Helenas eigene Gedanken spiegelte: *Die Zukunft gehört uns!* Es war ein Kraftakt gewesen, zu dieser Einstellung zu gelangen, nach dem, was in der Schweiz und auf Max' Hof geschehen war, aber Helena hatte ihren Weg gefunden. Nur manchmal fragte sie sich, ob es richtig war, einen Raum im Keller ihres geistigen Hauses geschaffen zu haben, eine Kammer mit dicker Tür und Riegeln, in die sie Andrin gesteckt hatte. Dieser Mann gehörte der Vergangenheit an. Wann ein neuer in ihr Leben treten und ob sie dann bereit für ihn sein würde – wer wusste das schon?

Kurz flog ihr Blick zu Micha, der immer wieder zu ihr herüberschaute.

Was mochte Cilly mit jungen Männern erlebt haben?

»Du bist allein gekommen«, bemerkte Helena. Man hatte getuschelt, dass sie in Begleitung sein würde, allerdings hatte nicht einmal Benno Genaues gewusst. An Weihnachten war Cilly Fragen zu diesem Thema geschickt ausgewichen. In diesem Moment wirkte ihr Bruder erleichtert, als er herantrat und sie mit einer Umarmung begrüßte. Vermutlich nährte es seine Hoffnung, dass sie noch nicht allzu tief in Deggendorf verwurzelt war. Auch Helena hoffte, dass Cilly nach der bestandenen Prüfung über eine Heimkehr nachdachte.

»Geplant war es anders, aber dann haben die Dinge sich geändert und ich bin frei und ungebunden, bereit für jedes Abenteuer.«

Helena wollte in ihr Lachen einfallen, da drehte Cilly den Kopf und sah Micha mit einem Augenaufschlag an, den Helena ihr nicht zugetraut hätte. Ein Leuchten trat in seine Augen, das Helena einen Stich im Brustkorb versetzte. Sie schluckte, doch dann verflog der Augenblick. Die Freude überwog, Cilly an diesem Tag bei sich zu haben. Und überhaupt, was interessierte es sie, wen der Stallbursche wie anschaute?

Gwendolyn drängte zum Aufbruch. »Martha, hat der Kleine denn nicht allmählich genug? Wir müssen jetzt los. Die anderen Gäste warten schon in der Kirche.« Neben Benno, den Schinderschwestern und Alexander Wallendorf war auch Gwendolyns Schwiegermutter Annegret eingeladen. Alexander begleitete sie vom Gut aus nach Polderfeld. Alexanders Freunde Vinzenz und Florian hatten ebenfalls ihr Kommen zugesagt, Vinzenz mit seiner Frau Kathi, die zum dritten Mal schwanger war, Florian mit Lisa und Matti, den Helena schon bei einer Begegnung auf Gut Theresienberg kennengelernt hatte. Ein pfiffiger Junge, der das Geschehen aufmerksam verfolgte, wenn er nicht gerade mit seinem Lieblingsspielzeug, einem Holzauto, beschäftigt war.

»Der Kleine«, hörte Helena Martha hinter sich lachen. »Du bist Patentante, Gwendolyn. Magst du ihn nicht bei seinem Namen nennen?«

Gwendolyns Vorschlag hatte die Familie überrascht. Sie

hatte sich angeboten, mit Alexander die Patenschaft für das Kind zu übernehmen, mit allen Rechten und Pflichten. Was das hieß, hatte niemand Helena erklären müssen. Sollte Martha und Benno jemals etwas zustoßen – was Gott verhindern möge! –, würden sie den Jungen aufnehmen. Er war auf Lebzeiten abgesichert und wurde, sofern Gwendolyn und Alexander weiter kinderlos blieben, irgendwann einmal der Erbe eines Zuckerimperiums. So hatten sie es in einem offiziellen Schreiben dokumentiert.

Helena beobachtete, wie Gwendolyn mit wenigen Schritten bei Martha war und die Hände nach dem Jungen ausstreckte. »Los jetzt, ihr alle. Du auch, Kleiner. Sonst verpasst du deine eigene Taufe, Korbinian Schinder!«

Nachwort

Auch bei der Recherche zu diesem zweiten Band um die »Zuckerbaronin« haben wir darüber gestaunt, dass das Leben Geschichten schreibt, die man sich so nicht ausdenken könnte. Die Erfindung des Süßstoffs Saccharin, sein Siegeszug in Europa und der ganzen Welt, der Kampf zwischen mächtigen Zuckerindustriellen und findigen Schmugglern fasziniert uns sehr. Wir hoffen, dass unsere Begeisterung für das Thema auch in diesem Roman auf Sie übergesprungen ist, liebe Leserinnen und Leser.

Wie im ersten Band unserer Saga um die Schinderschwestern beruhen auch diesmal viele Szenen auf überlieferten Begebenheiten. Hier und da beinhalten sie sogar wörtliche Zitate aus den schriftlichen Schilderungen der Beteiligten.

Im wissenschaftlichen Teil des ersten Bands um die »Zuckerbaronin« stand der Konflikt zwischen dem deutschen Zuckerchemiker Constantin Fahlberg und Ira Remsen, dem Leiter der chemischen Fakultät an der kurz zuvor gegründeten Johns-Hopkins-Universität, im Mittelpunkt; ferner der Aufbau des Unternehmens, das Fahlberg mit seinem Cousin Moritz List gegründet hat, und der wachsende Widerstand der Zuckerbarone bis hin zur Verabschiedung der Süßstoffgesetze. Im vorliegenden Band beleuchten wir die Entwicklung nach Fahlbergs Tod. Mit Harvey W. Wiley und August Klages treten zwei neue historische Persönlichkeiten auf: Wiley als »Vater« des amerikanischen Verbraucherschutzgesetzes *Pure Food and Drug Act,* Klages als Fahlbergs Nachfolger in der Firma. Ob zwischen Klages und List eine wie von uns geschilderte Uneinigkeit bezüglich der Ausrichtung der *Saccharin-Fabrik AG* herrschte, ist nicht überliefert. Hier haben wir die entsprechenden Kapitel im Sinn der Geschichte frei gestaltet.

Die zeitlichen Abläufe haben wir zum Teil an die Dramaturgie unseres Romans angepasst. Die Firma *Fahlberg & List* hat tatsächlich schon vor 1911 als zweites Standbein neben dem Saccharin Schwefelsäure für die BASF produziert. Fiktional eingegriffen haben wir auch rund um Harvey W. Wileys Ringen mit dem amerikanischen Präsidenten und Vertretern der Lebensmittelindustrie. Nicht mit William Howard Taft geriet der Leiter des *Bureau of Chemistry* aneinander, sondern mit seinem Vorgänger Theodore Roosevelt, einem glühenden Anhänger von Saccharin. Aus dramaturgischen Gründen mussten wir uns die Freiheit nehmen, dieses Kapitel in der Geschichte des Süßstoffs auf einen späteren Zeitpunkt – und damit auch auf Roosevelts Nachfolger zu verlegen. Tatsächlich war es aber übrigens Taft, der das Weiße Haus umfassend umgestalten ließ und den wohl bekanntesten Raum in ihm schuf: das *Oval Office*. Diesen Namen erhielt das Büro jedoch erst später.

Auch im Handlungsstrang rund um Lisa Bergner, Schankmagd im Auerbachs Keller, mischen wir Realität und Fiktion. Die Gaststätte ist weit über Leipzigs Grenzen hinaus bekannt, vor allem, weil sie in Goethes Faust eine Rolle spielt. Den Kofferfabrikanten Mädler gab es wirklich. Er hat das Areal gekauft, das

Traditionslokal aber erst nach internationalem Protest weiter betrieben, sogar ausgebaut. Dankwerts und sein Kollege Liebknecht in den Ratsstuben sind unserer Fantasie entsprungen.

Der Saccharin-Schmuggel trieb, wie im Roman beschrieben, weiter seine Blüten: In Särgen, unter den weiten Kleidern einer Hochzeitsgesellschaft oder dank profunder Kenntnisse der Chemie aufgelöstes und in Kerzen eingeschmolzenes Saccharin fand seinen Weg an den oft überforderten Grenzern vorbei aus der Schweiz ins Deutsche Reich.

Eine wichtige Quelle bei unseren Recherchen war erneut der 2011 in der Fachzeitschrift »Chemie in unserer Zeit« von Erich Lück und Professor Klaus Roth veröffentlichte Artikel »Die Saccharin-Saga«. Wer sich darüber hinaus über die Geschichte des von Fahlberg und List gegründeten Unternehmens oder die schillernde und nicht unumstrittene Gestalt des Harvey W. Wiley informieren möchte, findet im Internet etliche Treffer. Die in Wileys erster Szene geschilderte *Poison Squad* gab es wirklich, auch die Tricks der Lebensmittelindustrie sind dokumentiert.

Die Zuckerfabrik *Pfeifen & Langer* hat für uns freundlicherweise im Werk Euskirchen ihre Tore geöffnet und uns einen Einblick in die Herstellung von Zucker gewährt. Informativ war nicht nur die Werksführung, sondern auch das Sichten der historischen Zeitung »Centralblatt für die Zuckerindustrie«, der wir die Hintergründe zu Jiri Dvoraks tödlichem Unfall entnommen haben. Wer sich weitergehend für die Geschichte der Zuckerherstellung interessiert, dem sei auch ein Besuch im Berliner Technikmuseum empfohlen.

Unser großer Dank gilt Stefanie Zeller und dem Lübbe-Verlag. Wir fühlen uns in dem Kölner Verlag bestens betreut und aufgehoben. Die Zusammenarbeit mit Lektorin Anna Hahn war wieder sehr professionell und hilfreich. Wir danken auch Niclas Schmoll von der Meller Agency, der Agence Hoffman sowie Rosi Kern von der Agentur Oliver Brauer für die Unterstützung. Dirk Oswald, Standortleiter Produktion und Technik im Euskirchener Werk von *Pfeifer & Langen*, hat uns mit einer Fülle von Expertenwissen geholfen. Falls sich im vorliegenden Roman technische Ungenauigkeiten eingeschlichen haben sollten, gehen die auf uns zurück. Danke auch an Claudia Kamchen von der Stadtbibliothek Straubing für das erneute Lesen des Manuskripts.

Den größten Dank sprechen wir unseren Familien aus. Ohne deren Rückhalt wäre das Schreiben nicht möglich. Herzlichen Dank daher an Carmen Wolz und Frank Dräger, die in jeder Phase des Schreibens unsere Ansprechpartner sind und als Erstleser stets wichtige Gedanken einbringen.

Der letzte und ähnlich große Dank geht an Sie, liebe Leserinnen und Leser. Wir freuen uns, dass Sie uns und den Schinderschwestern auch im zweiten Band der *Zuckerbaronin* gefolgt sind. Um über unser weiteres Schaffen auf dem Laufenden zu bleiben, nehmen Sie gern Kontakt zu uns auf via Facebook und Instagram.

Martina Sahler und Heiko Wolz im März 2023